Anna Caritj

FLÜCHTIGE FREUNDE

Roman

Aus dem Englischen
von Christiane Sipeer

BERLIN VERLAG

Mehr über unsere Autorinnen, Autoren und Bücher:
www.berlinverlag.de

Unser Versprechen für mehr Nachhaltigkeit
Klimaneutrales Produkt
FSC®-zertifiziertes Papier
Hergestellt in Deutschland

FSC
www.fsc.org
MIX
Papier | Fördert gute Waldnutzung
FSC® C014496

ISBN 978-3-827-01458-0
Die Originalausgabe erschien 2021 unter dem Titel *Leda and the Swan*
bei Riverhead Books/Penguin Random House, New York

Satz: psb, Berlin
Gesetzt aus der Adobe Caslon Pro
Druck und Bindung: GGP Media GmbH, Pößneck
Printed in Germany

Für Mom

Ein jäher Stoß: die Schwingen schlagen noch
Über der Taumelnden, Lenden liebkost
Von dunkler Schwimmhaut, Schnabel ums Genick,
Hält er sie, hilflos, Brust auf seiner Brust.

Wie schieben so verzagte Finger nur
Die Federpracht aus fast gelöstem Schoß?
Wie kommt ihr Leib, so weiß umrauscht, umhin,
Das fremde Herz zu spüren, wo es liegt?

Ein Schauder in der Lendengegend zeugt
Zerstörte Mauern, Feuer, Turm und Dach
Und Agamemnon tot.
So ausgetrickst,
So übermannt vom rohen Blut der Luft,
Nahm sie sein Wissen auf mit seiner Macht,
Eh sie der kalte Schnabel fallen lassen kann?

»Leda und der Schwan«, William Butler Yeats (1924)

1

Samstag, 31. Oktober

Leda band sich die neonpinken Laufschuhe, während Engel, Astronauten und Superhelden sich auf die erste Runde »Süßes oder Saures!« machten. Sie gingen vor der Treppe der Psi-Delta-Verbindung vorbei, richteten ihre Heiligenscheine, zerrten Polyesterschwänze hinter sich her, rannten (oder bekamen zu hören: *Nicht rennen!*), wurden auf dem Arm getragen: eine staunende Hummel, eine Erbsenschote. Im Astronomieseminar hatte Leda gelernt, dass die Welt 4,5 Milliarden Jahre alt war und die Menschheit den kosmischen Plan kaum angeknittert hatte. Das Leben war klein, so viel stand fest. Aber in solchen Augenblicken kam es ihr gewaltig vor – wenn sie Kinderstimmen hörte, das Zwitschern der Meisen und Polizeisirenen, die irgendwo heulten –, beinahe lieblich. Es kam ihr gewaltig vor, wenn sie einfach die Tür öffnen und die letzten roten Blätter des Hartriegelstrauchs betrachten konnte, die klaren Sonnenstrahlen und die weißen Rechenperlen, die am Himmel vorbeizogen. Da stand Leda, und die Welt um sie herum summte. Da stand Leda auf der Schwelle des Tages und fragte sich, ob heute alles beginnen oder zu Ende gehen würde. Etwas kam ins Rutschen, das spürte sie.

Die Kinder strömten auf den Lawn – den viereckigen, begrünten und in Terrassen angelegten Hof des Colleges, umgeben von zehn Pavillons und um die fünfzig Zimmern für Studierende der höheren Jahrgänge, deren Bewohner, wie Leda annahm, bereits vor der Tür standen und Süßigkeiten verteilten. Als Kind war Leda auch zu diesem Spektakel gegangen. Als sie einmal gemerkt hatte, wie ihre Mutter ihr einen Schokoriegel stibitzte, hatte die kauend gewitzelt, sie wolle nur testen, ob er vergiftet sei.

Inzwischen war Leda zu alt für Süßes oder Saures. Sie dehnte sich mit dem Kopf nach unten und gespreizten Beinen vor dem Haus. Sie roch bemoosten Stein und gefallenes Laub. Kopfüber sah sie eine Piratenbande über die Ampel an der Ecke Memorial Road und University laufen. Sie beobachtete ein T-Bone-Steak, wie es zum Planschbecken der Nachbarn rannte, in dem noch unberührte Bierdosen in geschmolzenem Eis lagen. Das Elternteil des Steaks (eine Kuh) fing das Kind wieder ein und trug es durch taubedeckte rote Plastikbecher hindurch zurück auf den Gehweg.

Leda dehnte sich und berührte mit der Schädeldecke beinahe den Boden. Sie sah an ihren sommersprossigen Beinen empor, den kurzen Shorts, dahinter eine V-Formation schreiender Gänse und windgetriebene Wolken. Morgen, schätzte sie. Wobei die Zeit eigentlich keine Rolle spielte. Es war Samstag. Sie gähnte kopfüber und hielt sich die Hand vor den Mund. Komische Geste, wo doch niemand in der Nähe war.

Sie trottete zum benachbarten Varsity Field, um die Waden zu dehnen. Mit den grauen Säulen und den Sitzbänken aus Beton hatte es etwas von einem klassischen römischen Theater, und die verfallene Atmosphäre, die allgemeine Heruntergekommenheit, sorgte dafür, dass die Studenten es sich hier gern gemütlich machten, eine Runde schliefen, benutzte Tampons zurückließen oder Sex hatten, wobei das Leda eher *ungemütlich* schien – immerhin lagen überall Glasscherben. Die Bögen und Kolonnaden gehörten zum Stil, auf den sich ihre Universität seit zweihundert Jahren etwas einbildete, obwohl die Architektur hier eher verwahrlost wirkte. Das Feld lag außerhalb des Campus und war umgeben von Verbindungshäusern (heißt: Horden Betrunkener).

Am anderen Ende standen unscheinbare Backsteinwohnheime. Dahinter konnte Leda O-Hill (O wie Observatorium) sehen, eine ihrer beiden liebsten Laufstrecken. Die Route führte durch einen dichten Wald und endete am Linsenteleskop der Universität. Ziel der zweiten Strecke war ein Friedhof aus Bürgerkriegszeiten in der Innenstadt. Die war zwar kürzer, dauerte jedoch jedes Mal länger als O-Hill, weil Leda gern zwischen den Gräbern umherstreifte und gedankenverloren nach Familiennamen suchte. Sie entdeckte nie welche. Das entscheidende Grab – das ihrer Mutter – lag sechzig Kilometer entfernt.

Leda kehrte dem Hügel den Rücken, stellte die Zehenspitzen auf eine Stufe und schob die Fersen nach unten. Jemand hatte Glitter verschüttet, der Kies schimmerte. Über ihr flatterten fünf Höschen an einer Leine, die zwischen zwei Säulen der dorischen Kolonnade gespannt war. Auf der anderen Straßenseite lugte die Sonne über das Dach der Kappa-Chi-Verbindung. Griechische Buchstaben und Kürzel von Geheimbünden zierten alle Seiten des Gebäudes. Ein Mädchen mit Paillettenoberteil saß auf einem Bierfass vor einem aufgemalten Chi auf der Veranda. Das weiße X breitete sich hinter ihr aus wie Flügel.

An einem Pfahl im Vorgarten baumelte eine fleischartige Maske. Im Inneren des Frat-Hauses knisterte etwas wie ein Rückkoppelungsgeräusch. Leda wollte sich gerade unter der Höschengirlande hindurchducken und loslaufen, als Klaviermusik aus der Verbindung schallte. Zwei Tauben schossen gen Himmel wie Feuerwerkskörper. Das Paillettenmädchen schaute ihnen nach, und die Musik leierte, jetzt waren es Synthesizer, dann wieder Klavier. Vielleicht eine verbogene Schallplatte, oder es war Ledas Gehör, das den Klang fehlinterpretierte, Durakkorde, die zu Mollakkorden verschwammen, keine eindeutige Tonart. Dann hob die Klaviermelodie wieder an, dazu der schwummerige Gesang:

You can dance …

Ein Zug ratterte hinter dem Sportplatz vorbei und übertönte »Dancing Queen«. Als Leda mit den Füßen zu schlurfen begann – ein müder Tanz –, hörte sie die Musik kaum noch. Der Zug zischte hinter dem Maschendrahtzaun vorbei, in den Waben wiederholte sich das schwarz-rot-graue Muster. Normalerweise winkte Leda dem Lokführer zu, eine alberne Angewohnheit aus Kindertagen, aber heute sah sie niemanden im Fenster.

See that girl …

Das Paillettenmädchen verschwand, als Leda um die Ecke bog. Sie kam an weiteren Fraternitys und einigen Sororitys vorbei. Sie überquerte die Beta Bridge mit ihren Generationen von Farbschichten, die nach der Zugdurchfahrt in anhaltende Stille gehüllt war. Ein Auto fuhr vorbei und hinterließ einen Luftstoß. Vor ihr auf dem Gehweg spazierte ein winziger Power Ranger mit seiner Mutter. Leda lief. Sie sprang über Glasscherben – zerschmettert wie Kies – und überquerte die Straße, dort lagen ebenfalls Scherben. Die Rotunda erhob sich in der Ferne, aber sie bog in eine Nebenstraße ab und verlor sie aus den Augen. Sträucher wucherten auf den Bürgersteig. Über dem Verandageländer einer Studentinnenverbindung hingen Handtücher mit Disneyprinzessinnen: Jasmin, Belle, Dornröschen.

In der Fraternity Row überholte sie eine andere Joggerin. Dann noch eine. Sie kam an einem Esstisch vorbei, der unter einer Stechpalme hervorragte und mit künstlichen Spinnweben und orangefarbenen Perlen bedeckt war. Sie kam an drei Styroporbehältern mit etwas vorbei, das nicht nach Essen aussah. Sie kam an vier Jungs vorbei, die auf dem Dach eines Verbindungshauses saßen, aus roten Bechern tranken und Würstchen aßen. Zwar trug nur einer von ihnen eine

Toga, aber alle vier warfen sich in Pose wie Möchtegerngötter. Einer schleuderte seine Sonnenbrille vom Dach und brüllte etwas. Leda lief unbeirrt weiter. Sie wollte ihnen nicht das Vergnügen ihrer Aufmerksamkeit gönnen. Sie summte: *Young and sweet* … Die Straße wurde breiter. Hinter ihr grölten die Götter vom Dach, weil sie so wenig Beachtung gefunden hatten.

»Fotze«, rief ihr einer hinterher. »Schlampe!«

Leda salutierte. In den drei Jahren am College hatte sie schon Schlimmeres zu hören bekommen. Die Bezeichnungen, mit denen Frauen, Männer – alle – bedacht wurden, waren wie die Namen von Tieren und Pflanzen: angenehm praktisch, eine Vereinfachung der unzähligen Ausprägungen der Welt. Denn vor all diesen Bezeichnungen, bevor sie sich wirklich an etwas erinnern konnte, war sie ein Kind mit einem Plastikkürbis in der Hand gewesen: klein und wundersam und auf dem Weg ins Hier und Jetzt. Genau wie alle anderen.

Sie gähnte erneut. Hielt sich die Hand vor den Mund, damit niemand ihre Zunge und Zähne sehen musste. Sie hatte gehört, dass kürzlich ein Mädchen von einem dieser Frat-Dächer gefallen war. Anscheinend keine Göttin. Auch kein Engel. Bloß besoffen.

Eine Kirchenglocke begann zu läuten, als die Fraternity Row in eine belebtere Straße mündete. Hier gab es noch mehr Jogger: noch mehr Shorts und Neonsneaker. Ein Bus keuchte heran und senkte sich auf den Zebrastreifen, Leda wartete, ihr Kopf hüpfte im dunklen Schmutz der Scheibe auf und ab, der rote Pferdeschwanz wippte. Sie summte mit dem Motor, immer wieder dieselbe Strophe von »Dancing Queen«. Die Kirchenglocke läutete weiter. Es war doch nicht Morgen. Überraschung: Leda hatte verschlafen. Die Uhr an der Bank zeigte genau zwölf Uhr an.

Kinder strömten auf den Lawn. Dahinter schleppten Eltern Kürbiseimerchen und Lunchboxen. Inmitten des Trubels erkannte Leda Studierende der Universität, die sich genauso sorgfältig verkleidet hatten wie die Kinder. Sie rannte an drei von ihnen in Fechtanzügen vorbei – sie hatten die Masken heruntergezogen und vollführten in weißen Handschuhen wackelige Stöße mit ihren Floretten. Sie lief an der Anthropologie vorbei, von deren Fries steinerne Tierköpfe herabblickten: ein Walross, ein Tapir, ein Nashorn und irgendeine Bestie mit offenem Maul.

Leda erklomm die breite Treppe der Rotunda und joggte über die Terrasse, befand sich nun auf einer Höhe mit weißen Giebeln und den Kronen der Magnolienbäume. Ihre Sohlen quietschten über den Marmor. Ihr Spiegelbild, kaum mehr als ein Farbklecks, blitzte in den Fenstern der Rotunda auf. Sie umrundete das Gebäude und lief unter baumdicken Säulen und einem Gewimmel aus Kapitellen entlang. Über ihr schwebte ein Ballon – erst einer, dann drei, dann unzählige.

Die Welt war hellwach; der Tag hatte längst ohne sie begonnen. Das passierte ihr immer wieder: Die Zukunft brach an, als wäre die Welt auf der anderen Seite der Treppe zur Rotunda (die schimmernden Ginkgos, die steinerne Kapelle, die durch die Fenster der Bibliothek sichtbaren Bücherstapel) ein Vorhang, der sich zurückziehen ließ. Was dahinter zum Vorschein kam … war offensichtlich nichts Schlimmes. Bloß überraschend. Wie jetzt, als sie um eine stinknormale Ecke bog und sich inmitten bunter Schminke, Pailletten und Zopfperücken wiederfand. Laute Stimmen. Fröhliches Geschrei. Grinsende Kürbislaternen in der Mittagssonne.

Niemand sonst schien überrascht. Niemand sonst schien den endlosen, stetig zunehmenden Tumult auf der Welt zu bemerken. Aber Leda musste anhalten. Alles in sich aufnehmen. Es war, als hätte die Zeit einen Riss bekommen, aus dem ein Teil der Vergangenheit austrat und durch den die Zukunft hereinsickerte. Das Fest war Jahr für Jahr das gleiche. Ihre Mutter hätte auch jetzt noch hier sein können: mit ihren roten Clogs, der Nikon um den Hals. Sie sah die Lesebrille in ihrem Haar vor sich, die Wolltasche und ringsum dieselben weißen Säulen, geschmückt mit orangefarbenen Luftschlangen. Aber ihre Mutter selbst – ihr tatsächliches Gesicht – konnte sie sich nicht so leicht vorstellen.

Leda hielt sich an einem Geländer fest.

Von der Wiese rief jemand: »Lee!«

Neben einem der riesigen Bäume auf dem Lawn (ein Ahorn, den roten Blättern nach zu urteilen) spiegelten sich Menschen in silbernen Ballons – sie kauten an Sugardaddy-Lollis, zogen ihre Strumpfhosen hoch, ließen Plastikmesser aus der Scheide und wieder zurückgleiten. Oftmals waren die College-Studenten kaum von den Kindern zu unterscheiden. Leda hielt sich immer noch am Geländer fest. In manchen Ballons spiegelte sich auch der weiße Himmel. Da war die Welt: hell, heiter und dennoch aufgeblasen und leer.

Die Stimme auf der Wiese verstummte nicht. »Leda, du Schlampe! Kleine Nutte. Lee!«

Natürlich waren die Ballons nicht wirklich leer. Nur weil sie das Helium und was auch immer sonst nicht *sehen* konnte, hieß das ja nicht, dass nichts da war.

»Juuhuu, *Lee!*«

Leda blinzelte. Unter ihr schwenkte eine blonde Hexe einen geschnitzten Kürbis. Ein Peanut Butter Cup fiel aus dem Kürbismund, und ein Gerippe – ein Mann im Ganzkörperanzug mit aufgedrucktem Skelett – hob die Süßigkeit auf, zeigte Leda seinen Schädel und verschwand in der Menge.

Die Hexe schob ihre Brüste zurecht. »Leda, wo ist dein Kostüm?«

»Hab es an.« Leda kam langsam wieder zu sich, als sie ihre Freundin und Psi-Delt-Schwester Carly am Fuß der Treppe traf.

»Sehr witzig. Hältst du mal kurz?« Carly lud den Kürbis auf Ledas Arm ab, ohne auf eine Antwort zu warten. Carly war Ledas »Große« – kurz für »große Schwester«, also ihre Mentorin, seit Leda der Verbindung beigetreten war –, und somit war Leda als Carlys »Kleine« an die Knechtschaft gewöhnt (nur Spaß, na ja, vielleicht auch nicht). Nun rückte Carly sich den spitzen Hut gerade und pflückte eine Plastikspinne aus ihrem aufgeladenen Haar. »Ich hätte einfach einen Plastikkürbis nehmen sollen, aber ich dachte, so ist es, na ja, hexenmäßiger. Und jetzt fallen mir gleich die Arme ab.«

Irgendwo spielte jemand ununterbrochen wahnsinniges Gelächter ab. Leda balancierte den feuchten, schweren Kürbis auf dem Arm. Ein Gespenst im weißen Laken huschte vorbei und entschuldigte sich: »Ladys«, während ein Junge mit zu großem Football-Helm sich vor Leda stellte und sang: *»Süßes oder Saures!«* Leda hielt ihm den Kürbis entgegen, und er nahm sich ein Peanut Butter Cup.

»Danke.« Der Junge packte die Süßigkeit in seinen Kissenbezug.

»Ich dachte, das Ding wäre in null Komma nichts leer«, sagte Carly. »Aber die Kids hier sind so verdammt wohlerzogen. Nehmen sich mit spitzen Fingern ein kleines Stück. Klaut keiner mehr die ganze Schüssel?«

»So wie du?« Leda trat von einem Fuß auf den anderen.

»Außerdem ist es noch nicht mal dunkel. Der Spaß bestand doch darin, bei Fremden zu klingeln, oder? Dann saß da immer jemand im Dunkeln auf der Veranda, tot oder eingeschlafen oder so, mit der Süßigkeitenschüssel auf dem Schoß, und dann musste man sich anschleichen und danach ...«

»Süßes oder Saures!«

Leda hielt den Kürbis einem Feentrio hin. Die Mädchen nahmen sich je eine Süßigkeit, fuchtelten mit ihren Zauberstäben in Ledas Richtung und rannten mit fliegenden Beinen davon.

»Echt tragisch«, antwortete Leda, jetzt wieder ganz bei sich. »Sie machen uns Halloween kaputt.«

»Da sollte wirklich jemand was unternehmen. Außerdem sind neunzig Prozent der Kostüme total bescheuert.«

»Du bist eine Hexe, Carly.«

»Die Hexe ist ein Klassiker. Unbestritten. Und von historischer Bedeutung.«

»Hast du Mary gesehen?«

An sich eine harmlose Frage, aber Carly ließ sich die Gelegenheit nicht entgehen, ihre ehemalige Schwester schlechtzumachen. »Oh Mann.« Carly verdrehte die Augen. »Mary hat schwarze Flügel an. Sie hat mir zwar gesagt, was sie darstellen soll, aber ich hab es wieder vergessen. Sieht nicht mal hübsch aus. Wahrscheinlich ist sie besoffen oder so.«

Mary wohnte dieses Jahr am Lawn, konnte aus der Tür direkt auf das lang gezogene, rechteckige Rasenstück treten. Eine Ehre – um dort zu residieren, musste man hohes akademisches Ansehen genießen. Aber Ledas Verbindungsschwestern meinten in letzter Zeit, Mary sei komisch geworden.

Carly trug Lipgloss auf. »Nimmst du ihn mir ab?«

»Was?«

»Den Kürbis. Die Süßigkeiten. Ich kann kaum noch die Arme heben, Lee.«

»Würde ich ja gerne, aber ich laufe noch bis O-Hill.«

»Nein, du nimmst meinen Kürbis und gehst Mary Hallo sagen, deren einzige positive Eigenschaft ihre Nachbarschaft zu Ian Gray ist, der heute nichts als eine weite Toga über seinem ansehnlichen Oberkörper trägt.«

Leda versuchte, sich nichts anmerken zu lassen. »Klingt ja sensationell.«

»Er ist so süß«, sagte Carly. »Und er steht auf *dich*.«

Ian besuchte die A School, wobei das A für Architektur stand. Er war blond, Schwimmer und hatte blaue Augen und ein zugewandtes Gesicht, das zu sagen schien: *Ich höre dir zu* oder *Du bist wunderschön*.

Leda fragte: »Wer sagt das?«

»Lee.« Carly sah sie mit aufgerissenen Augen an, als wäre Leda begriffsstutzig. »Das merkt doch jeder. Also bitte.«

Carly war nicht die Einzige, die in letzter Zeit über Ian sprach. Die Ehrenamtler von Psi Delta schwärmten ständig davon, dass er in diesem oder jenem Dorf Häuser baute, dass er die Gebäude nicht nur entwerfen, sondern auch *errichten* wollte. Letzten Sommer war ihm bei einem Freiwilligeneinsatz angeblich der Blinddarm geplatzt, und er hatte sich in einem Zelt mit nichts als lokaler Betäubung operieren lassen müssen (obwohl die Einzelheiten sich leicht unterschieden, je nachdem, wer die Geschichte erzählte). Wieder genesen kehrte er zurück, um das angefangene Haus fertig zu bauen.

Er ist so engagiert, bekam Leda pausenlos von ihren Schwestern zu hören. *Und sieht auch noch gut aus.*

Jemand rief: »Platz da!«

Die Fechter eilten mit gekreuzten Floretten vorbei. Einer sprang den ersten flachen Hügel des Lawn hinab. Der Rasen war stufenförmig angelegt, sodass Leda von ihrem Standpunkt aus die Berge hinter den Dächern der Lawn-Zimmer, der Pavillons mit ihren Kuppeln und von Bell Hall sehen konnte, die am anderen Ende des Rechtecks gegenüber der Rotunda lag. Der Fechter landete leichtfüßig auf dem gepflasterten Weg am Fuß des Hügels, zwei weitere nahmen die Verfolgung auf. Ihnen hinterher stürmte eine schreiende Horde Mini-Ninja-Turtles.

»Hast du uns überhaupt mal zusammen gesehen?«, fragte Leda Carly.

»Das muss ich gar nicht.«

»Wir sind im selben Astronomiekurs, zusammen mit etwa zweihundert anderen Leuten. Wir sitzen nicht mal auf derselben Seite des Raumes.«

»Tja, dann weißt du erstens schon mal, wo er sitzt, und zweitens habe ich gehört, dass er dir geschrieben hat.«

»Und?« Leda spürte, wie sie rot wurde. Ja, er hatte ihr geschrieben, und sie hatte kokett nicht geantwortet. Aber es war nur eine Schwärmerei, ganz ehrlich, sie war nicht verliebt in ihn. Dennoch keine Kleinigkeit, gesehen zu werden, bemerkt zu werden. Sie fühlte sich angenehm aus dem Konzept gebracht, als hätte diese eine Nachricht ihre ganze Welt verschoben.

»Ich finde dich undankbar.« Carly zupfte an ihrem Dekolleté. »Du solltest wenigstens geringfügig begeistert tun. Ich an deiner Stelle würde niederknien.«

Leda konnte sich ein Lächeln nicht verkneifen, als sie sich mit Carlys Kürbis auf den Weg zu Marys Zimmer machte. Natürlich hätte Carly sie niemals dort hingeschickt, wenn nicht ausgerechnet Ian neben ihrer Ex-Schwester wohnen würde. Normalerweise taten Carly und die anderen Psi Delts so, als existierte Mary gar nicht mehr. *Schwester*, hatte Carly einmal gesagt, als sie betrunken war, *ist bloß ein Wort.*

Aber Mary war Ledas erste Freundin am College gewesen. Das erzählte sie natürlich nicht Carly, aber kein Jahr nach dem Tod ihrer Mutter war Mary der erste Mensch gewesen, der (zumindest ansatzweise) Ledas tief sitzende Einsamkeit vertreiben konnte.

Marys Tür war offen, ebenso wie die der anderen Lawn-Zimmer. Der Rasen war gewissermaßen ihr Vorgarten. Und der überdachte, gepflasterte Weg mit der endlosen Kolonnade ihre Terrasse, auf der heute kreischende Kinder herumtobten. Mary saß auf ihrer Treppe und ließ ein Rudel kleiner Löwen Süßigkeiten aussuchen. Sie trug ein Samtkleid und grünen Glitzerlidschatten. Kunstblut lief ihr aus dem Mund. Ein Sukkubus, sagte sie, als die Löwen weg waren. Es sah doch hübsch aus. Sogar sexy. Das Kostüm entsprach einfach nicht den Richtlinien von Psi Delta.

»Carly meinte, du hättest Flügel«, sagte Leda und schob sich eins von Marys Bonbons in den Mund.

»Carly ist besoffen.«

»Witzig.« Leda stellte Carlys Kürbis ab und warf einen Blick in Richtung Ians Zimmer. »Genau das hat sie über dich auch gesagt.«

Ians Lawn-Tür hatte dunkle Fensterläden, die mit einem

Bungeeseil offen gehalten wurden. Neben seiner Treppe war sein universitätseigener Schaukelstuhl an der Fassade festgekettet, daneben ein universitätseigener Holzstapel. Im Innern des Zimmers – das wusste Leda – sah es genauso aus wie bei Mary: ein Fenster, ein Kamin. Ein Hochbett, ein Holzschreibtisch. Es waren alles Einzelzimmer – gelehrt und spartanisch, ein Traum für verkopfte Nerds wie Mary.

Mary folgte ihrem Blick. »Ich glaube, Ian wollte noch mehr Süßkram kaufen. Die Kinder kriegen den Hals nicht voll.«

Leda umrundete Ians Holzstapel. »Auf Carlys sind sie nicht so scharf.«

»Carly kommt ja auch wie eine echte Hexe rüber.«

»Werde ich ihr ausrichten.« Leda lächelte und tippte sich an die Lippe. »Was soll das Blut?«

»Na ja, ich bin ein Dämon, oder? Eine ganz schöne Sauerei, Männern die … sagen wir mal Zeugungskraft auszusaugen.« Mary grinste blutrünstig. »Und sag jetzt bloß nicht, was du garantiert denkst. Das Zeug ist nicht schlimm. Schmeckt nach Kirsche.«

Leda versiegelte sich mit Unschuldsmiene die Lippen. Trotz ihrer Klugheit hatte Mary Angst vor Blut. Genauer gesagt machte ihr die Tatsache zu schaffen, dass sie einen Körper hatte. Wenn sie sich verletzte – sei es nur ein kleiner Schnitt, ein Splitter oder eine Sicherheitsnadel, die ihr in den Daumen pikste, ohne dass es überhaupt blutete –, umwickelte sie die Stelle mit Papiertüchern oder ballte so lange die Faust, bis jemand anderes es sich ansah.

»Dornröschen ist schuld«, sagte Mary. »Sie sticht sich in den Finger, und dann? Ist sie tot? War doch so, oder?«

»Na ja, kleine Mädchen sollten irgendwelchen Stacheln eben nicht zu nahe kommen …«

Mary schlug sich gegen die Stirn. »So habe ich Dornröschen echt noch nie betrachtet! Im Ernst. Wieso noch mal hast du nicht Englisch als Hauptfach genommen?«

Typisch Mary. Leda hatte gemeinsam mit ihr einige Pflichtkurse in Englisch absolviert, sich dann aber für Spanisch als Hauptfach entschieden. Sie ignorierte die Bemerkung und bewegte sich beiläufig in Richtung Ians offener Tür. Drinnen brannte ein Feuer im Kamin. Sein Schreibtisch war übersät mit Büchern und Skizzierpapier. Neben dem Schrank stand ein Skelett.

»Oh ...« Leda machte einen Schritt rückwärts, als das Gerippe sich in Bewegung setzte. Ein Mann im Skelettkostüm. Leda konnte seine Augen nicht sehen, aber er war etwa so groß wie Ian. »Entschuldigung. Ian?«

Das Gerippe trat auf sie zu und atmete geräuschvoll durch den Nylonstoff über Nase und Mund. Er tippte sich zum Gruß gegen die Schläfe, schlüpfte aus dem Zimmer und mischte sich unter die Menge.

Leda kehrte zu Mary zurück und zeigte ihm hinterher. »Hast du das gesehen?«

»Was?«

»Da war ein Typ in Ians Zimmer.«

Mary begutachtete ihr Kunstblut im Spiegel. »Ich glaube, die Schwimmer sind da. Ein paar von denen haben eben auf dem Rasen Handstand gemacht, in Poseidonkostümen oder so.«

»Das war aber ein Gerippe.«

»Cool. Wie originell.« Mary wickelte ein Schokoladen-Karamell-Bonbon aus ihrer Süßigkeitenschale aus und bot Leda ebenfalls eines an.

»Nein danke. Aber einen Lolli nehme ich gerne.« Leda packte das Ding aus und biss krachend darauf. »Gehst du nachher auch zu der Schaumparty?«

»Ich bin mir ziemlich sicher, dass Schaum noch nie Teil der Tradition von All Hallows' Eve, Samhain oder sonst irgendwas war.«

Solchen Scheiß redete Mary in letzter Zeit.

»*Klappe,* Mary. Komm zur Party.«

Mary schüttelte lächelnd den Kopf, und Leda ließ sich von der glitzernden, bemalten Menge in schweflig riechenden Bodysuits mitreißen. Sie wagte einen letzten Blick in Ians leeres Zimmer, zerkaute die Reste ihres Lollis und sagte innerlich *Komm zur Party* auf wie einen Zauberspruch.

Die Massen trugen sie mit sich fort, mal fließend, mal stockend. Leda blieb stehen, als vor ihr drei Giraffen endlos im Kreis galoppierten. Eine heulende Cinderella mit blauen Puffärmeln prallte ihr in die Kniekehlen. Bei nächster Gelegenheit verschwand Leda in einer Seitengasse und joggte vorbei an Gartenmauern fort vom Lawn. Ihre Schuhe landeten auf hellem Kies und Herbstlaub. Aus dem Kies wurde Asphalt. Die besäulten Gebäude wichen Backsteinwohnheimen, je weiter sie sich vom Herzen der Universität entfernte. Sie kam an der Sporthalle vorbei, in der sie ihren Studentenjob absolvierte. Dabei saß sie am Tresen und sah zu, wie Studierende und Dozenten ihre Ausweise scannten. Manchmal musste sie abschließen. Manchmal sauber machen. Wenn nichts los war, schaute sie durch die Innenfenster hinter ihrem Tresen auf das olympische Schwimmbecken zwei Etagen tiefer.

Kurioserweise nutzte sie die Sportmöglichkeiten hier gar nicht. Sie trainierte einfach nicht gern drinnen, lief ungern auf der Stelle und wollte auch nicht schnaufend einen willkürlichen Punkt fixieren (den Thermostat, die Knöpfe am Fernseher, die Anleitung des Defibrillators). Sie brauchte Hindernisse, über die sie springen konnte. Sie brauchte Wind, Regen, Eis oder Hitze. Sie brauchte das Gefühl, vor etwas wegzulaufen. *Fang mich,* hatte sie immer ihre Mutter angebettelt, verängstigt, vergnügt. *Fang mich.*

Sie kam am Football-Stadion vorbei und bog in eine Gegend mit Wohnheimen abseits des Campus ein, das Geräusch ihrer Schritte auf dem Asphalt das einzige weit und breit. Ein Stück die Straße entlang befand sich der Zugang zum Wanderweg. Sie sprintete darauf zu und nahm etwas ins

Visier, das sie erst für einen Vogel hielt, dann für ein großes Blatt, sich schließlich jedoch als gepolsterter BH herausstellte, der über der Kette am Eingang hing.

Die Sonne stand immer noch hoch am Himmel, aber sie hatte nicht mehr so viel Zeit, wie ihr lieb gewesen wäre. Klar, es war Samstag, aber sie musste trotzdem zurück nach Hause und ein Lied für den Chor üben. Dann noch Astronomie-Hausaufgaben machen, ein Stück für Chilenische Literatur lesen und Martí oder Paz oder einen anderen schwierigen Dichter auswendig lernen. (Das ging nur noch heute, morgen hatte sie garantiert einen Kater.) Dann stand das Vorglühen vor Moonies Schaumparty im Cathouse gegenüber an. Das Cathouse war kein Bordell oder so was – einfach eine Menge Mädchen unter einem Dach, ähnlich wie Ledas Verbindung. Dennoch war sie noch nie dort gewesen; die Psi Delts legten großen Wert darauf, sich nicht mit Verbindungslosen abzugeben. Aber heute waren sich ein paar Schwestern einig, dass im Cathouse vorzuglühen unheimlich sein könnte, halloweenmäßig. Außerdem, Alkohol ist Alkohol. Auch wenn Ian mit an Sicherheit grenzender Wahrscheinlichkeit nicht auf der Party sein würde, hielt Leda es für eine gute Idee, ein bisschen zu spät zur Schaumparty aufzutauchen (um sich rarzumachen).

Inzwischen war die Straße nicht mehr befestigt, sie musste Wurzeln ausweichen und um Steine herumlaufen. In den Bäumen schimpften und sangen winzige Vögel. Sie holte tief Luft. Die Sonne linste durch die lichten Baumwipfel. Sie rannte Serpentinen entlang. Sie spürte ihren Herzschlag in den Oberschenkeln, in den Füßen. Als der Weg eben genug war, um nach oben zu schauen, sah sie die Sonne den kahlen Gipfel bescheinen. Sie lief schneller, ihr Puls raste, und sie ließ den Wald hinter sich. Alte Goldrutenstängel schlugen ihr gegen die Waden, als die Wiese in gemähtes Gras überging, dann, endlich, das Observatorium.

Das Observatorium war ein weißer Augapfel, der in den

Himmel starrte. Leda schlüpfte unter dem Tor hindurch, rannte am Gebäude vorbei, trat gegen den Fuß eines rostigen Wasserturms und machte sich auf den Rückweg bergab. Über ihr ließen sich zwei Raben auf der Thermik treiben. Sie erhöhte ihr Tempo, beobachtete die schwarzen Vögel am blauen Himmel. Hinter dem blauen Vorhang schienen die Sterne; sie konnte sie zwar nicht sehen, aber das hieß nicht, dass sie nicht da waren. Ein Rabe krächzte: *Ian.* Sie lachte laut auf – beschwingt, sorglos. Einer jener seltenen Momente, in denen sie das Gefühl hatte, genau am richtigen Ort zu sein. Sie wusste, wo sie hinwollte. Kies glitt unter ihren Füßen beiseite, ihr Atem heiß und ihr Herz froh darüber, dass es schlug.

An der Straße stand ein Pick-up-Truck mit tickendem Motor neben dem Eingang. Die Windschutzscheibe reflektierte undurchsichtiges, weißes Licht. Leda rannte an der Beifahrertür vorbei. Der Wagen war leer. Hinten auf der Ladefläche streckten vier Jagdhunde die Köpfe aus einer Metallbox. Sie schnappte erschrocken nach Luft, und die Hunde stürzten, so gut sie konnten, auf sie zu und bellten. In Dice County, wo Leda aufgewachsen war, waren Trucks mit dicken Reifen, Gewehrhalterung und Jagdhunden ganz normal, aber nicht hier in der Stadt. Sie ergriff die Flucht – die Hunde fletschten die Zähne und jaulten, von ihrem Besitzer keine Spur. Sie sprintete durch die Goldruten auf den Waldrand zu. Wie merkwürdig – diese Angst unterschied sich kaum von der Aufregung, die sie kurz zuvor verspürt hatte. Ihre Nerven waren zum Zerreißen gespannt. Die Hunde heulten. Sie konnte dem Drang zu schreien gerade noch widerstehen.

Psi Delta, ein renoviertes Haus im Plantagenstil, das aus einer Küche, einem Gemeinschaftsraum und fünfzehn Zimmern bestand, lag abseits des Unigeländes. Für ein Verbindungshaus war es nicht besonders groß, und man *musste* auch nicht hier wohnen, um Mitglied zu sein. Aber Leda hatte es so gewollt. Es klang kitschig, zugegeben, aber sie hatte ein Zuhause gesucht. Eine Familie.

In Sachen Zimmer hatte sie Glück gehabt. Die meisten anderen waren Zweier, aber Leda hatte eines der wenigen Einzelzimmer zugelost bekommen. Obendrein hatte es eine Veranda, die sie sich mit ihrer Schwester Naadia teilte, einer pakistanischen PoWi-Studentin im vierten Jahr. Naadia war klug und ernst, aber außerhalb der Uni schien sie ein königliches Leben zu führen. In den Sommerferien hatte sie sich auf Jachten in den Emiraten fotografieren lassen und dabei ernsthaft goldene Bikinis getragen. In ihrem Zimmer hing eine Weltkarte mit Nadeln in allen Ländern, die sie bereist hatte. Für Leda war es völlig utopisch, sich das leisten zu können, obwohl die Vorstellung ihr durchaus gefiel, einfach ihre Sachen zu packen und ab nach … Kolumbien vielleicht. Oder Griechenland. Oder Ägypten.

Ein schöner Traum. Aber jetzt war Leda *hier*, und zwar stinkend und schwitzend. Sie rannte nach oben in ihr Zimmer, um sich auszuziehen. Im Schrank musste sie erst den alten chinesischen Drachen ihrer Mutter vom Wäschekorb schieben, damit sie die nassen Sachen hineinwerfen konnte. Ihre Mutter hatte den Drachen bei einer Haushaltsauflösung gekauft, und anstatt ihn in ihren gemieteten knapp zehn Quadratmeter großen Bereich im Antiquitätenkaufhaus mitzunehmen – eine modrige Lagerhalle, in der Leda als Kind unzählige Stunden verbracht hatte –, hatte ihre Mutter ihn mit nach Hause genommen und aufgehängt. Er hatte Papierschuppen am Körper wie eine Schlange. An seinem Kopf waren große Augen mit Lidern, die man auf- und zuklappen konnte. Leda hatte (immer noch) ein bisschen Angst vor ihm – die großen, abgerundeten Zähne in seinem Fischmaul; die zugekoksten Augen; das hohle Innere.

Ihre Mutter hatte sich alle möglichen Geschichten über den Drachen ausgedacht. Der Drache war weise und allwissend: Er wusste, wann es Zeit war, die Kartoffeln im Garten auszubuddeln, und er wusste, ob Leda sich die Zähne geputzt hatte oder nicht. Er liebte Popcorn (mit Milk Duds) und Scheiblettenkäse. Er ging auf Reisen, sobald sie das Haus verließen, rund um den Globus, durch die ganze Galaxis.

Nun lebte der Drache in der hintersten Ecke von Ledas Wandschrank. Drei Jahre nach dem Tod ihrer Mutter hatte sie immer noch nicht den Mut, ihn zu entsorgen.

Im Gemeinschaftsbad trank Leda mit großen Schlucken aus dem Wasserhahn, während die Dusche sich aufheizte. Sie trat hinein, wusch sich das Salz von der Haut und roch hinterher nach Froot Loops, war rot und nass. Sie zog sich an und sang *Adam lay ybounden* vor ihrem Notenständer, den Bleistift gezückt, um überraschende Pausen und schwierige Rhythmen zu markieren. Die Vertonung war langsam wie ein gregorianischer Gesang, die Akkorde sollten schwebend durch einen leeren Raum hallen. Das Stück würde a cappella von einer ausgewählten Gruppe dargeboten werden, für die Leda vorgesungen hatte. Bei dem Konzert würden sie und die anderen Mitglieder des Chors elektrische Kerzen in ihren Roben versteckt halten. Dann würden sie die Lämpchen drehen, bis sie leuchteten, und im selben Moment den Mund öffnen und ihre Stimmen erklingen lassen.

Ihr Chorleiter war bekannt für Theatralik. Er war bekannt dafür, auf seinen Tisch zu steigen und unter anderem zu rufen: *Wir kommunizieren hier!* Diese Äußerung war meistens eher Ermahnung als Lob; wir sollten eigentlich kommunizieren, meinte er.

Was willst du sagen?, schrie er dann. *Was willst du SAGEN?*

Nun sang Leda: »*Blessed.*« Sie sang: »*We moun singen.*« Ihre Stimme erfüllte den Raum. Das Bett war wie immer ungemacht. Ihre beiden Bettdecken lagen verdreht und einzeln da. Aus den Augenwinkeln sahen sie aus wie menschliche Körper. Sie sang:

Blessed be the time
That apple taken was,
Therefore we moun singen.
Deo gratias!

Auf seinem kleinen Tisch in ihrem Kopf schüttelte ihr Chorleiter die Faust. Was wollte sie sagen? Sie riet: Welche Schönheit, welche Kunst, welche Ehrfurcht die Sünde hervorbrachte! Gracias, Gott! Aber sicher war sie sich nicht. Außerdem, bringen Sünden immer erhabene Kunst mit sich? Sie bezweifelte es, wenn sie an ein örtliches Graffiti mit einem Brathähnchen mit menschlichen Brüsten und Engelsflügeln dachte oder an die »Gedichte« die ihre Verbindungsschwestern auf dem Whiteboard im Gemeinschaftsraum kreierten (zum Beispiel: *Rosen sind rot/Titten sind rosa …*). Nein, Leda wollte nicht *jedermanns* Klagelied hören. Doch die meisten Menschen konnten dem Apfel nicht widerstehen, nicht wahr? Und ob es ihr nun gefiel oder nicht, alle hatten etwas, worüber sie singen konnten.

Natürlich konnte man auch den Apfel essen und schweigen. Es war so leicht, sich zu »versündigen«, ohne darauf zu achten. Das taten viele, wie Mary, die ihr eigenes Blut nicht sehen wollte. Dabei war Mary nicht einmal verrückt; auch Ledas erste Reaktion, wenn sie sich schnitt, etwas zerbrach oder mit jemandem schlief, hieß: wegsehen. Sie waren beängstigend, diese Bruchstücke der Wirklichkeit, die ihr vor Augen führten, dass sie *ihr Körper war.* Dann wandte sie den Blick zur Decke und hielt den schmerzenden Teil von sich. Sie schloss die Augen, als suchte sie die andere Leda (die »wahre« Leda), die nicht aus Nervenenden, Gewebe, Knochen und Blut und Organen bestand, die irgendwie pulsierten und sie auf wundersame Weise am Leben erhielten.

Diese wahre Leda musste es doch geben, oder? Eine Essenz, eine Seele, einen Geist. Aber es verwirrte sie immer, wenn Menschen darüber sprachen – »dein wahres Ich« oder »dein eigentliches Selbst«.

Unten sangen Ledas Schwestern das Kinderlied »Witches' Brew« und brüllten im Chor: *»Alakazamakazoo!«* Wahrscheinlich aßen sie Halloween-Süßigkeiten und übertrieben es dabei, wie es eigentlich Kindern vorbehalten sein sollte.

Leda betrachtete ihre verdrehten Laken und sang: *»Ne had the apple taken been …«*

Ihre Stimme klang zu tief. Sie sang es noch einmal. Dann öffnete sie das Fenster. Die Welt roch nach säuerlichem Müll. Eine Trauertaube klagte zu »Witches' Brew« und einer Runde Presslufthammer. Das Nachbarhaus war kürzlich abgerissen worden, und die Bauarbeiten (oder eher Abbauarbeiten) gingen langsam voran. Oder zurück. Wie auch immer. Heute wurde ein Betonweg aufgerissen, darunter kam purer, roter Lehm zum Vorschein.

Hinter der Baustelle lag ein normales Viertel mit ein paar Verbindungshäusern, alten Villen, die in Mietwohnungen unterteilt waren, und der einen oder anderen Professorenbehausung. Es gab auch Gemeinschaftshäuser ohne Verbindungsbezug – bloß ein Haufen Studenten, die ihre Fertiggerichte in derselben Küche lagerten. Das Cathouse war das naheste von dieser Sorte, voller Mädchen mit Tattoos und schmerzhaft aussehenden Piercings, die Hauptfächer wie Women's Studies oder Philosophie belegten. Sie veranstalteten lange, laute Partys. Wenigstens konnten sie das. Wenigstens mussten sie nicht von Haus zu Haus ziehen wie Sternsinger oder Leda und alle anderen Verbindungsschwestern. Alkohol war in sämtlichen Sororitys auf dem Campus verboten. Genau wie Partys. Das Verbot kam von ganz oben – das entschieden die Landesverbände. Vielleicht ging es ums Image. Vielleicht bekam man so bessere Konditionen bei der Versicherung. Oder vielleicht war es, wie Mary sagte, einfach guter alter Sexismus.

Unwillkürlich hatte Leda aufgehört zu singen. Sie schielte

nach ihrem Handy auf der Fensterbank. Sie sah nach. Nichts. Aber am Abend (nachdem sie mit dem Singen fertig war, ihre Hausaufgaben erledigt hatte – Poesía Moderna, Astronomie …) wurde sie mit einer Nachricht von Ian belohnt.

Hey Leda, sorry, dass ich dich verpasst hab.

Etwas leuchtete in ihrem Innern auf, obwohl sie sich – zum ersten Mal – fragte, woher er eigentlich ihre Nummer hatte. Dann klopfte es. Sie wirbelte herum, warf das Handy aufs Bett und öffnete die Tür mit einem bescheuerten Grinsen im Gesicht (fühlte sich so an).

Vor der Tür zuckte Mary zusammen. »Du siehst krank aus.«

»Wer hat dich reingelassen?«

»Carly. Nicht ganz freiwillig, das kannst du mir glauben.« Mary trat ein, das Kunstblut um ihre Lippen war verschmiert. Sie sagte ernst: »Ich habe beschlossen, mit zu deiner Party zu kommen.«

»Wow.« Leda schloss die Tür. »Bitte nicht so begeistert.«

»Ich krieg schon 'ne Gänsehaut, nur weil ich mal wieder im Revier von Psi Delta bin.« Mary riss sich die Schuhe von den Füßen und warf sich auf Ledas Bett, wobei sie einem Häufchen aussortierter Sport-BHs und Leggings auswich. »Ich weiß nicht, wie du das hinkriegst, Lee – das ganze Elasthan, das ganze Getue.«

»Elasthan ist bequemer als Jeans«, entgegnete Leda.

»Sei ehrlich. Hast du auch schon eine Perlenkette, Lee?«

»Eine unechte.« *Aber hübsch,* verkniff sich Leda.

»Na ja, wenigstens gibst du es zu.« Mary rutschte zur Seite. Unter ihrem Hintern zog sie Ledas hingeworfenes Handy hervor und tippte den Code ein. »Weißt du, ich komme nur zu der Party, weil du mich gebeten hast. Wenn jemand fragt, sag, ich bin eine Nonne. Und sag dazu, dass Enthaltsamkeit Teil des Kostüms ist.«

»Machen Englischstudenten keine Partys?«

»Doch. Aber da wird man nicht nach Optik bewertet, bevor man reingelassen wird.«

»Du hast doch bloß Angst, dass die Frat-Typen dich nicht sexy finden.«

»Ich hab Angst, *dass* sie mich sexy finden. Apropos Sex.« Mary hielt Ledas vibrierendes Handy hoch. »Ian ruft an.«

Leda schnappte sich das Telefon, schaute aufs Display und steckte es weg.

»Du gehst nicht ran?«

»Dein Ernst?« Das war aus dem Jungs-Proseminar, das alle im ersten Jahr an der Uni absolviert hatten (alle außer Mary, wie es aussah). »Künstliche Verknappung, Mary.«

»Also bist du die Ware?« Mary setzte sich auf. »Leda, du verwirrst mich.«

»Ja, kann sein. Dein Mund ist verschmiert.«

Mary ging zum Spiegel. Leda durchsuchte ihren Kleiderschrank nach einem Kostüm und riskierte zwischendurch einen Blick auf den verpassten Anruf auf ihrem Handy, als Mary nicht hinsah. Der Drachen starrte sie durch Sommerkleider hindurch auf Kniehöhe an. Unten war die Kindermusik inzwischen durch jaulende Synthies ersetzt worden.

»Ich geh einfach von Kopf bis Fuß in Rot.« Leda hielt ein Kleid hoch. »Dann lass ich mir von anderen sagen, was ich bin. Darf man als Rothaarige so viel Rot tragen?«

Mary kramte einen roten Liquid Eyeliner aus ihrer Kosmetiktasche und bot ihn Leda an.

»Ist ja grässlich.« Trotzdem setzte sie sich aufs Bett und ließ sich von Mary das Auge aufreißen. Als das erste fertig war, fragte sie: »Was ist Ian eigentlich?«

»Sein Kostüm?« Mary biss sich auf die Lippe. »Zeus oder so was.«

Leda spürte, wie sich ihr Augapfel unter Marys Fingern bewegte. »Carly meinte, er hat eine Toga an.«

»Na ja, Zeus trägt auch Togen, oder?«

Leda kicherte. »Irgendwie albern, dass Götter überhaupt Klamotten tragen.«

Mary trat zurück. »Lass die Augen offen.«

»Vielleicht könnte ich als Göttin gehen.« Leda betupfte sich die Augen und blinzelte. Im Spiegel sah sie, dass der Eyeliner wirklich knallrot war. »Oder als fromme Sterbliche, die Zeus' besondere Aufmerksamkeit weckt.«

»Du und tausend weitere Sterbliche. Ich weiß auch nicht, wie das als Kostüm aussehen würde.«

Leda ließ die Füße baumeln. »Vielleicht kann Zeus ja wenigstens herabsteigen und mich segnen.«

»Vielleicht, Lee.« Mary hielt mit dem Lippenstift in der Hand inne. Ihre Blicke begegneten sich im Spiegel. »Vielleicht verliebt ihr euch ja, so unwahrscheinlich das ist, und alles ist Friede, Freude, Eierkuchen.«

»Ähm.« Ledas Herz raste. »Wer hat denn von Verlieben gesprochen?«

Liebe war nicht das Ziel, oder? Das schien zu groß, zu riskant.

»Dann eben nicht verlieben, aber wenn du ihn *magst*, würde ich an deiner Stelle einfach den Mund aufmachen. Findest du nicht? Du kannst doch nicht einfach beten, dass dieser ›Unsterbliche‹ dir einfach von alleine weiter schreibt. Zeus verlangt Opfer, nicht wahr? Da musst du schon ein paar Schafe töten.«

Leda ging zum Schrank und zupfte ihr Kleid zurecht. »Schon klar.«

»Dann halt nicht.« Mary verschloss ihren Lippenstift. »Ich bin Atheistin; mir ist das gleich.«

Mary war schon immer klug gewesen. Das störte Leda im Gegensatz zu anderen Delts nicht; es machte ihr nichts aus, in jeder Hinsicht intellektuell herausgefordert zu werden. Vielleicht war sie es einfach gewohnt, sie und Mary hatten im ersten Jahr dasselbe Wohnheim zugewiesen bekommen und sich so gut wie augenblicklich angefreundet. Vielleicht weil sie einen ähnlichen Humor hatten, beide gern lasen oder weil sie sich am College beide verloren fühlten und auf der Suche nach einem Anker waren. Marys Eltern unterrichteten an einer Westküstenuni, und sie hatte solches Heimweh gehabt, dass Leda sie im Frühling ihres ersten Jahres überzeugen konnte, sich um die Aufnahme in eine Sorority zu bewerben. Das wäre dann wie ein zweites Zuhause, hatte sie Mary erklärt.

Inzwischen war es offensichtlich, dass Leda Marys Meinung nach austreten sollte, dass das Ganze irgendwie unter ihrer Würde war. Aber Leda brauchte ein Zuhause. Brauchte eine Familie. Für sie war *Schwester* nicht bloß ein Wort.

Draußen ging die Sonne langsam unter. Nebenan waren die orangefarbenen Maschinen erstarrt wie lebloses Vieh, von hinten beleuchtet. Leda und Mary blieben noch eine Weile auf der Veranda, bevor sie losgingen. Als sie klein gewesen war, hatten Leda und ihre Mutter oft auf der Veranda gesessen und die Rinder der Nachbarn beobachtet. Irgendwie tröstlich, dass die Tiere immer dort draußen waren und sich durch die Dunkelheit bewegten. Sie schienen nie zu schlafen. Manchmal, wenn sie angestrengt horchte, meinte Leda, ihre Mägen zu hören, den Sand und Lehm, der unter ihren Hufen zusammengepresst wurde.

Nun dröhnte in der Ferne verschwommene Popmusik. Hinter den Fenstern des Cathouse wimmelte es von menschlichen Gestalten. Mary drückte Ledas Hand. Sie setzten sich in Bewegung. Unten im Gemeinschaftsraum krächzte Glock, der Sorority-Kakadu: *»Drunk ass!«*, als sie hereinkamen. Ein paar Schwestern umarmten Leda, andere sangen ihren Namen und fragten, ob sie *wirklich* zum Vorglühen ins Cathouse wolle.

»Sei vorsichtig«, warnte eine.

»Wer sind die überhaupt?«, wollte eine zweite wissen. »Wir kennen die ja nicht mal.«

Und eine dritte: »Ich hab gehört, die sind auf Heroin.«

Mary zog die Augenbrauen hoch. *Gauben die das wirklich?* Sie hatte sich früher schon darüber ausgelassen, wie misstrauisch die Schwestern auf Andersartigkeit reagierten. Ihr Argwohn konnte durch Kleinigkeiten geweckt werden – unterschiedlicher Style oder abweichende Interessen – oder ernstere Dinge – eine andere Hautfarbe, ein anderes Geschlecht, eine andere soziale Schicht. Manchmal schien ihre Angst unterbewusst, wie eine beinahe unschuldige Furcht vor Neuem. Aber manchmal, so wie jetzt, trat sie ganz unverhohlen in den Vordergrund. Lächerlich.

Dennoch ignorierten sie Mary, nahmen keinerlei Notiz von ihrem Look.

»Es ist doch Halloween.« Leda versuchte, diplomatisch zu bleiben. »Das soll ja gruselig sein. Außerdem kenne ich Moonie auch nicht und gehe trotzdem auf seine Party.«

Mary sagte: »Ja, wieso machen wir das eigentlich noch mal?«

»Alkohol.« Leda öffnete den so gut wie leeren Kühlschrank. »Der wahren Liebe erster Kuss oder Gleichwertiges.«

»Ach, stimmt ja.« Mary tippte auf ihr Handy ein. »Damit ein Mann uns mit Küssen wieder zum Leben erwecken kann.«

»Wie bitte?« Genie, eine Psi Delt in Hörweite, wirkte entsetzt.

»Wie in Dornröschen«, stellte Mary klar. »Oder Schneewittchen.«

Das schien Genie zu beruhigen, die damit beschäftigt war, sich einen Meerjungfrauenschwanz über die Füße zu ziehen. In der Ecke bearbeitete Glock sein Xylofon, skandierte *»Drunk ass«*, stellte seine Haube auf und schlug mit den Flügeln.

Im Kühlschrank befanden sich Milch, ein Stück Käse und ein verkrustetes Glas eingelegte Bohnen. Leda nahm die Bohnen heraus, kämpfte mit dem Deckel und wandte sich zu Carlys *»Wie fühle ich mich gerade?«*-Tafel um – ein Schaubild mit gelben Emotions-Smileys, das sie auf einer Selbsthilfe-Website gekauft hatte. Jeden Morgen und Abend trat Carly vor das Bild und kreiste die zu ihren Gefühlen passenden Smileys ein. Heute hatte sie sich für Glückselig, Verkatert und Unschuldig entschieden. Keine ungewöhnliche Konstellation für Carly.

Was würde Leda einkreisen? Der Verliebt-Smiley sah aus, als hätte er eine Ohrfeige kassiert. Der Unentschlossen-Smiley zog eine Augenbraue hoch. Ledas Handy vibrierte in ihrer Tasche. Das Bohnenglas ging auf.

gehst du zu moonie?

Leda schluckte die Schmetterlinge herunter – übel, aufgeregt. Sie schrieb *vielleicht* und biss auf eine saure Bohne.

»Sterblicher oder Unsterblicher?«, fragte Mary.

Leda zwirbelte herausfordernd den Rest der Bohne.

»Leda, wer ist es? Ich hab dich nach Luft schnappen hören.«

Leda grinste, schob sich das Handy in den Ausschnitt und aß die Bohne auf. »Ich weiß ja nicht, wie es dir geht« – sie vollführte eine Pirouette und einen Knicks – »aber ich will mich jetzt abschießen.«

Es war zwar noch etwas früh, aber deshalb hieß es ja vorglühen. Leda zog Mary durch die Haustür nach draußen.

Im Viertel hallten und dröhnten bereits die Bässe. Autoscheinwerfer flackerten zwischen Bäumen und Gebäuden wie Zauberkerzen, die sich nach dem Auspusten wieder entzündeten. Ein Typ pinkelte in einen Hortensienbusch. Mädchen in High Heels kämpften sich den ebenerdigen Bürgersteig entlang. Eine Gruppe Hexen stolperte gegen eine Campus-Notrufsäule mit blauem CALL- und rotem EMERGENCY-Knopf. Davor hatte jemand eine Tüte Candy Corn verschüttet wie eine Opfergabe. Leda und Mary liefen knirschend darüber, während die Hexen alle Mühe hatten, einander aufrecht zu halten. Mary und Leda wechselten einen Blick und zwangen sich, nicht zu lachen.

Für Leda war das Streben nach Alkohol quasi ein Wahlfach. Weil Alkohol in der Verbindung verboten war, hieß es kreativ und fleißig sein. Manchmal stiegen kaum Partys, da konnte man nicht wählerisch sein. So kam es, dass Leda sich mitunter betrunken an unschönen Orten wiederfand – in fremden Gegenden, in Gassen, in Fraternitys, wo sie niemanden kannte. Bars waren zu teuer und oftmals genauso zwielichtig. Von daher war das Cathouse in Ledas Augen keinesfalls die schlechteste Option, um sich einen anzutrinken. Außerdem waren sie ja zu zweit. Leda und Mary würden aufeinander achtgeben, wenn nichts Unvorhergesehenes dazwischenkam, beispielsweise Ian. (Das verstand Mary sicher.)

Abgesehen davon passte das Cathouse zu Halloween. Es war dunkel und hatte niedrige Decken. Es gab gefärbte Haare. Düstere, untanzbare Musik. Kostüme, die überhaupt nicht hübsch waren und die Trägerin teilweise komplett verhüllten. Schon befremdlich, die Person in dem Anzug nicht sehen zu können. Das erinnerte Leda daran, dass sie einige ihrer unangenehmsten sexuellen Erfahrungen mit Menschen gemacht hatte, deren Gesichter sie sich gar nicht erst eingeprägt hatte.

Aber das College war eben kein Kloster, da schloss man sich nicht in seinem Zimmer ein. Für Leda war das Alleinsein ohnehin die beängstigendere Möglichkeit. Wenn man allein war, holte einen die langsam vergehende Zeit ein.

Mary verpasste Leda einen Stoß mit dem Ellbogen, rief etwas und ließ sich von der Party aufsaugen, als hätte die Strömung sie fortgerissen. Die Menge spülte Mary an einem alten Röhrenfernseher vorbei, auf dem *Nightmare Before Christmas* lief, der alte Tim-Burton-Film. Vor dem Fernseher schienen die Leute zu trinken, sobald die Wörter *Kürbis* oder *Halloween* fielen. An dieser Stelle des Films sangen Leichen und Vampire: »*This is Halloween; this is Halloween. Halloween! Halloween! Halloween! Halloween!*«

Jemand rief: »Wasserfall!« – das hieß »trinken, bis jemand Stopp sagt«.

Auch nicht anders als eine Frat-Party.

Leda schob sich ins Zimmer. Ein Mädchen mit hüftlangem Haar führte eine Art Tai-Chi-Move vor, bei dem sie eine unsichtbare Kugel an ihren Bauch zog. Ein Ziegendämon aß Trauben. Auf einem Couchtisch spielten ein paar Leute Jenga. Der Turm wankte, als ein Mädchen mit Wikingerhelm einen Stein herauszog. Am Ende des Ecksofas, auf dem die Jenga-Spieler saßen, tauchte eine geflügelte Nike (von Kopf bis Fuß in Nike gekleidet) die Hand in einen Korb mit Kondomen. Auf einem handgeschriebenen Schild stand: *Schützt euch. Geschlechtskrankheiten sind GRUSELIG.* Leda nahm die Pille nicht; sie hatte es versucht, aber damit war sie bestenfalls emotional und schlimmstenfalls gestört gewesen. Gerade schnappte sie sich ein Kondom, da tauchte ein Getränk vor ihr auf. Sie ergriff den Becher mit derselben Hand, in der sie das goldene Viereck hielt, drehte sich um und hatte schon einen entsprechenden Spruch auf der Zunge, aber vor ihr stand nicht Mary.

Ian sagte: »Dich kenne ich doch.«

Leda tat, als würde sie lachen, zwischen ihnen der Drink und das Kondom. *Was machst du denn hier?*, wollte sie fragen, erwiderte stattdessen aber cool: »Dich kenne ich auch.« Sie wollte das Kondom zurücklegen, verfehlte aber den Korb.

Ian lächelte kaum merklich. Sie schauten beide auf das fallen gelassene Verhütungsmittel hinunter. Er hob es auf und gab es ihr mit ritterlicher Geste zurück. Leda legte es wieder in den Korb. Ian steckte die Hände in die Taschen, seine Wangen waren gerötet. An ihm wirkte das irgendwie eher selbstbewusst als verlegen.

In der Nähe krachte der Jenga-Turm zusammen. Die

Spieler johlten. Ein Mädchen mit weißem Kleid und weißer Federboa hatte den Einsturz verursacht.

Ein Spieler rief: »Alle außer dir haben gewonnen!«

Das Mädchen hob die Hände und räumte ihre Niederlage ein. »Ich hab verloren.«

Ian beobachtete das Mädchen ebenfalls, also lächelte Leda das Lächeln, das ihre Schwestern und sie manchmal vor dem Spiegel übten. Da sah Ian sie wieder an. Leda nippte an dem Getränk, das er ihr gebracht hatte. Zu süß. Sie überlegte, sollte sie *Kennst du jemanden hier?* oder *Tut mir leid, dass ich dich mit Kondomen beworfen habe* sagen. Ian trank ebenfalls einen Schluck. Er sah gut aus in seiner Toga. Sie dachte auch darüber nach, ob sie das nicht sagen sollte. Es war seltsam, so sprachlos zu sein. Es war seltsam, dieses Gefühl, ihr würde das Herz aus der Brust ragen – plötzlich ganz verletzlich, ganz schutzlos.

Sie schwiegen immer noch, sahen einander an. Jetzt lief Synthie-Musik. Manchmal war Musik in solchen Situationen hilfreich; dann war es zu laut, um langweilige Sachen zu fragen wie: *Wie läuft das Semester?* oder *Welche Kurse hast du belegt?*

Stattdessen brüllte Leda: »Ich hab eine Frage!«

»Was?« Ian beugte sich vor, hatte sie nicht verstanden.

Sie wiederholte es noch lauter. »Ich hab eine Frage!« Sie klang ruhig, hoffte sie, obwohl sie schreien musste. Sein Ohr war nur Zentimeter von ihrem Mund entfernt. »Woher hast du meine Nummer?«

»Ach so.« Ian fuhr sich durchs Haar, es wirkte feucht. Sein Bizeps spannte sich an. »War das unheimlich?«

Leda zuckte die Schultern und berührte ihr eigenes Haar. Es war elektrostatisch geladen. »Schon möglich.«

Zwischen ihnen schob sich eine riesenhafte Gestalt im Gorillakostüm hindurch. Das Ganze dauerte einen Moment. Ein Stück entfernt bauten die Jenga-Spieler den Turm wieder auf. Die für seinen Einsturz Verantwortliche sah zu. Ihr schwarzes Haar bildete einen deutlichen Kontrast zu ihrem weißen Kostüm. Chinesin, dachte Leda. Ein Stück weiter erspähte Leda Carly in ihrem Hexenkostüm umgeben von einem Trüppchen Psi Delts, die sich ihre Verunsicherung nicht anmerken lassen wollten.

Als der Gorilla vorbei war, rief Ian: »Das sollte ich dir eigentlich nicht verraten!«

Leda zog eine Augenbraue hoch.

Ian zögerte, dann sagte er hinter vorgehaltener Hand: »Carly.«

Leda sah wieder zu Carly, die sie nun ebenfalls beobachtete. Carly und die anderen Psi Delts feuerten sie lautlos an. Das hatte sie seit der Highschool nicht mehr erlebt, als alle anderen die eigenen Liebesangelegenheiten besser zu durchschauen schienen als man selbst. Leda wurde rot. Selbst auf dieser eigenartigen Party fühlte sie sich geborgen und geliebt. Eigentlich ein bisschen beängstigend, wie der Vertrauensbeweis bei den Aufnahmeritualen, wenn man sich nach hinten fallen ließ. Dabei stand man mit dem Rücken zu den Schwestern auf einem Tisch, ganz nah an der Kante. Dann musste man die Arme vor der Brust kreuzen und sich wie eine Puppe nach hinten kippen lassen, während man darauf vertraute, dass die Schwestern einen davor bewahrten, sich den Kopf aufzuschlagen. Und das hatten sie mit vereinten Kräften getan, und Leda war wieder aufgestanden. Seitdem glaubte sie, dass sie jederzeit von einer Art Netz aufgefangen würde, auch ohne ihre Mutter.

»Und … was wolltest du mit meiner Nummer?«, fragte Leda Ian.

»Ganz einfach.« Ian lächelte. »Ich mag dich.«

Als Ian nicht hinsah, formte Leda in Carlys Richtung mit den Lippen: *Du bist tot.* Carly zog ein Gesicht, das dem Unschuldig-Smiley ihres Emotions-Diagramms bemerkenswert ähnlich sah, der Mund eine sittsame Linie, die runden Augen himmelwärts und weltabgewandt.

Nun schob sich Ians Gesicht vor Carlys, war plötzlich ganz nahe. Er roch nach Chlor.

»Dann bist du also kein Stalker«, sagte Leda.

Ian lächelte. »Noch nicht.« Er berührte sie am Handgelenk, und Leda spürte ihren Puls hochschnellen. So blieben sie eine ganze Weile stehen – nur Zentimeter voneinander entfernt –, bis der Jenga-Turm erneut in sich zusammenstürzte. Die Spieler zerstreuten sich, mischten sich unter die Menge im Raum und trennten Leda und Ian voneinander. Die Steine ließen sie einfach liegen.

Mary erschien mit zwei Getränken und deutete auf den Becher in Ledas Hand. »Was ist denn das?«

Leda zeigte in Ians Richtung, aber die Masse hatte ihn schon fortgeschoben. An seiner Stelle stand ein Mädchen in einer Sensenmann-Kutte. »Bist du der Teufel?«, fragte sie.

Leda tat, als fühlte sie sich nicht angesprochen, aber die Sensenfrau wartete auf eine Antwort.

»Weil du nur Rot anhast.«

»Nein.« Ledas Blick fokussierte sich (blondes Haar hing aus der Todeskapuze) und verschwamm wieder. »Tut mir leid.«

»Dann Feuer«, riet die Sensenfrau.

Leda trat einen Schritt zurück. »Nee.«

»Die Feuer*wehr*. Feueralarm. Achtung. Notfall!«

Auf ihrem Rückzug prallte Leda mit Nofretete und Superman zusammen, die gerade Selfies machten. Supermans Handy blitzte auf, und Leda blinzelte. War das hier ein Spukhaus oder was? Sie spürte die Wand hinter sich und einen Arm. Marys Gesicht tauchte auf, und Leda hielt sich an ihr fest. Irgendwo lachte jemand kreischend auf.

Leda brüllte Mary ins Ohr: »Klo!«

Aber da war wieder der Tod und zeigte mit der Sense in Richtung Treppe. »Ich zeigs dir.«

Widerwillig folgte Leda ihr. Oben blieb das Mädchen vor einer offenen Tür stehen. Das Bad war besetzt. Ein Junge hockte auf dem Klodeckel, neben ihm telefonierte ein pummeliges Mädchen im freizügigen Krankenschwesternkostüm.

Die Sensenfrau fragte: »Ist er immer noch aufm Trip?«

Die Krankenschwester zuckte die Schultern und hob kaum den Blick. »Sorry, Mom, ich verstehe dich so schlecht. In der Bibliothek ist total viel los.«

Leda fragte die Sensenfrau: »Hat er eben so geschrien?«

Sie zuckte die Achseln. »Wahrscheinlich.« Bei Licht erkannte Leda, dasss ihr blondes Haar auf einer Seite abrasiert war. »Wir haben schon rumgefragt. Keiner kennt ihn.«

»Nein, Mom.« Die Krankenschwester hielt ihr Handy wie ein Walkie-Talkie. »Ich *lerne*.«

Der Junge fiel unvermittelt von der Toilette und umklammerte den schmuddeligen Badvorleger. Dann stöhnte er lang gezogen und leise.

Die Krankenschwester überprüfte ihre Zähne im Spiegel. »Und wie gehts Daddy?«

»Vergiss es.« Leda wollte gerade verschwinden, als der Junge ihren Blick auffing. Er hatte schöne graue Augen – Strudel wie die Milchstraße, in denen sich die Deckenlampe spiegelte. Er hielt ihren Blick. Leda machte einen Schritt rückwärts.

Die Krankenschwester sagte: »*Niemand* hat die Gicht, Mommy.«

»Hey, übrigens«, rief die Sensenfrau Leda hinterher. »Bist du mit Ian hier?«

Leda stockte, wusste nicht, was sie sagen sollte. *Nein* lautete die Antwort natürlich, aber das brachte sie nicht über die Lippen. Die grauen Augen des Jungen blieben weiterhin auf sie geheftet. Was sah er? Auf einmal liefen ihm Tränen über die Wangen. Er öffnete den Mund und schrie wie ein kleines Kind.

Leda rannte zur Treppe, hinter ihr kicherte buchstäblich der Tod. Woher kannte das Mädchen Ian überhaupt? Und was hatte der Junge in Leda gesehen, dass er so schreien musste?

Egal. Halloween sollte ja gruselig sein. Am unteren Ende der Treppe hatte Leda es bereits vergessen. In gewisser Weise war es ein Neuanfang, vom Fuß einer Treppe aus einen Raum voller Menschen zu betreten. Sie konnte sich vorstellen, wie zum Beispiel »Dancing Queen« lief. Sie konnte sich vorstellen, wie Ian ihre Hand nahm und einen choreografierten Tanz mit ihr aufführte. *War* sie mit Ian hier? Sie ging ins Zimmer und glaubte einen Augenblick daran, spürte das Disneyprinzessinnenfilmlicht, das sie einhüllte wie ein weiter Rock – bis sie Ian am Eingang entdeckte, wie er sich mit dem Mädchen unterhielt, das den Jenga-Turm zum Einsturz gebracht hatte.

Dann stand Mary neben ihr, das Kunstblut war immer noch verschmiert.

»Moonie?«, schlug Leda vor, dachte an die Sache mit der Verknappung, dass sie sich auf dieser Party lieber rarmachen sollte.

Sie schoben sich durchs Gedränge. In Ledas Kopf erklang »Dancing Queen« mit verkürzten Strophen und dem Refrain in Endlosschleife. Sie kämpfte sich durch die Menge und spürte ihren Puls an der Stelle, an der eben noch Ians Finger gewesen waren.

Die wenigen anwesenden Psi Delts schienen den Wink zu verstehen, hatten wohl nur auf eine Gelegenheit gewartet, sich aus dem Staub machen zu können. Genie kam angehumpelt und sah mit den Muscheln über den Brüsten beeindruckend natürlich aus (auch wenn ihr Meerjungfrauenschwanz hüftabwärts nicht viel Bewegung zuließ). Auf der Türschwelle hob Genie die Arme wie zum Sprung ins Meer. Auch Leda hatte das Gefühl, dass sie gleich von einem Felsen aus in den Fluss tauchen würde, ohne vorher die Wassertemperatur zu testen. Ihre Füße kribbelten erwartungsvoll. Aber bevor sie die Tür erreichte, bekam sie etwas in die Hand gedrückt, was sie aus ihren Gedanken riss. Der Gorilla verteilte Kondome und hatte Leda eines zwischen die Finger geschoben. Beim

Anblick der bekannten goldenen Verpackung musste sie fast lachen. In dem Moment klickte etwas. Leda schaute hoch. Neben der Tür stand jemand mit erhobener Kamera. Leda starrte stirnrunzelnd in das schwarze Objektiv. Da senkte sich die Kamera. Es war das Jenga-Mädchen. Weißes Kleid, weiße Federboa. Das Mädchen, das gerade noch mit Ian geplaudert hatte.

Sie sagte: »Soll ich es löschen?«

Leda zuckte die Schultern. »Mir egal.«

»Ist für einen Kurs. Vielleicht ist es gar nichts geworden.«

Leda schob sich das quadratische Päckchen in den Stiefel und hörte nur halb zu. »Cool.« Sie spürte, wie es nach unten rutschte. Dann verließ sie fluchtartig die Party gemeinsam mit den paar Delts, die sich ins Cathouse gewagt hatten.

Die frische Luft tat gut. Die Welt zog angenehm vorbei, als ließe Leda sich wirklich im Fluss mit der Strömung treiben. Mary holte sie ein, und Leda sagte: »Auf zur echten Party.«

Genie drehte auf der Straße zwischen dem Cathouse und Ledas Sorority Pirouetten, der Meerjungfrauenschwanz erlaubte ihr nur winzige, schlurfende Schritte. Währenddessen rückten weitere Schwestern aus dem Verbindungshaus aus – in leicht abgewandelten Varianten der immer gleichen Kostüme: Katzen, Polizistinnen, Häschen.

»Wie wars?«, fragten sie, und »Geht es euch allen gut?«, als gierten sie nur darauf, das Gegenteil zu erfahren.

Carly vergewisserte sich, dass keine Frau im Cathouse zurückgeblieben war, indem sie rief: »Hat jeder seinen Partner?«

In der Fraternity Row herrschte das Gesetz der Wildnis, da sollte ein derartiges Zweiergespann für Sicherheit sorgen. Natürlich verlor das System an Effektivität, je betrunkener die Partner beide wurden. Aber fürs Erste hakte sich Leda bei Mary unter, und gemeinsam schritten sie in Richtung Schaumparty.

Mary sagte: »Ich komme mir vor wie ein Lemming.«

Leda wuschelte Mary durchs Haar und gab ihr einen Kuss auf die Wange. Sie erspähte Ian, der ein Stück hinter der Gruppe ging. Er musste ihr aus dem Cathouse gefolgt sein, genau wie sie gehofft hatte.

Vorn skandierte Carly Eminem-Lyrics, was sie immer erst tat, wenn sie ein bestimmtes Maß an Alkoholisierung überschritten hatte. *»Sit your drunk ass ...«* Carly wackelte mit dem Hintern – nicht ganz im Takt. Irgendwann im Lauf des Tages hatte sie ihren Hexenhut verloren.

Ledas Gruppe bog in die Memorial ein, auf der bereits Horden angetrunkener Studenten und Studentinnen unterwegs waren. Ein offenbar frisch mit lila Farbe angemalter Typ rannte den gelben Mittelstreifen entlang. Ein Psi-Delt-Neuzugang (Mallory oder Mel oder Melanie ...) kam auf Krücken und in einer glänzenden Polizeiuniform vorbei. Sie hatte einen Riesengips am Bein. Im Vorbeigehen nannte sie Leda eine Schlampe.

»Wie bitte? Was?«

Aber sie humpelte einfach weiter und gesellte sich zu den vorderen Psi Delts. Leda dachte darüber nach, ihr etwas hinterherzurufen, aber das Mädchen hatte sich nicht einmal nach ihr umgesehen. Hatte Leda sich das Ganze vielleicht nur eingebildet? Wie auch immer, zu spät. Ians Arm berührte ihren. Er hatte sie eingeholt. Leda stieg über eine verlorene Kissenhülle voller Süßigkeiten – ein Überbleibsel der Süßes-oder-Saures-Touren am Nachmittag. Sie hob ein rosa Starburst-Kaubonbon auf und schob es sich in den Mund.

Der lila Typ hatte lila Fußabdrücke hinterlassen, und Leda und ihre zahlreichen Begleiterinnen folgten ihnen. Ein Honda raste um sie herum und überfuhr ein Stoppschild. Ein paar Mädchen in kurzen Röcken flüchteten vom Zebrastreifen, sie trugen genau die gleichen Outfits wie Ledas Freundinnen. Während sie sie beobachtete, wäre sie beinahe über ein kleines Mahnmal gestolpert – eine Schale mit verwelkten Blumen und einem Namen auf einem Kreuz, den sie weder jetzt noch die hundert anderen Male las, die sie hier schon vorbeigekommen war. Als sie drum herumging, flog etwas Schwarzes über ihren Kopf. Ihre Mutter hätte sie darauf aufmerksam gemacht – *schau!* –, als wohnte dem Gefieder dieses Nachtvogels ein Stück vom Sinn des Lebens inne; dem Geruch nach Bier und Urin, der den Verbindungshäusern entströmte, oder den Blattadern des Laubs unter Ledas Füßen.

Leda schaute nicht hin. Sie näherten sich G Kap, der Vorgarten war von riesigen Buchsbaumhecken und orangefarbenen Bauzäunen umgeben. Die großen Fenster bebten, das ausgeweidete Haus (Fraternitys wirkten von innen immer wie ausgeweidet) sah aus wie auferstanden, zombiehaft: lebendig. Körper drängelten sich von der Veranda bis auf den Rasen: Feuerwehrfrauen, drei Mädchen, die als Salz, Tequila und Limette verkleidet waren, ein Kaugummiautomat mit Münzschlitz auf Schritthöhe. Zwei Typen mit Widderhörnern auf dem Kopf rauften auf der Wiese. Ein Priester warf Bücher in den Vorgarten.

Es gab keine Einlasskontrolle, also bahnte sich Ledas Trupp einfach seinen Weg durch eine niedergetrampelte Stelle im Zaun. Carly eilte voraus, glühte kurz blau im Licht einer Campus-Sicherheitsleuchte auf, dann war sie im Haus verschwunden. Leda blieb stehen und sah zu, wie Eva sich würgend an einer Baumschaukel festhielt. Klar, so war es Leda auch schon ergangen. Aber das hieß noch lange nicht, dass sie hingehen und ihr beistehen würde. Das Kotzen gehörte einfach dazu, oder? Das Kotzen genauso wie das Lachen.

Psi Delts strömten an Leda vorbei auf die Party, warfen ihr *Hab-dich-liebs* zu und küssten sie auf die Wange. War das nicht nett? Was für ein Glück sie hatte.

»Lee?« Mary berührte Ledas Schulter.

»Geh schon mal rein. Ich komme gleich.«

Mary entfernte sich fröstelnd. Die Kälte störte Leda nicht,

ihre Arme und Beine waren bereits taub. Eva baumelte immer noch würgend von der Schaukel. Leda biss sich auf die Lippe und beobachtete sie. *Was mache ich hier?*, fragte sie sich kurz.

Wie als Antwort erschien Ian neben ihr. Er musterte sie von Kopf bis Fuß und versuchte, ihre Verkleidung zu erraten. »Amor.«

Leda schüttelte den Kopf und lächelte leicht.

»Ein Lolli.« Er verpasste ihr einen Stups mit der Schulter. »Ketchup.«

Deswegen war sie hier, nicht wahr? Seinetwegen – Ian. Sie fragte sich, ob sie bald besessen sein würde. Das war ihr schon im ersten Jahr passiert. Damals hatte sie jemanden so sehr *gewollt*, als wäre ein Junge ein Spielzeug oder eine Süßigkeit. Das Problem an der Sache war, dass sie das Objekt ihrer Begierde gar nicht verstanden hatte, gar nicht verstanden hatte, was *wollen* bedeutete. Damals – am Anfang des ersten Semesters am College – hatte sie noch nie Sex gehabt. Jetzt, drei Jahre später (natürlich hatte sie inzwischen ihre Unschuld verloren), war sie immer noch nicht sicher, was *wollen* bedeutete. Dennoch fühlte sich das mit Ian irgendwie anders an. Vielleicht machte das Nichtwissen ja den Reiz aus: das Geheimnisvolle, das Risiko.

Leda folgte Ian nach drinnen, zwischen zwei Typen mit freiem Oberkörper hindurch, die mit einer Reihe Tiki-Fackeln kämpften. Einer sagte: »Die Scheißdinger gehen einfach nicht an.«

Der andere, etwas dickere Junge trug einen bis zur Hüfte heruntergezogenen Tigeranzug und las etwas von seinem Handy vor. »›Wenn Sie den Docht entzünden, muss dieser mit dem Öl getränkt sein, sonst geht er sofort wieder aus.‹«

Ian warf ihr einen Blick zu. *Bitte, bitte,* dachte sie und hüpfte bettelnd vor dem Nachtvogel oder ihrer Mutter oder wem auch immer, der sie hören konnte, auf und ab. *Ich bin auch ganz brav.* Aber sie wusste selbst nicht genau, worum sie eigentlich bat.

»Willst du mal fühlen?« Der erste Typ zündete das Feuerzeug an. »Ist alles total feucht, Mann.«

»Das hat sie auch gesagt«, gab der Tiger unvermeidlich zurück.

Auf der Veranda legte Ian Leda die Hand an den Ellbogen und führte sie durch eine Gruppe Männer ohne Hemd mit Handabdrücken auf der Brust, die Zigarren rauchten. Leda hielt die Luft an.

Das Verbindungshaus roch wie eine Nebelmaschine. Der Eingangsbereich war mit weißen Baumwollspinnweben geschmückt, die netzförmig über ihren Köpfen hingen. Darin und auf dem Boden wimmelte es von künstlichen Spinnen. Durch das Netz sah Leda einen Gehenkten baumeln, wo vielleicht mal ein Kronleuchter gewesen war. Eine große, L-förmige Treppe führte hinauf zu den einzelnen Zimmern. (Leda war schon ein- oder zweimal dort oben gewesen.) Entlang der großen Treppe hatte jemand ausgedruckte Fotos von toten Männern und Frauen aufgehängt – mit verdrehten Augen und offen stehenden Mündern. Auf halber Treppe ließen sich ein paar Mädchen vor dem Gehenkten fotografieren, formten Peace-Zeichen mit den Fingern und streckten dazwischen die Zunge heraus, die Augen fast so verdreht wie auf den Leichenfotos.

Ian umarmte kumpelmäßig einen Typen mit Teufelshörnern im äußerst schicken Anzug. Hinter ihm zogen sich Leute aus und warfen ihre Klamotten auf einen Haufen, bevor sie durch eine schmale Tür mit der Aufschrift SCHAUM gingen. Kurz bevor die Tür zufiel, sah Leda noch eine Kellertreppe, die auf gelbes Licht zuführte.

Ian brüllte: »Was zu trinken?«

»Bitte!« Leda kam ihre eigene Stimme seltsam vor, wie die einer Fremden.

Im vollen Wohnzimmer ging Stroboskoplicht an, und Leda wurde von der Menge aus Körpern verschluckt. Wo waren ihre Schwestern hin, fragte sie sich kurz, bevor sie sich dem Tanzen hingab. Vor ihr nahmen zwei Mädchen einen Typen in die Zange. Eine tanzte weiter unten – auf Schwanzhöhe. Er hielt ihren Kopf fest. Ihre Brüste lagen beinahe frei. Aber das war nichts Ungewöhnliches, sondern gerade das Schöne am College, an Frat-Partys. Eine sichere Umgebung, in der man alles sein und alles ausprobieren konnte.

Außerdem war Ledas Kleid auch nicht gerade züchtig. Das stritt sie gar nicht ab. Sie ging ja nicht als Mutter Teresa. Allerdings hatte sie sich einmal in der Grundschule zu Halloween als Archäologin verkleidet. Gemeinsam mit ihrer Mutter hatte sie einen Safarihut mit Fossilien und Werkzeug verziert und ihn dann mit einer Weste, Khakishorts und Abenteurerstiefeln getragen. Im Jahr zuvor war sie als Wolf gegangen, weil das ihrer Wunschvorstellung entsprach. Sie wollte gern einer sein.

Nun wartete sie darauf, dass jemand anderes ihr sagte, was ihr Kostüm darstellen sollte. Nun war sie damit beschäftigt zu tanzen. Der Boden bebte. Das Stroboskoplicht verharrte auf verdrehten Körpern. Sie war noch nicht einmal betrunken. Sie sah sich nach Ian um, aber er war immer noch nicht mit ihrem Getränk zurück. Die Musik wurde schneller, und alle begannen zu springen. In einem Raum voller springender Menschen war es anstrengender, *nicht* zu springen. Also sprang sie – selig wie ein Kleinkind, das man auf dem Knie hüpfen lässt. Vor ihr schwebten die braunen Haare eines Mädchens in der Luft, während es sprang und lautlos über dem Bass schrie, stark wie eine Umarmung.

Bei jedem Sprung nach oben sah Leda eine erleuchtete Küche. Sie ließ sich darauf zutreiben, bewegte sich kaum, bis das Stroboskoplicht ausging und die Menge sie vor einem Bierfass und einer Punschschüssel ausspuckte. Ein Typ mit freiem Oberkörper und blauem Kreis auf der Brust hielt eine Kelle in der Hand. Er füllte Leda einen Plastikbecher mit etwas, das wie Saft schmeckte. Leda trank durstig davon.

Dann holte der Typ drei lila Bälle hervor und fing tatsächlich an zu jonglieren.

Leda fragte: »Bist du Zerberus oder so?« Aber das konnte nicht stimmen, oder?

Der Junge lächelte, er hatte sie nicht verstanden. »Wie gehts denn so?« Er legte die Bälle zur Seite und schenkte Leda einen Kurzen zu ihrem Drink ein. »Amüsierst du dich?«

Verbindungstypen fragten immer so ein Zeug. Egal, wie stark sie den Punsch gemacht hatten, sie fingen immer mit Höflichkeiten an. Leda kippte den Shot runter. »Du kannst ja gut jonglieren.«

»Ist nur ein Hobby.« Er schenkte noch einen Kurzen ein. »In welchem Jahr bist du?«

»Im dritten.« Sie kippte auch diesen.

»Cool. Ich auch.«

Er hätte zu allem *Ich auch* gesagt, das wusste sie. Sie überlegte, welche Eingeständnisse sie ihm noch entlocken könnte, da kam Mary aus der Küche, sah sie und zog sie fort.

Leda prostete ihr zu – »Auf die Unterwelt!« – und trank.

Mary zerrte Ledas Ellbogen Richtung Erde und beäugte ihr Getränk, als könnte sie die K.-o.-Tropfen darin sehen. »Kennst du den, Lee?«

»Das ist nur der Wachhund des Hades.« Leda machte eine wegwerfende Bewegung mit der freien Hand. »Oder ein Hofnarr. Was hast du getrieben?«

»Ach, mich hat bloß eine gebeten, ein Foto von ihren Nippeln zu machen. Du weißt schon, das Übliche.«

»Hast du es gemacht?«

»Lee, natürlich nicht!«

Der nächste Song fing an, und Leda konnte nicht anders, als sich aus Marys Griff zu lösen. An die Wand wurden orangefarbene und schwarze Wirbel projiziert. Aus den Spiralen wurden regenbogenfarbene Fraktale. Von hinten rief ihr Mary etwas ins Ohr. Dann verschwand Mary. Leda tanzte. Bald spürte sie Hände an den Hüften. Einen Körper hinter sich. Es fühlte sich gut an, berührt zu werden. Sie tanzte mit ihm, wer immer es auch war. Er ließ die Hände über ihren Körper wandern. Sie spürte ihn durch seine Hose. Stellte sich vor, dass es Ian war. Aber als sie sich umdrehte, war er groß und dunkelhaarig. Südamerikaner? Italiener? Egal. Sie legte ihm die Arme um den Hals und schmiegte sich an ihn. Der Junge sagte ihr etwas ins Ohr, aber seine Stimme konnte die Musik nicht übertönen. Es war »Girl Talk«, von irgendwoher verkündete Carly immer lauthals die Künstlernamen, wenn die Musik wechselte.

»Elton John!«, rief Carly. »Biggie! Ying Yang!«

Irgendwie waren Ledas Lippen seinen nun ganz nah. Sie wusste, dass sie sich in ein oder zwei Songs küssen würden. Nicht, weil sie einander mochten, sondern einfach, weil das Universum sie zusammengeführt hatte. Ziemlich befreiend, sich einfach darauf einzulassen. Dann verstummte die Musik abrupt. Sie begrüßten sich per Faust, wie Fremde. An der Wand legte sich das Bild einer Katze über die Regenbogen-Fraktale. Leda fragte sich, ob sie etwas sagen sollte. *Hallo.* Oder *Ich bin …*

Aber er schwieg, also tat sie es ihm gleich. Sein dunkles Haar leuchtete in Regenbogenfarben. Dann umarmte ihn jemand von hinten, und er drehte sich überrascht um. Er begann, sich mit dem Mädchen zu unterhalten. Anscheinend waren sie befreundet. Leda entfernte sich, ihr war kalt, und ihr Getränk war leer.

Fühlst du dich nicht allein?, hörte sie Mary sagen. *Ist es nicht einsam, mit Menschen zu tanzen, die du nicht mal kennst?* Aber vielleicht war es auch ihre eigene Stimme. Bevor der Gedanke sich festsetzen konnte, ging die Musik wieder los, und sie spürte, wie sich erneut ein warmer Körper an sie drückte. Plötzlich nicht mehr allein. Nicht allein.

Nach ein paar Songs versuchte Leda zu entkommen. Sie sah, wie Genie sich von einem Jungen durch die Menge tragen ließ, um ihren Hals hingen kiloweise Perlenketten.

Anscheinend hatte sie keine Lust mehr, mit ihrem Meerjungfrauenschwanz zu laufen. Leda sah wieder das Mädchen mit der Kamera, wie sie sich durch die Menge schob und ihre Federboa hinter sich herzog. Das Mädchen kam näher. Womöglich berührten sich ihre Körper einen Moment lang. Dann hob sie die klobige Kamera über die Tanzenden, von denen niemand den Blitz bemerkte, der sie für Sekundenbruchteile bloßstellte. Leda stand direkt hinter ihrer Schulter und sah das kleine Bild auf dem Display erscheinen: Carly, die sich an einem Gerippe rieb. Leda drängelte sich zu ihr hindurch und packte ihre Freundin, aber Carly legte ihr einfach die Arme auf die Schultern und grinste.

»Lee-Loo, Ian hat dich gesucht.«

Das Gerippe entfernte sich und reckte die Fäuste. Er trug Knicklichter als Armbänder.

»Carly, alles klar bei dir?« Ledas autoritärer Tonfall verriet vor allem, wie betrunken sie inzwischen war. Carly verstand sie nicht, also wiederholte sie die Frage. Wie albern. Wenn Carly Nein sagen würde, was könnte sie dann tun? Sie wusste ja selber kaum, wo es aus dem Wohnzimmer nach draußen ging.

Carly schnappte sich Ledas Hand und zerrte sie in den Flur. Laufen fiel ihr schwerer, als es sollte. Sie stolperte über eine Unebenheit im Boden und schwankte wie der Jenga-Turm, bis sie gegen etwas Festes prallte: Ian. Er hielt zwei rote Becher in der Hand. Leda entschuldigte sich und richtete sich wieder auf. Ian gab ihr einen Drink. Sehr nachsichtig.

Weiter den Flur entlang zog Carly sich bis auf die Unterwäsche aus, warf ihr Hexenkleid auf den Haufen und öffnete die Kellertür. Sie stieg die mit klatschnassem Teppich bedeckten Stufen hinab und verschwand im leuchtenden Dunst. Leda folgte ihrer Schwester über die Schwelle, blieb am Schaum angekommen aber stehen. Er reichte in zitronigen Bergen bis zur Mitte der Treppe. Leda schaute darauf hinab wie ein Kind, ihr Kopf wie leer gefegt, bis Ian die Tür hinter ihnen schloss. Sie sah zu ihm empor. Aus dem Keller wehte warme Luft nach oben. Er kam die Stufen herunter, bis ihr Kopf auf Höhe seiner Brust war. Er griff nach Ledas Handgelenk, aber sie verlor das Gleichgewicht. Sie tastete nach dem Geländer und ließ ihn los.

Unten erwartete sie eine Art Begrüßungskomitee aus muskulösen Frat-Boys. Sie trugen nichts als Boxershorts, Fliegen und Sonnenbrillen. Ihr eingefrorenes Lächeln war erstaunlich überzeugend. Leda fühlte sich gut dabei, beim Eintreten so angelächelt zu werden. Sie schlugen Ian auf den Rücken und drückten Leda so höflich die Hand, dass es beinahe bedrohlich war.

»Hey!«, sagten sie. »Hey!« Als wären sie alle Freunde.

Sie überreichten Leda eine offene Bierdose mit Cocktailschirmchen darin, obwohl sie schon ein Getränk hatte. Ein menschlicher Schädel auf einem Tisch hatte eine Sonnenbrille auf. In einer Punschschüssel schwammen falsche Augäpfel. Sie blickte sich nach dem Gerippe um, sah es jedoch nicht. Sie fühlte sich sicher mit Ian hier unten in diesem falschen Himmel, umgeben von weißen Wolken aus Seifenschaum. Es gab goldgelbes Licht, und schimmernde Light-Bierdosen sorgten für quecksilbrigen Sternenglanz.

Gerade lief happy Hip-Hop, und die Frat-Jungs sangen mit wie Cherubim. Ein Cherub ging in die Hocke und machte eine Dampfzuggeste mit der Faust. Er trug einen Bierhelm mit Strohhalmen, und in den Haaren auf seiner Brust und seinem Bauch klebte Schaum. Neben ihm reckte Zerberus eine riesige Schaumstoffhand in die Luft. Der blaue Kreis auf seinem Oberkörper war verschmiert. Sie sangen. In dem Song ging es um einen verkaterten Typen auf dem Fahrrad. Manche der Jungs taten, als würden sie Fahrrad fahren, sich mit den Händen am Lenker einfach rollen lassen. Ein paar andere waren für die Wasserrutsche zuständig und bespritzten halb nackte Mädchen mit Gartenschlauch und Spülmittel.

Es war viel zu stickig für Ledas Kleid, aber sie behielt es an. Mit den Zähnen entfernte sie das Schirmchen aus ihrer Bierdose, spuckte es aus und trank einen Schluck. Von irgendwoher strömte Wärme in den Raum. Neben Zitronenspülmittel roch es nach Schweiß und Körpern. Sie hatte keine Ahnung, wie viele Menschen hier unten waren; durch den Schaum (zwischen einem und anderthalb Metern tief) war kaum zu erkennen, wo der Keller begann oder aufhörte.

Ian klopfte weiteren oberkörperfreien Männern auf den Rücken. Von einer Plane tropfte es Leda auf den Kopf. An der Decke hatte sich eine Ecke gelöst, und darunter kamen alte Lüftungsrohre und rosa Dämmung voller Feuchtigkeitströpfchen zum Vorschein. *Ist es nicht einsam?*, hatte Mary gar nicht gefragt, Leda selbst war es gewesen. Aber sie verdrängte die Frage und bewegte sich in Richtung Wasserrutsche. Carly schlitterte in Unterwäsche vorbei. Sie war der perfekte Engel – prall und wohlproportioniert. Sie raste über das Ende der Rutsche hinaus und kippte lachend um. Dort machte ein Mädchen ein Bier auf – »Prost!« – und kippte es über Carly aus, die das Gesicht dem bernsteinfarbenen Schwall entgegenhob.

Wäre Mary entsetzt? Konnte gut sein. Selbst Leda bekam ein prickelndes Gefühl in der Kehle, als müsste sie gleich niesen oder sich übergeben. Vielleicht lag es am Zitronenspüli. Irgendwie hatte sie etwas davon in den Mund bekommen. Aus den Lautsprechern schallte *sum-sum-summertime* und *lovey-lovin'*, dann setzte fröhliches, hohes Pfeifen ein. Mädchen schütteten einander Bier in den offenen Mund. Leda bekam Durst. Sie zog am Verschluss der bereits geöffneten Dose und trank, aber es schmeckte wie ein Schlag ins Gesicht: blutig. Sie blinzelte. Das Licht hier unten war zu grell, außerdem hatte sie wahrscheinlich Seife im Auge. Sie nahm noch einen Schluck. Seltsamerweise hatte der Blutgeschmack etwas Angenehmes – wenn sie sich auf die Lippe biss, konnte sie auch nicht aufhören, daran zu lecken.

Ian übernahm den Gartenschlauch und die Spüliflasche, um die Wasserrutsche für die nächste Runde vorzubereiten. Leda rieb sich die Augen. Etwa einen Meter vor ihrem Gesicht hing ein Scheinwerfer, dessen gelber Filter verrutscht war. Die Lautstärke nahm zu. Sie drehte sich um und stieß mit jemandem zusammen. Es war Zerberus. Er trug die Schaumstoffhand mit der Nummer eins jetzt wie einen Hahnenkamm auf dem Kopf. Er tanzte sie an, langsamer als der Song, und sie tanzte mit ihm. Sie wünschte sich fast, Ian würde es sehen. Sie ließ ihn an ihrem Hintern tanzen und beobachtete ein anderes Pärchen gegenüber, das sich neben ein paar Fitnessgeräten aneinander rieb. Das kurze rote Kleid des Mädchens rutschte so weit hoch, dass hin und wieder seine Unterwäsche hervorblitzte. Leda strich sich das Haar aus dem Gesicht – es klebte –, und das andere Mädchen ahmte die Bewegung nach. Sie war dumpf überrascht. Sie wandte sich vom Spiegel ab und dem Jungen zu, Hüfte an Hüfte.

Er fragte: »Wie heißt du?«

Das verblüffte Leda. Er sollte sie nicht kennen, und sie wollte ihn nicht kennen. Sie wollte einfach tanzen, anonym. Außerdem reizte sie der Gedanke, Ians Eifersucht anzustacheln.

Zum Glück bestand der Typ nicht auf einer Antwort. »Ich bin Moonie.« Er berührte den blauen Kreis auf seiner Brust und verschmierte ihn mit dem Finger. »Siehst du?«

»Moonie?« Sie hätte beinahe losgelacht, aber ihr war übel, und außerdem war er ihr auf einmal ganz nah und nahm die Sonnenbrille ab. Seine Augen sahen aus wie Wattebäusche. Die Schaumstoffhand schwebte über ihr, als er sie küsste. Er schmeckte nach Kaugummi und Maischips.

Ist es einsam?, hörte Leda ihre eigene Stimme in ihrem Kopf. Sie schob Moonie fort und ließ ihn stehen.

Ihr Abgang verlief allerdings nicht sehr elegant. Sie rutschte auf dem weißen Glibber aus, der einmal Schaum gewesen war. Die Kellertreppe war glitschig. Hatte Ian sie gesehen? Keine Ahnung. Sie erklomm die Treppe und benutzte das Geländer als Halteseil. Gott sei Dank folgte ihr Moonie nicht. Oben angekommen rutschte sie mit der schmierigen Hand vom Türknauf ab. Sie nahm ihr Kleid zu Hilfe.

Im Haus war es kalt, die Tür stand sperrangelweit offen. Etwas Breiig-Bräunliches zog eine Spur durch den Flur. Sie stieg über einen Brocken davon und versuchte, nicht hinzusehen; sie wollte es gar nicht wissen.

Sie fand eine Toilette, hockte sich über die Schüssel und pinkelte. Papier gab es keines. Der Boden klebte. Im Spiegel sah sie, dass Moonies blauer Mond Schlieren auf ihrem Kleid hinterlassen hatte. Am Waschbecken machte sie das Kleid sauber und wusch sich den eingetrockneten Schaum von Gesicht und Hals. Damit schwand auch ein Teil des unbesiegbaren, wolkenhaften Gefühls. Sie rieb mit dem angefeuchteten Finger über den roten Eyeliner. Gestört und schlaflos sah sie aus. Sie dachte an die Kostüme ihrer Kindheit, fragte sich, ob das hier der neue Wolf war, ob ihr Kostüm irgendeine heimliche Fantasie offenbarte. Vielleicht war es auch gar keine Fantasie; vielleicht *war* sie das blutunterlaufene Mädchen im roten Kleid, das sich aus Angst vor Liebe und Einsamkeit von Fremden küssen ließ.

Mary stand vor der Toilette an, als Leda herauskam. Leda fiel ihr blinzelnd in die Arme.

Mary fluchte und hielt sie fest. »Leda, du bist echt widerlich.«

Leda nickte. »Ich hab Moonie kennengelernt.«

Mary ließ sie los und tat begeistert.

Leda schüttelte den Kopf. »Er hat mich geküsst.«

»Bäh«, machte Mary und umarmte sie erneut.

»Es war eklig. Er hatte einen Kreis auf der Brust und was großes Oranges auf dem Kopf.«

»Ich weiß ...« Mary streichelte ihr beruhigend den Rücken. »Dabei siehst du echt furchtbar aus. Solltest du als Kompliment nehmen.«

»Muss an meinem Charakter liegen«, sagte Leda an Marys Hals.

»Oder Sinn für Humor«, fügte Mary hinzu.

»Ja. Das wird es gewesen sein.«

Die Musik nebenan setzte einen Moment aus, man hörte nur noch Stimmengewirr. Trotz Marys fester Umarmung flachte der Abend ab. Leda fühlte sich auf einmal verloren – verlassen.

»Leda.« Mary sprach leise. »Warum machst du das mit?«

Leda trat zurück und sah ihre Freundin an. Natürlich konnte sie darauf keine Antwort geben. Wollte sie nicht.

Mary drängte sie auch nicht dazu. Stattdessen fischte sie ihren Daunenmantel aus dem Klamottenhaufen und reichte ihn ihr. Er fühlte sich an wie eine Decke. Leda wollte sich darin schlafen legen. Sie schlenderte in dem Mantel nach draußen, und Mary stellte sich wieder in die Kloschlange. Die Luft fühlte sich gut an. Auf der Veranda verglichen zwei Schwarze mit dicken Brillengestellen ihre iPhones. Ein riesiger Weißer hielt ein spindeldürres Mädchen im Arm, das im blauen Licht der Campus-Sicherheitsleuchte zu erfrieren schien. Alle anderen wurden von hinten von der einzelnen mottenumschwärmten Glühlampe auf der Veranda angestrahlt. Leda wedelte sich eine Motte aus dem Gesicht und schlug dabei gegen die schwarzen Blätter einer Stechpalme. Der Winter würde die Insekten bald töten, hoffte sie. Bei dem Gedanken fühlte sich ihre Brust ganz hohl an.

Existenzielle Kotze hatte das mal jemand genannt: wenn einem schlagartig und ohne Vorwarnung die ganze Traurigkeit und Angst hochkommt. Sie ging ein paar Schritte. Atmete durch. Versuchte, dagegen anzukämpfen.

Der Vorgarten war feucht. Leda spürte die Kälte durch ihre Stiefel hindurch. Hoch oben war kein Mond zu sehen. Der Himmel war bis auf einen unnatürlich lavendelfarbenen Streifen dunkel. Leda sah zum Haus zurück und horchte. Auf einen Vogel vielleicht. Vielleicht die Tauben, deren Klage sie gehört hatte. Stattdessen warf jemand eine Discokugel aus dem Fenster. Es ging so schnell, dass Leda sich nicht mehr ducken oder zurückzucken oder irgendwie sonst sinnvoll reagieren konnte. Sie flog funkelnd an ihr vorbei, und alle johlten, als sie ein paar Meter entfernt im Vorgarten zerschellte. Sie betrachtete die Scherben, ging den Pfad entlang und blieb auf der anderen Seite der Hecke auf dem Gehweg stehen.

Mary würde garantiert gehen wollen. Leda einerseits auch, aber andererseits widerstrebte es ihr, in ihr leeres Zimmer zurückzukehren. Hier draußen war es angenehmer. Über ihr leuchteten die Wolken. Den Begriff dafür hatte sie in Astronomie gelernt – *nocti*-irgendwas.

Ein Stück entfernt stand noch ein Mädchen auf dem Gehweg und blinzelte in den Himmel – die Jenga-Verliererin. Das Mädchen in Weiß. Sie balancierte auf dem Bordstein, ihre Kamera baumelte am Riemen. Dann bemerkte sie Leda, verlor das Gleichgewicht und setzte einen Fuß auf die Straße.

»Hey, dich habe ich doch gerade erst gesehen. Du bist der Apfel.«

»Was?« Leda ging auf sie zu. Das Mädchen hatte weißen Glitter in ihrem schwarzen Haar.

»Der rote Apfel. Wie in Schneewittchen.«

»Ein Apfel.« Leda überlegte. »Vielleicht hast du recht.«

»Vielleicht?«

»Ich weiß ehrlich gesagt nicht, was ich darstellen soll.«

Das Mädchen trat gegen ein Häufchen Laub. »Halloween ist so ein Schwachsinn.«

»Als was gehst du denn?«

»Als Schwan. Na ja, mehr oder weniger.«

Jetzt sah Leda es auch. Die weiße Federboa war der Schwanenhals, an einem Ende war so etwas wie ein Kopf, ein Schnabel. Also war sie nicht direkt ein Schwan, sondern von einem umschlungen.

»Das ist witzig«, meinte Leda. »Ich heiße nämlich Leda.«

»Nicht dein Ernst.« Das Mädchen lachte dünn, der Wind verschluckte das Geräusch. »Leda und der Schwan. Da hätten wir ja ein super Zweierkostüm abgegeben.«

Leda war überrascht, dass die griechische Mythologie ihr etwas sagte, oder das Gedicht. Leda selbst hatte das Yeats-Gedicht erst einmal gelesen, wenige Minuten vor einem Test in Einführung in die Englische Literatur. »Also studierst du Englisch?«

»Mist. Ist das so offensichtlich?«

Leda schlang die Arme um Marys Mantel. »Ich weiß nicht, was sich meine Mom dabei gedacht hat, mich so zu nennen.«

»Ja, von Gott geschändet. Solltest sie echt mal fragen.«

Das Mädchen berührte Leda an der Schulter. Es ging so schnell, dass sie es erst gar nicht mitbekam. Sie hatte die Distanz zwischen ihnen überwunden und sich dann sofort wieder zurückgezogen. Leda zögerte. Sie wusste nicht, was sie zum Thema Gott sagen sollte, dem griechischen oder allgemein. Was sie zu dem Gedicht sagen sollte, wusste sie auch nicht. Oder ihrer Mom. Sie wusste jedoch, dass der Tod ihrer Mutter im Lauf dieser kurzen Unterhaltung ein Geheimnis geworden war. Etwas Unausgesprochenes. Was würde es auch bringen, es zu erwähnen? Aber andererseits war es merkwürdig, darüber zu lügen, merkwürdig, dieses Mädchen (und *sich selbst,* wenn auch nur für einen Augenblick) glauben zu lassen, dass sie, Leda, eine Mutter hatte, die man etwas fragen konnte. Eine Mutter, die man anrufen, sprechen oder besuchen konnte.

Leda konnte nicht anders. »Na ja, sie ist gestorben.«

Der Satz war schärfer, als sie beabsichtigt hatte. Es war jetzt drei Jahre her, aber in diesen drei Jahren hatte sie eigentlich nie darüber gesprochen. Sie war nicht einmal auf den Friedhof gegangen. Wie sinnlos, fand sie, einen Stein zu besuchen, einen Flecken Gras, einen Namen auf einer Plakette. Das wäre doch erbärmlich. Traurig. Als Leda jetzt auch nur daran dachte, war sie sauer auf das Mädchen, weil sie das Thema angeschnitten, sie damit konfrontiert hatte. Dieses Mädchen hatte doch keine Ahnung, dachte Leda. Sie hatte keine Ahnung … wovon? Dem Leben? Dem Tod? In viereinhalb Milliarden Jahren waren ihre Leben ein kleiner Klecks: leuchteten auf und verglühten wie Meteorstaub. Als verstünde Leda irgendetwas davon.

Leda wurde bewusst, dass das Mädchen »Tut mir leid« gesagt hatte.

»Schon gut.« Ledas Stimme klang seltsam.

Einen Häuserblock weiter bogen Scheinwerfer um die Ecke. Ledas Augen brannten noch immer, selbst als das Halogenlicht gedimmt wurde. Der Wagen hielt, ein grauer Honda. Der Fahrer beugte sich herüber, öffnete die Beifahrertür, und die Innenbeleuchtung ließ ihn sichtbar werden: das Gerippe, unter dessen Maske ein normal aussehender Junge zum Vorschein gekommen war.

Das Mädchen ging zur Beifahrerseite und sah Leda über das Autodach hinweg an. Ihr Gesicht wirkte jetzt dunkler, anders. »Weißt du, du kommst mir bekannt vor.«

Leda zuckte die Schultern. »Du hast mich vorhin fotografiert.«

»Nein. Von früher.« Sie musterte Leda eindringlicher. »Komme ich dir auch bekannt vor?«

»Eigentlich nicht.« Leda wurde klar, dass sie immer noch betrunken war. Sie gab sich alle Mühe nachzudenken, ohne Erfolg. »Aus einem anderen Leben.«

»Aus einem anderen Leben.« Das Mädchen nickte, wirkte aber enttäuscht.

Sie stieg ein, und das Licht im Innern des Wagens erlosch. Leda spürte, wie das Kondom tiefer in ihren Stiefel rutschte. Der Motor lief. Leda warf einen Blick zurück in Richtung Party. Im Vorgarten hatten ein paar Feen mit verschränkten Armen einen Kreis um ein Bierfass gebildet. Hinter ihnen wimmelte es in den Fenstern, als wäre das Haus voller Motten. Die Musik stöhnte. Als Leda sich wieder umdrehte, war der Honda schon halb die Straße hinuntergefahren. Das Motorengeräusch verschmolz mit dem tiefen Bass von der Party – leiser, immer leiser, still.

Ian war dort drin und wollte sie, fiel ihr ein. Leda beschloss, dass sie ihn auch wollte. Sie ging zwischen den leuchtenden Fackeln zurück und befreite sich von Marys Jacke. Sie war am Leben, dachte sie sich. Und so machten es die Lebenden.

Hinter ihr zerbröselten die Wolken und legten den hellen, blinden Mond frei. Hinter ihr lag die leere Straße. Als wäre es Zauberei: Eben noch war das Mädchen da, nun war sie fort. Zurück im Verbindungshaus stieß Leda beinahe abermals mit einem Gerippe zusammen. Also gab es mehr als eins. Natürlich. Hinter dem Gerippe erspähte sie Ian, der unter dem Dach aus künstlichen Spinnweben stand. Sein Körper sah eingeölt aus. Der Saum seiner Toga war punschrot. Er lächelte sie an, und das Universum dehnte sich aus. Gerade wickelte er das schwarze Wachspapier von einem der formlosen, namenlosen Bonbons, die Leda als Kind nie hatte essen dürfen.

2

Montag, 2. November

Am Montag nach den samstäglichen Halloween-Partys wurde Leda in aller Frühe von der Müllabfuhr geweckt. Sie vergrub den Kopf im Kissen, wollte das Geräusch zersplitternden Glases aussperren. Den ganzen Block entlang hörte sie das Rumsen der Mülltonnen und das Zermatschen der Abfälle. Die Straße verlief schleifenförmig, also schien der Wagen Leda unter ihrer Decke zu umkreisen. Als er irgendwann am leisesten war, nahm die Lautstärke gleich wieder zu.

Konnte man vierundzwanzig Stunden lang einen Kater haben? Leda kam das unmöglich vor, aber sie hatte immer noch Kopfschmerzen. Beim Aufsetzen traten ihr Tränen in die Augen, als sie ein direkter Sonnenstrahl traf. Sie blinzelte, sah nur noch pulsierendes Rot. Zusätzlich zur Müllabfuhr hörte sie Polizeisirenen. Sie steckte den Kopf wieder unters Kissen und wartete, dass sie verstummten. Das taten sie nicht.

Am Sonntag hatte sie nicht viel mehr getan, als zu schlafen, war lediglich nachmittags kurz aufgestanden, als es unten aus der Küche nach Brownies roch, und hatte drei davon gegessen. Dann war sie damit beschäftigt gewesen, ihren Klingelton zu »Dancing Queen« zu ändern, und wieder eingeschlafen.

Nun lag Ledas Fracket (ihre *frat jacket*, mit der man bedenkenlos Fraternitys besuchen und sie irgendwo ablegen konnte) stinkend neben ihr im Bett. Sie schnüffelte daran. Es roch leicht nach Bier. Ein bisschen nach Rauch und Sperma. Mehr nicht. Ernsthaft was abbekommen hatte die Jacke nicht. Früher konnte man die Fracket in so einem Fall noch in die Reinigung bringen und so tun, als wäre nichts gewesen, aber mittlerweile gab es dort strenge Regeln, was gewaschen wurde und was nicht. Brachte man ein Kleidungsstück in einer Tüte vorbei, musste man sie selbst öffnen. Wenn man sich weigerte, nahmen sie es nicht an.

Das hier war nur Bier-Schrägstrich-Sperma, kein Ding. Warum fühlte sie sich dann so beschissen?

Sie nahm ihr Handy, checkte die Uhrzeit und ihren Mail-Eingang. Das ging ganz automatisch, das gedankenlose Klicken und Scrollen, bevor sie überhaupt richtig wach war. Die neueste Nachricht in ihrem Postfach war gerade wenige Minuten alt: *Sicherheitshinweis der University Police.*

Sie wollte schon weiterscrollen, öffnete die Mail dann aber doch. Beim Lesen des kurzen Textes verflüchtigten sich ihre Kopfschmerzen beinahe vollständig.

> Das University Police Department bittet um Hinweise bei der Suche nach einer vermissten Person. Charlotte Mask, 22, Studentin am College of Arts and Sciences, wurde zuletzt vor zwei Tagen am 31. Oktober in der Gamma-Kappa-Omega-Verbindung gesehen …

Leda schaute hoch und blinzelte in die Sonne. Wieder versank die Welt in roten Flecken. Der Müllwagen quietschte. Sie versuchte nachzudenken. Gamma Kap. Die falschen Spinnweben, der Schaum im Keller, Ian. Kannte sie eine Charlotte?

Mask trug Zeugenangaben zufolge ein weißes Kleid und weiße, kniehohe Stiefel. Sie hat schwarzes Haar und braune Augen. Sie ist 1,73 Meter groß und wiegt ca. 60 Kilogramm. Ein Foto von Charlotte Mask befindet sich im Anhang dieser Mail.

Aber Leda klickte das winzige Vorschaubild der Vermissten nicht an. Sie wollte es nicht sehen. Immerhin kannte sie keine Charlotte, sagte sie sich. Sie stand auf, ohne den Rest der Nachricht zu lesen.

Draußen vorm Fenster sah alles nach einem normalen Tag aus. Der Geruch der Jasmin-E-Zigarette ihrer Schwester Naadia wehte von ihrer gemeinsamen Veranda herein. Die Vögel sangen. Endlich war die Müllabfuhr fort. Die Sirenen kreisten allerdings weiter wie Bussarde. Minuten später verharrten sie immer noch an Ort und Stelle.

Dann hörte sie Naadias Stimme, sie telefonierte. »Nein, ich war nicht dort, Amma. Und es war ja auch nur das eine Mädchen, okay? Kein Massen-irgendwas.«

Erst acht Uhr morgens. Wussten alle etwas, das Leda nicht wusste? Sie griff wieder nach ihrem Handy und überflog die letzten Zeilen der E-Mail *(Wenn Sie Charlotte Mask gesehen haben oder Informationen zu ihrem Aufenthaltsort …)*, dann öffnete sie das Foto.

Leda stand allein in ihrem Zimmer und schlug sich die Hand vor den Mund. Sie schloss die Augen, dann sah sie wieder hin: das Mädchen, das den Jenga-Turm zum Einsturz gebracht hatte, das Mädchen, das Leda fotografiert hatte, das Mädchen in Weiß. Das Mädchen, das draußen vor der Schaumparty mit Leda gesprochen hatte, bevor der Rest der Nacht nur noch verworren und unscharf war. Kein Schwan, fiel ihr wieder ein, sondern ein Mädchen mit Schwan um den Hals.

Der Raum schien sich um sie herum zusammenzuziehen. Sie tat einen Schritt und blieb mit den Füßen an etwas hängen – ihr rotes Kleid von Halloween. *Amor*, hatte Ian geraten. *Ein Lolli*. Leda setzte sich inmitten des Zimmers auf den Boden. Aus der Nähe hatte das Kleid lauter Schweißflecken. Die kniehohen Stiefel lagen auch da. Sie griff hinein, weil sie sich an das goldene Kondom erinnerte, aber die Stiefel waren leer. Komisch. Sie las die E-Mail erneut.

> ... zuletzt vor zwei Tagen am 31. Oktober in der Gamma-Kappa-Omega-Verbindung gesehen ...

Sie war dabei gewesen, nicht wahr? Sie hatte dieses Mädchen, Charlotte Mask, zu dem als Gerippe verkleideten Jungen ins Auto steigen sehen. Sie hatte gesehen, wie er sie von dem Ort weggefahren hatte, an dem sie – der Mail zufolge – zuletzt gesehen wurde.

Aber wer hatte sie zuletzt gesehen? Bestimmt nicht Leda. Das Gerippe wäre der Letzte gewesen. Er war mit ihr davongefahren, *er* wusste, wohin sie nach Gamma Kap gegangen war. Bestimmt würde er sich melden und alles aufklären. Bestimmt.

Das Kleid unter Ledas Beinen stank nach Alkohol und, was merkwürdig war, Holzrauch. Da war noch etwas, etwas Sauberes, Chemisches. Sie zog es hervor – die Naht unterm Arm war aufgegangen – und warf es in Richtung Wäschekorb. Sie griff noch einmal in die Stiefel und tastete nach dem Kondom. Nichts. Sie stellte fest, dass ihre Füße seltsam schmutzig waren. Sie setzte sich wieder hin und versuchte, sich zu erinnern. Aber sie war nicht einmal sicher, ob sie seit Halloween geduscht hatte.

Ihr wurde klar, dass sie vielleicht als Einzige gesehen hatte, wie Mask zu dem Gerippe ins Auto gestiegen war. Einen Nissan. Einen Toyota. Vielleicht einen Honda.

Aber was war danach passiert? Sie wusste es wirklich nicht mehr.

Leda ging nach draußen, hoffte, die frische Luft werde sie

wach machen, sagte sich, das Gerippe werde sich schon melden und damit beweisen, dass sie, Leda, nicht die Letzte war, die die Vermisste gesehen hatte.

Naadia war immer noch auf der Veranda und schaute mit gesenktem Kopf auf ihr Handy. Zwischen ihren Lippen glühte ein Vape Pen. Sie sprach, ohne hochzublicken. »Kanntest du sie?«

Leda hörte das Mädchen, Charlotte Mask, sagen: *Du kommst mir bekannt vor.*

»Nein. Glaube nicht.«

Naadia zog eine Augenbraue hoch, als wollte sie sagen: *Du glaubst?*

Von der Baustelle nebenan dröhnte Maschinenlärm herüber. Leda hielt sich die Nasenwurzel. Die frische Luft half nicht. Sie ging wieder rein.

Das Bad war durch je eine Tür mit Ledas und Naadias Zimmer verbunden. Leda verschloss beide und setzte sich auf die Toilette, während das Duschwasser sich aufheizte. Sie wollte Mary gerade wegen des Vermisstenfalls schreiben, als sie deren letzte Nachricht sah und stutzte:

Lebst du noch?

Darunter Ledas patzige Antwort:

Wieso sollte ich nicht?

Seltsam. Leda konnte sich an die Unterhaltung gar nicht erinnern, die laut Zeitstempel um vier Uhr morgens in der Nacht der Schaumparty stattgefunden hatte.

Aber Leda hatte keine Zeit, alkoholisierte Nachrichten vom Wochenende auseinanderzupflücken. Abgesehen davon ging es für dieses Mädchen, Charlotte, jetzt gerade um Leben und Tod.

Unter der Dusche ließ sich Leda das Wasser in die Augen

laufen. Sie schrubbte sich den Schmutz von den Füßen. Sie wusch ihren Körper zweimal. Danach föhnte sie sich die Haare und band vor dem Spiegel ihren Pferdeschwanz. Der routinierte Ablauf beruhigte sie und gaukelte ihr einen ganz normalen Montag vor. Sie schminkte sich und summte einen Eminem-Ohrwurm, den sie Carly zu verdanken hatte.

Sie trug Lipgloss auf und sagte zu ihrem Spiegelbild: *»I'm here to save you, girl.«*

Das weiche weiße Handtuch, in das sie sich hüllte, war mit einer Mistgabel und einem Dreieck, dem Monogramm von Psi Delta, bestickt. Oberhalb des Tuchs trug sie eine ungleichmäßige Halskette aus Knutschflecken. Sie untersuchte sie, beinahe stolz. Von Samstag vermutlich.

Charlotte Mask, dachte sie hin und wieder, hörte nur den Namen im Kopf, stellte jedoch noch keine Verbindung her. Die Realität (ein vermisstes Mädchen; ein vielleicht vergewaltigtes, vielleicht ermordetes Mädchen) verfehlte sie knapp. Selbst Ledas eigene Verstrickung – sie hatte das Mädchen mit einem Jungen wegfahren sehen – war ihr nur am Rande bewusst. Eigentlich spielte sich die ganze Sache am Rande ihrer Wahrnehmung ab; Leda konnte sie beim besten Willen nicht direkt in den Blick nehmen.

Leda drehte den Wasserhahn auf und befeuchtete einen Waschlappen mit warmem Wasser, um verschmiertes Make-up abtupfen zu können. Naadia hatte schon geduscht, also konnte sie sich Zeit lassen. Auch wenn sie wahrscheinlich Genie nervte, die das Zimmer unter ihrem hatte. Die Leitungen im Haus waren alt (und lösten sich langsam auf, weil die Mädchen andauernd Rohrreiniger hineinkippten), und immer, wenn Leda oben Wasser laufen ließ, schoss es wie ein Sturzbach durch die Wände. Unten waren überall Wasserflecken. Außerdem ließen Ledas federnde Schritte die Dielen unter dem Linoleum knarzen.

»Lo siento.« Leda wrang den Lappen aus, verzog das Gesicht und entschuldigte sich unaufrichtig bei Genie. *»Disculpe.«*

In ihrer Unterlippe war ein tiefer Riss, rosa und schimmernd. Sie betupfte ihn. Er war ihr gestern schon aufgefallen, in ihrem verkaterten Tran, aber da dachte sie noch, sie habe sich einfach auf die Lippe gebissen. Jetzt sah sie, dass er erstaunlich tief war. Dennoch nicht gerade schlimm, und es tat auch nur weh, wenn sie die Stelle berührte.

Sie hatte keine Ahnung, wie man eine aufgesprungene Lippe abdeckt, also fuhr sie einfach fort wie immer. Sie tupfte sich Concealer unter die Augen, trug Mascara auf und wickelte das Handtuch fester um sich. Als Leda klein gewesen war, war ihr Schulbus auch durch einen Vorort gefahren, in dem es von plüschigem Monogrammzeug nur so wimmelte. Schon einige wenige Spielnachmittage und Kindergeburtstage in dem Viertel hatten Ledas Unwillen geweckt. Im Vorort schien es keinen Staub zu geben. Insekten kamen auch nicht ins Haus. Ihre Mom sagte, das liege am Antiquitätengeschäft, Antiquitäten seien eben alt *(nein, so was!)*, und manchmal rochen sie eben nach Mottenkugeln, Motoröl oder Moder. Manchmal waren sie gemeinsam mit hundert Jahre alten Insekten in die Handtücher eines Toten gewickelt. Als Kind befürchtete Leda manchmal, es würde im ganzen Haus spuken.

Jetzt fühlte es sich gut an, in etwas ohne Vergangenheit gewickelt zu sein. Es fühlte sich gut an, sauber und hübsch auszusehen. Leda spitzte vor dem Spiegel die Lippen, und der Riss fing an zu bluten.

Weißt du, du kommst mir bekannt vor, hatte Charlotte gesagt. *Komme ich dir auch bekannt vor?*

Höchstwahrscheinlich war Leda die Letzte gewesen, die sie noch gesehen hatte – und vielleicht die Einzige, die den Jungen gesehen hatte, vielleicht ein Verdächtiger. Aber wie konnte sie sichergehen? Wen konnte sie fragen? Mary? Ian? Sie erinnerte sich, dass sie wieder reingegangen war, um Ian zu suchen. Und sie erinnerte sich vage daran, mit ihm nach Hause gegangen zu sein, aber es war verschwommen, eher wie ein Traum. Sie wusste nicht genau, was in seinem Lawn-Zimmer passiert war. Und sie hatte keine Ahnung, wie sie sich die Lippe aufgeschlagen oder zurück in ihr Zimmer gekommen war.

»*¡Que tragedia!*«, sang Leda und wippte auf den Fußballen. In solchen Situationen war Spanisch ganz praktisch. Sie hatte beschlossen, Spanisch zu studieren, weil sie es leicht fand und weil sich alles, was sie auf Spanisch sagte, nicht ganz real anhörte. Wenn jemand aus dem Kurs nach ihrer Familie fragte, ihrer Mutter *por ejemplo,* konnte sie schmerzfrei antworten:

»*Se murió.*«

Charlotte ebenfalls, dachte sie. *Se murió.* Aber das stimmte ja gar nicht. Sie war nicht tot, bloß vermisst. Vielleicht war es noch komplizierter. Aber das konnte Leda nicht auf Spanisch sagen – *vermisst.* Sie ging die Wörter durch, die sie kannte: unsichtbar, unbekannt, verloren, abwesend, unentzifferbar.

Sie ist nicht da, bekam sie hin. Oder *Wir wissen nicht, wo sie ist.* Beide Sätze gleichermaßen ausreichend … und unzureichend. Dennoch war es schön, etwas sagen zu können, ohne es fühlen zu müssen.

Wenn Ledas Mutter im Spanischkurs erwähnt wurde, fehlte es den anderen normalerweise an der sprachlichen Raffinesse, um so zu reagieren, wie sie es normalerweise täten. Für gewöhnlich verstanden ihre *compañeros* sie nicht oder hörten gar nicht zu, weil sie zu beschäftigt damit waren, sich ihre eigene Antwort zurechtzulegen, bis sie an der Reihe waren. (»Ich habe eine Mutter, einen Vater, zwei Geschwister und einen Hund« oder »Ich studiere und habe eine Familie«.) Vielleicht war es für sie auf Spanisch ebenfalls weniger real. Für Leda war es eine Spielsprache – eine, die man mit dem Stock anstupsen konnte, so oft man wollte. Manchmal verstand es natürlich doch jemand und sagte: »Das tut mir leid« – *lo siento* –, aber durch den schlechten Akzent klang das Mitgefühl genauso falsch, wie es gemeint war.

Me acosté con Ian, formulierte Leda nun triumphierend. Ich habe mit Ian geschlafen. Zumindest ging sie davon aus, dass sie mit ihm geschlafen hatte. Das Kondom war fort. Und sie hatte es den ganzen Samstag über herbeigesehnt, es gewollt. Nicht wahr? Aber jetzt, da es geschehen war (jetzt, da sie *dachte,* dass es geschehen war), brachte es sie irgendwie durcheinander. Ihr Herz raste genauso, wie als sie den O-Hill hinuntergesprintet war – zu gleichen Teilen durch Angst und freudige Erregung beschleunigt.

Leda beugte sich zum Spiegel und befühlte die gesprungene Lippe mit der Zunge. Sie flüsterte: »*Superman ain't savin' shit.*«

Leda bewegte sich in ihr Handtuch gewickelt durchs Zimmer und packte ihre Bücher zusammen. Heute hatte sie einen Astronomietest, und sie fragte sich, ob sie noch schnell lernen sollte. Wahrscheinlich käme so oder so eine mittelmäßige Note dabei raus. Das Fach fiel ihr nicht leicht. Aber sie mochte den Kurs. Sie mochte das expandierende Gefühl im Kopf, das sie immer bekam, wenn sie Dinge lernte wie zum Beispiel: Die Rotationszeit der Erde beträgt ungefähr vierundzwanzig Stunden, die der Venus allerdings zweihundertdreiundvierzig Tage. *So lange* dauerte es, bis die Sonne auf- und wieder untergegangen war. Beim Versuch, sich das vorzustellen, dehnte sich ihr Verstand aus. Am Ende der Stunde war ihr Gehirn immer elastisch.

Obendrein schadete es auch nicht, dass Ian im selben Kurs war. Ja, sie saßen Lichtjahre voneinander entfernt. Doch trotz der Entfernung gab sie sich immer Mühe, in seiner Blickrichtung zu sitzen. Das verbesserte auch ihre Haltung. Und sie tat wenigstens so, als hörte sie zu. In den meisten Vorlesungen schrieb sie nicht mit, in dieser schon. Wenn sie schon nicht aus nächster Nähe perfekt sein konnte, dann wollte sie wenigstens auf Distanz perfekt erscheinen.

Irgendwo im Zimmer vibrierte ihr Handy. Leda zuckte zusammen, warf das Handtuch aufs Bett und ging nackt auf die Suche, dachte: *Ian? Ian? Ian?*

Aber es war Carly, die eine Gruppennachricht an alle Psi Delts geschickt hatte und denjenigen, die Charlottes Verschwinden besonders mitnahm, Unterstützung anbot. Acht Milliarden Psi Delts antworteten bereits:

Umarmungen für Charlotte; Alles Liebe für Charlotte; ICH BETE!

Beim Lesen spielte Leda mit ihrer Lippe, dann schrieb sie spontan selbst eine Nachricht, ob jemand wisse, wo Charlotte Mask gewohnt habe. Sie sagte, sie wolle Blumen dort ablegen. Ansonsten beteiligte sie sich nicht.

Ursprünglich hatte sie in das Verbindungshaus einziehen können, weil sie einhundertprozentig beigetreten war. Sie hatte die vollen Namen, Heimatorte und Geburtstage aller Mädchen gekannt. Hatte sich für alles freiwillig gemeldet. War auf jede Party gegangen. Wenn sie damals so eine Gruppennachricht bekommen hätte, hätte es *ihr* am meisten leidgetan. Aber dieses Semester ging ihr die Energie aus. Sie füllte ihren Terminkalender nicht mehr mit »Spieldates«. Unternahm keine Trips zu Weingütern, ging nicht mehr zu jedem Football-Spiel. Heute kam es ihr so vor, als würde eine Art perlmutterner Filter – für die Illusion von Schwesternschaft und Familie (genau die Dinge, um derentwillen sie der Verbindung beigetreten war) – langsam verblassen.

Auch wenn es den anderen Mädchen noch nicht aufgefallen war (Leda ging nicht gerade damit hausieren), befürchtete sie, dass sie, ähnlich wie Mary, langsam komisch wurde. Mehr noch, sie fürchtete, dass ihr Anderssein noch tiefgreifender war als Marys exzentrischer Lidschattengeschmack, ihre wachsende Vorliebe fürs Mittelalter oder jener schicksalhafte Abend, als Mary *Arielle, die Meerjungfrau* (in einem Raum voller Psi Delts, die es sich mit Popcorn und Disneykuscheldecken gemütlich gemacht hatten und gerade die Jubiläumsedition anschauen wollten) als »banalen, misogynen Schwachsinn« bezeichnet hatte. Selbst Carly hatte ein gewaltiges Fass aufgemacht, als Mary sich die Nase hatte piercen lassen, und ein Exemplar von *Das inoffizielle Psi-Delta-Stilhandbuch* für jede ausgedruckt.

Natürlich hatten Leda und ihre Schwestern Spaß zusammen, auch wenn immer klarer wurde, dass sie einander kaum kannten. Aber wenn das stimmte – dass sie Leda nicht »kannten« –, was entging ihnen dann? Wer war Leda eigentlich? Wie konnte sie derartiges Wissen von ihren Schwestern erwarten, wenn sie selbst keine Antwort darauf hatte?

Schließlich schickte Naadia Leda Charlottes Adresse. Obwohl sie alle aus tiefstem Herzen mit ihr mitlitten, schien niemand sonst aus der Verbindung Charlotte persönlich zu kennen. Leda antwortete mit dem Emoji der betenden Hände und einem *Danke!*.

Leda zog sich an. Unten lieh sie sich ein Glätteisen im Gemeinschaftsbad. Sie hatte noch Zeit bis zur Uni, wollte laufen und schwitzen, aber sie wollte nicht *apestosa* aussehen – stinkend. Während sich das Eisen aufheizte, schaute sie im Gemeinschaftsraum vorbei, wo ein paar Mädchen mit Blick auf ihre Handys im Müsli herumstocherten. Glock bewachte sein Xylofon. Drei Mädchen umarmten einander neben dem Vogel, eines sagte mit tränenüberströmtem Gesicht: »Ich war *dort.* Ich war auf *der* Party.«

Carly füllte in der angrenzenden Küche ihre Literthermosflasche mit Kaffee. Auf ihrer Emotionstafel hatte sie lediglich Tapfer eingekreist. *Wir werden nicht schweigen,* hatte sie eben in die Gruppe geschrieben.

Leda fragte: »Vorstellungsgespräch?«

»Ich weiß.« Carly tippte auf ihren femininen Blazer. »Voll BWL-mäßig.«

Leda spielte mit ihrem Pony. »*¿Por qué?*«

»Hast du meine Nachrichten nicht gekriegt?«

Ledas Handy vibrierte in der Tasche ihrer Shorts. »Kriege die ganze Zeit welche.«

»Na ja, ich will mich engagieren. Sogar die Spinner von gegenüber machen mobil.«

Im Psi-Delta-Vokabular gab es viele Begriffe mit komplexen Definitionen (ein und dasselbe Wort konnte beleidigend oder liebevoll gemeint sein), aber *Spinner* war eindeutig. Es hieß immer »verrückt«. Leda ging zu den Frontfenstern und sah hinaus. Die Mädchen aus dem Cathouse versammelten sich ganz in Schwarz, die Shirts hatten sie über dem Bauch zusammengeknotet. Eine malte ihnen mit roter Farbe Buchstaben auf die Haut. Bei manchen RAPE ME. Bei anderen KILL ME. Oder FINDET CHARLOTTE. Aus dem Fenster hing ein schmuddeliges Laken, auf dem ebenfalls FINDET CHARLOTTE stand.

»Abgedreht.« Leda ging zurück zu ihrem Glätteisen.

»Ich fasse es nicht, dass ich das sage«, fuhr Carly in der Küche fort, »aber sie haben recht. Wir müssen was tun.«

»Hm?«, rief Leda.

Carly sagte noch etwas, das sie nicht verstand. Oder vielleicht funktionierte Ledas Gehör heute Morgen nur selektiv. Sie versuchte, nicht zu viel darüber nachzudenken, nicht allzu bereitwillig noch eine Lücke in ihrem Leben zuzulassen.

»Ich sagte ...« Carly erschien neben ihr im Badezimmerspiegel. »Wo warst *du?*«

Das Eisen zog zischend Ledas Pony glatt. Einen Moment lang begegneten sich ihre Blicke im Spiegel. Sie senkte das Glätteisen. Merkwürdige Frage, sie waren doch gemeinsam auf der Party gewesen. Konnte Carly sich auch nicht mehr an die Nacht erinnern?

»Ich war da ...« Leda suchte nach einem Funken Bestätigung im Gesicht ihrer Schwester. »Ich war auch bei Moonie.«

Aber Carly machte nur ein tröstendes Geräusch und umarmte sie fest. Es schien ihr nichts auszumachen, dass sie sich auch nicht an die ganze Nacht erinnern konnte. Also war es vielleicht albern, dass Leda sich so den Kopf zerbrach. Alle hatten getrunken und rumgemacht. Vielleicht spielte es keine Rolle, dass sie sich nicht erinnern konnte, ob sie mit Ian geschlafen hatte. Vielleicht spielte es keine Rolle, dass eine ihrer letzten bewussten Erinnerungen sich um ein Mädchen drehte, das nun verschwunden war.

Zurück im Gemeinschaftsraum googelte Leda die Adresse, die sie von Naadia bekommen hatte. Sie kannte die Gegend, notierte sich die Adresse aber trotzdem vorsichtshalber auf der Hand.

»Holst du jetzt Blumen?«, wollte Carly wissen.

Leda nickte, obwohl sie das nicht vorhatte. Sie kaufte ja nicht einmal Blumen für das Grab ihrer eigenen Mutter. *Perdóname*, dachte sie. *Disculpe*. Aus irgendeinem Grund wollte sie einfach das Haus sehen. Sie war nur neugierig, neugierig, wer das Mädchen war, das sie fotografiert hatte, das gesagt hatte, sie komme ihr bekannt vor.

Aber Carly unterbrach ihre Gedankengänge, indem sie ihr Geld hinschob. »Kaufst du welche für mich mit?«

Plötzlich war Leda umringt von Mädchen, die Geld zusammenlegten und ihr sagten, sie solle so viele Blumen kaufen, wie sie tragen könne. Alle gruppenumarmten einander, und die Geste kam Leda irgendwie redundant und dünn vor.

Der Himmel draußen war unglaublich, unangemessen blau. Leda lief los. Alles schien ganz normal. Studentinnen verließen Starbucks mit heißen Getränken mit Sahnehaube. Menschen gingen SMS-schreibend über die Straße, gehüllt in Schals und dicke Klamottenschichten. Ein Straßenmusiker spielte Mundharmonika – eine sich wiederholende, abgehackte Melodie, die Leda beinahe täglich hörte. Eine große Gummimatte hing zum Trocknen an einem Balkon, dann rutschte sie ab und klatschte auf den gepflasterten Gehweg, ohne jemanden zu treffen. Leda blieb kurz stehen, betrachtete die Matte, sah nach oben, niemand war auf dem Balkon, dann joggte sie weiter.

In der West Main Street hörte sie schon Musik aus dem Wild Wing Cafe schallen, bevor sie das Gebäude sehen konnte. Der Bass dröhnte über eine Freifläche voller verwelkter Kornblumen und Unterholz – ein Remix von »Girls Just Want to Have Fun«. Sie lief am alten U-Haul-Standort vorbei, wo jetzt ein Hotel hochgezogen wurde. Dann an Sweetie's Cupcakery, die kürzlich in einen ehemaligen Reifenshop gezogen war. Die Garagentür war offen, die rosafarbene Markise flatterte im Wind. Leda warf einen Blick auf die Adresse auf ihrer Hand. Sie würde einfach vorbeijoggen, dachte sie sich. Sie war bloß neugierig.

Sie überquerte die Brücke über die Bahngleise und lief im Rhythmus des Songs *(Oh, girls just want to have …)*, nun in voller Lautstärke. Ein Zug fuhr in den Bahnhof ein, der sich im selben Gebäude befand wie das Wild Wings. Menschen stiegen ein und aus. Der Verkehr auf der Straße bewegte sich und kam zum Stillstand. Ein Mädchen mit Dreadlocks sauste auf dem Fahrrad über den gelben Mittelstreifen. Ein Mann in schmutziger, fluoreszierender Arbeitskleidung fegte um die Reifen parkender Autos herum.

Es wäre albern zu behaupten, der Zug hielte die Luft an. Albern zu behaupten, der fluoreszierende Mann würde voller Vorahnung fegen. Leda lief an ihm vorbei. Er roch nach Kautabak und Kaffee. Wahrscheinlich lag es eher an ihr: Leda hatte eine Vorahnung, Leda wähnte sich am Rand einer Katastrophe.

… just want to have fun!

Sie passierte eine Reihe Parkuhren. Ein Mann am Bahnsteig sah aus wie Ian. Sie verrenkte sich den Hals, schaute zurück. Tat er doch nicht. Zumindest kaum. Als sie sich wieder nach vorn drehte, stieß sie beinahe mit zwei weißen Frauen mit Yogamatten auf dem Rücken zusammen. Dann musste sie sich durch noch mehr Yogamatten schlängeln. Wie der Großteil der Stadt war auch dieser Abschnitt der West Main Street von kleinen Geschäften bevölkert – ein Biofleischer, der seinen eigenen Eiskaffee abfüllte, eine vegane Konditorei, ein Gastropub. Dazwischen als Überbleibsel aus alten Zeiten ein Diner, in dessen Fenstern sich eine blitzschnell vorbeihuschende Leda spiegelte. Über ihr schob sich eine einzelne Wolke wie Gaze in das strahlende Blau.

Im Blumenladen roch es nach Lilien, wie im Krankenhaus. Ledas Schweiß fühlte sich plötzlich kalt an. Gelbe Rosen waren im Sonderangebot. Sie legte das Geld auf den Tresen, und die Verkäuferin suchte mit bemerkenswerter Langsamkeit die Blumen aus. Leda schluckte und schloss wegen des Geruchs die Augen. Allein das Geld ihrer Schwestern reichte für beinahe dreißig Rosen. Beim Gehen presste sie sich die dornigen Stiele gegen den Bauch und versuchte, nicht einzuatmen.

Mit den Rosen konnte sie nicht joggen, also ging sie den Rest des Weges. Sie bog an der Baptistenkirche ab, deren Türen den ganzen Sonntag über offen standen. Dann sah man dort fein gemachte kleine Mädchen, derart glatt rasierte Männer, dass ihre Wangen wahrscheinlich quietschten, und Frauen mit gigantischen Hüten – in Lavendelblau, Kleegrün, Orangerot. Heute waren die Türen geschlossen, kein Händereichen, keine Gebete, kein Gesang. Leda war zwar nicht gläubig, aber ihr gefiel der Gedanke, dass einen, wenn man nur laut genug sang, vielleicht jemand hörte.

Hinter dem Kirchenparkplatz führten die Bahngleise vorbei. Dann wurde die Straße abschüssig. Sie spähte vorbei an den Blumen auf die Adresse auf ihrer Hand. Eigentlich wollte sie doch nur vorbeijoggen. War bloß neugierig. Nun machten die Rosen aus ihrer Neugier ein großes Spektakel. An den nächsten paar Häusern verkündeten Schilder: BETRETEN VERBOTEN! Sie hatte das Gefühl aufzufallen. Dann kam sie an einem Haus mit Brettern anstelle von Fenstern vorbei, danach an einem Wagen mit eingeschlagener Heckscheibe. Daneben saß ein älterer Mann mit freiem Oberkörper auf dem Bordstein. Leda ging um ihn herum, und trotz seiner offenen Augen schien er weder sie noch die Rosen zu sehen.

Auf der nächsten Veranda wimmelte es von Windspielen. Im Vorgarten daneben lag ausgebleichtes Spielzeug herum – ein Spielhaus aus Plastik, ein Barbie-Auto voll mit matschigen alten Pollen und Laub. Als Kind hatte Leda unbedingt so eins haben wollen.

Charlotte Mask wohnte in der Nalle Street, in einem blassblauen viktorianischen Haus mit Kräutertöpfen vor der Tür und einer Verandaschaukel, deren Farbe abblätterte. Im Vorgarten gab es merkwürdig geformte Beete, aber bis jetzt hatte niemand die beim letzten Frost erfrorenen Pflanzen entfernt.

Leda stemmte die Blumen hoch. Unter ihren Füßen knirschte der Kies. Sie hatte damit gerechnet, dass mehr los wäre. Sie hatte damit gerechnet, dass es aussah wie im Fernsehen – Flatterband, Reporter, Polizei –, aber die Straße war leer. Die Fenster des Hauses standen offen, doch man sah nichts als Fliegengitter. Man hätte es für verlassen halten können, wäre da nicht ein Hauch von Leben gewesen.

Die Fenster blickten auf Leda in ihrem Sport-BH und den kurzen Shorts herab, den College-Pulli hatte sie sich um die Hüfte gebunden. Sie ging mit den Blumen zur Eingangstür. Daneben hing ein Briefkasten mit drei Namen: *Flora Blackshear, Charlotte Mask, Angel Carter.* Sie legte die Rosen auf den Treppenabsatz und spähte hinter vorgehaltener Hand durch die Scheibe in der Haustür. Eine gewöhnliche, staubige Diele. Eine welkende Pflanze. Eine große schwarze Reisetasche neben einer ausgelatschten Treppe. Sie trat zurück und betrachtete die drei Namen am Briefkasten, hob den Deckel mit einem Finger an.

Der Briefkasten schien leer zu sein. Doch gerade, als sie den Deckel wieder zuklappen ließ, bemerkte sie die Karte. Vielleicht eine Postkarte. Sie spähte wieder durch die Tür. Das Haus wirkte leer. Dann schaute sie wieder auf die Karte im Briefkasten. War es nicht illegal, anderer Leute Post zu öffnen? Aber es war ja eine Postkarte, da gab es nichts zu öffnen. Sie blies sich warme Luft zwischen die Hände und warf einen Blick in Richtung Straße. Immer noch leer. Keiner da. Keiner beobachtete sie.

Auf der Vorderseite der Karte war irgendein Appalachenfluss zu sehen. Herbstlaub. Die andere Seite war an Charlotte adressiert. Niemand konnte sie daran hindern weiterzulesen.

Liebe Charlotte, bald steige ich aus. Vielleicht kann ich dann klarer denken. Vielleicht finde ich da draußen – da unten – ja etwas und kann dir eines Tages davon erzählen. Pass auf dich auf, Freundin. RETTE DICH. Deine Pia

Etwas pochte, wie das Ticken einer Uhr. Leda starrte die Unterschrift an. *Deine Pia.* Unklar, wo die Karte abgeschickt worden war. Sie drehte sie wieder um – ein hübscher Fluss.

Das Pochen kam näher. Schritte. Etwas bewegte sich hinter der Scheibe in der Tür. Jetzt hörte Leda die Dielen im Haus. Ihre Waden spannten sich an, wie um loszulaufen. Aber es war zu spät. Sie blieb wie angewurzelt auf der Veranda stehen und schob die Karte in den Sport-BH, als die Tür aufging.

Vor ihr stand ein Mädchen mit kurzen rosa Haaren. Sie sah die Blumen. »Hast du die da hingelegt?«

»Ja.« Leda ging mit leeren Händen einen Schritt rückwärts. »Tut mir leid …«

Aber das Mädchen war schneller. Sie packte Leda bei den Schultern und umarmte sie. »Das ist echt total lieb.«

Über die Schulter des Mädchens hinweg starrte Leda den Briefkasten an, der Deckel stand immer noch offen. Das Mädchen drückte noch fester zu, umarmte sie zu lange und schniefte. Weinte sie?

»Tut mir leid«, presste sie hervor, ohne loszulassen. »Aber … Charlotte hat Rosen geliebt.«

»Das wusste ich gar nicht«, sagte Leda, sich immer noch entschuldigend, die Postkarte steckte zwischen ihren Körpern.

»Wirklich total nett von dir.« Endlich löste sich das Mädchen von ihr und weinte offen.

»Du bist also … Flora?«, riet Leda mit Blick auf die Namen am Briefkasten.

»Ja.« Das Mädchen wischte sich übers Gesicht. Sie trug Glitter auf den Wangen. »Kümmer dich nicht um mich. Ich weine schon den ganzen Morgen, das ist mein neuer Normalzustand.«

Flora winkte sie hinein, und Leda folgte ihr peinlich berührt. Trotz der offenen Fenster roch es im Haus muffig. Es wirkte gleichzeitig belebt und verlassen, wie ein Frat-Haus nach einer Party.

Flora lehnte sich gegen einen Tisch im Flur, ihr liefen immer noch die Tränen. Neben ihr lag ein Stapel Postkarten wie die in Ledas BH.

Flora folgte ihrem Blick. »Charlotte war ein paar Wochen nicht da.« Sie tippte auf den Stapel, als wäre das eine ausreichende Erklärung für die vielleicht zwanzig Karten. »Bevor sie verschwunden ist, meine ich. Aber das wusstest du ja sicher schon.«

Leda nickte, obwohl sie das natürlich nicht gewusst hatte. »Sind die alle von derselben Person?«

»Oh …« Flora wischte sich erneut übers Gesicht. »Ich hab sie nicht gelesen, geht mich ja nichts an. Aber wahrscheinlich sind sie jetzt von Bedeutung. Jetzt, wo Charlotte …« Floras Stimme brach. Schließlich konnte sie weitersprechen: »Möchtest du Tee?«

Leda schüttelte den Kopf. Sie wollte nur noch weg. Das Haus fühlte sich so leer an. Fast wie ein Spukhaus. Obwohl außer Flora anscheinend niemand da war, knarzte es im Gebäude. Aber Flora sah aus, als würde sie jeden Moment wieder anfangen zu weinen, und Leda konnte sie nicht einfach heulend stehen lassen.

»Also war Charlotte deine Mitbewohnerin?«

»Eigentlich war sie meine beste Freundin. Wir haben uns

beim Hula-Hoop kennengelernt, im ersten Jahr auf dem Lawn. Wir hatten uns beide beim Hula Club angemeldet. Als Einzige.« Flora lächelte schwach. »Dieses Jahr haben wir mit Fotografie angefangen. Charlotte kannte keine Grenzen. War total offen. Sie hat ständig was Neues ausprobiert. Stricken. Klettern. Käse machen.« Flora zog ein graues Taschentuch aus der Jeans und putzte sich die Nase. »Tut mir leid. Ich plappere einfach drauflos. Ich habe Kamillentee. Und sogar Baldrian. Ich habe ja noch nicht mal gefragt, woher du Charlotte kanntest, aber ist auch okay, wenn du nicht drüber reden willst. Dir geht es emotional bestimmt total mies.«

»Ich kann leider nicht bleiben.« Leda trat zurück und schielte wieder nach den Postkarten. Daneben lag eine große schwarze Kamera auf dem Tisch. »Habt ihr einen Fotografiekurs belegt?«

»Ja. Mein Hauptfach ist Gender Studies, aber ich versuche immer, auch was mit Kunst zu machen. Es ist ein Einführungskurs, aber Charlotte ist *richtig* gut. War.« Flora warf einen Blick auf die Karten und holte Luft. »Sie war *so gut*, oder?« Anscheinend sprach sie nicht mehr über Fotografie.

Schweigen breitete sich aus. Leda zog ihren Pulli über, ihr war kalt. Außer den Karten und der Kamera lag nur noch eine umgekippte Holzfigur auf dem Tisch – eine Ziege oder ein Schaf.

»Na gut, ich will nicht weiter stören«, sagte Leda schließlich. Obwohl hauptsächlich Flora gesprochen hatte, kam sie sich langsam vor wie eine Lügnerin.

»Du störst *überhaupt* nicht, aber ich kann das total nachvollziehen. Unsere Tür steht immer offen. Buchstäblich.« Flora versuchte zu lachen. »Das hier ist ein Gemeinschaftshaus, da gehört das quasi zur Philosophie. Hier ist jeder willkommen, der ein Plätzchen zum Schlafen braucht. Außerdem haben Angel und ich wohl beide unseren Schlüssel verloren. Und wenn Charlotte nach Hause kommt …« Flora verstummte, wischte sich die Nase ab. »Dann soll die Tür offen sein.«

Die gelben Rosen draußen sahen billig aus. Am unteren Ende der Verandastufen drehte Leda sich um, bevor Flora wieder reinging. Sie schaute in den inzwischen leeren Briefkasten. Leda juckte es in den Fingern. Sie wollte die Postkarte berühren, die sie genommen hatte. *Gestohlen.*

»Die Blumen sind nicht von mir«, gestand Leda. »Sie sind von meiner Verbindung. Ich kannte Charlotte eigentlich kaum.«

Flora schloss den Briefkasten und nickte. »Man weiß nie alles über jemanden.« Der Glitter auf ihren Wangen blitzte auf – entweder lächelte sie, oder sie verzog das Gesicht. »Egal, wie viel Zeit man miteinander verbringt.«

Leda nickte flüchtig. Sie bog schnell auf den Gehweg ab und verschwand hinter einem Telefonmast, wobei ihr Shirt kurz an einer hervorstehenden Klammer hängen blieb. Als sie zurückschaute, stand Flora immer noch da. Sie winkte. Sie hatte Leda nicht mal nach ihrem Namen gefragt.

In Astronomie zog Leda die Postkarte aus dem BH und betrachtete sie. Ansonsten hatte sie nur ihr Handy dabei. Nach dem Gespräch mit Flora war sie nicht mehr dazu gekommen, sich umzuziehen und ihren Rucksack zu holen.

Bald steige ich aus … Vielleicht finde ich da draußen – da unten – ja etwas … RETTE DICH.

Egal, wie oft sie es las, sie hatte einfach keine Ahnung, was das bedeuten sollte.

Auf dem Handy durchsuchte sie das Vorlesungsverzeichnis der Uni und fand nur eine Einführung in die Fotografie. Was hatte Flora sonst noch gesagt? Hula-Hoop? Baldrian?

Wenigstens war Leda nicht als Einzige abgelenkt. Der gesamte Kurs vergeigte den Routinetest aus fünf Aufgaben. Ihre Antworten gaben sie mithilfe von teuren Fernbedienungen, die sie aufzeichneten, auswerteten und statistisch darstellten, sodass man sofort sah, wie sich alle geschlagen hatten. Heute lag der Kursdurchschnitt bei vierzig Prozent. Leda, die immer noch ihre Joggingsachen trug, hatte zweimal richtig geraten.

Schon in Ordnung. Ian war heute zu allem Überfluss nicht da, auch deshalb fiel es ihr schwer, sich zu konzentrieren. Leda hatte gehofft, ihn zu sehen würde ihrem Gedächtnis vielleicht auf die Sprünge helfen. Vielleicht würde sie sich dann an ihren ersten Kuss erinnern – vermutlich im Verbindungshaus, unter den künstlichen Spinnweben. (Hatte ihre Lippe da schon geblutet?) Vielleicht würde sie sich daran erinnern, wie sie zu ihm gegangen waren. (Sie waren doch zu Fuß gegangen, oder?) Und vielleicht könnte sie sich dann selbst einreden, dass sie Charlotte nicht noch einmal gesehen hatte, dass sie keineswegs hätte verhindern können, was passiert war.

Selbst der Professor wirkte abwesend, als er die Lösungen des Tests durchging und die Entwicklungsstufen eines Sterns erklärte, während draußen vor dem Hörsaal die Nachrichten liefen. Auf Handy-Displays und Laptop-Bildschirmen leuchteten Artikel und Bilder auf, die man als dahinter Sitzende problemlos sehen konnte: CHARLOTTE MASK: VERMISST. Das Mädchen vor Leda, beispielsweise, hatte die ganze Zeit NBC geöffnet. Sie klickte durch Fotos von Charlotte Mask – Charlotte in Jeans-Latzhose, Charlotte vor der Rotunda, Charlotte, die eine Ente hielt. Schließlich steckte Leda die Postkarte wieder ein, zückte ebenfalls noch mal ihr Handy und begann zu scrollen. Hin und wieder vibrierte es, weil eine neue Nachricht im Psi-Delta-Gruppenchat ankam: *Wir geben nicht auf; Kann es immer noch nicht glauben; Kuss! Wir lieben dich, Charlotte.*

Nach dem Kurs scharten sich alle um die Fernsehbildschirme in der Lobby, über ihnen im Atrium hing ein maßstabsgetreues Modell des Sonnensystems. Am unteren Bildrand lief folgender Text durch: 22-JÄHRIGE STUDENTIN VERSCHWINDET VON PARTY. Die Nachrichtensprecher sagten, Charlotte sei Englischstudentin im vierten Jahr. *(Mist,* hatte Charlotte gesagt, *ist das so offensichtlich?)* Sie stand auf der Liste der Jahrgangsbesten. Ihr Vater war Amerikaner, die Mutter Chinesin. Sie war, genau wie Leda, in Dice County aufgewachsen.

»Was?«, entfuhr es Leda unwillkürlich, als sie ihr eigenes County grün markiert auf der Karte sah. Aber die Nachrichten gingen weiter, und in der Menge schien niemand bemerkt zu haben, dass sie etwas gesagt hatte. Nun wurde ein Kasten mit persönlichen Angaben zu Charlotte eingeblendet:

Größe: 1,73 m
Gewicht: 60 kg
Haare: schwarz
Augen: braun
Alter: 22
Asiatin
Tattoos oder besondere Kennzeichen: keine

Beängstigend, wie normal und gewöhnlich dieses Mädchen zu sein schien. Mit wenigen Änderungen in Sachen Größe oder Gewicht konnte Charlotte Mask so gut wie jede sein. Ihr Bild erschien im Fernsehen, wieder das mit der Ente: das Mädchen, das nun gezwungenermaßen alle kannten, dessen Geschichte nun unwiderruflich mit der aller anderen verknüpft war.

Die Türen zur Eingangshalle öffneten und schlossen sich. Ein kalter Luftzug kroch ins Gebäude. Leda blickte ab und zu in die Richtung und dachte: *Ian?* Was wusste *er* noch aus jener Nacht? Was war passiert, nachdem Charlotte zu dem Gerippe ins Auto gestiegen war? Leda hatte gesehen, wie sie eingestiegen und das Licht im Innern des Wagens erloschen war. Dann war sie wieder reingegangen, hatte an Ian gedacht, wollte ihn suchen.

Und dann?

Als Nächstes erinnerte sie sich an das geronnene Blut an ihrer Lippe. Den Geruch nach Holzrauch und Sperma an ihrer Kleidung. Das fehlende Kondom (was zumindest darauf schließen ließ, dass Ian und sie verhütet hatten). Außerdem gab es noch ein paar wenig hilfreiche Erinnerungsfetzen – Ians Hand in ihrer, eine efeubewachsene Mauer.

Charlotte Masks Auto war ebenfalls verschwunden, sagten sie in den Nachrichten. Das kam Leda seltsam vor. Wieso sollte *Charlottes* Wagen verschwunden sein, wenn das Gerippe sie doch abgeholt und anscheinend mitgenommen hatte?

Abwechselnd wurden immer wieder dieselben Fotos eingeblendet. Die Menge um Leda herum lichtete sich.

Ihr Astronomieprofessor verließ als Letzter den Hörsaal. Er blieb neben Leda stehen und schaute auf den Fernseher. Dann fragte er, was alle anderen im Grunde auch fragten: »Kennen Sie sie?«

Leda betrachtete ihr County, das auf dem Fernsehbildschirm markiert war. Sie dachte daran, wie sie diese Frage erst Naadia und dann Flora gegenüber beantwortet hatte. Sie spürte die versteckte Postkarte auf der Haut. »Kann sein«, sagte sie. »Irgendwie schon.«

»Tut mir sehr leid.« Ihr Professor warf einen Blick nach oben zum Sonnensystem – die riesige Sonne, die winzige Erdkugel – und verließ das Gebäude.

Leda berührte ihr Gesicht, als wollte sie sich vergewissern, dass es noch da war, noch ganz war. Als sie die Hand wieder senkte, schimmerten ihre Finger. Während Flora sie so lange umarmt hatte – eine Umarmung zwischen Fremden –, musste sie sie mit Glitter beschmiert haben.

3

Mittwoch, 4. November

Rings um den Lawn pulsierten die Gehwege am frühen Mittwochmorgen wie richtige Verkehrsadern. Das rechteckige Rasenstück blieb auch dann noch taufeucht, als die Sonne bereits die Dächer der Pavillons überstrahlte, also strömten die Studierenden auf dem umliegenden Pflaster auf und ab – ihre farbenfrohen Jacken blitzten immer wieder zwischen den weißen Säulen auf, bis ihre Schritte am Ende der Durchgänge verhallten und sie in die Seitengebäude der Universität führten.

Eindeutig die perfekte Zeit, um Geld zu sammeln. Die Studierenden befanden sich auf dem Weg zu Tests, Referaten und Versammlungen, und beim Anblick der Tische des Kuchenbasars fiel ihnen ein, dass sie noch nichts gegessen hatten. Das war Carlys Idee gewesen – gemeinsam mit allen anderen Sororitys Spenden zu sammeln, um »Charlotte nach Hause zu holen«. Leda wusste zwar nicht genau, was mit den Spenden passieren sollte, hatte aber dennoch am Tag zuvor gemeinsam mit den anderen Psi Delts Cupcakes, Muffins und Brownies gebacken. Nun reihte Leda die Backwaren auf Tabletts auf und schüttelte ein altes Cheese-Puffs-Glas, in dem Vierteldollarmünzen klapperten.

»Holen wir Charlotte Mask nach Hause«, rief sie wieder und wieder. *»Holen wir Charlotte nach Hause!«*

Eine Psi-Delt-Schwester im zweiten Jahr mit Scheunenstiefeln aus Wildleder kümmerte sich um die Social-Media-Präsenz und postete Fotos von jedem, der ein Gebäckstück gekauft hatte, mit digitalen Herzchen und Sternchen um das Gesicht herum. Unter eines der Fotos schrieb sie *Helden*, was Leda dann doch zu weit ging. Einen Brownie für fünfzig Cent zu kaufen machte noch niemanden zum Helden. Aber in letzter Zeit übertrieben es alle, manche Worte verloren so langsam ihre Bedeutung. *Ich bin am Boden zerstört*, hatte eine von Ledas Schwestern heute Morgen geschrieben. Ein paar andere Mädchen, die Charlotte nie begegnet waren, hatten beim Verzehr ihrer Cupcakes über die Phasen der Trauer gesprochen, woraufhin Leda sich einen bemerkenswert fiesen Kommentar verkneifen musste.

Wörter schienen Leda zunehmend rätselhaft. Zum Beispiel *Liebe* und *Freund* oder *verknallt* und *Sex* und *Verlust* und … Wenn sie wirklich darüber nachdachte, konnte sie nicht sagen, was all das bedeutete.

Por ejemplo nachdem sie im ersten Jahr auf einer Party ihre Unschuld verloren und den Jungen peinliche vierundzwanzig Stunden lang als ihren *Freund* bezeichnet hatte, musste Mary ihr – sanft, aber bestimmt – den Kopf zurechtrücken.

»Aber«, hatte Leda Mary gefragt, »wenn er nicht mein Freund ist, was ist er dann?«

Inzwischen war Leda schlau genug, diese Frage nicht zu stellen, auch wenn sie keinen blassen Schimmer hatte, was die richtige Antwort war. Wenn sie Ian begegnen würde, hieß es cool bleiben und sich so verhalten, als wüsste sie es bereits.

Fürs Erste skandierte Leda mit den anderen: *»Holen wir Charlotte Mask nach Hause. Holt Charlotte nach Hause.«* Im Grunde verkauften sie alle die gleichen Backwaren (abgesehen von dem Mädel von der Hotline für sexuelle Übergriffe, das nur entfernt vulvenförmige Münzbeutel und Broschüren im Angebot hatte). Die Jungs einer Fraternity brachten Dosenkühler und Energydrinks unters Volk.

Offen gestanden war Leda nicht gerade scharf auf die ganze Sache gewesen. Sie wollte Charlottes Namen nicht rufen, als wäre er ein Konsumgut, als könnten die Passanten sie von dem Schicksal freikaufen, das sie ereilt hatte. Sie wollte nicht mit anhören, wie Mädchen, die Charlotte nie getroffen hatten, von Trauer sprachen, während diese Flora Weinen als ihren »neuen Normalzustand« beschrieben hatte und sie, Leda, nicht einmal wagte, das Wort *Trauer* auszusprechen, weil sich ihr ansonsten seine Bedeutung offenbaren könnte. Und doch stand sie hier, trug eine süße Strickmütze und einen dicken Schal wie alle anderen heute Morgen auch. Stand hier und lächelte, rief: »*Holen wir Charlotte nach Hause!*« Stand hier und ließ immer wieder den Blick über den Lawn schweifen, hielt nebenbei Ausschau nach Ian, den sie seit Halloween weder gesehen noch gesprochen hatte.

Ein schwarzhaariges Mädchen spendete einen Dollar und verschwand wieder in der Menge, bevor Ledas Schwester ein Foto von ihm machen konnte.

»Oh mein Gott.« Scheunenstiefel zeigte ihr hinterher. »Sie sah Charlotte voll ähnlich.«

Leda sagte nichts. War das ihr Ernst?

Leda packte einen Frischkäse-Cupcake aus und biss hinein. In der Nähe malte ein blondes Mädchen riesige Kreideherzen vor den Sigma-Kappa-Stand. Ein paar Freundinnen von Scheunenstiefel kamen vorbei, spendeten und erzählten von ihrem Gebetskreis und dass sie hoffentlich fünfhundert Menschen zusammenbekämen, um für Charlotte zu beten. *Wenn du laut genug singst, hört vielleicht jemand zu,* dachte Leda, obwohl sie jetzt irgendwie weniger daran glaubte.

Sie versuchte, die Gebetsschwestern auszublenden, und griff nach ihrem Handy. Schon das Aufleuchten des Displays bewirkte, dass sie sich etwas weniger allein fühlte.

Auf Charlottes Facebook-Seite gab es haufenweise neue Posts, darunter auch Links zu aktualisierten Presseberichten. Eine Nachrichtenagentur meldete, Charlottes Wagen sei gefunden worden. So weit eine gute Neuigkeit, aber Leda beunruhigte sie zugleich. Man hatte das Auto fünfundvierzig Minuten außerhalb der Stadt entdeckt, unweit von Ledas altem Zuhause. Es war an einer Landstraße abgestellt worden, die Leda gut kannte; sie führte zum Stausee von Dice County, zum National Forest und einem Zugang zum Appalachian Trail. Einem Anwohner war der Wagen bereits am Sonntagmorgen aufgefallen. Gestern (Dienstag), als er ihn dort unverändert vorfand, hatte er durchs Fenster hineingeschaut – der Schlüssel steckte im Zündschloss. Also rief er die Polizei. Dem Artikel zufolge war das Nummernschild auf Charlotte zugelassen.

Nachdem Leda weitere Berichte überflogen hatte, wurde ihr bewusst, dass niemand sonst gesehen hatte, wie Charlotte zu einem Jungen ins Auto gestiegen war. Anscheinend hatte das Gerippe – wer auch immer es war – sich nicht gemeldet. In jedem Artikel stand nach wie vor, sie sei zuletzt im Verbindungshaus gesehen worden. Das war eindeutig verdächtig. Aber was hieß das? Hatte das Gerippe Charlotte mit ihrem eigenen Wagen abgeholt? Hatte er sie mitten ins Nirgendwo gefahren?

Zugegebenermaßen war Leda das alles ein bisschen zu hoch. Wahrscheinlich sollte sie einfach bei der Polizei anrufen. Sie könnte sagen: »Ich glaube, ich war die Letzte, die Charlotte Mask gesehen hat«, und den Jungen und das Auto so gut wie möglich beschreiben. Das Problem war, dass sie dann auch zugeben müsste, dass sie ab jenem Zeitpunkt nichts mehr wusste. Sie müsste zugeben, dass sie einen Filmriss hatte. So war es nämlich gewesen, wenn sie ehrlich war. Die Polizei anzurufen würde auch nichts aufklären, es wäre nur peinlich.

Leda biss sich auf die kaputte Lippe und starrte auf das Display. Es schmerzte – kurz und heftig. Wo war sie, *Leda*, nach der Schaumparty hingegangen?

In Ledas Blickfeld erschien ein glänzender Bagel. Sie sah hoch. Eine der Gebetsschwestern streckte ihn ihr entgegen – wie eine Opfergabe – und fragte, ob sie am Freitag auch zum Gebetskreis kommen wolle.

»Oh.« Leda legte ihr Handy weg, ohne den Bagel anzunehmen. »Ich bin nicht gläubig. Tut mir leid.«

»Macht doch nichts!«, verkündete das Mädchen und bot den Bagel unbeirrt dar.

Leda ignorierte ihn. »Geht es darum, dass Gott die Gebete eher erhört, wenn sie von mehr Menschen kommen?«

Die Mädchen nickten, wenngleich das Konzept Leda so formuliert eher töricht vorkam. Schwer zu glauben, dass da oben überhaupt irgendwer Notiz nahm, geschweige denn zuhörte.

»Danke«, sagte Leda schließlich und schüttelte das Cheese-Puffs-Glas mit den Dollars und Vierteldollars. »Aber ich möchte trotzdem nicht.«

Widerstrebend zog das Mädchen den Bagel zurück. Bevor sie gingen, hielten sie sich noch gemeinsam mit Scheunenstiefel bei den Händen, während eine Horde Frat-Typen Kleingeld zusammensuchte, um es gegen Cupcakes mit rosa Streuseln einzutauschen. Die Mädchen standen mit geschlossenen Augen im Kreis um ihre Rucksäcke. Die Bagelbotin sprach, beinahe rhythmisch, und obwohl Leda angestrengt horchte, konnte sie nichts verstehen. Die anderen lächelten, als erführen sie gerade ein Geheimnis.

»Holt Charlotte nach Hause.« Leda trat gegen das Tischbein und schüttelte das Glas. *»Holt Charlotte Mask nach Hause.«*

Der Himmel war straff gespannt und wolkenlos. Hunderte Jungen gingen vorbei und waren nicht Ian. Sie wollte ihn wiedersehen. Vielleicht würde sie sich dann erinnern. Außerdem mochte sie ihn und wollte wissen, was sie nun waren. Freund und Freundin? Nur Freunde? Fremde? Sie war nicht naiv; nur weil sie Sex gehabt hatten (zumindest nahm sie das an), mussten sie ja nicht gleich heiraten. Wie die meisten am College hatte sie mit Jungen geschlafen, an deren Namen sie sich nicht erinnern konnte. Das gehörte alles zum Erwachsenspielen dazu, man musste herausfinden, wer man war, was man wollte und wie weit man gehen würde. Es war längst nicht so einfach, wie einen in der Kindheit alle glauben machen wollten, wenn sie fragten, was man mal werden wolle, als wäre das die einzige Entscheidung, die man zu treffen hätte. Von all den Entscheidungen dazwischen sprach niemand. Dass man sich entscheiden musste, ob und wie viel man trank, wo die Grenze zwischen Flirt und Belästigung lag, zwischen Spaß und Gefahr; dass man entscheiden musste, ob man jemandem vertraute oder nicht.

Bemerkenswert viele Fallstricke. Für Leda kam erschwerend hinzu, dass sie niemanden hatte, den sie fragen konnte: »Ist das in Ordnung so? Bin ich auf dem richtigen Weg?« Ohne ihre Mom musste sie alles durch Ausprobieren herausfinden. Was Ian anging, kamen langsam einige Szenen zurück: ihre miteinander verwobenen Finger, wie er ihr in die Augen sah, wie er ihr Haar berührte, als wäre es etwas Kostbares, als wäre *sie* kostbar. Niemand hatte sie je so angesehen – niemand außer ihrer Mutter.

Außer solchen kurzen Erinnerungsfetzen hatte sie keinerlei Anhaltspunkte. Also wieder einmal eine dieser Erwachsenen-Situationen, auf die sie niemand vorbereitet hatte. Wenn man *glaubt,* dass man Sex hatte, wie vergewissert man sich dann? Oder anders ausgedrückt: Ist es den Versuch bei einem Filmriss überhaupt wert? Was, wenn man es versucht … und herausfindet, dass etwas Schreckliches passiert ist?

Mary kam auf dem Weg zu ihrem Shakespeare-II-Seminar vorbei, als die Christinnen sich gerade verzogen. Sie hatte Leda letztes Jahr zu Shakespeare I mitgeschleppt (sie wollte sie immer noch überreden, mit ihr zusammen Englisch zu studieren), und es hatte Leda zwar gefallen, war aber emotional anstrengend gewesen. Sie musste sich über Dinge Gedanken machen – Yoricks Schädel, die lebendige Statue Hermiones –, mit denen sie sich ungern befassen wollte.

Nun nahm Mary wiederum Ledas Schädel in beide Hände, schob ihr Haar zurück und betrachtete etwas in ihrem Gesicht.

»Ähm«, brachte Leda heraus. »Was machst du da?«

»Was ist mit deiner Lippe passiert?«

»Weiß ich nicht.« Leda befreite sich aus Marys Griff. »Trockene Haut.«

»Das ist doch keine trockene Haut.«

»Als würde ich bluten oder so.«

»Tust du aber.«

»Mist.« Leda berührte ihre Lippe. Ihr Finger war rot.

Mary holte ein Taschentuch aus ihrer Umhängetasche. »Auf die Gefahr hin, die Mom-Nummer völlig zu übertreiben – ich habe auch Antibiotikasalbe.«

»Geht schon.« Leda nahm das Taschentuch. Sie blutete nur ein bisschen. Dennoch sah ihre Freundin besorgt aus und zog die Brauen zusammen. Ihre Lider glitzerten. Nach dem Nasenpiercing hatte dieses Augen-Make-up erst recht den Unmut der Schwesternschaft auf sich gezogen. Solche bescheuerten Kleinigkeiten sorgten regelmäßig für Stress – wann man Jogginghosen tragen durfte oder wie oft man sich die Beine rasierte. Glitter auf den Lidern war selbstredend ein No-Go.

Leda stand auf und betupfte sich die Lippe. »Ich dachte, du kannst kein Blut sehen?«

»Ist doch deins«, sagte Mary. »Das ist was anderes.«

Sie entfernten sich Schulter an Schulter vom Kuchenbasar. Um sie herum tobte auf dem Lawn das Leben – ein Typ auf dem Longboard, ein Mädchen jonglierte eine Geige, Lehrbücher und Kaffee. Drei Kadetten eilten über die bunte Kreide auf dem Boden, und die Kapellenglocke schlug zur vollen Stunde.

»Du kommst zu spät«, erinnerte Leda ihre Freundin.

»Heute ist *Romeo und Julia* dran«, erwiderte Mary. »Gibt Besseres. Außerdem wollte ich sichergehen, dass mit dir alles o.k. ist. Ich hab dich ja seit Halloween nicht mehr gesehen, wo du mit Zeus abgehauen bist.«

»Tut mir leid ...« Leda trat verlegen von einem Fuß auf den anderen.

»So meine ich das nicht. Ich will doch nur wissen, ob, na ja, was passiert ist.«

»Also ...« Leda zögerte. War das der rechte Moment? War das die Freundin, der sie etwas so Unangenehmes erzählen konnte? Aber aus irgendeinem Grund ließ sie es bleiben. Vielleicht war ihr heute Morgen einfach nicht nach so viel Verletzlichkeit. Sie antwortete selbstgefällig: »Wir hatten Sex, wenn das als ›was passiert‹ zählt.«

»Und? War es ... gut?«

Leda zog eine Augenbraue hoch. »Was soll das heißen?«

»Du brauchst nicht ins Detail zu gehen, Lee. Aber du warst plötzlich weg. Ich will doch nur wissen, ob ich jemanden umbringen muss.«

»Mary ...« Leda schlang die Arme um sich. Sie hätte sich zu sehr geschämt zuzugeben, dass sie nicht wusste, was passiert war, vor allem gegenüber ihrer immer so klugen, immer so vernünftigen Freundin. Sie wollte nicht zugeben, dass sie gleichermaßen verwirrt, nervös und dennoch irgendwie verrückt nach Ian war. Also wählte sie eine Art Mittelweg: »Ich muss immerzu an ihn denken.«

Mary wirkte ehrlich überrascht. »Ernsthaft?«

»Sollte ich wohl lieber lassen.« Leda gab sich Mühe, normal zu klingen. »Er hat mich immer noch nicht angerufen. Im Seminar war er auch nicht, also geht er mir vielleicht aus dem Weg ...«

»Leda, hör zu«, fiel ihr Mary ins Wort. »Ich habe mich nur gewundert, weil was ziemlich Schräges passiert ist, und zwar ...«

Aber sie wurde von Carly unterbrochen, die Scheunenstiefel am Psi-Delta-Stand abgelöst hatte und laut rief: »Lee!« Sie hatte Muffin- und Koffeinnachschub dabei. Als sie alles abgestellt hatte, tippte sie auf ihre imaginäre Uhr und schrie: »Dein Dienst ist noch nicht um, Lee-Lee! Also echt.«

Eigentlich ging es Carly wohl gegen den Strich, dass Leda in aller Öffentlichkeit mit ihrer Ex-Schwester Mary sprach. Carly selbst hatte sich Mary zwar auch schon aus strategischen Jungs-Annäherungs-Gründen zunutze gemacht, aber hier, vor all den anderen Frats und Sororitys, sorgte sie sich wohl eher um den »Eindruck«, den dieser kleine Plausch machen konnte.

Leda flüsterte Mary ein »Sorry« zu.

»Geh schon.« Mary verpasste ihr einen Schubs, aber ihre Stirn lag immer noch in Falten. »Kein Ding.«

Mary ging zu ihrem Seminar, und Leda kehrte auf ihren Posten zurück. Sie war für zwei Schichten hintereinander eingeteilt, also nahm sie sich einen Muffin und einen Kaffee. Die Sonne stieg höher, langsam wurde es wärmer. Ein paar Tische weiter klatschten und schrien Mädchen mit Streifen aus farbigem Papier, aus denen Origami-»Gebetssterne« gefaltet werden sollten. Die winzigen Sterne füllten jetzt schon ein halbes Fünfliterglas.

»Du solltest auch einen Stern basteln«, meinte Carly. »Die sind witzig und irgendwie voll angemessen.«

Auf einmal war es Carly nicht mehr so wichtig, dass Leda Schicht hatte. Auch egal. Leda gesellte sich zu den lauten Mädchen und nahm einen schmalen orangefarbenen Papierstreifen entgegen. Vor dem Falten sollte man ein Gebet darauf schreiben. Sie starrte den leeren Streifen einen Moment lang an und überlegte, was Mary wohl gerade hatte sagen wollen.

»Es sollen Gebete für Charlotte sein«, ermunterte sie eins der Mädchen.

Schon klar. Der Tisch war übersät mit Fotos von Charlotte Mask. Leda ließ das Papier leer, faltete es und warf es ins Glas.

»Du bist so süß«, sagte Carly, als Leda zurückkam. »Ich hab gesehen, wie du über deinem kleinen Stern gebetet hast.«

Die Bemerkung nervte sie unwillkürlich, ebenso wie die Einladung zu dem Gebetskreis mit fünfhundert Leuten. Vielleicht lag es an der Annahme, sie sei der Typ Mensch, der andere brauchte, um sich auch nur annähernd wichtig zu fühlen. Natürlich *war* sie der Typ Mensch. Deswegen störte es sie ja auch. Sie saß gern im Hörsaal, genoss das Wissen, anderthalb Stunden lang genau da zu sein, wo sie hingehörte. Sie ging gern zum Chor, wo sie auf allen Seiten von Stimmen und Körpern gestützt wurde.

Sie schaute zu ihrem Stern zurück, der zwischen den Hunderten anderen nicht mehr auszumachen war.

Vielleicht ärgerte es sie auch nur, dass Carly sie in einem unsicheren, verwundbaren Moment ertappt hatte – genau das, was sie vor Mary hatte verbergen wollen.

Ein Brite schob sein Rennrad an den Kuchenstand und kaufte zwei Johannisbeer-Muffins. »Cheers«, sagte er zum Abschied. Carly kicherte. Sie wackelte mit ihrem in Elasthan verpackten Hintern und informierte willige Passanten lautstark über Charlotte. Sie hielt ein paar Rettungssanitäter an. Sie kraulte dem Schnauzer einer Professorin den Bauch. Leda konnte ihr gar nicht böse sein – so quirlig und energiegeladen, wie sie war. Außerdem hatte sie Leda Kaffee mitgebracht.

Zusätzlich zu den Muffins verteilte Carly auch T-Shirts. Soweit Leda erkennen konnte, waren darauf Lippen im Comicstil abgebildet, zum Schrei geöffnet.

»Wofür sind die?«

Carly erwiderte nur: »Wirst du schon sehen.«

Der Brite kam zurück und kaufte noch vier Muffins. »Die sind echt lecker. Fast schon unheimlich.« Er trug eine Brille mit hellem Rahmen und einen Fahrradhelm. Er war – wie Leda zugeben musste – äußerst attraktiv.

»Du hast ja sechs Muffins gekauft«, sagte Carly. »Das macht dich dann wohl zum Wohltäter.«

»Ach was.« Der Brite lief rot an. »Ich bin nichts als ein schnöder Doktorand, den es nach Nahrung jenseits von Text und Pergament verlangt.«

»Klingt ja ganz schön verzweifelt. Was studierst du denn? Dann kann ich die Finger davonlassen.«

»Philosophie«, antwortete er kauend. Er hätte gut und gerne für Burberry modeln können – mit seinen fein geschnittenen Zügen und dem zerwühlten Look à la »Ich hab in dem Achthundert-Dollar-Pulli hier geschlafen«. Als er den trotteligen Helm abnahm, schnappte Leda beinahe nach Luft.

»Wow.« Carly wandte sich zu ihr um.

»Wow«, stimmte Leda zu. »Philosophie.«

Carly gab dem Typen beiläufig ihre Nummer, falls er noch mehr Gelegenheiten für Wohltätigkeit suchte. Er tippte sie in ein Klapphandy und meinte: »Ich bin so ein Döspaddel, das mit dem Texten krieg ich nicht hin, wahrscheinlich rufe ich dich tatsächlich an. Nur so als Warnung.«

Er schwang sich auf sein Ross und ritt von dannen, gerade als Genie mit noch mehr Muffins auftauchte. Leda wiederholte affektiert: »Ich bin so ein Döspaddel …«

»Klappe.« Aber Carly musste selbst grinsen. »Der ist vom Feinsten, das weißt du genau.«

Leda warf sich ihren Rucksack über die Schulter. Zeit für Astronomie. »Ein bisschen opamäßig vielleicht.«

»Mein Gott, bist du blind? Der war vielleicht achtundzwanzig oder so. Außerdem ist ein britischer Akzent total sexy. Gibs zu.«

»Wer ist britisch?«, wollte Genie wissen.

Leda spöttelte: »Der hatte *Tweed* an.«

»Äh, nee, das war Kaschmir, Bitch!«

»*Wer?*« Wieder Genie.

Leda setzte sich in Bewegung. »Der Typ mit dem Monokel und der Taschenuhr.«

»Was ist ein Monokel?« Genie blickte sich um.

»Eine Geschlechtskrankheit.«

Carly verpasste Leda einen überraschend harten Boxschlag. »Er heißt Benjamin und ist vielleicht die Liebe meines Lebens.« Dann befahl sie Leda, nach der Vorlesung wiederzukommen, obwohl sie bereits ihre Doppelschicht absolviert hatte. Vielleicht, deutete sie an, passierte gegen Mittag ja was.

»Wie mysteriös.«

»Was soll ich sagen?« Carly setzte ihre Ray-Ban auf. »Ich bin eben geheimnisvoll.«

Ian war wieder nicht in der Astronomievorlesung, und Leda redete sich die ganze Stunde lang ein, das habe nichts zu bedeuten. Er war ja nicht ihr Seelenverwandter oder so, sondern einfach ein Typ, mit dem sie Sex gehabt hatte. (Wahrscheinlich.) Er war kein Gott. Aber er war klug (klug genug, um am Lawn zu wohnen, das wollte schon was heißen). Und er sah gut aus (mit seinem Sixpack, den blauen Augen, den verwuschelten Haaren und den hohen Wangenknochen). Außerdem mochte er Leda (zumindest hatte er das gesagt).

Normalerweise hing Leda kurzen Affären nicht weiter nach, aber sie konnte nicht anders, als die Fitzelchen immer wieder obsessiv durchzugehen, an die sie sich aus jener Nacht noch erinnerte. Sie hatten einen Zwischenstopp in den Gärten eingelegt (da war sie ziemlich sicher) und sich (möglicherweise) gegen das Efeu gelehnt geküsst. Dem Rauchgeruch an ihren Klamotten nach zu urteilen, hatte er wohl den Kamin angezündet. Sie wusste noch, dass er romantisch und beharrlich gewesen war.

Nun ging er ihr aus dem Weg. Entweder das, oder, was noch schlimmer wäre, er hatte sie vergessen.

Auch egal. Es war beinahe Mittag, und sie hatte zu tun. Sie musste die Lektüre für das Seminar in Poesía Moderna am Nachmittag noch lesen. Sie musste ihren Astronomieprofessor um Nachhilfe oder zumindest die Chance bitten, die letzten paar Tests wiederholen zu dürfen. Sie musste noch mal auf dem Lawn bei Carly der Geheimnisvollen vorbei, die sie nun laut rufend inmitten einer Menschenmenge wiederfand.

Die Menge bestand unter anderem aus etwa fünfzehn Psi Delts in aufeinander abgestimmten Neon-Shirts, die Leda Carly hatte verteilen sehen. Unter dem schreienden Mund stand DU HAST EINE STIMME. Am Rücken waren die T-Shirts aufgeschnitten wie Jalousien und gaben den Blick auf gebräunte Rücken und raffinierte, neonfarbene BH-Träger frei.

Carly, die ebenfalls eines der Shirts trug, verkündete, sie sei mit dem Talent zur Welt gekommen, laut zu werden. Als Baby habe sie immer nur gebrüllt. Als Kleinkind habe sie massive Wutanfälle gehabt. Dabei habe sie geheult, Türen knallen lassen und während ihrer gesamten Kindheit und Jugend sowie als Erwachsene mit schweren, zerbrechlichen Gegenständen geworfen. (Waren sie das etwa? Erwachsene?)

»Meine Vorfahren waren schottische Einwanderer. Sie haben gejodelt – tatsächlich gejodelt –, um sich in den Allegheny Mountains von Berg zu Berg zu verständigen.«

Leda erspähte ein Mädchen aus dem Cathouse im Publikum, das aus dem Rahmen fiel – ihre Schlüsselbeine waren voller Tattoos und ihr Kopf zur Hälfte kahl geschoren.

»Verglichen mit meinen Vorfahren sind wir Mäuse!«, rief Carly. »Wir erheben nie unsere Stimme. Als Frau gehört es sich nicht, laut zu werden. Aber ich finde, das sollte uns nicht kratzen. Wenn etwas falsch läuft, sollten wir uns gemeinsam erheben und schreien. Wir müssen etwas sagen.«

Ein paar Psi Delts feuerten sie stumm an. *Los, Carly!*

»Also.« Carly klatschte in die Hände. »Ich werde jetzt schreien. Und zwar echt laut, nur damit ihr es wisst. Haltet euch die Ohren zu, wenn ihr das nicht abkönnt.«

Die Menge trat einen Schritt zurück. Ein paar hielten ihre Handys hoch und filmten. Leda sah von hinten aus zu und wünschte, Carly hätte die Idee vorher mit ihr besprochen. Sie zweifelte daran, wie beeindruckend ein Schrei sein konnte. Selbst filmreife Schreie waren, na ja, wir haben es verstanden, irgendwas ist beängstigend. Normalerweise war es dann doch gar nicht so beängstigend. Es war ein Alien. Oder das Ding aus dem Sumpf. Heutzutage machte den Horror in Horrorfilmen eher eine schleichende Bedrohung aus, Seuchen, Gehirnwäsche, ein gut aussehender ITler, der Androiden missbrauchte oder so. Leda dachte, sogar Psychopathen und Mörder seien irgendwie out … aber Filme waren nicht das wahre Leben, oder?

Carly warf sich in die Brust und schien fünf Zentimeter zu wachsen. Sie fixierte einen Punkt auf dem Lawn und öffnete den Mund. Die Wolkendecke riss auf. Eine Reihe Spatzen flüchtete von einer Stromleitung gen Himmel. Der Schrei war furchterregend. Hätte Leda nicht gewusst, dass es Carly war, hätte sie sofort die Polizei gerufen. Manche hielten sich erschrocken die Ohren zu. Der Schrei klang, als hätte er sich jahrelang in Carlys Körper aufgestaut und würde nun herausschießen wie Blutfontänen in einem Slasher-Film.

Die Menge applaudierte benommen, aber Carly schrie noch immer. Leda wollte ebenfalls klatschen, aber ihre Hände waren steif. Sie versuchte, sich zu entspannen. Der Schrei dauerte an, und sie musste ihm standhalten. Er hallte von der Rotunda aus wider. Garantiert hörte man ihn auch in der Memorial Road, wo er durch die Fenster der Verbindungshäuser drang und die Kupferstatue vor dem Kunstmuseum umtoste: eine Frau ohne Arme und Beine, die dennoch zu rennen schien. Der Schrei war wie losgelöst von Carly. Lebendig.

Carly schloss den Mund wieder, aber das Echo ihres Schreis hallte weiter. Die Menge wogte hin und her. Der Lawn war komplett zum Stillstand gekommen. Die Spatzen waren verschwunden. Carly sah aus wie ein dicker Buddha und strahlte, während das Publikum blinzelte.

»Hier geht es nicht nur um Selbstverteidigung!«, rief Carly

den anderen zu. »Sondern um Selbstachtung. Jede Frau hat eine Stimme, aber nicht jede kann sie auch benutzen. Wer will als Nächste?«

Allgemeines Gemurmel, suchende Blicke. Leda fragte sich, ob sie überhaupt in der Lage war zu schreien. Ein schwacher Schrei wäre peinlich.

Carly stampfte auf wie ein Kind. »Lasst euch nicht durch Angst und Hemmungen vom Sprechen abhalten! Findet heraus, was euch gefällt und was nicht. Wenn euch was nicht gefällt, dann schreit einfach!«

Dann ein Geräusch: Genie jaulte hinter dem Gebäckstand auf. Der Schrei war nicht so mächtig wie Carlys, aber die Leute nickten. Ein Chi-Om-Mädchen quiekte dünn und niedlich. Das Cathouse-Mädchen brüllte. Drei Polizisten kamen mit schnellen Schritten quer über den Lawn auf sie zu. Doch die Schreie wurden lauter. Wolken verdeckten die Sonne. Carly schrie erneut, schnitt die schwächeren Stimmen entzwei. Der Brite stand mit seinem Fahrrad am Rand und aß noch einen Muffin. Am Rand der Menge klappte Leda den Mund auf und zu und dachte dabei an ihren Chorleiter, der von seinem Tisch herunterbrüllte: *Was willst du SAGEN?*

Die Kabinen im Untergeschoss der Musikalischen Fakultät boten genügend Platz für ein Klavier, einen Notenständer und eine Person. Weil die Türen aus schalldichtem Glas bestanden, fühlte man sich innen nicht so klaustrophobisch, aber wenn jemand vorbeikam, konnte er einen sehen. Normalerweise war das Ledas Konzentration förderlich (dann stand sie aufrechter, formte die Lippen runder, sang artikulierter), aber heute Abend wünschte sie, sie könnte das Glas irgendwie verhängen. Nicht einmal das grelle Licht mit Bewegungssensor ließ sich abschalten. Gerüchten zufolge sollte es – zusammen mit den Glasscheiben – eine Zweckentfremdung der Kabinen verhindern, aber Leda wusste, dass das dennoch erstaunlich häufig vorkam. Manche Mädchen aus dem Chor wischten die Klaviere immer erst feucht ab, weil sie Schamhaare und Körperflüssigkeiten fürchteten.

Sie begann mit Tonleitern und verfiel in ihre tiefere Stimmlage. Die gepolsterten Wände umschlossen sie. Die Decke war nur dreißig Zentimeter über ihrem Kopf. Vielleicht war es seltsam, aber ihr gefiel der warme, beengte Ort. Hier drin konnte sie tief durchatmen. Sie ging in sich und holte den Klang hervor. Wenn jemand durch den Korridor kam, würde er nur ihre Mundbewegungen sehen; sie konnte so tief und hässlich singen, wie sie wollte. Elefanten, hatte sie kürzlich gelernt, kommunizierten auf einer so niedrigen Frequenz, dass Menschen sie nicht hören konnten. Welche Freiheit, dachte Leda. Bis dahin hatte man nicht einmal gewusst, dass sie sich überhaupt lautlich verständigten.

Leda konnte nicht richtig Klavier spielen, aber sie benutzte es, um Tonleitern oder schwierige Passagen in ihren Stücken zu klimpern – ungewöhnliche Rhythmen oder unerwartete Dissonanzen –, und forderte ihr Hirn so heraus, die Disharmonie auszuhalten und ihren Part darin zu hören. Das war das Schicksal im Alt: Nie durfte man die Melodie singen.

Findet heraus, was euch gefällt, hatte Carly gerufen. *Singen,* dachte Leda. *Astronomie. Laufen. Partys. Ian.* Das alles gefiel ihr, aber sie wusste nicht genau, ob Carly so etwas gemeint hatte. *Wenn euch was nicht gefällt, dann schreit einfach.* Aber Leda erschien der Übergang zwischen gefallen und nicht gefallen so abrupt und trügerisch. In einem Moment küssten Ian und sie sich noch an einer Gartenmauer (so stellte sie es sich zumindest vor), und im nächsten war sie geflüchtet (nach Hause, nahm sie an) und torkelte betrunken durch Erinnerungsfetzen.

Geflüchtet. Sie erinnerte sich nicht daran, geflüchtet zu sein, das Wort war ihr einfach in den Sinn gekommen.

Sie versuchte, sich zu konzentrieren. Sie sang, wies jedem Ton eine Silbe zu. Das traditionelle Do-Re-Mi kam ihr ganz natürlich vor. Es war angenehm, nicht zu wissen, was sie da sang. Es klang wie ein Mantra, nach Meditation. Jeder Ton war ein Beben, eine Elefantenvibration. Vielleicht war sie wie ein Elefant. Vielleicht war ihre »wahre« Stimme auch so tief, dass sie sie nicht einmal selbst hören konnte.

Im Übungsraum nebenan rülpste gedämpft eine Tuba. Leda massierte sich die Schläfen und schlug ihr Notenheft auf. Sie holte Luft und öffnete den Mund: »*Ora pro nobis.*«

Bitte für uns. Lange, tiefe Töne. War das ihre Stimme?

»*Peccatoribus.*«

Jemand klopfte gegen die schalldichte Scheibe. Leda fuhr herum und setzte ihr Was-willst-du-denn-Gesicht auf. Dann stockte ihr der Atem.

»*Buenos tardes*«, sagte Ian in schlechtem Spanisch, die Tür verschluckte seine Stimme beinahe vollständig. Er lächelte. Perfekte Zähne. Leicht zerzauste Haare. Leda blieb zu lange reglos stehen, bekam rote Wangen und starrte ihn an. Schließlich deutete Ian auf den Türgriff, und sie schlug sich an die Stirn. Sie schloss ihm die Tür auf, er roch, wie ihr rotes Kleid am Montagmorgen gerochen hatte: nach Holzrauch und – ja, jetzt erkannte sie es – Chlor.

»Wer hat dir Spanisch beigebracht?« Leda tat ganz selbstsicher.

»Niemand.« Ian lächelte. »Das ist wahrscheinlich das Problem. Aber in Mexiko habe ich ein bisschen Nahuatl aufgeschnappt.«

Selbstverständlich würde sie das niemals zugeben, aber Leda wusste alles über Ians Mexikotrip. Die Ehrenamtlichen von Psi Delta hatten ihr Fotos gezeigt: Ian auf einem behelfsmäßigen Gerüst; Ian beim Yuccaschälen; Ian, der auf seine frische Blinddarmnarbe zeigte. Leda war noch nie außer Landes gewesen, und es fiel ihr schwer, nicht auch noch die Blinddarmoperation romantisch zu verklären, von der er sich bestimmt wochenlang hatte erholen müssen.

Jetzt gab sie sich Mühe, nicht total unzurechnungsfähig zu klingen. »Dann sag mal was auf Nahuatl.«

»*Tipatica.*«

»Was heißt das?«

»›Bist du glücklich?‹ Das fragt man, statt Hallo zu sagen.«

»Wow. Bin ich froh, dass ich *das* nicht ständig beantworten muss.«

»Stimmt.« Ian fuhr sich durch die Haare, wobei sein T-Shirt hochrutschte und seine Narbe zum Vorschein kam.

Leda zeigte darauf. »Aua.« Sie musste sie schon einmal gesehen haben (in Fleisch und Blut, nicht nur auf Fotos), aber irgendetwas daran – an seinem gesamten Körper eigentlich – verstörte und faszinierte sie. Dass man jemandem so nahekommen und sich dennoch fremd fühlen konnte.

»Ach ja.« Ian zog sein Shirt hoch und legte den ganzen Schnitt frei. »Fies, oder? Fass sie ruhig an. Das wollen die Leute ständig.«

Leda zögerte. Sie hatte sie sicher schon einmal berührt, oder? Aber Ian tat so, als wären sie einander gerade erst begegnet, als würden sie sich zum ersten Mal unterhalten. Vielleicht taten sie das auch. Sie streckte zwei Finger aus. Sein Bauch fühlte sich kalt an.

Sie fragte ganz leise: »Hat es wehgetan?«

»Dein Ernst?« Etwas unter seiner Haut spannte sich an. »Die haben mich ausgeknockt.«

Leda trat von einem Fuß auf den anderen, ihre Finger berührten ihn immer noch. Sie hätte sagen können, was ihre Schwestern ihr erzählt hatten, aber sie wollte nicht zugeben, dass sie über ihn und seinen Blinddarm gesprochen hatten.

Aber er schien ihren Gesichtsausdruck richtig zu deuten. »In Mexiko gibt es auch Krankenhäuser, weißt du.«

Er ließ das T-Shirt los, und sie zog die Hand zurück. Natürlich machte er Witze, aber Leda kam sich irgendwie naiv vor, weil sie die ganze Geschichte mit der Feld-OP geglaubt hatte. Sie hätte gern etwas in der Hand gehabt – ein Instrument oder einen Stift. Damit es nicht aussah, als würde sie in diesem Kabuff herumstehen wie eine hilflose Disneyprinzessin, die auf der wahren Liebe ersten Kuss wartete. Na ja, den *zweiten* Kuss. An den ersten konnte sie sich nicht erinnern.

»Jedenfalls ...« Jetzt war Leda ganz verlegen. »Ich habe gleich Probe.«

Ian deutete hinter sich auf die Uhr an der Wand. »Zehn Minuten noch, oder?«

Er hatte recht. Leda setzte an: »Woher weißt ...«

»Bin einfach davon ausgegangen, dass ihr zur vollen Stunde anfangt.« Ian lächelte und zuckte die Schultern.

»Klar.« Leda griff nach ihren Noten, als könnten sie sie beschützen. Wieso war sie so nervös? Auf einmal wollte sie nichts sehnlicher, als zu erfahren, was Halloween passiert war. Irgendwie merkwürdig, es gar nicht zu erwähnen, als wäre es (was auch immer *es* war) gar nicht passiert. Und wie merkwürdig erst, Charlotte nicht zu erwähnen. Vor allem, da Leda sich ziemlich sicher war, dass sie Charlotte und Ian im Cathouse miteinander reden gesehen hatte.

Sie holte Luft. »Ian ...«

Ein paar Jungs in Fracks drängten sich an Ian vorbei durch den engen Korridor. Hinter ihnen schob ein Mädchen eine riesige Harfe auf einer Sackkarre. Ian musste in die Kabine kommen, um ihr Platz zu machen. Ihre Körper streiften einander.

»Leda.« Obwohl der Gang wieder frei war, trat Ian nicht aus der Kabine. Sanft nahm er Leda die Noten aus der Hand. Er lehnte sich mit dem Unterarm gegen den Türrahmen – perfekter Arm, perfekter Körper – und wedelte über ihrem Kopf mit dem Heft. »Darf ich dich noch mal küssen?«

Leda öffnete den Mund, ohne zu wissen, was sie sagen sollte. Sie fühlte sich wie damals in der Highschool. Ein Kuss – sie konnte sich kaum vorstellen, was Ian damit meinte. Ihr Herz machte einen Satz. Er beugte sich vor, und seine Wange berührte einen Augenblick lang ihre. Dann berührten sich ihre Lippen unter dem bläulichen Neonlicht. Ledas Körper versteifte sich beinahe zur Leichenstarre.

Um sie herum erklangen Schritte. Eine Sopranstimme summte die ersten Töne des Stücks, das Leda gerade gesungen hatte: *Ora pro nobis*. Die Tuba von eben trötete wieder. Ian hielt mit den Lippen auf ihren inne. *Tröt, tröt, tröt*. Ledas Gesicht zuckte. Lachte sie vor Nervosität oder aufrichtig? Sie fühlte sich, als würde sie mit ihrem Truck über eine Eisfläche fahren, spürte, wie die Räder haltlos rutschten. Sie lösten sich voneinander. Die Welt war verschwommen, nur Ian war scharf gestellt. Es fühlte sich an wie ein erster Kuss. Auch wenn nun absolut klar war, dass das nicht stimmte.

Leda hörte den Bühneneingang von Bell Hall aufschwingen. Ein Trompetentrio spielte kurz einen schwierigen Akkord. In der Nähe belehrte der Chorleiter jemanden lebhaft und schimpfend.

Ian gab Leda ihre Partitur zurück. »Wenn du willst, kannst du ja auf dem Heimweg noch vorbeikommen, Leda.«

Er sprach ihren Namen aus, als wäre er mehr als nur zwei Silben. *Do, re, mi…* erklang es in Ledas Brust. Sie hielt sich am Türrahmen fest, während er davonging, als würde sie sonst umkippen.

Zehn Minuten später nahm sie ihren Platz auf der Chortreppe ein. Sie sang noch mehr Tonleitern, diesmal gemeinsam mit sechzig weiteren Stimmen. *Mi me ma mo mu*. Normalerweise machten sie gerade diese Nonsenssilben traurig, aber heute konnten sie ihr nichts anhaben. Die Soprane setzten aus, als die Töne zu tief wurden. Die Mezzos ebenfalls. Leda folgte dem Klang in die Tiefe. Sie grub ihn mit vollen Händen aus wie Erde. Die Töne wurden immer tiefer und leiser, erreichten Elefantenfrequenz. Sie grub weiter, die letzte Frau, die noch sang.

Auf den Samtstühlen im Zuhörerraum saßen lediglich drei Studierende, jeder für sich an den Seiten vor dem Laptop, und machten ihre Hausaufgaben mit Livebegleitung.

Manche hatten echt Glück, dachte Leda. Dann korrigierte sie sich. *Sie* hatte Glück – der kuppelförmige Saal, der leise Chor, der Kuss, den sie immer noch auf den Lippen spürte. Aber glücklich war sie nicht, nicht richtig. Sie war aufgeregt. Angespannt. So was in der Art.

Der Chorleiter hob den Taktstock. Leda berührte ihre Lippen, als könnte sie den Kuss besser verstehen, wenn sie ihn anfasste. Stattdessen streifte sie mit dem Fingernagel ihre Wunde und zuckte zusammen. Der Taktstock wippte und stieß zu, Ledas Augen fokussierten sich wieder. Der Chor atmete auf das Kommando des Dirigenten hin ein, aber Leda verpasste ihren Einsatz. Plötzlich hinkte sie einen Takt hinterher. Sie fing sich wieder, aber der Chorleiter hatte den Fehler bereits gehört und ließ die Hände sinken.

Als die Probe zu Ende war, war es dunkel. Über der Rotunda am Ende des Lawn leuchteten die Sterne. Leda lief die Stufen vor Bell Hall hinab und summte einen Song von Amy Winehouse (irgendwie hatte er sich in ihrem Kopf festgesetzt, trotz zwei Stunden Mittelenglisch und Latein). Sie trat auf den breiten Gehweg und formte gerade mit den Lippen das Wort *love,* als sie mit jemandem zusammenstieß. Der Typ murmelte etwas, ohne hochzuschauen. Es war der, mit dem sie bei der Schaumparty getanzt hatte. Er ging einfach weiter, als wäre ihm ihre Berührung nicht weiter aufgefallen.

Heute hatte Leda in Astronomie gelernt, dass Asteroiden einander markieren, wenn sie kollidieren. Sie hinterlassen Spuren ihrer Zusammensetzung – ihren Kohlenstoff, ihre Silikate und Metalle. Genau wie Menschen, dachte sie nun, die immer wieder zusammenstoßen und dabei Dellen und chemische Erinnerungen hinterlassen.

Wieder musste sie an Charlotte denken, die ihren Ellbogen nicht einmal einen Atemzug lang berührt hatte, bevor sie ins Universum davongerast war.

Weiter weg standen Menschen mit Kerzen vor der Rotunda. Gemeinsam gaben sie eine Art Klagelaut von sich. Leda näherte sich, schob die Hände in die Taschen. Über ihr klammerten sich die Sterne an ihr milchiges Netz. Leda ging zwischen vergrößerten Fotos von Charlotte und selbst gemachten Plakaten hindurch – HOLEN WIR UNS DIE NACHT ZURÜCK und MACHT DEN CAMPUS SICHER und DU HAST EINE STIMME. Carlys Spruch fand bereits Anklang. In einiger Entfernung, zwischen all den geschlossenen Türen am Lawn, sah sie, dass Ians Tür offen stand. Sie blieb inmitten der Mahnwache stehen, um sie herum loderten die Kerzen. Sie sah Ian, der mit dem Rücken zu ihr am Schreibtisch saß. Leda machte einen Schritt in seine Richtung und streifte dabei ein Mädchen mit einem großen Foto von Charlotte in der Hand. Aber sie blieb stehen, als sie an seine seltsam kühle Haut dachte, an den schockierenden und schwindelerregenden Kuss. Sie dachte daran, wie sie Charlottes Namen hatte aussprechen wollen und er sie mit den Lippen daran gehindert hatte.

Die Mahnwache um sie herum stimmte einen leisen Sprechchor an. Ian regte sich und wandte sich in Richtung des lauter werdenden Raunens um. Er hielt Ausschau nach ihr, oder? Wartete auf sie. Aber bevor er noch einmal herübersehen konnte, flüchtete Leda, hoffentlich im Schutz der Dunkelheit verborgen.

4

Donnerstag, 5. November

Neben Ledas Bett ragte etwas Großes, Rotes auf. Sie stieß erschrocken gegen ein Bücherregal und hielt sich mit beiden Händen die Augen zu. Was sollte der kindische Reflex? *Schnell, Augen zuhalten! Wenn ich es nicht sehe, sieht es mich auch nicht!* Sie erinnerte sich nur an einen Fall, in dem ihre Mutter sie geschnappt, ihr die Augen zugehalten und sie schnell weggebracht hatte. Leda wusste immer noch nicht, wovor sie in dem Moment beschützt worden war.

Jetzt ließ sie die Hände wieder sinken. Der Drache ihrer Mutter war aus dem Schrank gerutscht wie eine abgestreifte Schlangenhaut. Rundherum heruntergefallene Bücher. Sie seufzte und hob seinen Kopf hoch. Sein stumpfes Gebiss klappte auf. Die Puppenaugen zwinkerten, als sie ihn zurück in den Schrank stopfte. Jetzt rochen ihre Hände nach dem Drachen: nach den Nag-Champa-Räucherstäbchen, die ihre Mom immer angezündet hatte, und seltsamerweise nach künstlichem Erdbeeraroma.

RETTE DICH, brüllte die Postkarte von ihrem Platz auf dem Schreibtisch. Unter dem Tisch lagen Ledas rote Stiefel auf der Seite. Die landeten nun ebenfalls im Schrank.

Draußen auf der Veranda rauchte Naadia. Sie zog eine Augenbraue hoch, als Leda herauskam. »Alles klar bei dir?«

Leda blinzelte. »Wie meinst du das?«

»Du hast geschrien.« Naadia führte einen dampfenden Kaffeebecher an die Lippen. Neben ihr stand eine leere Champagnerflasche.

»War nur ein Vieh.«

Leda wollte schon wieder reingehen, aber Naadia rief ihr hinterher.

»Hast du Charlottes Adresse gefunden?«

»Ja.« Leda zögerte. Auf der Baustelle nebenan startete ein Radlader und übertönte den Morgengesang der Vögel. »Ich hab Flora kennengelernt.«

»Flora …« Naadia tippte sich nachdenklich gegens Knie. »Ist das eine Austauschstudentin?«

»Glaube ich nicht. Sie hat rosa Haare. Glitter im Gesicht.« Ledas Bein zuckte, sie brauchte Kaffee. Essen. »Du würdest dich an sie erinnern.«

»Ich kannte Charlotte nur von einem Austausch-Club, dabei kommt sie nicht mal aus dem Ausland.«

Naadia zog an ihrer E-Zigarette und trommelte mit den Fingernägeln auf die leere Champagnerflasche. Wahrscheinlich war ihr Freund zu Besuch gewesen – dieser Typ, der wohl eine Handvoll Sprachen studierte (Sanskrit, Urdu, Farsi, Französisch) und genau wie Naadia einen erlesenen Geschmack hatte. Die beiden waren seit einem Jahr zusammen, was in Ledas Welt so gut wie verheiratet hieß.

Der Bagger wurde lauter, und Leda musste fast brüllen. »Kommt Charlottes Mom nicht aus China?«

»Charlotte ist aber weiß.« Naadia zog die Decke fester um sich und beobachtete die Baumaschinen. »Meinst du, sonst würden sie so gründlich nach ihr suchen?«

Leda zuckte die Schultern. Hoffentlich schon, aber sie wusste es nicht.

»Wie auch immer. Sie ist hübsch«, meinte Naadia. »Sie finden sie schon.«

Naadia klang irgendwie nicht sonderlich beunruhigt. Vielleicht hatte sie recht. Ob Leda nun jemandem erzählte, was sie gesehen hatte, oder nicht, ob sie zur Polizei ging oder nicht, Charlotte würde schon wieder auftauchen. Alles würde wieder gut werden. Irgendwann.

Leda ging auf der Suche nach Frühstück nach unten. Die Küche war leer, nur Carly war schon auf und fütterte Glock mit Cheerios.

Sie fragte: »Warst du das?«

Leda nahm sich einen Müsliriegel aus irgendjemandes Großpackung. »Was war ich?«

»Oben. Hat sich angehört, als ob die Decke einstürzt.«

»Ach so. Das war mein Drache.« Leda tippte auf den Sperrbildschirm ihres Handys. »Beziehungsweise mein Bücherregal.«

Der Toaster spuckte ein Pop-Tart aus, und Carly griff danach. »Das mit dem Drachen musst du mir aber erklären.«

Leda riss die Folie auf und biss in den trockenen Riegel. »Der hat meiner Mom gehört. Wie von so einer Parade.« Sie kaute, wollte nicht über den Drachen reden. Als Kind hatte sie seinetwegen Albträume gehabt – in Farbe, mit Erdbeergeruch.

»Völlig normal.« Carly biss in das Pop-Tart mit rosa Zuckerguss und rosa Füllung. »Wieso habe ich den noch nie gesehen?«

»Er ist im Schrank. Ich weiß nicht, wohin damit.« Leda strich mit dem Daumen über das Display. Keine Anrufe, Mails oder Nachrichten. Kein Ian. Hatte er vergessen, dass er sie eingeladen hatte? Hatte er mitbekommen, dass sie ihn nach dem Chor versetzt hatte?

Auch egal. Es war Donnerstag, und Leda musste bald zur Vorlesung.

»Wir könnten ihn doch hier unten aufhängen. Glock würde das gefallen.« Carly sprach mit Babystimme mit dem Kakadu: »Nicht wahr, sexy Boy? Nicht wahr?«

Leda ignorierte sie. In den Nachrichten gab es neue Berichte über Charlotte, aber sie hatte keine Zeit, sie alle durchzulesen. Sie klickte einen über Charlottes Auto an, aber darin standen nur ein paar neue Einzelheiten. Charlottes Handy und Portemonnaie hatten im Handschuhfach gelegen. Im Kofferraum hatte man weiße, kniehohe Stiefel gefunden.

»Lee, du hast nicht geschrien«, unterbrach sie Carly.

»Was?«

»Eben gerade hast du da oben geschrien. Aber gestern nicht, ich habe dich beobachtet.«

»Ich bin im Chor, Car«, erwiderte Leda, beinahe ohne nachzudenken. »Schreien ist scheiße für die Stimmbänder.«

Das war nicht mal gelogen. Aber Carly kniff dennoch die Augen zusammen.

»Google es doch.« Leda ließ den halben Müsliriegel liegen. »Sorry. Muss los.« Leda und Carly gaben sich Luftküsse. »Hab dich lieb.«

In Spanische Grammatik II versteckte Leda ihr Handy im offenen Lehrbuch und las noch mehr Artikel über Charlotte. Sie zoomte in der Karte der Gegend herum, in der die Polizei und Freiwillige suchten: ein grüner Kreis um den Stausee, den National Forest, die Weiden und Ledas altes Zuhause, aber das war zu klein, um es zu erkennen. Der Artikel schloss mit den Worten: *Die Bevölkerung wird dringend gebeten, sich mit Hinweisen bezüglich Mask und/oder ihres Aufenthaltsortes per Telefon oder E-Mail zu melden.* Der Satz schien sie direkt anzusprechen.

Ein weiterer, gerade erst veröffentlichter Artikel trug die Überschrift: NEUE INFORMATIONEN IM FALL MASK.

Plötzlich war die Stimme ihrer Professorin wie ausgeblendet. Der Raum um sie herum verschwand. Anscheinend hatte ein Nachbar Charlottes sie Halloween noch gesehen. Irgendwann nach Mitternacht hatte ein Auto sie zu Hause vor der Tür abgesetzt. Sie war allein reingegangen. Das Auto war weggefahren. Nun war es dieser Nachbar – nicht Leda –, der Charlotte zuletzt gesehen hatte.

Das fragliche Auto, hieß es weiter, gehörte Charlottes Mitbewohner Angel Carter. Der dritte Name am Briefkasten, erinnerte sich Leda. Eines der zahlreichen Gerippe in jener Nacht. Carter hatte sich offenbar endlich bei der Polizei gemeldet. Anscheinend hatte er bei Charlottes Abendplanung nur eine Nebenrolle gespielt. Er hatte sie in seinem Wagen nach Hause gebracht und war dann selbst noch weiter auf eine andere Party gefahren, wo er nach Aussage seines Freundes und weiterer Freunde bis in die frühen Morgenstunden geblieben war.

Charlottes Auto war in der Nalle Street geparkt gewesen. Niemand hatte es wegfahren sehen.

Leda hätte erleichtert sein müssen. Sie war also doch nicht Charlottes Entführer begegnet. Ihre Verwicklung war bestenfalls peripher. Dennoch fühlte Leda sich kaum besser.

Sie blätterte ihr Lehrbuch um, als würde sie zuhören. Sie dachte an Charlottes Haus in der Nalle Street, das blaue viktorianische Gebäude mit den dunklen Fenstern, dem ungepflegten Vorgarten und der schiefen Veranda. Sie versuchte, sich vorzustellen, wie Charlotte es betrat, schimmernd in ihrem Schwanenkostüm. Was war dann geschehen?

Plötzlich standen alle auf. Leda sah hoch. Sie sollten sich in kleinen Gruppen zusammenfinden. *Obviamente* hatte Leda nicht zugehört, also hatte sie auch keine Ahnung, was das Ganze sollte. Die Aufgabe war, informierte eine Kommilitonin sie, über ihre größten Ängste zu sprechen. Sie gesellte sich zu einer Gruppe, die über Spinnen, Flugzeuge und Pop-Quizze redete. In der Nähe sprachen zwei Mädchen stockend über Charlotte, eine nannte sie *perdida* (verloren) und die andere *ausente* (abwesend). Keines der Wörter passte so ganz. Aber was war denn das richtige Wort für »vermisst«? Leda fiel es immer noch nicht ein. Aber bevor sie nachschlagen konnte, war sie auch schon an der Reihe. Sie hatte sich keine Antwort überlegt.

»Les tengo miedo a las casas vacías, porque en ellas yo también

me siento vacía.« Zu spät begriff sie, was sie da gesagt hatte: »Ich habe Angst vor leeren Häusern, weil ich mich darin ebenfalls leer fühle.«

Manchmal spielte ihr das Spanischsprechen solche Streiche. Manchmal waren sie und ihre Kommilitonen dabei viel ehrlicher, als sie es auf Englisch gewesen wären. Sie mussten sich derart auf die Grammatik und das Vokabular konzentrieren, dass ihnen die Wahrheit herausrutschte.

Nach dem Kurs hatte Leda noch eine halbe Stunde Zeit bis Chilenische Literatur, also ging sie auf dem Campus spazieren, wobei sie den Lawn mied (Ian hatte immer noch nicht geschrieben) und einen Umweg durch die Gärten machte, die sich hinter den Lawn-Pavillons verbargen. Sie dachte an den Kuss vom Vortag, während sie um eine Gruppe Eschen herumlief und ihre silbrig zerfurchte Borke berührte. War sie nicht Halloween mit Ian hier gewesen? Sie blieb stehen und versuchte nachzudenken. Vielleicht hatte er sie gegen einen dieser Stämme gepresst. Vielleicht war ihr die Luft weggeblieben. Vielleicht hatte der Aufprall sie einen Moment lang zu sich kommen lassen.

Auf einem Pavillondach krächzte eine Krähe. Ihre Mutter hatte Krähen immer gezählt und der Anzahl eine Bedeutung zugeschrieben. Aber Leda konnte sich nicht an die genauen Regeln erinnern. Sie starrte den Vogel mit weit aufgerissenem Mund an, als wollte sie schreien oder singen.

Möglicherweise hatte sie Angst vor Charlottes Haus. Vielleicht hatte sie deshalb das mit der Leere gesagt. Obwohl es ja gar nicht wirklich leer gewesen war. Wie ein glitzernder Geist war Flora weinend daraus zum Vorschein gekommen. Außerdem hatte Leda nicht nur Angst, nein, sie war auch neugierig. Es war genau wie im Horrorfilm; der Grund, warum die erschrockenen Protagonisten immer in den Keller gehen, unter dem Bett nachsehen und Schränke öffnen. Leda hatte nicht gewusst, dass das ein reales Gefühl war. Aber jetzt verspürte sie den Drang, zu Charlottes Haus zurückzukehren.

Oder sogar zu der Straße zu fahren, an der Charlottes Auto abgestellt worden war.

Vielleicht würde sie das Grab ihrer Mutter besuchen, wenn sie sich traute.

Im Garten nebenan warf der Zuckerahorn freigiebig seine letzten roten Blätter ab. Der Kiesweg knirschte unter ihren Füßen, als sie zwischen starren Hortensien und Perückensträuchern hindurchging. Dann hielt sie inne. Unter einem der Ahornbäume stand jemand mit einem Blatt in der Hand. Sie wollte sich langsam zurückziehen, aber er hatte sie bereits gesehen. Er sprach ihren Namen, als bedeute er etwas. Er trug eine gletscherblaue Jacke, die seine Augen so sehr zum Leuchten brachte, dass sie beängstigend wirkten. Sie überquerte den Rasen, ohne nachzudenken, näherte sich ihm.

»Was machst du hier?«, fragte sie ihn.

»Was *ich* mache? Was machst *du* denn?«

»Weiß ich nicht.« Leda lächelte. Ihre Gedanken zogen vorbei wie Wolken im Wind. »Weiß ich nicht«, wiederholte sie und vergaß ihre Vorlesung, die in einer Viertelstunde anfing, dachte: *Sag du es mir.*

Das einzig Nennenswerte, das Leda geerbt hatte (na ja, abgesehen von dem Drachen), war der Truck ihrer Mutter, ein alter, verrosteter Nissan. Sie fuhr nicht oft damit. Verglichen mit den anderen Wagen, die vor dem Psi-Delta-Haus parkten – Hybridfahrzeuge, BMWs, Volvo-SUVs –, war er peinlich. Als Leda also im Garten endlich Ian gegenüber zugab, dass sie mit dem Gedanken spielte, raus aufs Land zu fahren, und er sich dazu einlud, ihr Gesellschaft zu leisten, suchte sie nach Ausreden, wollte irgendetwas anderes vorschlagen. Aber er war so sicher, so bereitwillig, mit ihr mitzukommen, dass sie beschloss, Chilenische Literatur sausen zu lassen und mit ihm zu ihrem Nissan zu laufen. Nun rasten sie eine schmale Landstraße entlang, und Ian kramte Ledas alte CDs durch, während sie sich langsam an den Gedanken gewöhnte, von jemandem gemocht zu werden.

Hier draußen wirkte der Nissan zum Glück auch nicht mehr so fehl am Platz. Hier draußen hatte jeder einen Truck. Außerdem gab es hier weder Cold Brew noch Vinyasa-Flow oder Cake Pops. Hier säumten schwarze Kühe die Straßen wie Grabsteine. Tankstellen warben für Kautabak und Werkzeug. Die Kirchen hatten schon ihre Krippenfiguren aufgebaut. Irgendwie tröstlich, an diesen vertrauten, unveränderlichen Dingen vorbeizufahren, auch wenn es keine Familie und kein Zuhause mehr gab, wohin sie Ian mitnehmen konnte.

»Also, hier hast du früher gewohnt?«

»Ist das so schwer zu glauben?«

Ian ließ das Fenster einen Spalt herunter, und der Wind fuhr ihm ins Haar. »Wäre bloß nie draufgekommen.« Seltsam, wie er so neben ihr saß. »Leben deine Eltern noch hier?«

Harmlose Frage. Trotzdem konnte Leda nur den Kopf schütteln und den Kiefer anspannen. Sie hatte Ian nicht erzählt, dass sie eigentlich vorgehabt hatte, auf den Friedhof zu gehen. Genauso wenig hatte sie erwähnt, dass sie sehen wollte, wo Charlottes Auto gestanden hatte. Ihre Pläne waren augenblicklich in Rauch aufgegangen, als er auftauchte. Sie hatte gelogen und gesagt, dass sie (trotz der Kälte) vielleicht schwimmen gehen wollte.

Leda fuhr bei vollem Tempo an ihrem alten Zuhause vorbei, warf bei achtzig Stundenkilometern einen flüchtigen Blick darauf. Die Einfahrt war gepflastert worden, das Haus inzwischen weiß gestrichen, nicht mehr rot, und den ehemals wilden Garten bedeckte nun ebenmäßiger Rasen.

Nicht schlimm. Was hatte sie erwartet? Das Haus und beinahe sein kompletter Inhalt waren vor drei Jahren verkauft worden, im Sommer nach ihrem Schulabschluss. Clarence, der damalige Freund von Ledas Mom, hatte geholfen, alles zu organisieren. Er hatte ein neues Zuhause für die Hühner gefunden. Im von ihrer Mom angemieteten Bereich im Antiquitätenkaufhaus hatte er die Preise reduziert. Was sich so nicht verkaufte, wurde dann bei der Haushaltsauflösung unters Volk gebracht: Ausgeschnittene blaue Rechtecke klebten auf allem und wiesen Schuhe für fünf Dollar aus, die Eindollarkiste (mit Lesebrillen, einem Knopfarmband) und den Gratismörtel und die Porzellanscherben, aus denen ihre Mom Mosaike gebastelt hatte. Die Preisschilder waren nicht das Einzige, das sie störte. Es störte sie, dass auf genau so einen Flohmarkt sie und ihre Mom selbst gegangen wären. Leda wusste nicht mehr, ob andere Antiquitätenhändler – Freunde ihrer Mutter, nahm sie an – gekommen waren. Sie erinnerte sich nur noch daran, wie sie allein im Vorgarten gestanden und die Köpfe von Fremden durch die Fenster beobachtet hatte.

Da war sie achtzehn. Also streng genommen erwachsen.

Im bebenden Seitenspiegel sah sie ihr Zuhause noch immer. Sie deutete auf ein weiteres Haus. »Dort habe ich meinen ersten Kuss bekommen.«

»Was?« Ian lachte.

»Nick Pemberton.« Leda fuhr langsam am akkuraten Rasen und der riesigen Flagge vorbei. »Der war als Kind ein total verwöhntes Balg. Aber in der Highschool wurde er zum Goth, da habe ich ihn geküsst.«

Verglichen mit dem Garten der Pembertons hatte der bei Leda zuhause immer ausgesehen wie Wildnis – die Mimose im Garten mit ihren wilden, pinkfarbenen Blüten und die Hühner ihrer Mom, die wie Flöhe durchs Gras huschten. In ebenjenem hohen Gras hatten Nick und sie sich geküsst, waren mit den Zähnen zusammengestoßen. Mit ihm war sie auch noch ein paar Schritte weiter gegangen. Es hatte Spaß gemacht, weil es so anders war. Damals wusste sie nicht, wie es sich anfühlen sollte oder dass sie ein Mitspracherecht dabei hatte, was sie machten und wie. Es kam ihr ganz natürlich vor, es über sich ergehen zu lassen. So war das im Leben, oder? Dinge geschahen, und sie lag da und nahm es hin.

Leda trommelte gegen die Tür des Trucks und beschleunigte wieder. Sie schwieg und wünschte, sie könnte sich an den ersten Kuss mit Ian erinnern. Sie dachte an die gerissene Naht an ihrem Kleid. Wer hatte es ihr ausgezogen – sie selbst oder Ian? Und was war mit dem verschwundenen Kondom? Vielleicht hatten sie es benutzt, oder es war einfach aus ihrem Stiefel gefallen.

Sie bog mit dem Pick-up von der kleinen Landstraße auf die Reservoir Road. Als sie Ian einen Blick zuwarf, wirkte er nicht beunruhigt. Konnte *er* sich erinnern, fragte sie sich. Hatte er *gewusst,* dass sie nicht richtig bei Bewusstsein gewesen war?

Zu ihrer Rechten erhob sich ein kleiner Hügel mit flachen Gräbern und Kunststoffblumen. Sie wandte den Blick ab, bevor sie das Grab ihrer Mutter sehen könnte. Die Sonne strahlte durch die Scheibe und bleichte die nahen bläulichen Berge aus. Die Reservoir Road schlängelte sich bergab, und der Friedhof verschwand im Rückspiegel. Sie kamen an einem erstarrten Feld mit Heuballen und krächzenden Krähen vorbei.

Ian sagte: »Schön hier draußen«, als sie unter Stromleitungen und gen Himmel strebenden Vogelschwärmen entlangfuhren.

Aber hinter der nächsten Kurve standen Autos mit eingeschaltetem Warnblinker. Leda bremste ab und hielt dahinter an. Sonnenstrahlen fielen durch die Baumkronen wie Konfetti. Es *war* schön hier draußen. Trotzdem merkte Leda, wie sie das Lenkrad so fest umklammert hielt, dass ihre Knöchel weiß wurden. Ein Mann mit orangefarbener Weste kam näher und winkte sie vorbei. Der Verkehr schlich an weiteren Frauen und Männern in orangefarbenen Westen vorbei.

»Was ist hier los?«, fragte Leda, aber sie wusste die Antwort, sobald sie es ausgesprochen hatte, sobald sie den Mann mit dem schmalen Spürhund auf dem Weg in den Wald sah.

Die Wagen der Suchtrupps standen ein ganzes Stück die Straße entlang. Weder Ian noch Leda erwähnte Charlotte. Sie fuhren ein paar Minuten schweigend weiter.

Irgendwann fragte er: »Alles o. k.?«

Leda nickte, gab Gas und überlegte gleichzeitig, ob alles o. k. sein *sollte.* Wäre es nicht seltsam, wenn der Anblick der Männer und Frauen, die eine Mitstudentin suchten – ein Mädchen, das ihre Sitznachbarin, ihre Freundin hätte sein können –, sie *nicht* verstörte?

Ian hingegen hatte die Suchaktion kaum bemerkt. Oder das Ganze ließ ihn vollkommen kalt. Wie merkwürdig. Selbst wenn Ian nicht mit Charlotte befreundet gewesen war, würde er sich dann nicht erinnern, dass er beim Vorglühen im Cathouse mit ihr geredet hatte? Leda hatte nun schon ein Dutzend Ich-hab-sie-gesehen-Geschichten gehört. Wäre jetzt nicht ein guter Zeitpunkt, *seine* zu erzählen?

Aber fairerweise musste man sagen, dass Leda auch stumm blieb. Wenn sie zugab, dass sie draußen vor der Schaumparty mit Charlotte gesprochen hatte, müsste sie ebenso einräumen, dass sie sich danach an so gut wie nichts mehr erinnerte. Sie müsste zugeben, dass sie nicht sicher war, was zwischen Ian und ihr passiert war. In seiner Gegenwart wollte sie selbstsicher wirken, und all das einzugestehen hätte den exakt gegenteiligen Effekt gehabt.

Die befestigte Straße endete am Parkplatz einer Picknickstelle. Von dort aus führte ein Kiesweg weiter in die Berge, das Eingangstor stand offen, aber das hätte der Nissan nicht geschafft. Leda parkte neben einem anderen Pick-up und gegenüber einem schmutzigen Wohnmobil und zwei Kinderzelten – eins rosa, eins rot. Leda hatte hier draußen noch nie jemanden tatsächlich picknicken sehen, aber die Familie hatte den Grill angeworfen. Als sie die Tür öffnete, erklang Hundegebell.

»Ist nicht weit zum Stausee«, sagte sie trotz des Lärms. »Ist wirklich schön da, versprochen.«

Eine schlanke Frau erschien hinter der Fliegentür des Wohnwagens. Dann drängelten sich zwei Kinder an ihr vorbei und rannten zu den Pitbulls in ihren Boxen. Auf dem unbeaufsichtigten Grill qualmte etwas.

Neben dem Tor zur Feuerwehrdurchfahrt hingen am Parkkiosk eine Wanderkarte von Beargrass Creek und ein Jagdkalender. Bald war Bärensaison. Dann würden Männer ihre Hunde loslassen, wusste Leda, und ihre wilden Jagdhörner würden durch den Wald schallen. Da, direkt neben den Daten für Vorderlader und Bogen, hing Charlotte mit ihrer Ente:

Alter: 22 Jahre
Asiatin
Tattoos oder besondere Kennzeichen: keine

Ian schien das Plakat nicht zu bemerken. Er war schon weitergelaufen.

Leda holte ihn ein. »Du warst wohl schon mal hier?« Ihre Stimme klang belegt.

»Ich?« Ian drehte sich nach ihr um. »Nö.«

Sie folgten einer tiefen Wasserrinne in der Mitte der Feuerwehrzufahrt. Dann näherten sie sich etwas, das wie Markierungsfähnchen aussah, und schließlich einem rechteckigen Stück verwelktem Rasen. Leda wusste, dass Charlottes Auto irgendwo hier draußen gefunden worden war, irgendwo abseits der Reservoir Road. Sie beäugte die gelbe Fläche. Als sie daran vorbei waren, sah sie sich noch einmal um. Hinten beim Wohnmobil rannte eines der Kinder in sein rosa Zelt und zog den Reißverschluss zu.

Die Oberfläche des Stausees war wegen des Windes ganz unruhig, als sie dort ankamen. Leda versuchte, ihre Gedanken davonfliegen zu lassen – die Suchaktion, das Suchplakat, ihre Mutter. Sie versuchte, sie loszulassen, wollte, dass sie fortgetragen wurden. Sie versuchte, ganz im Hier und Jetzt zu sein. Einfach an einen Ort zurückzukehren, den sie liebte.

Sie war schon als Baby hier gewesen, ebenso als Kind und Jugendliche. Mit ihrer Mom und ohne. Nur zweimal war sie auf die Platane geklettert – da stand sie, genauso groß wie in ihrer Erinnerung, dort, wo der Fluss in den See mündete. Mit zehn war Leda einmal raufgestiegen und hatte sich geweigert, wieder runterzukommen. Mit achtzehn hatte sie ihren Freunden aus der Krone zugerufen: *Ist gar nicht gefährlich!* Sie war zu weit oben gewesen, um ihre Antwort zu verstehen. Nur der Wind hatte geheult. Ihr Ast hatte ihr Auftrieb gegeben, die Welt darunter ein einziger Riesenstrudel. Ein Rabe war einen guten Meter von Leda entfernt gelandet, glänzend und krächzend. Sie hatte noch einmal gerufen, und der Rabe war aufgeflogen, durch die Luft gekreist und dann wieder neben ihr gelandet.

Ist gar nicht gefährlich, dachte sie und erkannte sich selbst in dem Spruch kaum wieder, auch wenn sie wusste, dass sie das gesagt hatte. Sie hatte es wenige Wochen vor dem Tod ihrer Mom gesagt, aber damals konnte sie natürlich nicht wissen, was passieren würde. Ja, ihre Mom war krank gewesen, aber das hieß ja noch lange nicht, dass ihr das Wort *Tod* in den Sinn gekommen war. Sie war immer noch auf Bäume geklettert wie ein Kind, ohne je einen Gedanken daran zu verschwenden, dass sie abrutschen könnte.

Irgendwie sahen der See, die Berge und der ganze Park verlassen aus. Leda und Ian gingen auf den Überlauf, der Weg war auf beiden Seiten mit hohem Maschendraht gesichert. Sie blieben in der Mitte der Staumauer – am Ende des Wegs – stehen. Blickten in die Ferne. Kahle Berge umgaben den Stausee, das Wasser war flach und bis auf einen Betonturm leer. Der Turm war weit weg, ragte aus der Tiefe hervor wie ein Stöpsel. Von dort führte nur ein schmaler Steg zur Staumauer, wo Leda und Ian standen. Ian starrte ihn an – die Radioantennen auf dem Dach und die zerbrochenen Sepiafenster mit Gitterstäben davor.

Leda zeigte am Turm vorbei. »Wie lange bräuchtest du, um komplett bis ans Ende zu schwimmen?«

Ian blinzelte angestrengt. Er öffnete seine Jacke und schob die Finger durch den Maschendraht. »Nicht lange.«

Der Wind presste ihm das T-Shirt gegen den Körper, und Leda spürte einen Funken Wärme und Anziehung. Sie wusste nicht, was sie damit anfangen sollte. Sie zog ihr Sweatshirt aus, wollte den Wind spüren. Und sie wollte (halbbewusst) Ians Blicke auf ihrer Haut spüren. Ihr weißes Shirt hatte einen diamantförmigen Ausschnitt zwischen den Schultern, der einen großen Teil ihres Rückens offenbarte. Der Wind schlüpfte darunter.

»Früher war ich andauernd hier schwimmen.« Sie klapperte mit den Zähnen, vor Kälte oder Nervosität. »Meine Freunde und ich sind oft nachts schwimmen gegangen.«

»Klingt ein bisschen gefährlich.«

»Darum geht es ja.« *Ist gar nicht gefährlich,* sagte sie sich noch einmal. Sie versuchte, ihren Kiefer unter Kontrolle zu bringen. So sehr hatte sie sich gar nicht verändert, oder? Sie war immer noch jung, immer noch mutig.

»Ich bin ja kein Experte«, meinte Ian, »aber nicht mal ich würde zwischen solchen Maschinen schwimmen wollen.«

»Da sind doch keine Maschinen drin. Du spinnst ja.«

»Ist das dein Ernst? Das da ist ein Wasserentnahmeturm.« Ian deutete auf das einsame Betonding. »Da gibt es komische Strömungen, die würden dich nach unten ziehen, da tauchst du erst nach Wochen wieder auf.«

Leda zog eine Augenbraue hoch, versuchte zu flirten. »Aber du könntest mich doch retten.«

Ian zuckte die Schultern und wurde rot.

Am anderen Ende des Sees machten große Vögel Lärm, hoben ab und landeten wieder. *Schwäne,* war Ledas erster Gedanke, aber natürlich waren es nur Gänse, die schrien und schnatterten. Das Wasser schwappte gegen die Staumauer. Sie lauschte. Versuchte, einfach glücklich zu sein, hier mit Ian. Aber, kam sie nicht umhin zu denken, irgendwo im Wald waren die Männer und Frauen mit den orangefarbenen Westen.

»Leda. Ich frage mich die ganze Zeit ...«

Als Ian nicht weitersprach, sah sie ihn an. Er starrte wieder den Turm an. »Du fragst dich ...«, bohrte sie nach.

Ian räusperte sich. »Kannst du dich noch an alles von Halloween erinnern?«

Unwillkürlich berührte Leda den Riss in ihrer Lippe. Die Gänse, so weit fort im Wasser, sahen aus wie Trümmer. Sie log. »Klar. Glaube schon.«

»Ich weiß, das hört sich bescheuert an.« Ian sah auf der anderen Seite an der Mauer hinab, wo das Wasser schäumend in einen ansonsten ruhigen Bach stürzte. »Aber ich kann mich einfach nicht mehr an alles erinnern.«

Leda hob einen Stein vom Weg auf und ließ ihn ins Wasser fallen, wo er unter einer Laubschicht abtauchte. »Es ist nichts Schlimmes passiert, falls du das meinst.«

»Nein.« Klang Ian erleichtert? »Das meinte ich nicht.«

Leda starrte dem verschwundenen Stein hinterher. Sie wusste nicht, wie tief es an der Stelle war, wie viele Schichten schleimiger Sachen dort begraben waren. Als sie Ian wieder ansah, beobachtete er sie.

Er fuhr vorsichtig fort: »Du sollst einfach nichts Falsches von mir denken.«

Sein Tonfall war irgendwie seltsam. Leda hielt sich das Sweatshirt an den Bauch und schaute zurück zum Parkplatz. So geschahen schreckliche Dinge, wurde ihr klar. Unangekündigt wegfahren, allein mit jemandem, den man kaum kennt. Sie betrachtete die Bäume am Ufer, taxierte die hohen Maschendrahtzäune auf beiden Seiten. Wenn sie schrie, fragte sie sich, würde es jemand hören?

»Was denn Falsches, Ian?«

Neben ihnen stürzte das Wasser gut und gerne dreißig Meter in die Tiefe. Etwas schwirrte daneben durch die Luft – vielleicht Fledermäuse.

»Du sollst nicht denken ...« Ian sah hinab auf seine Knöchel, seine Nägel. Seine Wangen waren gerötet, aber unmöglich zu sagen, ob aus Verlegenheit oder Wut. »Dass ich das Ganze nur für ein schnelles Abenteuer halte.«

Eine Welle der Erleichterung erfasste sie – Erleichterung darüber, dass Ian ihr nicht gestehen wollte, sie zu etwas gezwungen oder Nacktfotos von ihr gemacht zu haben; Erleichterung, dass er Charlotte nicht erwähnte (obwohl sie sich nur Minuten vorher gefragt hatte, warum er sie nicht erwähnte). Und Erleichterung darüber, dass er ihr endlich bestätigte, dass sie Sex gehabt hatten. Oder etwas in der Art.

»O. k., Ian.« Der Wind wehte ihr die Haare ins Gesicht. Als sie sie fortstrich, erkannte sie, dass es Schwalben waren, keine Fledermäuse, die sich den stufenförmigen Wasserfall am Damm hinabstürzten. »Dann werde ich das nicht denken.«

»Vielleicht können wir wieder herkommen, wenn es wärmer ist«, sagte Ian nach einer Weile. »Und nachts schwimmen gehen.«

»Und wenn ich untergehen sollte …« Sie lächelte breit, der Wind peitschte ihr durchs Haar. Der Riss in ihrer Lippe ziepte. »Rettest du mich dann?«

»Dann rette ich dich.« Ians Blick schweifte über ihre Lippe. »Vielleicht.«

Leda verpasste ihm einen scherzhaften Knuff gegen die Schulter. Wahrscheinlich wurde sie jetzt ebenfalls rot, denn er berührte ihre Wange mit der Hand. Sein Daumen beschrieb einen kühlen Pfad bis zu der zarten Vertiefung in ihrer Halsbeuge. Sie dachte, er werde sie vielleicht küssen – *wollte* tatsächlich, dass er sie küsste, aber das tat er nicht. Er drückte kurz mit dem Daumen zu, dann ließ er die Hand sinken. Die Sonne ging unter. Nur die obersten Baumwipfel leuchteten noch golden. Ein großer Vogel tauchte hin und wieder aus dem Bergschatten auf, entweder ein Adler oder ein Geier. Ian wandte sich zurück in Richtung Feuerwehrdurchfahrt, und Leda folgte ihm.

Ihr altes Zuhause war beleuchtet und voller Leben, als sie mit Ian erneut daran vorbeifuhr. Sie zeigte es ihm. Aufregend, ihm auch nur diese Kleinigkeit anzuvertrauen. Aber sie erzählte ihm nicht, dass sie bei dem Anblick den Drang verspürte anzuhalten, dass sie beinahe glaubte, sie könnte reingehen und sich, nach Stauseewasser stinkend, auf ihr altes Bett fallen lassen. Leda glaubte beinahe, sie könnte faulenzen, benommen vom langen Tag in der Sonne, während ihre Mom Wasserhähne aufdrehte, Tee kochte und das Telefon abnahm oder auflegte, und dann würde sie schlafen. Am Morgen wären weiße Wolken durch ihr Fenster zu sehen. Sie würde die Hühner im Staub unter der Traufe herumrascheln hören. Ihre Mom in der Küche. Den pfeifenden Kessel. Dann würde sie heraustapsen, das Gesicht rund wie bei einem Baby.

Das Geständnis allein – *das dort war mal mein Zuhause* – war nicht einfach gewesen. Vor allem, weil sie immer noch an Halloween dachte, jetzt gerade daran, wie ihre Mutter zum Süßigkeitenschnorren mit ihr zum Universitätsgelände gegangen war. Selbst als Teenagerin war Leda im Großen und Ganzen eine brave Tochter gewesen. Sie wusste, was ihre Mutter zu ihrem Filmriss gesagt hätte. *Du bist so kostbar* oder *Du musst auf dich aufpassen. Du musst die Augen offen halten.*

Aber was ist, wenn es Liebe ist?, entgegnete Leda still und war selbst überrascht, wie schmerzhaft die Fantasie war.

Vierzig Minuten später fand Leda einen Parkplatz unweit des Lawn. Sie stellte den Wagen ab und ließ den Motor im Leerlauf, wusste nicht, ob sie mitkommen oder Ian nur absetzen würde. Sie drehte sich zu ihm um und rechnete damit, dass er das Gleiche tat, aber er war schon dabei auszusteigen. Er sagte ihr vom Bordstein aus Gute Nacht. Natürlich war er höflich. Aber er bat sie nicht, mit reinzukommen. Als er ging, sah sie ihm nach und dachte: *Das wars?* Sie öffnete den Mund, wollte etwas sagen. Etwas anstoßen. *Was will ich eigentlich?*, fragte sie sich, aber sie wusste keine Antwort.

Sie fuhr schnell und sauer los, musste aber nach wenigen Metern an einer roten Ampel halten. Ihre Arme glühten. Breitschultrige Typen in Polohemden bevölkerten die Zebrastreifen. Durchs Beifahrerfenster sah sie die hell erleuchteten Fraternitys am Rand des dunklen Spielfelds. Das Gelände war vertieft – einige nannten es auch die Bowl –, und es kam schon mal vor, dass sich betrunkene Studenten am Grund oder den Seiten sammelten wie Käfer, die nicht mehr herauskrabbeln konnten.

Der Leerlauf rüttelte am Schaltknüppel. Sie wollte ihn festhalten, aber das half nichts. Mit der Hand darauf zitterte sie nun selbst. Vielleicht hatte sie sich falsche Hoffnungen gemacht. Vielleicht hatte sie gedacht, nun sei sie da: ihre Rettung, die Liebe. Liebe, die alles wettmachte – sogar einen Filmriss, ein Verschwinden. Oder vielleicht hatte sie gedacht, heute werde etwas passieren, das das gähnende Loch stopfen könnte, das seit Halloween in ihrer Erinnerung klaffte.

Sie warf einen Blick in den Rückspiegel, hoffte, Ian zu sehen, der ihr folgte. Stattdessen schmeckte sie Blut. Ihre Lippe. Sie betastete sie fluchend. Vielleicht war sie deswegen so sauer, dachte sie. Sie hatte die Gelegenheit ungenutzt verstreichen lassen, Ian Fragen zu stellen. Sie hatte ihn nicht gefragt: *Was ist mit meiner Lippe passiert? Bin ich hingefallen? Hat mich jemand geschlagen?* Sie war der Wahrheit keinen Schritt näher gekommen. *Hatten wir Sex? Wusstest du, dass ich nicht richtig bei Bewusstsein war?*

Und Charlotte. Sie redete sich schon den ganzen Tag ein, sie müsste eigentlich erleichtert sein. Sie war *doch nicht* die Letzte gewesen, die sie gesehen hatte; sie hatte *nicht* den Schlüsselmoment miterlebt, der den Ausschlag für ihr Verschwinden gegeben hatte. Aber Verluste beugten sich nicht einfach so der Vernunft. Nun war sie nur noch verwirrter, noch verstörter. Mit etwas Ähnlichem hatte sie auch nach dem Tod ihrer Mutter zu kämpfen gehabt. Sich bewusst zu machen, dass jedes Kind einmal seine Eltern verliert, hatte nicht geholfen. Rationalisieren hatte nicht geholfen, ebenso wenig der Gedanke: *Ich komme schon klar.*

Eine Motte prallte gegen Ledas unbewegliche Windschutzscheibe und hinterließ einen staubigen Fleck. Sie überlegte, ob sie anhalten und Ian nachlaufen sollte. Sie überlegte, mit ihm auf irgendeine Party zu gehen und ihre Mutter zu vergessen, Halloween, Charlotte.

Aber er war fort. Der Truck vibrierte. Die Ampel leuchtete rot. Leda sah die hochhackigen Erstsemester darunter zusammenkleben wie eine Amöbe. Sie könnte Mary besuchen. Ihr endlich erzählen, dass sie sich an so gut wie nichts aus ihrer Nacht mit Ian erinnern konnte. Aber eigentlich wusste sie längst, was ihre Freundin sagen würde. Sie würde sagen, dass eine bewusstlose Person keinen einvernehmlichen Sex haben könne. Sie würde sagen, Leda sei vergewaltigt worden.

So war Mary eben. Sie sagte, was sich sonst niemand zu sagen traute … und was Leda eigentlich nicht hören wollte. Für Leda selbst war die Sache mit Ian nicht ganz so eindeutig. Es – er – hing mit der Schaumparty zusammen – dem zuckersüßen Punsch, in dem irgendwas gewesen war, Moonies Maischipskuss, den halb nackten Mädchen voller Schaum. Und irgendwie auch mit Charlotte.

Ein SUV überholte sie, der Bass dröhnte *Trau-er, Trau-er.* Da bemerkte sie, dass die Ampel grün war. Ein Typ mit offenem Sakko knallte einen Karton Coors auf ihre Motorhaube, womöglich um sie zu wecken. Er hielt sie für betrunken. Sie dachte an Carlys Emotions-Schaubild – all die melodramatischen Smileys. Wie fühlte sie sich? Angepisst? Nein. Vielmehr war sie einsam. Sie dachte an ihr altes Zuhause, in dem nun eine fremde Familie lebte. Sie dachte daran, wie sehr sie sich gewünscht hatte, Ian würde sie berühren, küssen, lieben … *irgendetwas.*

Sie schrieb eine Gruppennachricht an alle Psi Delts:

Was geht heute?

Es war zwar erst Donnerstag, aber nur wenige Sekunden später hatten ihre Schwestern sie mit allen Informationen versorgt. Dem Pro und Kontra dieser und jener Party. Durch ihre Fenster wehte eine steife Brise. Sie gab Gas, als die Ampel gerade gelb wurde, und bog in die Memorial Road ein.

Als Leda auf der Party ankam, regnete es. Sie war noch im Eingangsbereich damit beschäftigt, sich die Haare aufzuschütteln, als eine Horde Psi Delts über sie herfiel, sie umarmte und auf die Wange küsste. *Lee-Lee! Hey, Schönheit! Hey, du Hübsche! Hey, Geliebte!* Es war kalt, aber jemand nahm Leda die Fracket ab. Sie verlor denjenigen schnell aus den Augen, der sie mitgenommen hatte. Wer auch immer es war, dachte sie unwillkürlich, es war nicht Ian.

Aber es dauerte nicht lange, bis sie jemanden entdeckte, der ihm zumindest ähnlich sah. Na ja, er war blond. Leda konnte seine Augen nicht sehen; er trug eine Sonnenbrille, obwohl es draußen dunkel war und sie im Haus.

Als er in der Küche an ihr vorbeiging, fragte Leda: »Siehst du überhaupt was?«

»Ja.« Er würdigte sie keines Blickes. »Danke der Nachfrage.«

Die Musik war so laut, dass sie brüllen musste. »Du hast eine Sonnenbrille auf!«

»Ist mir klar.« Er war schon süß, wenn auch ein bisschen arrogant. Er trug »Frat-Abendgarderobe« – eine rosa Fliege, Sakko und Khakihose. Nicht ganz Ians Stil. »Soll ich sie lieber abnehmen?«

»Ich kenn dich nicht.« Leda zuckte die Schulter. »Mir egal.«

»Gut. Du bist mir auch egal.«

»Gut.«

Ganz schön simpel, das musste Leda zugeben, aber manchmal funktionierte die Grundschultaktik tatsächlich.

Manchmal funktionierte es, gemein zu dem Typen zu sein, den man wollte. Auch wenn das hier nicht derjenige war, den Leda wollte. Nicht wahr?

Er schenkte sich einen Bourbon ein und trank. Dann schenkte er sich einen zweiten ein und reichte Leda die Flasche. Von irgendwoher hörte sie ihre Schwestern quietschen.

Leda nahm die Flasche und beugte sich mit den Lippen direkt an sein Ohr. »Ich dachte, ich bin dir egal.«

»Bist du auch.« Er trank ungerührt weiter.

»Was machst du dann hier?« Leda nahm einen Schluck – den ersten heute Abend. Sie wollte sich nicht betrinken. Sie wollte bloß die Nacht einhüllen. Wie eine Wunde mit Verbandsmull wollte sie eventuelle Löcher und Spuren von Einsamkeit abdecken.

Der Typ sah sie an. »Hier?«

In seiner Sonnenbrille erkannte Leda, dass sie trotz des Regens, trotz Ians Zurückweisung, hübsch aussah. Sie deutete auf den Boden. »Genau hier.«

Er wirkte ein bisschen verdutzt. »Und du?«

Leda zuckte die Achseln und lächelte.

Natürlich war er kein Ian. Seine Haare waren zu ordentlich. Sein Körper war nicht so gut in Form. Das schiefe Lächeln hatte er auch nicht. Aber irgendwie brauchte Leda das hier; sie musste ihre blöden Hoffnungen vergessen – und letzten Endes auch, wie beschämt sie war.

Als Leda im ersten Jahr ihre Jungfräulichkeit verloren hatte, rief ihr ganzes Wohnheim wie bei Jerry Springer: *Entkorkt! Entkorkt!* Sie warfen mit Kissen, nannten sie Schlampe und verteilten zur Feier des Tages Orangensaft-Shots, mit denen sie einander zuprosteten: *Aufs Geficktwerden!* Das Feiern hatte mehr Spaß gemacht als der eigentliche Sex. Jemand hatte ihr einen Punkt auf dem Whiteboard gegeben. Jemand anderes nannte es *P in die V*, wie ein Jahrmarktspiel, bei dem sie einen großen, wertlosen Preis gewinnen konnte.

Sie hatte immer noch keine Ahnung, was es zu gewinnen gab. Aber sie musste nicht betrunken sein, um neugierig zu werden. Der Typ mit der Sonnenbrille fragte, ob sie mit nach oben komme, und sie ging mit. Ohne nachzudenken. Er war wie die Sonne, die einen Pfad beschien und keinen anderen. Er beschien die Treppe, also ging sie nach oben.

Natürlich wäre sie auch mit Ian mitgegangen, aber der behielt sein Licht heute Abend ja lieber für sich. Er hatte sie zu nichts eingeladen.

Dennoch warf sie einen Blick zurück, während sie dem neuen Typen folgte. Sie warf einen Blick zurück in den Eingangsbereich, als könnte dort jemand stehen und sie beobachten. Wen erwartete sie? Mary, die den Kopf schüttelte? Carly, die irgendeine anzügliche Geste machte? Erwartete sie, dass Ian da war und ihr die Treppe hoch nacheilte? Erwartete, nein, hoffte sie auf ihre Mutter?

Du bist so kostbar, könnte sie sagen. Oder: *Du hast lebenslang Hausarrest.*

In diesem Moment wünschte Leda, jemand würde ihr Hausarrest erteilen. Sie wünschte, jemandem würde genug an ihr liegen, um die Welt von ihr abwenden zu wollen.

Aber niemand beobachtete sie. Ein Typ mit Fedora schenkte allen nach. Zwei Mädchen machten ein Selfie, bei dem das eine dem anderen die Zunge an die Wange hielt. Zu ihren Füßen lag zerknülltes Absperrband. Nach dem Foto rief eine von ihnen, dass es schneite.

Oben angekommen erspähte Leda ihre Fracket auf einem Jackenberg. Sie griff danach. Ein halb aufgeblasener Luftballon taumelte über den Boden des leeren Flurs.

»Es *schneit!*«, schrie das Mädchen unten.

Der Typ führte Leda in ein leeres Zimmer. Als er die Tür schloss und ihr die Hände an die Hüften legte, war sie allein.

In genau so einem Zimmer hatte sie ihre Jungfräulichkeit verloren. Der Sex war nicht schlecht gewesen … aber auch nicht gut. Es hatte sich angefühlt wie Reibung. Und obwohl sie rein theoretisch gewusst hatte, was ein Orgasmus war, hatte sie das Wissen nicht durch praktische Erfahrung erweitert. Ehrlich gesagt bis heute nicht. Sie dachte an Ian. Das Kondom. Würde sie sich erinnern, wenn es gut gewesen wäre? Oder würde sie sich andernfalls erinnern, wenn etwas Schreckliches passiert wäre?

Im Gegensatz zu Ian redete der Typ hier ununterbrochen. Leda ließ sich währenddessen auf der Bettkante nieder. Sie erfuhr, dass er in einer elitären Ehrenverbindung war. Sie erfuhr, dass seine Eltern im Mittleren Westen lebten. Kurz darauf ließ er sie aufstehen und zog sie aus. Dabei sprach er immer noch. Sagte, er hasse Winter.

»Bourbon hasse ich auch«, sagte er und leerte seinen Drink.

Leda wusste nicht genau, was sie von sich erzählen sollte. Aber er hatte ja auch nichts gefragt. »Ist das dein Zimmer?«

»Nee, so schlimm siehts bei mir nicht aus.«

Keine weiteren Erläuterungen. Er bekam ihren BH spielend leicht auf, als hätte er schon Hunderte solcher Häkchen gelöst. Dann zog er seine eigenen Klamotten aus, die Sonnenbrille behielt er allerdings auf. Er hatte viele blonde Haare auf der Brust und da unten. Er fasste ihr in den Schritt und schob den Finger in sie rein.

Leda sagte: »Du hast mich noch nicht mal geküsst.«

»Keine Angst.« Mit der freien Hand nahm er die Sonnenbrille ab. Er hatte kleine Augen. »Schon dabei.«

Auf dem fremden Bett lagen Klamotten, die nach jemand anderem rochen. Er schob sie aufs Bett. Über ihnen hing eine nackte Frau. Der Typ küsste sie zärtlich, und sie dachte an den Kuss mit Ian in der Musikalischen Fakultät: die plötzliche Verzückung, das Gefühl, gleich umzukippen. Jetzt hielt sie die Augen offen. Zwischendurch erhaschte sie immer wieder einen Blick auf die Frau auf dem Poster.

Nicht lange nach dem ersten Kuss nahm er die Hand zu Hilfe, um in sie einzudringen.

Leda erstarrte. »Hast du ein Kondom?«

Er schien sie nicht zu hören. Angst prickelte in ihrer Kehle, als er weiter vordrang. War es mit Ian genauso abgelaufen? Vielleicht hatte sie das Kondom aus dem Stiefel geholt, aber er hatte es nicht benutzen wollen. Sie wiederholte die Frage lauter.

»Ach, Mist.« Er zog sich zurück und griff nach etwas. »Sorry. Meine Mutter wäre so enttäuscht.«

Er hatte ein Kondom in der Brieftasche. Er fummelte es heraus und zog es über. Er war betrunken. Leda sah zu, sah seinen Penis zum ersten Mal direkt an. Nicht besonders groß. »Deine Mutter?« Sie versuchte zu lachen.

»Ich meins ernst.« Er lachte losgelöster als sie. »Was ist mit dir? Was würde deine Mutter sagen?«

Sie klappte den Mund auf, getroffen. Aber er stieß in sie hinein, bevor sie etwas erwidern konnte. Wie aus heiterem Himmel. Schon jetzt bewegte er sich zu heftig und zu schnell. Leda versuchte zu vergessen, was er gesagt hatte, versuchte, Spaß zu haben.

Sie fragte: »Darf ich deine Haare anfassen?«

»Was auch immer du willst.«

Sie grub die Finger hinein, aber es fühlte sich unaufrichtig an, peinlich, also hörte sie auf. Er war über ihr und rammte sein Becken gegen ihres, roch nach fremdem Schweiß und Bourbon. Die Haut um seine Augen sah ohne Sonnenbrille blass aus. Ohne sie hatte er gar keine Ähnlichkeit mehr mit Ian.

Er war nicht lieblos, aber stärker, als er aussah. Sein Penis fühlte sich an, als wollte er einen Nagel in die Wand schlagen. Bald spürte sie nur noch leichten Schmerz und Taubheit. Zu allem Überfluss hatte es auch keinerlei Vorspiel gegeben, kein Herantasten. Trotzdem war sie nicht enttäuscht. Sie hätte es zwar gehofft, aber sie hatte nicht damit gerechnet, dass der Sex sich besonders toll anfühlen würde.

Leda war erst einmal bei einer Gynäkologin gewesen, am Ende des ersten Jahres, und die Frau hatte hinter ihrer kleinen Maske gefragt, ob Leda auch zum Höhepunkt komme.

»Weiß ich nicht«, hatte sie gestanden.

Und die Frau hatte in jenem wenig hilfreichen erwachsenen Tonfall erwidert: »Das wüsstest du.«

Jetzt stöhnte Leda, als müsste sie sich selbst überzeugen, dass sie es genoss. Sie stöhnte und starrte an die Decke. Die Frau da oben wirkte unecht, was nicht an ihrem Körper, sondern an den Augen lag.

Wäre ihre Mom enttäuscht gewesen? Leda formulierte die Frage auf Spanisch neu, damit es weniger wehtat. *Mi mamá hubiera sido ...* mit dem umgekehrten Fragezeichen davor, weil es eine Frage war. Diese Zeitform, den Konjunktiv Plusquamperfekt, fand sie schwierig. Er kam oft, das hatte sie sich eingeprägt, in Konditionalsätzen zum Einsatz, die sich auf unmögliche Situationen bezogen – *sie wäre gewesen.*

»Fuck.« Der Typ drehte sie um, als wäre sie eine Puppe, und sie sah runter auf das Kissen, auf ihre Ellbogen. »Ich komme gleich.«

Wieso sagten die immer so etwas? Mädchen vielleicht auch. Vielleicht war sie die Einzige, die nicht lügen, ihre Rolle nicht so spielen konnte. Sie stöhnte auf eine als sexy interpretierbare Art, aber sie hörte sich selbst inzwischen ganz deutlich. Sie klang eher gequetscht als befriedigt, als steckte sie unter etwas Schwerem fest.

Plötzlich konnte sie die Show nicht mehr weiter durchziehen. Vielleicht war sie nicht betrunken genug. Was hatte sich von einem Augenblick zum anderen verändert? Sie wusste es nicht, aber sie wollte weg hier. War es mit Ian auch so gewesen? Hatte sie gespürt, wie er, ein Fremder, in ihr erbebt war? Hatte sie gespürt, wie seine Augen durch sie hindurchsahen?

Aber sie blieb. Sie wartete – wund, verlegen und ängstlich. Sie konnte nicht abbrechen, was sie begonnen hatte, ohne eine Szene zu machen. Sie wollte sich einfach still und leise davonmachen.

Hätte der Typ auf sie geachtet, wäre ihm aufgefallen, dass

sie stillhielt und nicht mehr reagierte. Aber das tat er nicht. Er klatschte ihr auf den Hintern. Dann hörte er plötzlich auf. Er zog sich aus ihr zurück. Ließ ihre Hüften los. *Das ging ja schnell,* dachte sie erleichtert, wollte sich schon umdrehen und ihn ansehen, als eine warme Flüssigkeit auf ihrem Rücken und Arsch landete. Sie war einen Moment durcheinander. Sie stützte sich von den Ellbogen auf die Hände.

»Warte«, sagte er außer Atem. »Nicht bewegen.«

Sie erstarrte. Jetzt verstand sie, was passiert war. Er hatte das Kondom abgezogen und auf ihren Rücken ejakuliert, als wäre sie eine Wand oder der Fußboden. Sie hörte eine Verpackung aufreißen, wartete voller Angst, wo das Sperma hinlaufen könnte, starrte die Wand an, als ein Feuchttuch alles vorsichtig abwischte. Hatte er das auch in der Brieftasche gehabt?

»O. k.«, meinte er. »Alles klar.«

Sie verharrte eine Weile in ihrer Tischhaltung. Er ließ sich neben ihr auf das fremde Bett fallen und zog sie an sich, legte den Arm um sie und warf das Tuch und das Kondom fort. Sie lag unangenehm in seine Achselhöhle geklemmt da und starrte seinen schrumpfenden Schwanz an.

Wenig später fing der Typ an zu schnarchen. Die Musik von unten ließ die Fensterscheiben ächzen. Leda stand auf und sah nach, ob es schneite. Fehlanzeige. Die Gasse unter dem Fenster war nass. Niemand zu sehen. Sie befühlte ihren gereinigten Rücken und die Pobacken. Sie berührte sich im Schritt, voller Panik vor jedweder Flüssigkeit. Im Bett lag der Junge mit den kleinen Augen und schlief. Sie kam sich vor wie ein kleines Mädchen, das am Bett der Mutter stand und wieder zugedeckt werden wollte.

Ihre Klamotten lagen in kleinen Häufchen über das Zimmer verstreut. Sie zog sich an. Beim Reinkommen hatte sie zwei Haarnadeln auf den Nachttisch gelegt. Sie fand sie wieder. Dann sah sie sich um, ob sie noch etwas vergessen hatte, damit kein noch so kleiner Teil von ihr verschwand.

Desaparecida. Das Wort fiel ihr plötzlich ein. *Das* hieß »vermisst« auf Spanisch.

Sie bemerkte die offene Brieftasche des Jungen, aus der er das Kondom und vermutlich das Feuchttuch genommen hatte. Sie betrachtete seine Metro Card, Bargeld, die Visitenkarte eines Floristen, einen Bäckereibon. Sie las Vor- und Nachname auf seinem Ausweis. Dann legte sie die Brieftasche zurück. Sie überlegte, ob sie sich einfach wieder in das fremde Bett legen, sich ankuscheln und alles vergessen sollte. Aber dann würde er bloß aufwachen und blöd gucken, weil er sie nicht kannte, und sie kannte ihn auch nicht.

Das Kondom war auf Ledas Fracket gelandet. Sie entfernte es und ließ es auf den Klamottenhaufen des Jungen fallen, neben die Brieftasche. Als sie ihr Handy checkte, sah sie, dass sie null Nachrichten und null Anrufe verpasst hatte. Wieder sah sie den Penis an, wie ein Luftballon ohne Luft. Wieso sollte sie keine Szene machen, fragte sie sich. Wenn ihr etwas nicht gefiel, warum sollte sie dann nicht schreien?

Stattdessen ging sie, öffnete und schloss leise die Tür. Sie knöpfte sich die Fracket zu, richtete die Nadeln in ihrem Haar und verschwand die Treppe hinunter.

5

Freitag, 6. November

Im Vorraum von Float Yoga wimmelte es von Studentinnen und durchtrainierten Frauen mittleren Alters. Räucherstäbchen brannten. In den großen Fenstern drehten sich Prismen. Kleine Flaschen mit Blütenessenzen standen auf goldenen Tabletts aufgereiht. All diese und noch mehr feine Yogawaren umgaben Leda, Carly und Genie in der Schlange an der Kasse.

Freitagmorgens zu Float zu gehen hatte sich irgendwie eingebürgert – eine gesunde Angewohnheit der Psi Delts, gefolgt von Klatsch und Smoothies. Erfrischend, sagte Carly immer. Was auch immer im Lauf der Woche los war, so konnte man auf Neustart drücken und sich für ein super Wochenende bereit machen.

Also: Charlotte, Ian, die Sonnenbrille. All das konnte sie einfach loslassen. Zumindest war das der Plan. Leda ertappte sich allerdings schon jetzt dabei, wie sie vergeblich versuchte, sich an den Namen im Ausweis der Sonnenbrille zu erinnern. Sie hörte ein paar Delts unterer Jahrgänge bei den Regalen reden.

»Ich war nicht mehr weg, seit der Sache bei Moonie«, sagte eine beim Ausziehen ihrer Kaschmirsocken. »Fühl mich einfach nicht mehr sicher.«

Ein anderes Mädchen nickte. »Wer auch immer Charlotte hat, läuft natürlich noch frei rum.«

Leda hätte beinahe angemerkt, dass Charlotte gar nicht bei Gamma Kap verschwunden war. Sie gab sich alle Mühe, das Gespräch auszublenden, sah zu, wie die Prismen sich in der Heizungsluft drehten, bis ein Regenbogenstrahl sie ins Auge traf.

»Scheiße.« Sie blinzelte.

Am iPad zahlten Leda und ihre Schwestern je zwanzig Dollar – der Studentenpreis, unglaublich. Die Kassiererin trug Traumfänger als Ohrringe, passend zu den größeren Exemplaren, die mit winzigen, rotierenden Preisschildern überall an der Decke baumelten. Leda bedankte sich, und die Frau erwiderte: »Frieden.«

Normalerweise machte Leda kein Yoga. Es gefiel ihr nicht, wenn sie ehrlich war. Ihre Oberschenkelmuskeln sträubten sich (wegen des Joggens), es kostete Geld, und sie konnte einfach nicht anders, als innerlich die spirituelle Doppelzüngigkeit der Yogalehrer zu kritisieren. Außerdem störte sie das Sportmachen an Ort und Stelle, gefangen in einem warmen, stickigen Raum mit zwanzig anderen. Die Geräusche kamen alle aus dem Lautsprecher, und die Fenster waren mit hauchdünnen Vorhängen abgedeckt, damit man sich fühlte wie in einem himmlischen Loft mit frei liegender Backsteinmauer, zu dem der Rest der Welt keinen Zugang hatte.

Laufen war das Gegenteil: Da kämpfte man sich durch Schlamm, Scherben von Windschutzscheiben und fallen gelassenes Essen. Man sah Minze, die aus Gehwegritzen wuchs. Man stolperte über Plastiktüten und einzelne Schuhe. Da draußen fühlte es sich normal an, zu schwitzen und zu stinken. Hier drin rochen alle nach Lavendel und Ledersitzen.

Zu allem Überfluss fühlte Leda sich heute auch noch beschissen. Ihr Kopf tat weh. Sie hatte einen komischen Geschmack im Mund. Gestern Abend war sie im Regen allein nach Hause gelaufen. Dann konnte sie nicht schlafen, weil sich Szenen von Halloween in ihrem Kopf abspielten, in denen die Bilder von Ian jetzt mit denen der Sonnenbrille verschwammen. Das Sperma auf ihrem Rücken. Wie es sich nicht intim, sondern unangenehm angefühlt hatte, ihm in die Haare zu greifen. Irgendwann im Lauf der Nacht hatte sie eine Art Erleuchtung gehabt; sie hatte geglaubt, eine Erinnerung komme an die Oberfläche, die all die gelöschten Stunden mit Ian aus der Tiefe holte. Aber am Morgen konnte sie sich an nichts mehr erinnern.

»Yoga hilft total, wenn man einen Kater hat«, versicherte Carly ihr nun, obwohl Leda gar nicht verkatert war. Sie war einfach erschöpft und schlecht gelaunt. Vor den Regalen unterhielten sich Frauen über den Yoga-Retreat für Paare am Wochenende, Weihnachtseinkäufe und Babys. Leda zog sich die Laufschuhe aus und flüchtete in die Toilettenschlange neben einer Pinnwand voller Flyer. Ein Plakat bewarb einen Yoga-Workshop mit dem Spruch *Bring your sexy back, on and of the mat.* Es verdeckte teilweise ein anderes, von dem nur die Worte VERMISST: CHARLOTTE zu erkennen waren.

Die Frau vor Leda trug eine einreihige Kette mit weißen, religiös aussehenden Perlen und einen Bluetooth-Ohrhörer. Sie erinnerte Leda an Faye, die Frau, die Clarence (der langjährige Freund ihrer Mom) letztlich geheiratet hatte, zwei Jahre nach dem Tod ihrer Mutter. Schon in Ordnung, dass Clarence geheiratet hatte. Leda hatte ihn nie Dad genannt oder so. Ihren Vater kannte sie gar nicht; ihre Mom hatte sie von Anfang an allein erzogen, auch wenn öfter mal ein Freund im Spiel gewesen war. *Ich hab genug von Männern,* hatte ihre Mom immer wieder gesagt.

Aber im Gegensatz zu den anderen Freunden hatte Leda Clarence gemocht, vor allem, weil er am längsten da gewesen war. Nun mochte sie Faye eigentlich auch, und ihre beiden kleinen Kinder, auch wenn sie etwas Künstliches in Fayes Freundlichkeit spürte, als wäre Mitgefühl ein Club, dem man beitreten konnte, oder eine Mitgliedschaft, die man erwarb.

»Schöne Kette«, sagte Leda zu der Faye-Frau. Die drehte sich um. »Sind das Perlen?«

»Das ist eine Mala. Die Perlen sind aus Knochen.«

»Wow. Eine Mala.« Leda überdachte ihr Kompliment. *Mala suerte,* dachte sie. »Was für Knochen denn?«

»Ach, das weiß ich auch nicht.« Die Frau öffnete den Mund und wollte vielleicht gerade anfangen zu lachen, da ging die Klotür auf.

Beim Warten sah Leda sich die angebotenen Waren an: Kristalle, Malas aus Sandelholz, natürliches Mattenspray (Duft: The Way). Sie betrachtete ein farbenfrohes Chakrenposter, während ein sitarartiges Liedchen der Beatles lief. Die Frau kam wieder aus der Toilette und hinterließ ein qualmendes Räucherstäbchen in einer Schale Reis. Leda ging aufs Klo und musterte sich anschließend im Spiegel, wobei sie an großen weißen Lettern vorbeischauen musste: *Manchmal möchte die Liebe uns einen großen Gefallen tun: Uns mit dem Kopf nach unten halten und allen Unsinn herausschütteln. – Hafiz*

Das Wort Liebe war riesig. *Love, love, love,* dachte sie zur Beatles-Melodie. Die Beatles klangen manchmal von ihren eigenen Refrains gelangweilt. Nach so vielen Wiederholungen (*love, love, love, yeah, yeah, yeah)* hätte der Text ebenso *bla, bla, bla* lauten können.

Vor dem Spiegel berührte sie ihre Lippe und hob ihr Shirt hoch, untersuchte Brüste und Bauch. In ihren Augen erkannte sie einen ganz bestimmten Blick, einen verkniffenen, kritischen Blick, den ihre Mutter vor dem Spiegel ebenfalls aufgesetzt hatte und mit dem ihre Mutter nicht wie ihre Mutter aussah. Sobald ihre Mom sich wieder vom Spiegel abwandte, verschwand der Missmut, als wäre diese besondere Härte nur für sie allein bestimmt.

In der Highschool hatte Leda morgens ewig vor dem Ganzkörperspiegel gestanden und ihr Äußeres intensiv inspiziert. Inzwischen machte sie sich nicht mehr so viele Gedanken. Sie benutzte keine Wimpernzange, trug weder Lippenstift noch Foundation. Charlotte stellte sie sich ebenso vor – natürlich, selbstbewusst. Aber andererseits stand sie nun hier, mit hochgezogenem Oberteil, und berührte die weichen Stellen an der Hüfte, prüfte, ob sie enttäuscht sein sollte.

Es klopfte an der Tür. Hinter der Toilette war per Schablone ein Zitat an die Wand gemalt: *Vergiss nie, dich erst einmal selbst zu lieben.* Liebe, Liebe, Liebe. Gestern Abend, nachdem sie Ian abgesetzt hatte, hatte sie jemanden zum Lieben gefunden. Obwohl, eher nicht. Hoffentlich war das keine Liebe gewesen.

Im Studio breitete Leda ihre Leihmatte zwischen Carly und Genie aus. Sie vollführte ein paarmal Katze-Kuh und atmete tief durch. Sie sah Ians Finger ihren Hals entlangstreichen und in ihrer Halsbeuge verharren – der zarten Kuhle. So, auf allen vieren, hatte sie das Gefühl zu spüren, wie das warme Ejakulat auf ihren Körper spritzte. Sie setzte sich auf, um das Bild loszuwerden. In ihrem Kopf hämmerte es. Draußen quietschte ein Bus. Zum abertausendsten Mal fragte sie sich, was Ian wohl noch wusste von Halloween.

Es war bestimmt nicht so gewesen wie gestern, oder? Gestern hatte er gesagt, *Du sollst einfach nichts Falsches von mir denken.* Also erinnerte er sich eindeutig an etwas. Etwas, das ihn wohl in keinem guten Licht erscheinen ließ.

Der Lehrer betrat den Raum – einer von zwei Männern insgesamt. Der Kurs summte *Om,* angeblich der Klang des Universums. Wieso? Wusste sie nicht. Vielleicht gab es wissenschaftliche Untersuchungen dazu, dass alle Geräusche miteinander vermischt ein *Om* ergeben würden, genau wie alle Farben des Lichtspektrums gemeinsam Weiß ergaben, während die Durchschnittsfarbe des Universums Beige war (was Leda enttäuschend fand). Aber was war mit der Tonlage des *Om?* Wäre es nicht ein verdächtiger Glücksfall, wenn das Lied des Universums ausgerechnet ins Spektrum des menschlichen Gehörs fiele?

Der Lehrer sagte: »Vielleicht möchtet ihr eure Praxis jemandem widmen …«

Möglicherweise erwähnte er Charlotte. Letzte Nacht hatten die Suchtrupps in ihren orangefarbenen Westen ebenfalls Ledas Träume heimgesucht. Nun versuchte sie, nicht allzu genau hinzuhören.

Der Kurs führte den Sonnengruß aus. Dann: Friedensfinger um die großen Zehen, strecken, nach oben schauen und vorbeugen. Leda versuchte, nicht an den Yogalehrer zu denken, der mit seinen definierten Brustmuskeln und Dreads (als Weißer) durch den Raum pirschte. Sie versuchte, nicht an das verdeckte Plakat im Foyer zu denken: VERMISST. Aus der Stuhlhaltung legte sie den linken Ellbogen an die Außenseite ihres rechten Oberschenkels und drehte sich zur Decke. Sie lauschte ihrem verkrampften Atem.

Dann spürte sie eine Hand an ihrem Kreuz, und ihre Kopfschmerzen verflogen. Sie versuchte, gleichmäßig weiter zu atmen, ohne dass ihre Oberschenkel zitterten. Seine Berührung war so sanft, so überzeugend liebevoll, dass ihr die Tränen in die Augen stiegen. Peinlich. Aber so schnell die Berührung gekommen war, so schnell verschwand sie auch wieder. Der Lehrer legte schon bei der Nächsten Hand an und sagte: »Schwebt zwischen euren Händen empor. Schaut über eure Füße hinaus.«

Im Yogakurs hieß *Schweben* Springen. Beim Springen sollte sie Antigravitation spüren, spüren, wie ihr Körper schwerelos wurde. Aber Leda konnte jetzt nicht schweben; vielleicht hatte sie eine Anweisung verpasst. Sie entwirrte ihre Glieder und sprang, ihre Füße donnerten auf den Boden, dass er bebte. Ihre Zehen verkrampften sich, was auch nicht half.

»Einatmen …« Der Lehrer hielt inne. »Dann lasst los.«

Loslassen. Das sagte er schon den ganzen Kurs über.

Zum Schluss übten sie Kopfstand. Der Lehrer sagte, das Leben sei nichts als Verhandeln mit der Schwerkraft, und das schien ihr gleichermaßen wahr wie lächerlich. Leda versuchte, gegen die Schwerkraft anzutreten, obwohl sie nicht treten sollten. Als der Kurs zu Ende ging, hörte Leda nur noch mit halbem Ohr zu. Seine Berührung hatte sich so zärtlich, so wahrhaftig angefühlt, dass sie wusste, sie konnte ihm nicht vertrauen.

Als sie alle auf dem Rücken lagen, versuchte Leda, die Hände locker zu lassen. Sie versuchte zu spüren, wie die Erde die gleiche Kraft und Geschwindigkeit erwiderte, mit der sie dagegendrückte. Dann ergriffen Hände ihren Kopf, wiegten ihn hin und her. Leda kniff die Augen zu. Sie spürte, wie Ian ihr Haar berührte.

Sie bekam nicht mit, wann der Lehrer ihren Kopf wieder losließ. Sie meinte, seine Finger immer noch spüren zu können, als er am anderen Ende des Raumes rezitierte: »Eines Tages wird dich das Licht aufbrechen …«

Wessen Hände hielten dann ihren Kopf umfasst? Beim Erklingen weiterer *Oms* schlug sie die Augen auf. Sie lag allein am Boden. Der Rest des Kurses hatte sich aufgesetzt. Sie schloss wieder die Augen und versuchte, sich zu erinnern, was der Lehrer gerade vorgelesen hatte.

In Astronomie hatte ihr Professor gesagt, dass jeder Klumpen Materie Raum und Zeit verformen konnte. Genau wie auf der Chakren-Illustration draußen: Der menschliche Körper erzeugte Wellen in der Luft wie ein Stein im Wasser.

Die Stimme des Yogalehrers hallte in ihrem Kopf nach. »Wenn ihr eure Praxis jemandem gewidmet habt …«

Außerdem hatte ihr Professor gesagt, wenn zwei Massen kollidieren, schütteten sie Energiewellen aus. Das heißt, wenn zwei Dinge zusammenstoßen (Autos, Asteroiden, schwarze Löcher), entsteht Energie. Galt das auch für Menschen? Schwebten nun winzige Spuren von Energie durch die Atmosphäre, weil Charlotte mit der Hand Ledas Ellbogen berührt hatte? Oder von dem ersten, vergessenen Kuss mit Ian? Könnte sie diese Energiefünkchen aufspüren? Könnten sie ihr etwas mitteilen?

Dann fröstelte sie an den Armen. Ihre Füße zuckten. Als sie die Augen öffnete, war das Studio so gut wie leer, und Genie lächelte mit ihrem schwarzen Meerjungfrauenhaar auf sie herab. Leda rieb sich die Augen und blinzelte, versuchte zu lächeln. Wenigstens war sie die Kopfschmerzen los. Nun war sie umgeben von ihren Freundinnen, die ihr in die Wangen kniffen und sie aufzogen, weil sie eingedöst war.

Im Foyer kaufte Genie silberne Klebetattoos. Sie befeuchtete sie mit Wasser und verpasste Leda einen Farn auf die Schläfe und Carly ein paar Sterne unterhalb des Ohrs. Genie selbst entschied sich für eine Pfauenfeder. Sie begutachteten ihren neuen Körperschmuck im Spiegel mit dem Unsinnszitat. Ledas Freundinnen sahen auch nach einer Stunde Schwitzen noch umwerfend aus. Ihre Frisuren waren intakt; die Gesichter weder rot noch fleckig. Anders als Leda stanken sie auch nicht. *Diese tiefenentspannten Bitches,* dachte sie. Sie rochen sogar erleuchtet.

Carly fuhr sie zu einem Ökosupermarkt, der auch Smoothies servierte, und sprach während der Fahrt über ihren Schrei und wie sie ihn optimieren könnte. Schon jetzt hatte sie damit hohe Wellen geschlagen. In der Unizeitung war ein Bericht erschienen. Sie hatte ein YouTube-Tutorial namens »Wie man richtig schreit« veröffentlicht, in dem sie die Ansicht vertrat, ein gut kalibrierter Schrei sei anderen Formen der Selbstverteidigung absolut ebenbürtig. Darüber hinaus kündigte sie ihren vielen Tausend Followern bei Twitter Flashmobs an zufälligen, geplanten Orten zu zufälligen, geplanten Zeitpunkten an, bei denen sie schreien wollte. Die Lokalnachrichten erklärten die Aktionen nach gerade einmal zwei Tagen zur Bewegung.

»Sollen wir das Ganze nicht nackt machen? Das wär doch was.« Carly beschleunigte an einer gelben Ampel. »Oder ich ziehe gerade noch so viel an, dass ich nicht verhaftet werde. Einen Bikini oder so.« Sie überholte einen Typen auf dem Fahrrad und verdrehte den Hals nach ihm.

Leda sagte: »Das war nicht Benjamin.«

»Wo ist Benjamin überhaupt?«, fragte Genie. »Wieso habe ich ihn noch nicht offiziell kennengelernt?«

»Irgendwo. Er ist ein Traum und steht voll auf mich. Wir sind jetzt fest zusammen, exklusiv und offiziell; keine Angst.«

»Wann fährt er mit dir nach England?«, fragte Genie.

»Oh mein Gott, er sagt, direkt vor der Lavendelernte. Wann auch immer das ist.« Carly überfuhr ein Stoppschild und bog auf den Parkplatz ein. »Ich will nur hören, wie er meinen Namen sagt. Mehr nicht.«

»Cah-ly«, spöttelte Genie. »CAH-ly!«

Leda musterte Carlys Miene vom Rücksitz aus. Die Sache schien sie nicht besonders aus der Ruhe zu bringen. Sie drehte nicht durch, machte sich nicht ununterbrochen Gedanken. Wahrscheinlich könnte sie einfach Carly fragen, wie man sich in so einer Situation normalerweise fühlte. Stattdessen wechselte sie das Thema. »Was hätte so ein Nacktprotest mit Charlotte zu tun?«

»Na ja, das funktioniert nur, wenn Charlotte verschleppt oder vergewaltigt wurde.« Carly parkte den Wagen, und sie stiegen aus. »Die Idee dahinter ist, dass man schon in Gefahr ist, nur weil man eine Frau ist, die eine Stimme und einen Körper hat.«

»Es könnten auch Typen mitmachen«, meinte Genie. »Nackte Männer.«

»Nee.« Carly zog ihre Yogahose hoch. »Bäh.«

»Aber das würde für ausgeglichene Verhältnisse sorgen. Dann wären alle verletzlich.« Genie hüpfte zwischen parkenden Autos auf den Laden zu. »Typen kriegen an jeder Ecke Brüste zu sehen. Selbst wenn sie nicht nackt sind, man erkennt ja trotzdem die Form und, na ja, Größe.«

»Und?«

»Solange du die Nippel bedeckst, kannst du so viel Brust zeigen, wie du willst. Ausschnitt, String-Bikinis, Sport-BHs –

alles kein Problem. Wenn ein Mädel joggt, hüpft alles rum. Oder? Typen kriegen andauernd Brüste zu sehen.«

»Ja und?«, fragte Carly ungeduldig.

»Stell dir eine Welt vor, in der man genauso oft Penisse sieht wie Brüste.« Genie ging voran durch die automatische Tür des Lebensmittelgeschäfts. Es roch nach Koriander und Curry. »Das wäre eine echte Revolution. Penisse auf der Leinwand. Penisse in den Nachrichten. Und genau da kommst du ins Spiel, Carly. Dann würde nicht nur ein Haufen Vaginas und Brüste schreien.«

Im Gang kamen sie an einem kreidebleichen Mann vorbei, der Tütensuppen in seinen Einkaufskorb legte.

»Ich hasse das Wort.« Carly sagte *Verzeihung* zu dem Mann und fuhr fort: »Brüste.«

»Ich will ins IMAX-Kino gehen und Penisse sehen«, träumte Genie. Sie blieb am Smoothie-Tresen stehen und las die Karte. »Vielleicht würde das nicht sofort gesellschaftlichen Wandel anstoßen, aber ich meine ja nur, wenn Typen einen Film anmachen, kriegen sie Titten zu sehen. Das muss doch unglaublich entspannend sein.«

Auf der anderen Seite der Theke stand ein Typ mit grüner Schürze und wusste nicht recht, wie er sich einschalten sollte. Leda bestellte irgendwas mit Blaubeeren. Carly und Genie nahmen exotisch klingendes Zeug – Leinöl, Kurkuma, Protein. Der Smoothie-Typ zuckte nicht mal die Schultern, als sei es sein Job, Leute die eigenartigsten Kombinationen bestellen zu lassen, ohne darüber zu urteilen. Er war süß, trotz der grünen, zu engen Schürze. Er war nicht so drahtig wie die meisten Ökos. Er sah aus, als würde er Fleisch essen. Leda stand nicht besonders auf dünne Jungs. Als Ian sie Halloween geküsst hatte (zum ersten Mal, jetzt konnte sie sich beinahe an das Gefühl erinnern), hatte es ihr gefallen, wie er ihre Arme festhielt, die Kraft seines Körpers. Wenn sie nun daran dachte (wie seine Haut sich an ihrer angefühlt hatte), stolperte ihr Herz, als wäre sie einen Augenblick lang tot gewesen.

Die Mixer heulten und rumpelten. Innen an der Smoothie-Vitrine, in der Nussmus und gefrorene Früchte standen, hing wieder ein Vermisstenplakat. Carly und Genie unterhielten sich unhörbar am Ende des Milch- und Müsliganges, obwohl sie nur eine Armlänge entfernt waren. Ihre Silbertattoos funkelten. Leda machte einen Schritt auf sie zu, wollte etwas sagen, aber plötzlich hielten sie sie fest, als sei sie in Ohnmacht gefallen.

Sie war tatsächlich in Ohnmacht gefallen. Sie setzten Leda auf den Fliesenboden, und sie sah blinzelnd zu den Cerealienschachteln auf: Gorillas an Lianen, Koalas mit Löffeln und Tüten mit Pandamüsli, auf denen in Großbuchstaben immer wieder BÄR, BÄR, BÄR stand.

»Geht schon wieder«, sagte sie schließlich und stand auf. Die Mixer liefen immer noch. »Kann ich euch was erzählen?«

Ihre Freundinnen nickten gespannt und schoben Leda weiter in den Müsligang, wo es ruhiger war. Carly holte eine Flasche Wasser heraus und gab ihr zu trinken. »Was ist denn, Lee?«

»Ich glaube ...« Leda trank einen Schluck. Sie beschloss, das von gestern nicht zu erwähnen. »Ich glaube, ich hatte Sex mit Ian.«

Ihre Freundinnen zögerten, warfen einander einen Blick zu.

»Leda, das *glaubst* du?« Da lachte Carly laut los und kniff ihr in die Wange. »Du bist so süß. Das hätte ich dir auch sagen können.«

»Alle wissen Bescheid«, meinte Genie. »Wir *lieben* Ian. Wir sind hundert Prozent dafür.«

»Aber ...« Leda knetete ihre Finger. »Woher wisst ihr das?«

»*Lee.* Bei Moonie konnte er gar nicht die Finger von dir lassen.« Genie strich sich die schwarzen Haare über die Schulter. »Das war voll offensichtlich.«

»Ian ist echt heiß«, fügte Carly sinnloserweise hinzu.

Genie fing an, eine ihrer Haarsträhnen zu flechten. »Er ist auch im Schwimmteam, oder?«

»Aber die Sache ist die …« Ledas Augen brannten. Wie konnten sie so gelassen reagieren? »Ich kann mich nicht erinnern. Ich weiß nicht genau, was wir gemacht haben.«

Der Junge mit der grünen Schürze rief ihre Smoothies aus.

»Na ja, was auch immer du gemacht hast, es hat funktioniert.« Carly ging langsam in Richtung Safttheke. »Hab gehört, er ist gestern bei uns aufgetaucht wie ein verlorener Welpe.«

»Bitte was?«

»Jap.« Carly strahlte. Anscheinend interpretierte sie Ledas aufkeimende Panik als Freude. Obwohl – das musste sie zugeben – ganz falsch lag sie damit auch nicht. »Ich glaube, ein paar von den Jüngeren haben ihn weggeschickt«, fuhr Carly fort. »Da war es drei Uhr morgens oder so. Aber der kommt schon wieder; das hab ich im Gefühl.«

»Ein Filmriss ist echt doof«, sagte Genie mitfühlend, nahm ihren Smoothie entgegen und schlürfte los. »Aber sei froh, wenigstens bist du nicht geendet wie Du-weißt-schon-wer.«

Der Satz ging Leda nicht aus dem Kopf, als sie zum Ausgang liefen. *Wenigstens bist du nicht geendet wie Du-weißt-schon-wer.* Das stimmte wohl. Sie war hier und kaufte nach dem Yoga Smoothies mit ihren Freundinnen. Ihr ging es gut. Aber irgendwas sagte ihr, dass die Sache mit Halloween noch nicht ausgestanden war. Charlotte war nicht tot, sondern vermisst. Und Leda konnte die Signale nicht einfach ignorieren, die ihr Körper ihr sendete – der kalte Schauer, als Ians Daumen ihr über den nackten Hals strich, die Lähmung, die sie bei dem Kuss vor dem Chor befallen hatte.

Vielleicht war das alles auch nur der Kitzel … wovon? Schwärmerei? Liebe? Carly und Genie wirkten nicht beunruhigt. Dass er sie gestern weder geküsst noch reingebeten hatte, bedeutete ja vielleicht auch, dass er es ernst meinte. Darüber sollte sie sich freuen, oder?

Als sie gerade durch die automatischen Türen gingen, rief ihnen jemand hinterher. Es war Charlottes Mitbewohnerin Flora, ebenfalls in grüner Schürze. Sie kam auf Leda zu, hielt sie an den Schultern fest und umarmte sie. Ihr rosa Haar hatte sie zu Zöpfen gebunden, im Gesicht trug sie noch mehr Glitzer als bei ihrer Begegnung am Montag. Ohne hinzusehen, wusste Leda, dass Carly und Genie die Brauen hochzogen.

»Hi, Flora. Du arbeitest hier?«

»Ich dachte, das weißt du!« Flora ließ sie wieder los. Konnte es sein, dass Flora jede flüchtige Bekanntschaft so fest umarmte? »Ich hab dich reinkommen sehen, und da wurde mir klar, dass ich dich noch gar nicht gefragt habe, wie du heißt.«

Leda nannte ihr ihren Namen. Weil sie nicht wusste, was sie sonst sagen sollte, fragte sie: »Hast du was wegen Charlotte gehört?«

»Na ja, die Polizei kommt immer wieder vorbei und stellt Fragen. Unser Mitbewohner Angel hat mit ihnen geredet – war der nervös! Sie haben ein paar Sachen aus ihrem Zimmer mitgenommen. Ihre Eltern waren da ...« Ihre Augen schwammen. »Weißt du, ich kann nur versuchen, sie jeden Tag zu lieben und zu hoffen, dass sie es fühlt, egal, wo sie ist. Und du?«

»Und ich ...?«

»Hast du was gehört wegen Charlotte? Irgendwelche Hinweise?«

»Ach so ...« *Hinweise?* Wofür hielt Flora sie? »Damit habe ich mich nicht so richtig befasst.«

Genie und Carly taten hinter ihr, als würden sie nicht zuhören. Egal. Leda hatte ja nichts zu verbergen. Sie war Flora zufällig begegnet, als sie die hässlichen Rosen vorbeigebracht hatte. Sie schnüffelte weder mit der Lupe rum, noch trug sie Beweise zusammen. Allerdings, wäre Ian gestern nicht dabei gewesen, vielleicht hätte sie dann mit den Männern und Frauen in den Warnwesten gesprochen. Dann waren da noch die Postkarten in Floras Diele. An ihrer Stelle hätte sie die längst gelesen.

»Eine Freundin von mir«, sagte Flora nun, »glaubt, dass Charlotte in einem dissoziativen Zustand war, als sie verschwunden ist. Weißt du, wenn man bei Bewusstsein und handlungsfähig ist, aber sich nicht mehr an seine Identität erinnert?« Floras Stimme klang ruhig, aber ihr Blick huschte hin und her.

»Du meinst, sie war betrunken?« Genie mischte sich mit dem Smoothie-Strohhalm im Mund ein. »Eine Freundin von *mir* sagt, sie hätte Charlotte bei Gamma Kap rumtorkeln sehen. Offensichtlich war sie voll.«

»Möglich.« Carly zuckte die Schultern.

»Kann sein.« Flora nickte. »Aber so klingt das für mich, als wäre es Charlottes Schuld gewesen. Außerdem war sie überhaupt nicht so. Wir waren wie Schwestern. Sie hatte alles im Griff. Sie war *Künstlerin,* hatte unglaubliche Antennen für andere Menschen, ihre Geschichten und ihren Schmerz …«

Wenn sie nicht einschritt, würde das hier aus dem Ruder laufen, das wusste Leda. »Natürlich nicht!«, unterbrach sie Flora. Alle drei wirkten verwirrt. »Natürlich war es nicht Charlottes Schuld«, stellte Leda klar. »Nicht wahr?«

Flora riss die Augen auf. Aber Leda machte kurzen Prozess. Sie schob eine Ausrede vor – Uni oder so – und zog ihre smoothieschlürfenden Schwestern von dem verweinten Glittermädchen fort. Leda wurde schon wieder schwindelig, aber nach draußen zu gehen half – das Geräusch von Milchkisten, die gestapelt wurden, der Hefegeruch der nahe gelegenen Bäckerei. Hinter ihr schloss sich die automatische Tür.

»Wer *war* das?«, fragten Genie und Carly wie aus einem Mund.

Leda speiste ihre Freundinnen mit einer vagen Erklärung ab und schloss mit den Worten: »Flora ist echt bizarr.«

Die Sonne kam langsam hinter einer Wolke zum Vorschein. Leda beschirmte sich die Augen. *Eines Tages wird dich das Licht aufbrechen,* hatte der Yogalehrer vorgelesen. Das klang ekstatisch, freudig. Aber auch brutal. Was geschah, nachdem man aufgebrochen war? Konnte man sich wieder zusammensetzen, oder blieb der Riss einfach offen?

Wenigstens, hatte Genie gesagt, *bist du nicht geendet wie Du-weißt-schon-wer.* Also Charlotte. Würde sie selbst aufgebrochen, dachte Leda, dann wäre sie vielleicht mehr wie Charlotte – dissoziativ, grenzenlos. Das klang befreiend, oder? Aber auch gefährlich.

Auf der Fahrt zurück zum Campus musste Leda ununterbrochen über Floras Worte nachdenken. Die Polizei und Charlottes Eltern waren da gewesen und hatten einige ihrer Sachen mitgenommen. Ein völlig normaler Vorgang. Bestimmt hatte Flora ihnen alles erzählt, was sie wusste. Wahrscheinlich hatte sie ihnen die Postkarten gezeigt, ebenso die Spiegelreflexkamera mit (möglicherweise) Ledas Bild auf der Speicherkarte.

Nun, da sie keinen Zugriff mehr auf das Foto bekommen konnte, fragte sie sich, ob es ihr irgendetwas Wichtiges hätte enthüllen können. Hatte Charlotte etwas in ihr erkannt, was sie selbst nicht sah? *Du kommst mir bekannt vor,* hatte Charlotte gesagt. Hätte Leda das wenigstens auch sagen können, als sie knietief im Schaum stehend ihr eigenes Spiegelbild für eine andere rothaarige Studentin gehalten hatte?

Sie fuhren an dem Blumenladen vorbei, in dem Leda Charlottes Rosen gekauft hatte. Sie kamen an der Baptistenkirche vorbei und hielten an einer roten Ampel. Wenn Carly jetzt links abbog, wären sie auf dem Weg zu Charlotte. Leda sah den Hügel hinab und erspähte das Barbie-Auto, das mitten auf der Straße im Kreis fuhr.

Spontan unterbrach sie Carly und Genie, die immer noch Ideen für den Siegeszug des Penis sammelten. Sie machte die Tür auf und sagte: »Ich springe hier mal raus. Hab vergessen, dass ich noch was erledigen muss.«

»Lee!« Carly drehte sich entsetzt um. »*Was* denn?«

Aber Leda warf ihnen nur Luftküsse zu und trat auf den Gehweg, die Ampel war bereits grün.

Konnte ja nicht schaden, einfach mal nachzusehen, dachte Leda und sah Carly hinterher, die die West Main Street entlangbrauste. Flora war bei der Arbeit, das wusste Leda. Was hatte sie zu verlieren? Es war der gleiche unklare Impuls wie am Montag – vorbeilaufen, schauen. Sie überquerte die Straße, die Gleise und näherte sich dem schmutzigen rosa Barbie-Mobil. Ein Mädchen mit lila Zopfhaltern drehte damit enge, sorgfältige Schleifen. Leda lächelte sie an, aber die Kleine erwiderte ihren Blick nicht.

Weiter die Straße entlang saß derselbe Mann mit freiem Oberkörper auf demselben Bordstein. In der Ferne blitzten die Türme des Universitätsklinikums rot vor dem blauen Himmel auf. Leda überlegte kurz, ob Carly und Genie ihre Yogapraxis wohl Charlotte gewidmet hatten, wie der Lehrer angeregt hatte. Aber das spielte keine Rolle. Wen kümmerte es, dass Leda ihre Praxis niemandem widmete. Aber es fühlte sich ein wenig so an, wie das Grab ihrer Mutter nicht zu besuchen; ihre Weigerung hatte etwas zu bedeuten.

Ein paar Männer sahen ihr von einer Veranda aus nach. Sie spürte ihre Blicke, ohne sich umzudrehen. Sie runzelte die Stirn gegen die Sonne und gab sich Mühe, nicht so zu wirken, als hätte sie sich verlaufen. Hinter sich hörte sie ein hohes Surren. Sie schaute sich um. Das Barbie-Auto folgte ihr.

Zuerst war es ganz putzig. Aber bald folgte ihr das rosa Gefährt, das in etwa die Größe eines Polsterhockers hatte, in einem guten Meter Abstand mit klappernden Rädern. Leda versuchte, es zu ignorieren. Jetzt sah sie Charlottes Haus. Die gelben Rosen auf der Veranda welkten, aber es waren noch Kerzen und weitere, frischere Blumen dazugekommen. Am Haus selbst zögerte Leda nicht einmal. Sie ging direkt darauf zu, als wohnte sie dort. Sie hörte das Barbie-Auto hinter sich auf der Straße bremsen. Leda sah sich nach dem Mädchen um, es erwiderte ihren Blick, ohne zu lächeln. Dann ging Leda die Treppe hoch. Ohne zu klopfen, griff sie nach dem Türknauf, hoffte, dass Flora die Wahrheit gesagt hatte und sie wirklich nie abschlossen. Die Tür ging auf, und Leda betrat das Haus.

Niemand reagierte auf ihr Rufen. Das ging zu weit, dachte sie – Hausfriedensbruch, Herumschnüffeln an einem Tatort, so konnte man das durchaus nennen. Auch wenn Flora selbst gesagt hatte, dass das Haus stets offen stand. Ein Gemeinschaftshaus hatte sie es genannt. Was bedeutete das? Dass man jeden reinließ, egal, was geschehen war? Egal, was noch passieren konnte?

Leda vermutete, dass die offene Tür vielmehr mit Charlotte zusammenhing. *Wenn Charlotte nach Hause kommt*, hatte Flora gesagt, *dann soll die Tür offen sein.*

Durch das Milchglas der geschlossenen Haustür war immer noch das kleine rosa Auto zu erkennen. Leda beschloss, dass sie bleiben würde, bis das Mädchen weg war. Sich einfach im Haus umsehen. Was war schon dabei.

Die Treppe ächzte, als sie langsam hinaufging und auf jeder Stufe haltmachte.

»Hallo?«

Oben öffnete sie die erste Tür, an der sie vorbeikam. Ein kleines Zimmer mit schönen Fenstern. Das Bett war gemacht. Das Gestell schien aus Paletten zu bestehen. War das Charlottes Zimmer?

Der Boden war weitgehend leer, abgesehen von ein paar Büchern. Auf einem Beistelltisch lag ein hübscher Tintenfüller neben etwas, das wie ein Tierhorn aussah. Neben dem Schrank lagen ein paar Sachen auf dem Boden. Leda wäre beinahe weitergegangen, das Zimmer wirkte zu bewohnt, um Charlottes zu sein. Aber bevor sie die Tür schloss, fielen ihr ein paar weiße Federn auf der Fensterbank ins Auge, also ging sie zurück. Sie schimmerten künstlich, waren zu weich, um echt zu sein. Vielleicht hatten sie sich aus Charlottes Schwanenkostüm gelöst.

Aber hier gab es keine Postkarten. Auch keine Kamera. Leda öffnete den Schrank mit dem Ärmel, war sich nur beiläufig bewusst, dass es so etwas wie Spuren und Fingerabdrücke gab. Die meisten Kleidungsstücke waren einfarbig – weiß, grau, blau –, bis auf etwas Großes, Violettes in einem Kleidersack. Vielleicht ein Ballkleid, dachte Leda und fühlte die Kunstseide durch die Plastikhülle.

Abgesehen von den Federn war hier nichts Interessantes – keine Notizbücher, Lehrbücher, Tagebücher. Charlottes persönliche Sachen mussten komplett durchsucht worden sein.

Wieder unten konnte Leda das rosa Barbie-Auto immer noch vor dem Haus stehen sehen. Sie drückte sich in der Diele herum und wartete darauf, dass das Spielzeug wegfuhr. Auf dem Tisch im Flur lag immer noch die umgekippte kleine Wollziege. Leda stellte sie wieder hin. Sie erinnerte sich, wie Flora ständig in diese Richtung geschaut hatte, entweder zu der Kamera oder den Postkarten. Oder vielleicht hatte sie den Schrank unter der Treppe angesehen, hinter dem Tisch. Leda öffnete die schmale Tür, schob Skier und Wintermäntel zur Seite. Das Haus knarzte, und Leda horchte eine Weile, bevor sie weitersuchte. Hinten im Schrank lag ein Beutel. Darin waren nur die Kamera und die Postkarten, zusammengehalten von einem Gummiband.

Die Speicherkarte der Kamera war voll mit roten Wangen, leeren Likörflaschen und geexten Bierdosen. Alle vom 31. Oktober. Die meisten Fotos waren Nahaufnahmen mit gut sichtbaren Poren, Schweiß und Zähnen. Menschen mit verdrehten oder zufallenden Augen. Ein Mädchen brüllte einem anderen ins Ohr. Ein männlicher Körper ohne Kopf hielt eine

Zigarre, in seiner Khakihose zeichnete sich eine Erektion ab. Leda klickte weiter – zwei aufgeschürfte weibliche Knie; ein Mädchen, das einen offenen Lippenstift begutachtete; männliche Finger, die einen Tischtennisball mit geübtem Griff in die Luft schleuderten.

Es gab weder Selfies noch Gruppenfotos. Ein paar Bilder waren jedoch dunkel – wahrscheinlich hatte der Blitz nicht ausgelöst, dachte Leda. Sie betrachtete sie angestrengt, fragte sich, ob sie selbst irgendwo auf dem kleinen schwarzen Bildschirm verborgen sein konnte.

Schließlich steckte sie die Kamera zurück in den Beutel und legte den Beutel zurück in den Schrank. Die Postkarten allerdings landeten in ihrer großen North-Face-Jacke, nachdem sie nur die ganz unten im Stapel gelesen hatte – die erste, die verschickt worden war, wie Leda annahm.

Liebe Charlotte, ich bin gut angekommen. Es war eine lange Fahrt – drei Stunden raus in die Berge. Jetzt, nach nur einem Tag, fühle ich mich irgendwie unwohl mit mir selbst. Als würde ich neben jemandem stehen, der mir noch nicht vorgestellt wurde. Ich weiß nicht, was ich sagen soll, um mich selbst vorzustellen. »Hi, ich bin …« Wer? Was? Weggehen fühlt sich manchmal an, als würde man einen neuen Menschen kennenlernen. Deine Pia

Selbstverständlich war die jüngste Postkarte nicht dabei. Die lag auf Ledas Schreibtisch. Anscheinend war seitdem auch keine mehr angekommen.

Bevor sie ging, schaute sie ins Wohnzimmer und in die Küche mit dem großen Holztisch und den alten Sprossenfenstern. Auf den Sitzbänken lag weißes Schaffell. Leda sah eine Bewegung durchs Fenster und schlüpfte aus dem Raum. Im hinteren Garten stand ein Mann neben einem gelben Zelt, aber mit abgewandtem Gesicht. Er hatte einen Bart und trug nur gelbe Crocs und Boxershorts. Ein Gemeinschaftshaus.

Hier konnte jeder sein Zelt aufschlagen. Der Mann hob die Hände zu einer Art Sonnengruß. Dann pinkelte er in eine Feuergrube.

Leda machte ihre Jacke zu und ging. Das Mädchen mit den Perlenzopfhaltern war immer noch da und schaute finster aus ihrem Fahrzeug.

Was?, hätte Leda sie am liebsten angeschrien. *Was ist?*

Aber die Kleine schien an ihr vorbeizuschauen, etwas (oder jemanden?) hinter ihr anzustarren. Leda drehte sich um. In Charlottes blauem Haus regte sich etwas, ein Flimmern in der Scheibe der Haustür. Schnell überquerte Leda die Veranda und trat hinaus in die Sonne, zwang sich, nicht loszurennen.

6

Samstag, 7. November

»Das Problem bei Hāfez«, sagte Naadia und sprach den Namen anders aus als der Yogalehrer gestern, »besteht darin, dass die bekannteste englische ›Übersetzung‹ totaler Schrott ist.«

Naadia lehnte im Rahmen der offenen Badtür, während Leda sich am Waschbecken fertig machte. Anscheinend hatte Carly ein Hafiz-Zitat auf das Whiteboard unten geschrieben, und darüber musste Naadia sich jetzt beschweren. Leda hörte zu und versuchte, ihr silbernes Klebetattoo abzuwaschen. Es war Samstag, und weil sie nichts von Ian gehört hatte, wollte sie in die Bibliothek gehen und sich mit richtigen Hausaufgaben und richtigen Aufsätzen ablenken.

Leda kratzte mit den Nägeln an ihrer Wange, und das Silber blätterte ab. »Das hat Carly bestimmt aus dem Yogakurs gestern. Das Zitat war irgendwas mit *Das Licht wird dich aufbrechen …*«

»Das will ich gar nicht wissen. Hāfez war persischer Sufi. Er hat garantiert kein Yoga gemacht.«

Leda hätte beinahe zugegeben, dass ihr das Gedicht ebenfalls im Sinn geblieben war, auch wenn es nicht authentisch war, auch wenn sie es nicht vollkommen verstand.

Aber Naadia war noch nicht fertig. »Das Problem ist, dass

Amerikaner nicht reisen.« Sie wippte in ihren makellos weißen Turnschuhen. »Ihnen fehlt die *globale* Perspektive. Die meisten haben ja nicht mal einen Reisepass. Ihre Welt kennt keinen Kontext; alles ist so banal.«

Leda gab Laute der Zustimmung von sich, obwohl sie das Land auch noch nie verlassen hatte. Sie konnte ihr Leben nicht auf Kommando ausweiten; schon aus Geldgründen nicht. Fürs Erste musste sie sich auf dieses eine Leben und diesen einen Körper beschränken.

Naadia folgte ihr raus auf die Veranda und setzte ihren Vortrag fort, während Leda sich die Zähne putzte. Nach der Sache mit der Sonnenbrille (und vor allem Ian) hatte sie gehofft, heute ihre Periode zu bekommen. Es waren jetzt ungefähr dreißig Tage. Aber Fehlanzeige. Sie versuchte, sich keine Sorgen zu machen. Diese und ähnliche Dramen in ihrer Verbindung waren wirklich banal, dachte Leda, im Vergleich zu, na ja … dem Himmel. Der Galaxis.

Und was war mit Charlottes Verschwinden, überlegte sie. War das auch banal?

Direkt über dem Dach des Psi-Delta-Hauses durchquerte ein Flugzeug den Himmel. Leda verkniff sich das Winken, wie sie es bei Heißluftballons und Lokführern tat – schrullige Angewohnheiten aus der Kindheit. Natürlich sah sie niemand. Und selbst wenn, Leda wäre viel zu klein.

Sie spuckte Zahnpasta übers Geländer in die Büsche. Zurück in ihrem Zimmer brauchte sie eine Weile, um alle Bücher zusammenzusuchen. Sie zog ihre Jacke an, die Tasche fühlte sich schwer an. Sie hatte die Postkarten noch nicht rausgeholt. Vergessen hatte sie sie natürlich nicht, aber der Impuls, diese persönlichen, potenziell wichtigen Dokumente zu stehlen, die womöglich etwas über Charlotte preisgaben, hatte ihr doch irgendwie Angst eingejagt.

Nun schaute sie wieder zu Naadia, die auf der Veranda ihre E-Zigarette rauchte und auf ihr Handy schaute. Leda zog das Gummiband von den Postkarten ab. Es waren an die zwanzig Stück. Auf den Vorderseiten waren typische Appalachen-Landschaften zu sehen. Alle waren von derselben Person, und alle waren an Charlotte adressiert.

> *Liebe Charlotte, heute habe ich in den alten Gemüsebeeten Stimmen gehört – alles ist in Saat geschossen, verwuchert. Ich konnte niemanden sehen. Ich dachte, sie reden über mich, und blieb lange im Giersch stehen und lauschte. Plötzlich tauchte ein Kaninchen auf, sah mich an und verschwand wieder. Es wirkte völlig ungerührt. Da kam ich wieder zu mir. Deine Pia*

Die ältesten Karten waren auf Anfang Oktober datiert. Eine von ihnen beschrieb das Gefieder eines Vogels, den Pia gesehen hatte. Ebenfalls banal, erkannte Leda. Naadia würde beim Gedanken daran, derart unbedeutende Gedanken zu lesen, wahrscheinlich die Augen verdrehen, geschweige denn das Risiko eingehen, so etwas zu stehlen. Es stimmte, eine globale Perspektive konnten die Karten nicht eröffnen, sie enthielten auch keine jahrhundertealte Philosophie. Aber nachdem Leda die ersten paar gelesen hatte, konnte sie nicht umhin zu glauben, dass sie auf ganz eigene Art Einblick in eine verborgene und doch ausgedehnte Welt boten. Eine Welt, die zufällig ein Mädchen beherbergte, das nun verschwunden war.

> *Liebe Charlotte, dieses Gefühl von Neuartigkeit, das ich kürzlich beschrieben habe, ist schon wieder verflogen. Wie geht der Spruch – wohin du auch gehst, du bleibst dennoch du. Erst jetzt wird mir klar, wie wahr das ist. Ich dachte wohl, ich könnte dem irgendwie entkommen. Es macht mich rasend. Deine Pia*

Wohin du auch gehst, du bleibst dennoch du. Das Gegenteil von dem, was Naadia eben gesagt hatte, und das Gegenteil der

Karte, die Leda gestern gelesen hatte: *Weggehen fühlt sich manchmal an, als würde man einen neuen Menschen kennenlernen.*

Nach gerade einmal drei Postkarten war Leda schon ganz durcheinander.

* * *

Im Foyer der Bibliothek ging es zu wie im Bahnhof, es herrschte ein stetiges Kommen und Gehen. Von dort aus gelangte man in die Seitenflügel des Gebäudes, in denen es augenblicklich still war, sodass Leda unweigerlich müde wurde. Normalerweise lernte sie im Hauptsaal. Aber heute waren schon alle Tische voll und die Sessel belegt. Vor den Fernsehbildschirmen versammelten sich mehr Studierende als sonst. Auf zwei von ihnen wechselten sich in rascher Folge Fotos von Charlotte ab: Charlotte vor der Rotunda mit Federohrringen, Charlotte mit der Ente, Charlotte, die neben einem Stuhl vor einem unscharfen, lavendelfarbenen Hintergrund posierte. Darüber ein vergrößerter Ausschnitt aus einer Überwachungskamera, der eine verzerrte Gestalt in Weiß zeigte. Das sollte ebenfalls Charlotte sein.

Ihr Kostüm wurde stichpunktartig beschrieben: Kleid, Halskette, Federboa, Ring. Dem Text am unteren Bildschirmrand zufolge hatten Charlottes Eltern eine Belohnung ausgesetzt, und die Polizei hatte sie verdoppelt. Charlottes Eltern hatten zudem eine Stellungnahme abgegeben, und während sie im Bild waren, lief unten am Rand durch: CHRONIK DER EREIGNISSE VERÖFFENTLICHT.

Es war Samstag, der 7. November. Eine Woche war seit Charlottes Verschwinden vergangen. Einen Moment blieb Leda im Foyer stehen und sah zu, wie ihre Kommilitonen Charlottes Vater zusahen, der zwischen zwei Flaggen unter einer niedrigen Decke sprach. Sein Hemd war zerknittert. Leda las die Untertitel:

Wir flehen Sie an, wenn Sie etwas wissen, wir wollen mit jedem reden, der etwas weiß, wir wollen wir wollen mit ihm oder ihr über seine oder ihre Interaktion mit unserer Tochter reden.

Die Untertitel waren unzusammenhängend – produziert von einem Computer, der die menschliche Sprache zu verstehen versuchte. Leda entfernte sich von den Bildschirmen, als Charlottes Vater sich gerade die Hände vor die Augen hielt und die Schultern sinken ließ. Sie nahm ihr Handy und aktivierte das Display. Seit es das letzte Mal vibriert hatte, hatte sie extra nicht nachgesehen, wollte den Moment der Feststellung herauszögern, dass die Nachricht nicht von Ian war. Aber aus unerfindlichen Gründen war sie es doch.

Möchtest du heute Abend mit mir essen gehen?

Ihr erster Impuls überraschte sie: *Nein.* Hätte er geschrieben, *Komm vorbei* oder *Lass uns zu der und der Party gehen,* hätte sie vielleicht anders reagiert. Es lag einfach an dem *Möchtest du,* mit großem M auch noch. Und dem Essen. Es war so förmlich, so ernst. Es bedeutete, dass er sie mochte. Es bedeutete, dass er mehr von ihr wollte als Filmriss-Sex. Oder so.

Sie beschloss, erst mal nicht zu antworten. Erst mal zu überlegen.

Als sie das Handy gerade wieder einstecken wollte, schrieb Mary:

Ich werde von einem Bibliothekar sexuell belästigt.

Leda gab sich Mühe, nicht laut loszulachen.

Wie jetzt?

Sie ging in einen ruhigeren Bereich der Bibliothek, loggte sich in einen der Unicomputer ein und suchte nach der Chronik der Ereignisse im Fall Charlotte Mask. Währenddessen erklärte Mary, dass ein Typ von der Ausleihtheke (dem sie ihre Nummer gegeben hatte, damit er anrufen konnte, wenn irgendeine literarische Anthologie aus dem siebzehnten Jahrhundert wieder verfügbar war) sie nun mit widerlich-romantischen Nachrichten bombardierte.

Leda schrieb: *Bin gerade in der Bibliothek!*

DU? Haha.

Leda ging zurück ins Foyer, um einen Blick auf den Typen an der Ausleihtheke zu werfen. Auf dem Weg zurück zu ihrem Platz schrieb sie:

Hipsterbrille? Zu senkrechte Haare?

OMG genau! Der denkt, »Ich brauche eine Ausgabe von Das verlorene Paradies*« heißt »Ich will sexten«.*

Mann, SO tief gefallen bist du nun auch wieder nicht.

Das Dilemma mit Ian sprach sie nicht an. Seine Nachricht ignorierte sie weiterhin, lehnte sich zurück und scrollte stattdessen durch die Charlotte-Timeline. Eigentlich wollte sie ein paar Kurzgeschichten für Chilenische Literatur ausdrucken, aber inzwischen sah es sogar dafür schlecht aus.

Die Chronik begann um zwanzig Uhr, als Charlotte beim Vorglühen im Cathouse gesehen wurde. Von dort brach sie um elf Uhr auf (einige Stunden nach Leda). Um 23.20 Uhr wurde sie von einer Überwachungskamera an einem Geldautomaten gefilmt, an dem sie zweihundert Dollar abhob. Dann zeichnete eine Campus-Notrufsäule sie auf, die wahllos alles und jeden erfasste und mit Zeitstempel versah. Daneben stand auch die Adresse, und Leda erkannte sie: das blaue Licht, das sie draußen bei der Schaumparty gesehen hatte. Ein seltsamer Gedanke, dass sie wahrscheinlich auch Bilder von ihr abgespeichert hatte. Leda mit ihren Freundinnen. Leda mit Ian zwischen Tiki-Fackeln, Leda mit (war das möglich) Charlotte?

Dann flossen die neuen Aussagen des Nachbarn und Angel Carters in den Ablauf mit ein. Stand jetzt hatte niemand Charlotte mehr gesehen, nachdem sie ins Haus gegangen war.

Am Ende des Artikels folgten weitere Schlagzeilen und Links:

> Vermisst. 22-jährige Studentin verschwindet nach College-Party. Charlotte Mask verschwunden. Wie sicher sind unsere Universitäten? Wie *Charlotte Mask* hätte verhindert werden können.

Letzteres war ein Meinungsstück, das Frauen empfahl, nach Mitternacht nicht mehr unterwegs zu sein, Pfefferspray mit unter UV-Licht sichtbarer Farbe bei sich zu haben und ihre Kleidung »besonders sorgfältig« auszuwählen. Als sie das las, trat Leda gegen die Räder ihres Stuhls. Eine Gruppe in einer benachbarten Lernnische sah sie erschrocken an. Die beiden Mädchen der Gruppe trugen das gleiche Schrei-Shirt.

Leda suchte nach den Überwachungsvideos, aber die waren noch nicht veröffentlicht worden. Die Gruppe neben ihr setzte ihre Unterhaltung laut flüsternd fort.

»Ich meine, wie oft muss ich denn nach Einverständnis fragen?«, wollte ein Typ mit Baseball Cap wissen. »Sagt mir eine Zahl. Zweimal? Oder eher zehn?«

»Gefühle können sich ändern«, sagte ein Mädchen. »Man muss immer wieder nachfragen.«

»Aber, ich meine …« Der Typ rückte seine Kappe zurecht. »Zweimal oder zehnmal?«

»Ich würde sagen, du fragst so oft wie nötig, um deine Absichten klarzumachen und sicherzugehen, dass sie den Absichten deiner Partnerin entsprechen.«

Leda scrollte durch nebensächliche Details zu Charlottes Tagesverlauf. Charlotte war in der Bibliothek gewesen, hatte dann am Lawn die Halloween-Kinder beobachtet. Auf dem Papier hätte Ledas Tag wohl ganz ähnlich ausgesehen. Obwohl sie nicht in der Bank of America gewesen war, war sie daran vorbeigejoggt. Sie lag gegenüber der Anthropologie mit den grotesken Kalksteinfiguren – dem Tapir, dem Walross und der Bestie mit den Fangzähnen.

Dann war Charlottes Auto irgendwie an der Reservoir Road gelandet, merkwürdigerweise nur wenige Kilometer von Ledas altem Zuhause entfernt.

Leda lehnte sich zurück.

Der Typ in der Nische flüsterte jetzt noch lauter und spielte mit seiner Mütze. »Also sage ich zum Beispiel: ›Ich küsse dich jetzt, aber das heißt, dass ich auch Sex will. Also nicht jetzt gleich, sondern später. Ist das o. k.?‹ Aber sollte das nicht indirekt klar sein? Also das mit dem Sex?«

»Nichts sollte indirekt sein«, sagte eines der Schrei-Shirts. »Sondern direkt.«

»Ach, Mist. Na gut. Direkt. Direkt sein kann ich.«

Leda schloss die Chronik auf ihrem Computer. Sie nahm ihr Handy, öffnete Ians Nachricht, schloss sie wieder. War es unfair, dass sie Ian gegenüber nicht direkt war? Sie ließ ihn zappeln, sagte nicht, was sie dachte, sagte nicht: *Ich mag dich. Ich möchte mit dir essen gehen. Aber ich frage mich die ganze Zeit, was Halloween passiert ist. Irgendwie habe ich Angst vor dir.*

Eines der Mädchen in der Nische nebenan sagte: »Und selbstverständlich kann eine bewusstlose oder anderweitig eingeschränkte Person keine Zustimmung geben.«

Ein zweiter Typ meldete sich zu Wort. »Aber bei manchen Partys kann man kaum abschätzen, wer noch bei Bewusstsein ist und wer nicht.«

Leda ging auf Facebook und hörte der Unterhaltung nur mit halbem Ohr zu, während sie durch die Bilder und Kommentare auf Charlottes Seite scrollte. Manche richteten sich direkt an Charlotte, als könnte sie darauf antworten, als ließe Gott, das Universum oder wer auch immer das Sagen hatte, sich durch diese Vorspiegelung von Normalität überlisten.

Auf der Seite hatte eine gewisse Monica Suárez Informationen dazu gepostet, wie man sich engagieren konnte. Der Name sagte Leda etwas, aber sie brauchte einen Moment, bis sie wusste, woher. Sie war auf Ledas Highschool gewesen, einen Jahrgang über ihr. Nun stellte sie Suchtrupps zusammen, die den National Forest durchkämmten. Spontan schickte Leda ihr eine Nachricht.

Nach Facebook öffnete Leda Google Earth. Sie fand ihr Haus, fand die Reservoir Road und den National Forest. Sie fand den Fluss, der in den Stausee mündete. Mit dem Cursor folgte sie ihm bis zur Quelle, wie sie es einmal in der neunten Klasse gemacht hatte, als sie nach einem Streit mit ihrer Mutter stundenlang durch den Wald gestreift war. Sie hatte einen Mann gesehen, der gerade einen Fisch gefangen hatte. Er hatte sie zu sich gerufen, und sie war vertrauensselig zu ihm gewatet, bis ihre Chucks klatschnass gewesen waren. Die Forelle war so groß gewesen wie ein Taschenmesser: violett gesprenkelt und mit blutrot angelaufenem Bauch und Flossen.

Leda scrollte und zoomte näher heran. Sie rechnete fast damit, ihre eigene winzig kleine Gestalt immer noch dort draußen vorzufinden: das Verschwommene dort, der Bildfehler da. Leda auf der Platane. Leda auf der Lichtung, auf der die Jäger das Wild anfütterten. Leda an der Apfelscheune. Leda auf dem Picknickplatz von Beargrass. Da stand der Wohnwagen mit den zwei Zelten – eins rosa, eins rot.

»Aber was ist«, ließ der Typ mit dem Basecap nicht locker, »wenn sie Ja sagt und Nein meint?«

Wo war Charlotte nur? Wenn sie zum Gipfel des Beargrass Mountain zoomte und dem Appalachian Trail folgte, würde sie dann etwas finden? Wenn sie das wollte, könnte sie sich auch einem der Suchtrupps anschließen, die sich jeden Morgen am Basketball-Stadion trafen. Oder wäre das – im Wald über etwas unter einem Haufen Laub stolpern – zu beängstigend? Gab es noch etwas vollkommen anderes, das sie zu entdecken hoffte?

Ein Schatten fiel auf Ledas Bildschirm. Jemand stand hinter ihr. Ledas Herz machte einen Satz, sie drehte sich um. Beinahe hätte sie Ians Namen ausgesprochen, aber er war es nicht. Nur ein ungeduldiges Mädchen.

»Bist du fertig?« Sie nickte in Richtung Computer.

»Ja.« Leda loggte sich aus. »'tschuldigung.« Nun erkannte sie das Mädchen deutlich in der Spiegelung.

Das Mädchen zeigte auf Ledas Gesicht. »Deine Lippe blutet.«

»Was?« Ledas Fingerspitze war rot. »Scheiße.«

Auf der Toilette betupfte sie die Lippe mit einem nassen Papiertuch. Es hörte sofort auf zu bluten. Was war da nur passiert, fragte sie sich wieder, das so eine hartnäckige Wunde hinterlassen hatte? Wenn sie Ian fragte, musste sie dann auch nach dem Rest der Nacht fragen? *Hey Ian, haben wir letzte Woche ein Kondom benutzt?* Oder: *Hey Ian, hab meine Periode immer noch nicht, falls du dir Gedanken machst.*

Als Leda die Bibliothek verlassen hatte, rief Mary an, sie lerne gerade in Sweetie's Cupcakery. Leda wusste, was das hieß – »lernen«. Dazu lud man niemand anderen ein, wenn man wirklich was schaffen wollte.

* * *

Eine Stunde blätterten Mary und Leda auf der Terrasse der Cupcakery betont in ihren Lehrbüchern. Bei Sweetie's gab es jetzt auch Bier, und nach Ablauf der ersten Stunde zierten nasse Ringe die Seiten von Ledas Astronomiebuch. Sie hatte die Füße auf den Tisch gelegt und den Blick übers Dach vom Wild Wings gerichtet, wo die Sonne langsam unterging.

Mary, die sich stets nach dem Zwiebelprinzip kleidete, hatte Leda ihre Fleecejacke geliehen, sodass sie es beim Festhalten der letzten Fingerbreit ihres zweiten IPAs schön warm hatte.

Mary nagte an einem Karamell-Stout-Cupcake und klebte immer wieder kleine Post-its in *Das verlorene Paradies*. Sie hatte sich die Anthologie aus dem siebzehnten Jahrhundert auf alternativem Weg besorgt und kämpfte immer noch gegen den Drang, dem Bibliothekar einen langen Vortrag über sexuelle Belästigung in SMS-Form zu schicken. Mary zeigte Leda ein paar seiner »unangemessenen« Nachrichten, aber sie waren längst nicht so abscheulich wie in Marys Schilderung. Dennoch trank Leda ihr Bier, probierte Marys Cupcake und hörte zu. Ihr war schon vor einer ganzen Weile der Bleistift auf das Terrassenpflaster gefallen, ohne dass sie ihn wieder aufgehoben hätte.

Schließlich stand Mary auf, um Kaffee zu holen. Am anderen Ende der Terrasse spielte ein Mädchen im Tube-Top Cornhole mit einem Typen, der eine Shorts mit einem Druck der amerikanischen Flagge anhatte. Leda sah dem Spiel zu. Dem Mädchen war anscheinend kalt – Leda konnte ihre Brustwarzen unter dem himmelblauen Oberteil sehen. Aber vielleicht war das Absicht; ihr Cornhole-Partner war ja nicht gerade von der feinsinnigen Sorte, wenn man nach der Hose ging.

Mary kam mit kunstvollem Herzchen auf ihrem entkoffeinierten Latte zurück. »Will der Barista mich jetzt auch noch belästigen?«

»Oh-oh.« Leda beäugte die Dekoration. »Ruf die Polizei.«

»Ach, ganz vergessen, *du* wirst ja gerne belästigt, nicht wahr, Lee?«

Leda zuckte die Schultern und beobachtete, wie das Cornhole-Pärchen das Loch verfehlte. »Dein Bibliothekar ist einfach ungeschickt. Was, wenn er nur schlecht im Flirten ist?«

»Das nennst du Flirten?« Mary hielt Leda ihr Handy vor

die Nase – haufenweise verzweifelte, unbeantwortete Nachrichten.

»Na gut, er ist total schlecht darin. Aber sag mir eins. Wo liegt die Grenze zwischen Flirten und Belästigung?«

»Ganz einfach.« Mary tunkte den kleinen Finger in den Schaum, dann nippte sie am Latte. »Erwünscht oder unerwünscht.«

Das Mädchen im Tube-Top bewarf die Schienbeine ihres Partners mit Bean Bags.

»Also sollte man immer nachfragen? ›Ist das o. k.? Willst du, dass ich mit dir flirte?‹ Und dann antwortet die angeflirtete Person der flirtenden: ›Ja gern, aber willst *du* auch, dass ich mit *dir* flirte?‹ Woraufhin sie ihre kurz- und langfristigen Ziele besprechen …«

»Einvernehmliches Flirten. Klar.«

»Also hätte der Barista auch fragen sollen, ob er dir ein Herz in den Kaffee malen darf.«

»Schon … Die Frage wäre aber auch schon als Flirtversuch rübergekommen«, gab Mary zu.

Leda bohrte eine Kuchengabel in den Cupcake-Guss. »Vielleicht sollten wir, statt zu fragen, alle einfach aufmerksamer sein.«

»In einer perfekten Welt.« Mary nickte, wirkte aber nicht vollends überzeugt.

Außerdem, was philosophierte ausgerechnet Leda hier über erwünschtes und unerwünschtes Flirten und (das war nun mal die logische Konsequenz) Sex? *Selbstverständlich*, hatte das eine Mädchen in der Bibliothek gesagt, *kann eine bewusstlose oder anderweitig eingeschränkte Person keine Zustimmung geben.*

Das Tube-Top-Mädchen hörte auf, ihren Partner zu bewerfen. Stattdessen traf sie sein Loch und vollführte einen Siegestanz.

»Ian will heute Abend mit mir essen gehen.« Leda schaute immer noch den beiden zu.

»Ach. Macht man das jetzt so, erst flachlegen, dann umwerben?« Mary zwinkerte mit den blau glitzernden Lidern. »O. k., tut mir leid. *Wie romantisch.* Wolltest du das hören?«

»Ich will gar nichts hören. Ich bin ja nicht dort, also gehe ich offensichtlich auch nicht hin.«

»Werd nicht gleich pampig, Lee. Wieso hast du Nein gesagt?«

»Ich hab gar nichts gesagt. Ich ... ich weiß auch nicht.« Leda griff sich an den Nasenrücken. Einen Moment lang wollte sie es Mary erzählen. Sie wollte ihr erzählen, dass sie Halloween einen Filmriss gehabt hatte. Dass sie sich nicht mehr daran erinnern konnte, Sex mit Ian gehabt zu haben, obwohl alle anderen einfach davon auszugehen schienen. Dass sie mit irgendeinem Typen geschlafen hatte, der Ian ähnlich sah, weil sie einsam gewesen war oder weil sie versucht hatte, ihrem Gedächtnis auf die Sprünge zu helfen. Sie wollte Mary erzählen, dass sie, Leda, vielleicht eine der Letzten war, die Charlotte gesehen hatte. Aber sie hatte Angst, Mary würde sofort zum Äußersten gehen. Es der Uni melden wollen. Und der Polizei.

»Ich hab einfach kein gutes Gefühl«, sagte Leda schließlich. Sie blätterte in ihrem Astronomiebuch. Als sie wieder hochsah, hatte Mary die Stirn in Falten gelegt. Leda fragte vorwurfsvoll: »Warum guckst du so betroffen?«

»Tue ich gar nicht.«

»Du hast die Augenbrauen zusammengezogen.«

»Na ja ...« In dem verlaufenen Herz auf Marys Kaffee bildeten sich winzige Bläschen. »Das wollte ich dich am Mittwoch schon fragen, als du an dem Stand saßt.«

»Na los.« Leda breitete die Arme aus, als hätte sie nichts zu verbergen. »Frag.«

»Lee ...« Mary sprach leiser. »Wie viel weißt du noch von Halloween?«

Leda wollte die Frage zwar ungern beantworten, aber es war dennoch eine Erleichterung, sie endlich gestellt zu bekommen, und das von einer Freundin. Einer Freundin, die sie lieb hatte, egal, was sie antwortete. Sie wollte etwas sagen, aber ihr Kiefer zuckte bloß.

»Erinnerst du dich noch, wie du von der Schaumparty weggekommen bist? Oder … nach Hause?« Mary ließ nicht locker.

Leda starrte die schlaffen Säckchen an, die überall auf der Terrasse verstreut lagen. »Nein«, presste sie hervor.

Mary wartete. »Geht das etwas genauer?«

Leda war zwar erleichtert, aber sie wollte trotzdem nicht zugeben, worüber sie sich schon die ganze Woche den Kopf zerbrach. Sie wollte nicht zugeben, dass ihre letzten intakten Erinnerungen jener Nacht mit einer Person zu tun hatten, die nun verschwunden war. Sie wollte nicht zugeben, dass sie Ian verdächtigte, gewusst zu haben, wie betrunken sie gewesen war, und das (vielleicht) ausgenutzt zu haben.

Als Antwort auf Marys Frage schüttelte sie den Kopf.

»Na ja, ich hab mich das gefragt, weil es dir eigentlich nicht ähnlich sieht, einfach von einer Party zu verschwinden, ohne mir Bescheid zu sagen.« Marys Tonfall war überraschend. Sie klang weder verärgert noch verletzt. Sondern … fürsorglich. Beunruhigt. »Und dann standst du ja später noch vor meiner Tür. Also, viel später. Ich hatte schon geschlafen.«

»Echt?« Das wusste Leda gar nicht mehr.

»Äh, ja. Weißt du das echt nicht mehr? Du hast richtig geheult, Lee.« Mary warf einen Blick auf das Cornhole-Pärchen, das sie vermutlich hören konnte. »Ich konnte nicht verstehen, was du gesagt hast. Ich wollte, dass du reinkommst und bei mir übernachtest, aber du hast dich geweigert. Bist einfach weg. Losgerannt.«

Leda fiel Marys rätselhafte Nachricht vom nächsten Morgen wieder ein:

Lebst du noch?

Und ihre eigene patzige Antwort:

Wieso sollte ich nicht?

»Da hatte ich wohl einen Filmriss«, gestand sie. »Kurzzeitig.«

Das Cornhole-Pärchen ging nach drinnen und warf Leda und Mary dabei argwöhnische Blicke zu. Die Bean Bags ließen sie einfach liegen.

»Dann sagtest du«, fuhr Mary fort, »dass du Ian echt magst oder so was. Weißt du noch, als ich dich vor Shakespeare getroffen habe? Da dachte ich, das Heulen war wohl einfach besoffenes Drama. Nimms mir nicht übel. Aber es hat mich trotzdem beschäftigt. Du weißt nicht mehr, dass du bei mir geklopft hast? *Überhaupt nicht,* Lee?«

»Ich meine …« Leda berührte unwillkürlich die Wunde an ihrer Lippe. »Ich würde mich schon erinnern, wenn was Schlimmes passiert wäre, glaube ich.«

»Glaube ich auch …« Dann überlegte Mary es sich anders. »Weiß nicht.«

Leda schaute hoch in den dunkler werdenden Himmel, aber die blinkenden Lichterketten blendeten sie. Irgendwann war die Sonne untergegangen. Sie tastete im Dämmerlicht nach ihrem Astronomiebuch und überflog die Angaben zu verschiedenen Planeten: durchschnittliche Entfernung zur Sonne, Temperatur, Dichte.

»Du musst das rausfinden, Lee. Du hast echt krass geweint. Und deine Lippe …«

»Hat geblutet«, vervollständigte Leda.

Sie erinnerte sich nicht, geweint zu haben. Sie wusste auch gar nicht mehr, wann sie überhaupt zuletzt heulen musste. Aber das mit dem Blut wusste sie. Sie hatte es beim Aufwachen am Sonntagnachmittag an ihrem Gesicht und Kissen gesehen.

In der Highschool war Leda immer davon ausgegangen, dass »Erwachsensein« so was wie Halloween bedeutete: trinken, lange ausgehen und niemandem Rechenschaft schuldig sein. Es bedeutete Sex. Es bedeutete, keine Konsequenzen fürchten zu müssen – keinen Hausarrest, kein Ab-auf-dein-Zimmer, keine Schuldgefühle. Aber in Wirklichkeit war das glatte Gegenteil der Fall. Als Erwachsene wurden die Konsequenzen immer schwerwiegender. Man wachte verloren und allein auf. Blutend. Man stellte fest, dass ein Mädchen verschwunden war.

Mary fragte: »Bist du *sicher*, dass du dich nicht erinnern kannst?«

Wo liegt die Grenze, hatte Leda Mary vorhin gefragt, *zwischen Flirten und Belästigung?* Und wo, überlegte sie nun, lag die Grenze zwischen Sex und Vergewaltigung? Sie versuchte, den Gedanken sofort abzuwürgen.

»Ich weiß noch, dass ich nach der Party mit Ian gegangen bin.«

Mary ergriff Ledas Hand. Im Astronomiebuch las sie, dass auf dem Saturn eine Durchschnittstemperatur von –177 Grad Celsius herrschte. Sie las, dass der Jupiter mindestens dreiundsechzig Monde hatte, von denen vier groß genug waren, um als Planeten zu gelten, auch wenn sie nicht die Sonne umkreisten. Sie las weiter, füllte ihren Kopf mit Worten, irgendwelchen Worten, Hauptsache, nicht denen, die sie unmittelbar betrafen.

»Ich weiß nicht, was das heißt.« Leda starrte die Seite an und zwang sich, endlich etwas zu sagen. »Ich *mag* ihn trotzdem irgendwie. Aber mein Körper … reagiert anders. Als ob er sich im Gegensatz zu meinem Hirn an etwas erinnert. Und ich muss dauernd an Charlotte denken.«

»Ich auch.«

»Wie konnte das passieren?«

Das hatte Leda gar nicht laut sagen wollen. Oder doch, *irgendwas* wollte sie sagen, aber sie wusste nicht, wie. Sie wollte sagen, dass sie immer verwirrter wurde, je mehr sie über Halloween nachdachte. Sie hatte *obviamente* einen Filmriss gehabt.

Das war an und für sich kaum der Rede wert. Carly und Genie hatten das schließlich nur als eine Art Berufsrisiko abgetan. Und vor acht Tagen hätte Leda ihnen noch zugestimmt. Aber dieses Mal fühlte es sich anders an. Und es war beängstigend, dass jemand anderes – Mary – es nun ebenso sah.

»Leda.« Marys Ton war sanft. »Willst du es jemandem sagen?«

Pluto, las Leda, brauchte 248 Jahre, um die Sonne zu umrunden. Von seiner Oberfläche sah die Sonne aus wie ein heller Stern. Leda starrte die Illustration des kürzlich degradierten Planeten an: kalt, fern.

Mary stupste sie an. »Lee.«

Als Leda hochsah, hielt Mary immer noch ihre Hand. Sie schüttelte den Kopf und erwiderte den Druck. »Ich glaube, ich sollte mit Ian reden.«

Mary machte den Mund auf, aber Ledas Handy unterbrach sie mit seinem Klingelton, »Dancing Queen«. Beide zuckten zusammen. *Ian*, dachte Leda sofort (sie hatte immer noch nicht geantwortet wegen des Essens). Aber auf dem Display stand CLARENCE. Sie ließ es klingeln. Irgendwann erlosch das Display. Dann leuchtete es erneut auf.

Leda löste ihre Hand aus Marys und stand auf, entschuldigte sich: »Das ist Clarence.«

Ein winziger Schrei drang durch den Hörer, als sie abnahm, und sie hielt das Handy von sich.

»Hi, Lee! Tut mir leid. Gino schreit.«

»Hi …«

»Tut mir leid, dass ich gleich zweimal anrufe. Ich hab mir Sorgen gemacht, nach allem, was passiert ist.«

Clarence rief ungefähr einmal im Monat an, und sie sah ihn noch seltener, also kam es ihr komisch vor, dass er so etwas sagte. Ja, er und ihre Mom waren jahrelang zusammen gewesen. Er hatte die Dachrinne sauber gemacht. Hatte den Gartenzaun gebaut. Aber wenn er sich wirklich Sorgen machte, würde er dann nicht öfter anrufen?

Im Hintergrund von Clarence' Stimme waren Küchengeräusche zu hören: die Spüle, die Jungs, Fayes Stimme. Die Jungs – Fayes Söhne aus erster Ehe – waren inzwischen neun (Jonah) und sechs (Gino). Clarence war ein guter Vater, konnte Leda sich vorstellen. Er und ihre Mom hatten hin und wieder gestritten, aber in Ledas Erinnerung spielte er hauptsächlich Gitarre, Dylan, Grateful Dead oder Neil Young, und sie tanzten.

Momentan schien es gut zu laufen in seiner Familie. Sie wohnten in einem großen Haus in der Nähe des alten Friedhofs in der Stadt. Das Haus hatte eine blaue Tür, alte Bäume und von Stauden umgebene Schieferwege. In der Nachbarschaft sah es ganz ähnlich aus, manche hatten Hochbeete, andere Hühner im Garten. Eine teure Gegend, aber Leda nahm an, das galt so langsam für die ganze Stadt. Clarence war Bauunternehmer. Faye war Immobilienmaklerin und schien einen Haufen Geld zu haben. Leda hatte nie gefragt, ob der Vater der Jungs noch lebte.

»Faye meinte, du könntest zum Essen vorbeikommen …« Clarence unterbrach sich und redete mit einem der Kinder. Dann war er wieder dran. »Du hast sicher schon was vor, aber ich dachte, ich frage mal nach. Du hast die Jungs noch gar nicht gesehen, seit die Uni wieder angefangen hat.«

Leda ging an den Rand der Terrasse und zog Marys Fleecejacke enger um sich. Sie sah, wie Mary durch *Das verlorene Paradies* blätterte, die Augenbrauen immer noch gerunzelt. Sie dachte an Ian, der auf eine Nachricht von ihr wartete. Bei Clarence hätte sie zumindest einen Abend lang Zeit, über alles nachzudenken. Sie könnte sich überlegen, was sie Ian antworten sollte, ohne zu riskieren, dass er unangekündigt vor der Tür stand.

»Gut«, sagte Leda zu ihrer beider Überraschung. »Ich laufe zu euch.«

»Soll ich dich nicht abholen? Bei den Nachrichten in letzter Zeit …«

»Ach Quatsch. Hab doch Laufschuhe an.« Ehrlich gesagt war es ein gutes Gefühl, dass Clarence sich Sorgen machte. Sollte sie verschwinden, würde es zumindest einem auffallen.

»Verdammt noch mal.« Etwas polterte. »Gino hat das Nudelsieb fallen lassen. Tut mir leid, Lee. Hier liegen überall Pastarädchen auf dem Boden. Ich muss Schluss machen. Also, wir sehen uns dann hier?«

Er legte auf, und auf der West Main Street gingen die Lichter an, beleuchteten einen großen Mann, der einen übervollen Einkaufswagen schob. Leda kehrte zu Mary zurück. Sie machte sich auf das gefasst, was Mary vielleicht sagen würde. Wegen Ian. Wegen Charlotte. Was genau sie damit meinte, es »jemandem zu sagen«. So oder so war sie erwachsen, rief Leda sich in Erinnerung. Wenn sie das Nudelsieb fallen ließ, musste sie die Pastarädchen selbst aufheben.

»Ich muss mal.« Mary stand auf, sobald Leda wieder Platz genommen hatte.

Warte, hätte Leda am liebsten gesagt. Aber so war das wohl im Leben. Freunde und Familie umkreisten einen auf unsteten Bahnen, dann schwirrten sie davon, kamen manchmal zurück und manchmal auch nicht: im Nichts verglüht, in eine andere Galaxis geschossen oder zerschellt – woraufhin die Partikelchen eine neue, nicht mehr wiederzuerkennende Gestalt annahmen. Und man selbst (also Leda) blieb am selben Ort zurück, zusammen mit dem, was übrig war – einem leeren Bierglas, dem Drachen mit den großen Augen im Schrank, den Erinnerungen.

Der große Mann hatte Mühe, seinen Wagen über eine Unebenheit in der Straße zu schieben. Es dauerte eine ganze Weile, bis er es geschafft hatte. Als Mary zurückkam, meinte Leda, sie müsse langsam los.

»Komm her.« Mary zog Leda an sich und drückte sie fest. Leda entspannte sich etwas, obwohl Marys Schweigen ihr mehr Angst machte als alles andere. Mary hatte keine einfache Lösung parat. Ihr ging es nicht anders als Leda; sie wusste auch nicht, was sie tun sollte.

Als Clarence Faye heiratete, ließ er sich die Haare schneiden. Ein Dad-Haarschnitt. Nach dem Dad-Schnitt aß er kein rotes Fleisch mehr. Seine Garderobe änderte sich ebenfalls: Er trug Socken, die angeblich gut für die Füße waren, atmungsaktive Polohemden und Khakihosen.

Auch heute: Als er die Tür öffnete, deutete Leda auf seine Schuhe. »Schicke Loafer.«

Clarence umarmte sie. »Schön, dich zu sehen, Lee.«

Leda wollte ihren Rucksack im Nebenraum abstellen, aber dort standen keine Möbel mehr. Sie versuchte, normal und locker zu reagieren. »Wer hat euch denn das Wohnzimmer geklaut?«

»Das hast du noch gar nicht gesehen?« Clarence klopfte gegen den Türpfosten des so gut wie leeren Raumes. »Mit ihrem Knie kann Faye nicht mehr joggen, deshalb ist sie zum Yogi geworden. Wo hast du denn die ganze Zeit gesteckt, Lee?«

»An der Uni.« Leda gab sich Mühe, ganz beiläufig zu klingen, obwohl ihr Hirn raste. »Und so.«

Faye erschien in einer gemusterten Yogahose und durchscheinendem Oberteil. Sie umarmte Leda zu fest, quetschte sie gegen ihre klobige Kette.

»Sieht toll aus hier«, sagte Leda, als sie sie wieder losließ. An der Wand bot ein scharfer Ganesha-Umriss eine Lotusblüte dar. Neben einem Stapel grüner Schaumstoffblöcke verkündete eine Bienenwachskerze: OM.

Faye breitete die Arme aus. »Da habe ich viel Liebe reingesteckt.«

»Mom«, rief Gino aus der Küche.

»Mom«, wiederholte Jonah, der Ältere.

»Apropos Liebe – Jungs, kommt her und sagt Hallo.«

Die beiden kamen aus der Küche gestapft. Jonah hielt einen Strauß Gabeln in der Hand. Hinter ihm umklammerte Gino eine Stoffserviette mit den klebrigen Fingern.

»Na, ihr.« Leda stützte die Hände auf die Knie. Ihr Lächeln fühlte sich steif an. »Hattet ihr ein tolles Halloween?«

»Nein. Mom hat uns nicht zum Süßes oder Saures gelassen«, berichtete Jonah. »Wir haben uns verkleidet, aber das wars. Und Gino durfte kein Indianer sein.«

»Die meisten Süßigkeiten sind nicht vegan, mein Schatz. Darüber haben wir doch gesprochen, weißt du nicht mehr?« Faye gab Jonah die Gelegenheit zu antworten, aber er schwieg.

»Ich hab ein Marshmallow gegessen!«, schrie Gino und rannte in die Küche, weil er wusste, dass das eine schlimme Sünde war. Jonah schlich ihm hinterher.

Faye verdrehte gut gelaunt die Augen. »Kinder.«

Clarence fügte hinzu: »Schaff dir bloß keine an.«

Faye legte Leda die Hände auf die Schultern. »Leda, wie schön, dass du da bist!« Wieder umarmte sie sie. Das tat sie manchmal, Leda mit plötzlichen Anflügen von Tiefgründigkeit überrumpeln, sodass Leda (heute ganz besonders) Schwierigkeiten hatte, so schnell umzuschalten und Fayes Inbrunst mit ähnlicher Gefühlsintensität zu begegnen.

»Danke für die Einladung«, rang sie sich ab, immer noch inmitten der Umarmung.

»Ich weiß, das sage ich andauernd, Leda, aber wenn du jemals irgendwas brauchst, gib einfach Bescheid, ja?« Faye trat zurück und hielt Leda an den Schultern fest. »Wir sind eine Familie.«

Leda nickte. Faye sagte das tatsächlich ständig. Einerseits wollte Leda am liebsten losheulen. Andererseits klang es auch wie die spanischen Entschuldigungen ihrer Kommilitonen: auswendig gelernt.

Sie lösten sich voneinander. Clarence schaltete das Licht

im Yogaraum aus. »Faye hat gerade mit ihrer Lehrerausbildung begonnen.«

»Das ist der Wahnsinn!«, rief Faye und ging voraus in die Küche. Ledas Handy vibrierte in ihrer Gesäßtasche. Sie holte es heraus. Ian hatte geschrieben: *Heißt das nein?*

»Ist langsam wie in der Kirche«, sagte Faye.

Clarence stimmte zu. »Wohlhabende Gemeinde.«

»Spirituell wohlhabend, meinst du. Hab ich recht, Schatz?«

»Du hast wie immer recht.« Clarence rieb zwei unsichtbare Münzen aneinander, als Faye nicht hinsah. Leda lächelte abwesend mit den Daumen über dem Handy schwebend. Sie schrieb schnell:

Tut mir leid! Hab es nicht gesehen, mache was mit der Family!

»Leda, warst du schon mal bei Float?«, fragte Faye. »Ich *liebe* es. Absolut. Sogar Clarence steht drauf.«

Faye drehte sich um, als Leda keine Antwort gab, also interessierte sie sich plötzlich auffallend für die Mikrowelle. Sie drückte einen Knopf, und die Tür sprang auf. Drinnen lag ein Burrito auf dem Glasteller. »Äh, ja«, sagte sie. »Clarence, ich wusste ja gar nicht, dass du Yoga machst.«

Clarence packte eine Schachtel Glühlampen aus und machte *Om*.

Ian schrieb zurück:

Macht nichts ☺ *Dann morgen?*

Leda steckte das Handy wieder ein, ohne zu antworten. Neben ihr schaufelte Faye Nudeln auf weiße Teller. Leda machte ihr Platz. Die Küche war zwar groß, aber trotzdem zu voll. Sie stellte sich wieder vor die Mikrowelle und lenkte sich ab, indem sie ein Foto eines Dorfes inmitten hoher Berge betrachtete. Daneben zeigte ein weiteres Bild untersetzte

Frauen in knallbunter Kleidung mit Goldzähnen und farbenfrohen Halsketten.

»Sind die nicht allerliebst?« Faye griff an ihr vorbei nach Salz und Pfeffer. »Das ist das Partnerdorf oder … -kloster des Studios. Ich kann mir nicht merken, welches von beiden. Jedes Jahr gibt es einen Spendenkurs, der finanziert das. Ach ja, hat Clarence dir das schon erzählt? Wir haben einen Gast hier.«

Leda schüttelte den Kopf, dachte immer noch über das Wort nach – *allerliebst* – und an die Frau bei Float, die nicht wusste, wessen Knochen sie da um den Hals trug. Ledas Handy summte wieder, aber sie sah nicht nach. Faye setzte ihren Vortrag nicht fort, weil Gino ihre Aufmerksamkeit auf sich zog, indem er sich einen Kindersitz aus yogischen Texten und Grateful-Dead-Songbooks baute. Clarence, das wusste Leda, war der Band nach seiner Zeit in Vietnam hinterhergereist. Als Teenie hatte sie ihn über Motorräder, freie Liebe, Angel Dust und darüber ausgefragt, ob die Leute tatsächlich diese Hippiebänder um den Kopf trugen. Er hatte ihr ehrliche Antworten gegeben, was Leda, die die Unaufrichtigkeit der Erwachsenen gewohnt gewesen war (wieder hörte sie im Kopf Fayes Wort: *allerliebst*), erstaunt hatte.

Leda setzte sich an den Tisch. Clarence brachte Kalamata-Oliven und vorgewärmte Teller. Jonah klatschte in die Hände und rief: »Danke!« Gino tat es ihm gleich. Dann kippten sie sich Würzhefe auf die Nudeln und mampften mit der Gabel in der Faust los.

»Das ist unser Tischgebet«, erklärte Faye lachend. »Brauchst du nicht zu machen, aber es schadet nie, dem Universum zu danken.«

Wie banal, hörte Leda Naadia sagen. Was kümmerte es das Universum, ob Leda sich bedankte oder nicht? Obwohl sich ihr Leben jetzt gerade (wie Mary vorhin ihre Hand gehalten hatte; Ians unablässige Nachrichten) alles andere als banal anfühlte.

Faye dankte der Luft, während Clarence zur Musikanlage im Wohnzimmer nebenan ging. Dort loderten hinter Glas die blauen Flammen eines Gaskamins. Es war gemütlich. Leda war froh, hier zu sein. Aber zugleich spürte sie, wie die Welt durch Fenster und Türen hereindrängte. Sie spürte, wie die Wände sich nach innen neigten.

Faye drehte ihre Gabel. »Und, Leda, wie läuft es an der Uni?«

»Ach, gut.« Aber Marys Frage kam ihr in den Sinn und überlagerte Fayes. *Willst du es jemandem sagen?* »Schon komisch, jetzt wo …«

»Ja. Unfassbar.« Faye blinzelte langsam. »Ich habe ihr ein paarmal meine Praxis gewidmet.«

Leda biss in ihre Nudeln. Ja, sie war froh, hier zu sein. Aber beim Thema Charlotte fühlte sie sich seltsam gereizt und besitzergreifend.

»Beten.« Faye hob die leeren Hände. »Mehr können wir nicht tun.«

Leda erwiderte sinnlos: »Na ja, man kann auch was auf ihre Facebook-Seite posten.«

Clarence kam zurück, und aus dem Wohnzimmer dröhnte Harmoniummusik herüber.

»Also ich …« Faye starrte in das blaue Feuer nebenan. »Ich finde es unwahrscheinlich, dass das ein *Student* gewesen sein soll. Das denken die Leute doch, oder? Ich kann einfach nicht glauben, dass jemand, der es auf so eine angesehene Uni geschafft hat, imstande wäre … Ich weiß auch nicht. Glaubst du das? Die sind doch auch so jung.«

»Mit siebzehn kann man zur Armee gehen.« Clarence trank sein Wasserglas in einem Zug aus und sah die Kinder an. »Und man muss auch nicht dumm sein, um jemanden zu töten.«

»Sie ist nicht tot«, sagte Leda etwas zu schnell. Sie versuchte, ihre Stimme ruhiger klingen zu lassen. »Zumindest sagen sie das.«

Als Clarence ihren Gesichtsausdruck sah, wollte er irgendeine Geste machen, etwas zu ihr sagen. Aber vorn im Flur knarzte die Treppe. Die Jungs hoben den Kopf mit roter Soße am Mund. Sie riefen wie aus einem Mund: »Vinnie!«

Im Türbogen stand ein kahlköpfiger Mönch in purpurfarbener Robe. Er legte die Handflächen aneinander und hob sie vors Gesicht. Von nebenan sang Krishna Das: *Hare Ram, Ram, Ram …*

»Namaste, Vinnie!« Faye schob ihre Nudeln mit der Gabel auf eine Seite des Tellers. Leda erklärte sie: »Seinen richtigen Namen können die Jungs nicht aussprechen. Na ja, wir alle nicht, ehrlich gesagt.«

Gino fuchtelte mit der Gabel. »Vinnie, Vinnie, Vici!«

Vinnie ging zum Herd und lud sich Nudeln auf den Teller. Leda hatte aufgehört zu kauen. Klar, sie war überrascht. Aber sie hörte auch das Echo ihrer eigenen Stimme: *Sie ist nicht tot.*

»Wir sind so froh, Vinnie hier zu haben.« Faye schob die Serviette auf ihrem Schoß zurecht. »Weißt du, das Foto, das du dir eben angeguckt hast? *Da* kommt er her!«

Der Mönch setzte sich mit seinem Essen ihr gegenüber an den Tisch, hielt den Rücken unmenschlich gerade. Leda kaute langsam weiter.

»Float hat ihn in unser Studio eingeladen«, fuhr Faye fort. »Er soll einen Meditations-Retreat leiten. Wir haben festgestellt, dass er kein Englisch kann, aber letzten Endes geht es ja vor allem um die Energie. Spürst du sie nicht auch?« Faye ließ die Hände vor dem Körper schweben.

Vinnie sah Leda an. Wobei, nein – er sah *in sie hinein.*

Leda schluckte. »Auf jeden Fall.«

Was sah er, fragte sie sich, als könnte er Gedanken lesen. Erzwungene Gelassenheit? Unterdrückte Angst? Sah er Ians letzte Nachricht durch ihr Hirn spuken? Was auch immer er wahrnahm, er schien es lustig zu finden. Er sah aus, als würde er jeden Moment in Gelächter ausbrechen.

»Ein feiner Kerl«, sagte Clarence. »Er hilft mir im Garten, wenn es nötig ist. Er sitzt mit Faye im Yogaraum. Yoga macht er nicht, soweit wir wissen. Aber das ist auch in Ordnung.«

»Seine Reise ist so wunderschön.« Faye strich ihr graublondes Haar zurück, ihr Gesicht färbte sich rosa. Leda fiel es manchmal schwer einzuordnen, ob ihr Erröten bedeutete, dass sie glücklich, nervös oder wütend war.

Leda fragte: »Wie lange ist er schon hier?«

»Herrje.« Faye verdrehte die Augen und faltete ihre Serviette. »Zwei Wochen?«

»Ich mag ihn«, meinte Jonah.

»Ich mag ihn auch.« Gino schwang die Füße vor und zurück.

Leda fragte weiter: »Also habt ihr ihn ... aufgenommen?«

»Er ist inzwischen ein Teil der Familie.« Clarence reichte Vinnie die Oliven, und er löffelte sich den Rest aus der Schale auf seinen Teller. »Es ist eine wirklich vielschichtige Erfahrung.«

Faye nickte eifrig. »Und genau, praktisch gesehen ...« Sie streckte ihre Gabel aus. »Wir wissen nicht genau, wann er wieder abreist.«

Vinnie aß und wischte dabei mit der rechten Hand die Soße vom Teller.

»Im Studio kann er nicht unterkommen«, erklärte Faye. »Dort gibt es zwar fließend Wasser, aber keinen richtigen Schlafplatz. Am Anfang hat er ein paar Tage im Studio geschlafen und schien auch ganz zufrieden ...«

Unter dem Tisch lockerte Leda die Finger. Sie hatte unbewusst die Hände verschränkt. *Wollte* sie es jemandem sagen? Wollte sie das Wort aussprechen, das sich in ihrem Kopf festgesetzt hatte, obwohl weder sie noch Mary es benutzt hatten?

Vergewaltigung?

Leda berührte ihre Lippe. Blinzelte. Sie hatte aufgehört zu essen.

»Das war nicht vertretbar«, sagte Clarence. »Da haben wir uns bereit erklärt, ihn aufzunehmen. Das Studio unterstützt uns mit Essen und so weiter. Es macht echt keine Umstände, ihn hier zu haben.«

»Er war für ein paar Workshops eingeplant. So eine Art verlängertes Wochenende. Aber dann ist er einfach geblieben. Was toll ist ...«

»Er steht total auf diese Tiefkühl-Burritos. Ich habe ihm einen gegeben, und er war gleich ...« Clarence schnipste mit den Fingern. »Feuer und Flamme.«

»Ansonsten sitzt er einfach da.« Faye betrachtete Vinnie, ihre Mundwinkel waren etwas abgerutscht. »Das Yogastudio hat uns eine Kiste von den Burritos gekauft, mehr nicht.«

Das Gasfeuer leckte an der Kaminscheibe. Wind drückte gegen die Fenster. Die Krishna-Das-CD war zu Ende. Als Vinnie mit seinen Nudeln fertig war, lächelte er in die Runde, legte sich die Hand, die nicht voller Tomatensoße war, auf die Brust und erhob sich. Er wusch sich die Hände, stellte seinen Teller in den Geschirrspüler und ging zurück zur Treppe. Im letzten Moment drehte er sich noch einmal um und winkte Leda auf merkwürdige Art mit beiden Händen zu. Sie musste lächeln, trotz ihrer langsam wachsenden Besorgnis. Vinnie ging nach oben. Faye bat die Jungs, ihre Teller abzuräumen.

»Um ehrlich zu sein ...« Clarence kratzte sich am Nacken. »Als wir Vinnie aufgenommen haben, wussten wir nicht, dass sein Besuch von Dauer sein würde.«

Faye berichtigte ihn: »Von unbestimmter Dauer.«

Der Geschirrspüler schepperte, als die Jungs ihre Teller hineinrammten. Das Krishna-Das-Album ging von vorn los, und die Jungs rannten nach oben. Der Song drehte Pirouetten, das Tamburin galoppierte. *Hare, hare Ram, Siva Ram, Siva Ram.* Faye zerknüllte ihre Serviette.

Clarence stand auf und räumte das restliche Geschirr zusammen. »Vinnie und die Kinder verstehen sich super.«

»Ob man sie ihm zum Babysitten anvertrauen kann, ist allerdings eine andere Frage«, meinte Faye. »Wenn jemand Maskiertes vor der Tür steht, macht er ihm wahrscheinlich einen Chai oder so.«

Leda erhob sich ebenfalls und ließ sich ins Wohnzimmer treiben. »Kann ich was anderes auflegen?«

»Mönche haben auch keinen so tollen Ruf, was Brandschutz angeht«, sagte Faye.

Clarence versuchte, sie zu beruhigen. »Schatz …«

Fayes Stimme erklomm eine Oktave. »Von anderen hört man ja nicht, dass sie sich selbst verbrennen.«

»Er verbrennt sich doch nicht, Liebling.«

»Ich könnte babysitten!«, rief Leda, die auf Zehenspitzen an der Anlage auf ihrem hohen Einbauregal herumfummelte. Sie tat etwas, das die Lautsprecher fürchterlich rauschen ließ. Sie tastete dahinter entlang und fand das lose Kabel. Sie drehte eine der Boxen zur Seite, wobei die Buddhafiguren darauf ins Wanken gerieten, und wünschte, sie hätte einen Hocker oder so etwas, dann erstarrte sie. Auf Augenhöhe, hinter den Buddhas und dem Kabelgewirr, schaute sie der Lauf einer Waffe an.

Faye sagte gerade: »Du kannst doch Erste Hilfe, oder, Leda? Den Heimlich-Handgriff?«

Die Waffe lag auf einem Seidenetui. Ohne nachzudenken, griff Leda danach. Hob sie hoch. Sie war leicht, wie ein Spielzeug. Aber sie in ihrer Hand zu sehen war erschütternd. Was tat sie da? Nebenan servierte Clarence eine Runde Tofu-Schokoladen-Mousse. Sein Spiegelbild näherte sich im Fenster. Panisch legte Leda die Waffe zurück und drehte den Lautsprecher wieder nach vorn. Ein Buddha taumelte. Sie machte gerade wieder kehrt, als Clarence um die Ecke kam.

»Was ist mit der Musik passiert?«

Leda bemühte sich um einen unauffälligen Tonfall. »Davon wurde mir schwindelig.«

»Ich mach was anderes an.« Er zauste ihr durchs Haar, als wäre sie ein Kind. »Nimm dir was von der Mousse.«

In der Küche reichte Faye Leda eine Dessertschale aus Kristallglas und einen winzigen Löffel. Sie führte ihn zum Mund, ohne viel zu schmecken. Sie redete sich ein, dass es keinen Grund gab, schockiert zu sein. Clarence war früher beim Militär gewesen und hatte schon immer Waffen gehabt. Vielleicht war es auch eher ihr eigener Drang, sie in die Hand zu nehmen, der sie überraschte.

Nebenan legte Clarence eine Art Sitar-Hip-Hop auf.

Faye saß auf der Küchentheke und aß winzige Löffel voll Mousse. »Nach der Sache mit diesem Mädchen«, sagte sie mit gedämpfter Stimme zu Leda, »ist mir nicht mehr wohl dabei, Fremde ins Haus zu lassen.«

»Er ist doch kein Fremder!«, rief Clarence, der es gehört hatte.

Faye ignorierte ihn und fragte im Flüsterton: »Darf ich fragen, ob du sie gekannt hast?«

»Nicht so richtig.« Leda stocherte in der gekühlten Tofumasse. »Aber ich habe sie gesehen.«

»Wie bitte?«

Leda schaute hoch. Sie hatte keine Ahnung, warum sie Faye das erzählen musste. »Nur ganz kurz. Wir waren auf derselben Party.«

»Hast du das jemandem gesagt? Warst du bei der Polizei?«

Leda starrte auf den Fliesenboden. Sie dachte an die Waffe, dachte an Ians letzte Nachricht – *dann morgen?*. Wieso hatte sie das ausgerechnet jetzt erzählt?

»Leda, das musst du«, drängte Faye.

Ledas Löffel scharrte über das Kristallglas. »Tausend Leute haben sie gesehen.«

»Aber du kannst doch nicht wissen« – Faye stieg vom Tresen – »welche Informationen sie haben und welche nicht. Du weißt nicht, was wichtig sein könnte. Genau so jemand wie *du* sollte sich melden, Leda.«

»Aber das ist alles nicht …« Leda sah den offenen Abfalleimer an, voller gekochter Pastarädchen. *Das ist alles nicht so einfach,* dachte sie. »Ich will da nicht mit reingezogen werden.«

Fayes Gesicht lief rot an – diesmal war es Ärger. »Wenn du sie gesehen hast, steckst du schon mittendrin.«

Aber Leda konnte auch ärgerlich werden. Sie erwiderte kurzerhand, ohne nachzudenken: »Was interessiert dich das?«

Clarence kam aus dem Wohnzimmer herüber. »Ist MC Yogi besser?«

Faye sah ihn einen Moment hilflos an. Zwei lange Falten hatten sich neben ihren Augen gebildet. Clarence ging zu ihr und küsste sie auf den Scheitel. Sie hatte eine Hand vor dem Bauch zur Faust geballt.

Leda bemerkte fröhlich: »Diese Mousse schmeckt köstlich.«

Als Leda fertig war, bestand sie darauf, zu Fuß nach Hause zu gehen. Sie brauchte frische Luft und Stille, auch wenn Ian immer noch in ihrem Hinterkopf lauerte, auch wenn Marys und Fayes Stimmen sich nun zu einem unheimlichen Chor vereinten. *Hast du es jemandem gesagt?*

Von den Armaturenbrettern der parkenden Autos blinkten winzig kleine rote Lichter. Alle waren mit Alarmanlagen ausgestattet, die auch in ruhigen Nächten aktiviert waren, wenn in den umliegenden Häusern jeder Raum hell erleuchtet war. Irgendwoher drang gedämpftes Lachen. Hinter Vorhängen bewegten sich Schatten. Eine Katze miaute, woraufhin ihr die Tür geöffnet wurde. Solarlampen beschienen die Wege. Eine Kürbislaterne war in sich zusammengesunken wie eine kranke Frau. Auf Eingangstreppen standen Chrysanthemen, ihre Farben bloß unterschiedliche Abstufungen von Dunkelheit. Leda erkannte ihren chemischen Geruch – nach Kunstdünger, nach Krankenhaus.

Leda versuchte, den Geruch auszublenden und durchzuatmen. Genau so hatte das Zimmer ihrer Mutter auf der

Intensivstation immer gerochen – nach Desinfektionsmittel und gekauften Blumen. Wenn Leda zu Besuch gewesen war, hatte sie immer mit den Düngerpäckchen gespielt und die Piktogramme darauf angestarrt. Sie hatte nicht gewusst, wie viel Zeit ihrer Mutter noch blieb. Hatte nicht darüber nachgedacht. Keine einzige Alarmglocke hatte in ihrem Kopf geschrillt, obwohl ihre Mom damals kaum noch etwas aß. Über den Dünger hatte ihre Mutter einmal gesagt, dass sie es grausam fand, Pflanzen am Leben zu erhalten, die im Grunde längst tot waren.

Eine Ratte rannte über die Straße und verschwand in einem Garten. Ein Bewegungsmelder aktivierte einen Strahler, aber es war nichts zu sehen. Ledas Blicke huschten umher, erspähten aber lediglich in Schatten getauchte, harmlose Gärten. Genau wie die Strahler und die Autoalarmanlagen war sie auf der Hut. Nervös. Es mochte unnötig sein, aber sie konnte es nicht abschalten.

Zwei Blocks weiter verströmte der Friedhof Finsternis. Doch irgendwie schien er sicher hinter der endlos langen Steinmauer. Sie ging durch den ersten Eingang hinein, nun umgeben von schwarzen Buchsbaumhecken und Obelisken. Ein Auto bog auf die Straße, durch die Leda gerade noch gegangen war. Absurderweise stellte sie sich vor, es sei Ian, auf der Suche nach ihr, und sie stahl sich tiefer in die Dunkelheit. Am Friedhof angekommen bremste der Wagen, und Leda rannte unwillkürlich los, stolperte auf dem unebenen Boden.

Erst als das Auto weiterfuhr, gestattete sie sich, das Tempo zu reduzieren, stemmte die Hände in die Hüften und atmete schwer inmitten des Friedhofs. Trotz der Kälte hatte sie angefangen zu schwitzen. Langsam gewöhnten ihre Augen sich an die Dunkelheit. Sie sah, worüber sie gestolpert war: kleine Gräber, in Größe und Form ähnlich wie Zauberwürfel, die wenige Zentimeter aus dem Boden ragten. Sie waren überall, füllten die schmalen Streifen zwischen den großen Grabstätten, viele weitere waren ebenerdig eingesunken. Auf dem ganz in der Nähe von Leda stand *B.* Leda entfernte sich, versuchte, vorsichtiger zu laufen.

Von der anderen Seite des Friedhofs hörte sie leise Stimmen. Leda lauschte, bis sie sicher war, dass keine davon Ian gehörte. Natürlich nicht. Wie albern von ihr. Als sie näher kam, erkannte sie, dass es bloß Jugendliche waren, die neben einem Mausoleum beisammensaßen. Sie waren in etwa so alt wie Leda, als ihre Mom gestorben war, ihre Stimmen noch frisch und unbelastet. Alles wurde zum ersten Mal getan und gesagt. Ein Feuerzeug wurde entzündet und beleuchtete die stark geschminkten Augen eines Mädchens, die Pfeife am Mund, dann erlosch die Flamme. Das Mädchen wurde zur Silhouette.

Du steckst schon mittendrin, hatte Faye gesagt. Sie hatte recht. Leda war tatsächlich eine der Letzten, die Charlotte gesehen hatten. Aber … so was passierte eben einfach, oder? Flammen loderten auf und erloschen wieder. Menschen waren am Leben, und irgendwann nicht mehr. Selbst das Mädchen mit dem Feuerzeug – obwohl sie nur ein paar Meter entfernt war, für Leda war sie unwiederbringlich verschwunden.

Etwas flog über Ledas Kopf hinweg. Sein Körper wurde kurz sichtbar, löste sich in Luft auf. Leda atmete durch. Es war so schnell gegangen, dass sie bezweifelte, ob es wirklich geschehen war. Der Boden wurde ebenmäßiger. Das Licht der Straßenlampen am Ende des Friedhofs reichte aus, ihre Hände sichtbar zu machen. Hinter ihr am Mausoleum lachte ein Mädchen, aber das Geräusch erstarb ebenso schnell, wie es eingesetzt hatte. Leda stieg über die Mauer auf den Bürgersteig, zurück ins Licht.

7

Montag, 9. November

Am Montag projizierte Ledas Astronomieprofessor Multiple-Choice-Fragen auf die Leinwand. Leda und ihre Kommilitonen (heute inklusive Ian Gray, etwa 1,3 Parsec entfernt) tippten die Antworten in ihre Fernbedienung. Somit erfuhr Leda beinahe augenblicklich, wenn sie einen Fehler gemacht hatte, und obendrein noch, wie viel Prozent des Kurses nicht. Wenn *alle* die falsche Lösung auswählten, nahm sich der Prof die Zeit, den Sachverhalt noch einmal zu erklären. Meistens gehörte Leda zu den schlechtesten vier Prozent, die beispielsweise nicht wussten, wie das Innere von Planeten Magnetfelder erzeugte, wie man Parallaxen berechnete oder wie das Solarsystem aussehen würde, wenn es den Jupiter nie gegeben hätte.

Seltsam, ein Fach zu mögen, in dem sie konstant so schlecht war. Aber sie mochte es wirklich. Sie mochte die Bilder des Hubble-Teleskops. Sie mochte die Sternenbeobachtungen, auch wenn sie ihr schon mal den Freitagabend verhagelten. Und obwohl sie nicht gut mit der Sternkarte umgehen konnte (oft hielt sie sich die Kopie über den Kopf und versuchte, die Perspektive zu verstehen), mochte sie es, die merkwürdigen Muster am Himmel zu ergründen. Außerdem mochte sie es, etwas über Sternwarten und die Leute, die sich mit diesem Zeug befassten, zu lernen. Normalerweise sah es an den diesbezüglichen Orten aus wie im Weltraum – Arizona, New Mexico, die äußerste Spitze Chiles. Sie mochte es, ihre winzigen Arbeitsbereiche zu sehen, ihre Leben, die auf die Größe einer Liege und eines Schreibtisches geschrumpft waren, während sie sich zugleich so weit ausdehnten, dass sie die netzartigen, funkelnden Tiefen des Universums umfassten.

In letzter Zeit erschien ihr so ein Leben in einer Sternwarte immer verlockender. Aber Leda war natürlich noch längst nicht gut genug in Astronomie, um ernsthaft für Liege und Schreibtisch infrage zu kommen. Sie riet und drückte *B* auf ihrer Fernbedienung. So ein Leben war wahrscheinlich gar nicht so toll. Vielleicht ging Leda nur den romantischen Sci-Fi-Filmen auf den Leim, in denen geliebte Verstorbene immer nur ein Wurmloch entfernt waren, als Außerirdische die klammen Finger nach dir ausstreckten oder im Raum-Zeit-Kontinuum feststeckten und dir durch Knarzen und Quietschen des Hauses geheime Morsebotschaften sendeten, die nur die Liebe entschlüsseln konnte (wenn sie den Plot richtig im Kopf hatte).

Liebe. Seit ihre Mom gestorben war, hatte Leda sich nichts mehr aus Liebe gemacht. Dann hatte sie heute Morgen Blumen vor ihrer Zimmertür entdeckt. Sie hatte geblinzelt, glaubte, noch zu schlafen, noch zu träumen. Aber da waren sie: Blumen. Löwenmäulchen, um genau zu sein. Und zwischen den Blüten steckte ein Kärtchen.

Für Leda. Und auf der Rückseite: *Dein Ian.*

Sie hatte sich umgesehen, aber es war keine andere Psi Delt anwesend, die ihr hätte erklären können, wie die Blumen dort hingekommen waren. Sie hatte sich die Augen gerieben und gedacht: *Kneif mich.* Die Blüten sahen aus wie kleine Sonnenaufgänge, gelb, orange und rosa. Sie kniff einer von ihnen in die Wangen, und sie öffnete ihr Mäulchen.

Die Blumen bewirkten etwas. Irgendwie hatten sie Ledas Zweifel zerstreut. Bis heute Morgen hatte sie nicht gewusst, dass so etwas wirklich passierte – Blumenüberraschungen, Liebesnachrichten. *Liebe.* Ging das zu weit?

Vielleicht boten die Löwenmäulchen auch eine Erklärung für ihre Leistung beim heutigen Quiz. Sie war, nun ja … abgelenkt.

Nach dem Test ließ der Prof die Jalousien unten und die Lampen gedimmt. Er zeigte ihnen eine maßstabsgetreue Darstellung der Sonne und der Planeten, »um mal eine neue Perspektive zu eröffnen«. Er meinte, wäre die Sonne eine Grapefruit, dann wäre die Erde die Spitze einer Kugelschreibermine. Er sagte, die Masse der Sonne übersteige die aller anderen Planeten zusammen um mehr als das Tausendfache. Auf dem Bild war die Sonne von gelben Eiterstellen übersät. Sie sah hungrig aus. Es erinnerte Leda an ein Kinderbuch, das sie immer mit ihrer Mom gelesen hatte, in dem der Aztekengott Quetzalcoatl in Gestalt eines grünen Vogels die Sonne wie eine Beere vom Himmel pflückte und aufaß. Ciao, Menschheit.

Leda schielte hinüber zu Ian. Er betrachtete gerade die Milchstraße. Von außen sah sie aus wie eine glitzernde, lila Frisbee-Scheibe: exakt die Farbe des Kleides in Charlottes Schrank. Ledas Vertrauenslehrerin an der Highschool hatte ein Poster mit genau diesem Bild hängen gehabt, auf dem ein Pfeil mit den Worten DU BIST HIER auf den kosmischen Staub deutete. Leda hatte das Poster jedes Mal abreißen wollen, wenn sie es sah. Ihr war egal, dass sie streng genommen mikroskopisch klein war. Sie *fühlte* sich riesengroß.

Der Prof wechselte zum nächsten Bild. Wieder die Sonne, von der eine Sonneneruption emporschoss. Diese Eruptionen – ziemlich klein, dachte Leda, verglichen mit ihrer Gesamtgröße – konnten die Magnetfelder der Erde spürbar durcheinanderbringen. Leda zückte ihren Bleistift und kritzelte in ihr offenes Notizbuch, ein Viertel ihres Gehirns schrieb mit, ein Viertel sah Quetzalcoatl mit der Sonne im Bauch, und eine Hälfte dachte: *Ian.*

Konzentrier dich, sagte sie sich. Konzentrier dich.

Die Azteken (hatte sie letztes Semester in einem Kurs über mexikanische Geschichte gelernt) glaubten, dass Quetzalcoatl eines Tages zurückkehren würde. Montezuma, der letzte Aztekenkönig, hatte Cortés in seiner spanischen Rüstung für den lang erwarteten Gott gehalten, dem sie bereits Tausende Männer, Frauen und Kinder geopfert hatten. Vielleicht, dachte Leda – warum nicht? –, war Cortés wirklich eine Art Gott gewesen, gekommen, das Opfer zu vollenden, das Königreich zu zerstören und sich in gestaltloses Nichts aufzulösen. Denn vielleicht begann Gott, genau wie der Mensch, sich irgendwann zu langweilen. Rastlos zu werden.

Sie betrachtete Ians Hinterkopf und holte eine Postkarte von Pia an Charlotte aus ihrer Tasche – eine, die sie noch nicht angesehen hatte. Sie las nicht alle auf einmal. Die Karten waren seltsam überwältigend. Sie konnte immer nur eine lesen und sie studieren, als wäre sie ein Rätsel oder ein Puzzleteil.

Liebe Charlotte, die Erde schafft es, aus Fäulnis Leben hervorzubringen. Wie kann ich es ihr gleichtun, solang ich noch am Leben bin? Deine Pia

Die Nachricht war zwar kurz, aber Leda las sie noch einmal, neigte die Karte in Richtung der großen, projizierten Sonne vorn im Vorlesungssaal. Mittlerweile führte der Professor aus, dass die kugelschreiberminenspitzengroße Erde (gemäß dem Grapefruit-Modell) fünfzehn Meter von der Grapefruit entfernt wäre. Dies wurde durch eine weitere Darstellung über den Projektor veranschaulicht. Die Erde wirkte verloren, wie sie da um ihre riesige Mutter herumtaumelte, die (sagte der Prof) einen Durchmesser von 1,39 Millionen Kilometern und eine Kerntemperatur von 15 Millionen Grad Celsius hatte.

Der Durchmesser der Erde betrug im Vergleich dazu knapp 13 000 Kilometer. Winzig.

Dann öffneten sich die Jalousien, alle hielten sich die Hand über die Augen und blinzelten. Die Vorlesung war zu Ende. Draußen tanzte das Sonnenlicht durch die Platanen. *Ist gar nicht gefährlich,* dachte Leda und sah den sich wiegenden Ästen zu. Sie packte die Karte wieder ein und schloss ihr Lehrbuch. Als sie aufschaute, hatte Ian sich auf seinem Platz umgedreht und sah sie direkt an. Sie erstarrte. Dann stand sie auf und verließ den Saal. Sie konnte nicht anders – sie dachte (flehte), genau wie als Kind: *Fang mich.* Durch die Angst machte es erst richtig Spaß. Das Gehirn wusste, dass alles nur ein Spiel war, während der Körper pulsierte und schrie: *Lauf!*

Natürlich war ihre Angst am Samstag mit Mary echt gewesen. Aber es hatte geholfen, die Waffe bei Clarence zu finden, sie in die Hand zu nehmen und festzustellen, wie bescheuert das war. Nicht ihr eigenes Leben war in Gefahr, sondern Charlottes. Natürlich.

Abgesehen davon hatte sie ein ganzer stiller Sonntag ohne ein Wort von Ian pausenlos an ihn denken lassen. Was sonst. So war das eben mit der Verknappung: Wenn etwas nicht verfügbar war (selbst wenn man davor einen Tag zuvor noch eine Heidenangst hatte), sehnte man sich plötzlich umso mehr danach.

Und dann natürlich die Löwenmäulchen heute Morgen.

Die Eingangstür des Gebäudes ging durch Hunderte Hände, als eine Menge Studierende (darunter Leda) hinaus ins gesprenkelte Sonnenlicht strömten. Trotz ihrer Millionen Grad fühlte die Sonne sich nicht gerade heiß an. Leda wurde langsamer, die Menge umfloss sie wie Wasser einen Stein. Über ihr schwebte der Kaminrauch aus den Lawn-Schornsteinen durch die Platanenzweige. Sie zückte ihr Handy und gab Ian Zeit, sie einzuholen. Sie scrollte. Mehr als eintausend Freiwillige hatten sich am Samstag einer Suchaktion angeschlossen. Die Organisatorin, Monica, hatte bereits auf Ledas Facebook-Nachricht geantwortet. Auf Ledas Frage – *Woher kanntest du Charlotte?* – hatte sie erwidert:

Soll das ein Scherz sein? Wer kannte Charlotte denn NICHT?

Dann hatte sie ein Foto von sechs Mädchen mit Abschlussball-Schärpen und Eiswaffeln in der Hand angehängt. Monica erspähte Leda recht schnell, aber sie brauchte einen Moment, bis sie Charlotte entdeckte – kalkweißes Gesicht, rote Lippen, perfektes Lächeln. Sie sah vollkommen anders aus. Das Bild war vor der Dice County High aufgenommen worden – das Gebäude erkannte Leda sofort.

Das war doch klar. Zumindest hätte es das sein sollen. Wenn Charlotte im selben County aufgewachsen war wie sie, dann hatten Charlotte und sie auch dieselbe Highschool besucht. Warum war ihr das nicht eingefallen? Sie zoomte an Charlottes Gesicht heran, versuchte, es wiederzuerkennen – aus der Zeit vor dem College, bevor sie zum ersten Mal Sex gehabt hatte, bevor ihre Mutter gestorben war.

Hatte Charlotte sie deswegen in der Halloween-Nacht wiedererkannt?

Oben auf ihrem Display erschien eine Nachricht und verdeckte Charlottes Stirn. Mary.

Hast du mit Ian geredet?

Instinktiv schaltete Leda das Handy aus. Sie wusste nicht, wie sie ihn wahrgenommen hatte, aber als sie sich umdrehte, stand er da. Das schiefe Lächeln. Der Geruch nach Chlor und Feuer. Sie öffnete den Mund. Was sollte sie sagen? *Hey, danke für die Blumen.* Oder: *Hey, hast du mich vergewaltigt?*

Aber Ian sprach zuerst – ganz ruhig, ganz normal. »Sind deine Eltern in der Stadt?«

»Was?«

»Samstag. Du sagtest doch, du machst was mit der Familie.«

»Ach ja. Sorry.« Sie steckte das Handy ein. »Das war eher entfernte Verwandtschaft. Na ja … Freunde der Familie. Ich war bei ihnen und hab deine Nachricht nicht gesehen.« Mehr wollte Leda nicht erklären. Keine tote Mom. Keinen Clarence.

»Macht doch nix.« Ian zuckte die Schultern. »Jetzt schuldest du mir halt was.«

Leda berührte ihre Lippe, befürchtete, sie könne wieder anfangen zu bluten. »Was schulde ich dir denn?«

»Ein andermal essen vielleicht?«

Sie setzten sich in Bewegung. Leda war nicht sicher, ob der Impuls von ihr ausgegangen war oder von ihm. Sie warf ihm einen kurzen Blick zu. *Wusstest du, dass ich einen Filmriss hatte?*, könnte sie fragen. *Wusstest du, dass ich nicht richtig bei Bewusstsein war?* Aber etwas an seinem Gesicht – seine Augen, seine Lippen – beruhigte sie. Er war nicht die Sonnenbrille, sagte sie sich. Es gab kaum Anzeichen, dass er sie schlecht behandelt hatte. Es gab keine Hinweise auf unterschwellige Gleichgültigkeit. Hier war er nun: der Junge, der ihr Blumen geschenkt hatte. Ein Gentleman, der sie zum Essen einladen wollte. Vielleicht kam es nicht darauf an, was Halloween passiert war. Vielleicht konnten sie von vorn anfangen.

Was auch immer du gemacht hast, hatte Carly gesagt, *es hat funktioniert.*

Sie kamen an dem Wagen mit gebratenen Dumplings vorbei, der eine säuerlich-fleischige Hitze verströmte. Leda ging nur wegen der Wärme daran vorbei. Halbbewusst berührte sie immer wieder ihre heilende Lippe.

Sie sah Ian an und antwortete endlich: »O.k.«

»Wirklich?«

Leda lächelte leicht. »Es scheint dich ja sehr zu überraschen, dass ich imstande bin, eine Mahlzeit zu essen.«

»Es überrascht mich, dass du imstande bist, *mit mir* eine Mahlzeit zu essen.«

Sie schlängelten sich zwischen Mädchen mit Pferdeschwanz hindurch, die ihre Essstäbchen wie Spieße benutzten. Die soßigen Teigtaschen rochen gleichermaßen süß und verdorben.

»Würde ich gerne.« Ledas Gesicht wurde ganz heiß, ihr Herz raste. *Ich will das,* sagte sie sich, als sie an Marys Unterscheidung zwischen Flirten und Belästigung dachte: *erwünscht oder unerwünscht.* Zumindest *glaubte* sie, dass sie es wollte. »Wirklich.«

»Na gut.« Er errötete ebenfalls. »Schön.«

Er berührte sie nicht, als sie sich verabschiedeten. *Er ist ein Gentleman,* dachte Leda erneut und schaute ihm nach. *Er ist echt heiß,* hätte Carly hinzugefügt.

Aber da war auch noch Marys Nachricht:

Hast du mit Ian geredet?

»Hey«, rief sie ihm hinterher.

Er drehte sich um, ringsum strömten die anderen vorbei.

»Danke für die Blumen.«

Auf einer seiner Gesichtshälften erschien ein Grübchen. Er hob die Hand. *Dein Ian.*

Die Antwort auf Marys Frage lautete Nein, offensichtlich hatte sie nicht »mit Ian geredet«. Aber vielleicht war es auch albern gewesen, sich so in etwas reinzusteigern. Nun war ihr schwindelig. Keine Kleinigkeit, die Last der Schwerkraft von sich genommen zu spüren (wenn auch nur für einen Moment). Der Gehweg fühlte sich an wie ein Laufband. Die Mittagsmenge teilte sich wie Staubpartikelchen, kaum sichtbar, kaum wahrgenommen.

Sie schrieb Mary nicht zurück. Aber in Poesía Moderna chattete sie verstohlen mit Monica, während eine Kommilitonin ein Referat über ein unverständliches Neruda-Gedicht hielt. Monica schickte noch mehr Fotos vom Abschlussball-Komitee. Leda brauchte immer einen Augenblick, bis sie Charlotte erkannte: Charlotte mit Perlenkette, die Hände sittsam vor dem Bauch verschränkt; Charlotte im Sommerkleid mit rosa Sonnenbrille, wie sie mit weit geöffnetem Mund lachte; Charlotte mit Krone auf dem Kopf und Rosen in der Hand – höchstwahrscheinlich in dem glitzernden Kleid, das Leda in ihrem Schrank gesehen hatte.

Sie hat gewonnen?, schrieb Leda an Monica.

Monica: *Warst du ein Jahr nicht da oder was?*

Ehrlich gesagt war die Zeit ziemlich verschwommen. Als Charlotte ihren Abschluss gemacht hatte, war Leda im vorletzten Schuljahr gewesen. Und ihre Mom krank. Leda hatte bestimmt von dem Ball gewusst, aber sie war nicht hingegangen. Zwischen all den Krankenhausbesuchen waren ihr solche Meilensteine des Teenagerdaseins banal vorgekommen. Ein bisschen bedauerte sie das – ihren damaligen Hang zur Einsamkeit. Aber jetzt holte sie ja einiges nach, nicht wahr? Sie hatte Freundinnen – *Schwestern* –, denen sie wichtig war. Und nun hatte sie auch noch jemand gern. *Ian.* Und sie war sich ziemlich sicher, dass sie ihn auch gernhatte.

Sie wandte sich wieder dem Neruda-Gedicht zu und gab sich Mühe, dem Referat zuzuhören. Aber am Ende des Seminars verstand sie es immer noch nicht.

Wir gehen essen!, schrieb sie Mary anschließend.

Mary antwortete:

Also hast du nicht mit ihm geredet?

… nein

Wann ist das Essen?

Leda runzelte die Stirn.

kp

Das stimmte, sie hatten keinen konkreten Zeitpunkt oder Treffpunkt abgemacht. Egal. Auf dem Heimweg fühlte sie sich groß beim Gedanken an die Blumen auf ihrer Fensterbank und an die Frage der Sensenfrau beim Vorglühen im Cathouse. *Bist du mit Ian hier?* Ja, dachte sie nun. *Ja.* Sie wollte es herausschreien.

Natürlich hatte sie heute in Astronomie das genaue Gegenteil gelernt. DU BIST HIER – will heißen: Du bist winzig. Du bist nur ein paar Dezimalstellen davon entfernt, nichts zu sein. Das Poster im Büro der Vertrauenslehrerin war ihr vor dem Tod ihrer Mom gar nicht aufgefallen. Danach hatte sie es den Rest ihres Abschlussjahres immer anstarren müssen – allein. Und zwar unleugbar.

Ian, erinnerte sie sich, als sie in ihre Nachbarschaft einbog. Warum konnte Ian nicht der eine besondere Mensch für sie sein? *Ich mag dich,* hatte er Halloween gesagt. Oder doch *Ich liebe dich*? Sie wusste es nicht mehr genau. Vielleicht würde es so oder so darauf hinauslaufen: wahre Liebe. Jeden Tag würde er sie vor der Einsamkeit bewahren. Jeden Morgen würde sie in seinen Armen wieder zum Leben erwachen, wie eine tote Prinzessin. Dann unterbrach sie eine Stimme, und Leda blinzelte, schreckte aus ihrer Fantasie hoch.

»Du siehst ja happy aus.« Ein Mädchen mit dicken Zöpfen in einem Pferdeschwanz kam auf sie zugejoggt. »Nur Spaß.« Sie blieb keuchend vor ihr stehen. »Aber du solltest echt mal dein Gesicht sehen. Ehrlich jetzt.«

Leda verengte die Augen. »Kennen wir uns?«

»Weißt du nicht mehr?« Das Mädchen wischte sich den Schweiß aus der Stirn. »Ich wohne im Cathouse. Du warst bei unserer Party.«

»Klar«, sagte Leda, die nichts mehr wusste.

»Du bist Leda.«

»Genau …« Leda schaute rüber in Richtung Varsity Field, wo sie gern ihre Dehnübungen machte. Zwischen den Säulen war eine neue Höschengirlande aufgehängt worden.

»Ich schwöre, ich bin nicht verknallt in dich; ich hab einfach ein gutes Namensgedächtnis. Ich bin Tamara. Wir sind Nachbarinnen.«

»O. k. Cool.« Leda gab sich Mühe, einen neutralen Gesichtsausdruck zu bewahren, aber es war gar nicht so einfach, freundlich zu tun, nachdem sie von so vielen Psi Delts Negatives über das Cathouse und seine Bewohnerinnen gehört hatte. Die Cathouse-Mädchen waren zwar nicht unbedingt schlechte Menschen, sagten ihre Schwestern. Aber sie waren *anders*. Und das Wort *anders* beinhaltete, ebenso wie das Wort *Spinner*, dauerhafte Ablehnung, ein ultimatives Urteil.

»Tja«, flötete Leda schließlich. »Schön, dich kennenzulernen.«

Leda wollte weitergehen, aber Tamara rührte sich nicht vom Fleck. Ihr Gesicht glänzte vor Schweiß. Ihr Mund funkelte. Dann entdeckte Leda den kleinen Glitzerstein an ihrem Schneidezahn.

Leda überbrückte das Schweigen. »Guter Lauf heute?«

»Ha. Nein. Ich hasse Joggen, aber ich komme irgendwie aus dem Gleichgewicht, wenn ich mich nicht jeden Tag ein bisschen quäle.« Tamara knotete ihr T-Shirt über dem Bauch zusammen. Dort hatte sie ein dunkles Tattoo – ein Wolf oder ein Hund oder so was. »Außerdem würde ich wahrscheinlich fett werden. Ich ernähre mich ja nur von Bier, Brot und Käse.« Tamara verdrehte die Augen. »Letzte Woche hatte ich Geburtstag, da hab ich mir ungelogen einen ganzen Brie reingepfiffen.«

»Ups. Na dann Happy Birthday.«

»Danke. Schon komisch. Ich bin einundzwanzig. Jetzt kann ich auf nichts mehr hinfiebern. Na ja, außer ohne Zusatzgebühr ein Auto zu mieten. Als Präsidentin zu kandidieren. Was machst du?«

»Nach Hause gehen.«

»Cool. Wie du merkst, prokrastiniere ich gerade total.

Echt witzig – ich hab dich heute schon mal gesehen. Du mich wahrscheinlich nicht. Da warst du mit Ian unterwegs.«

Als Tamara nicht weitersprach, fragte Leda: »Woher kennst du Ian?«

»Ach, er und Charlotte waren in meiner Psychologievorlesung. Aber das ist ewig her, war im ersten Jahr.« Tamara zupfte an ihrem T-Shirt. »Liegt das an mir, oder ist es echt warm für November?«

Leda wiederholte: »Charlotte?«

Tamara schloss beim Lächeln fast die Augen. »Jedenfalls, ich habe gehört, dass Ian und du vielleicht zusammen seid? Aufregend!«

»Na ja, nicht direkt.« Ein Typ ohne Hemd betrat die Kappa-Chi-Veranda und streckte sich in der Mittagssonne. Er sah aus, als sei er gerade aufgestanden. Leda fügte hinzu: »Also, wir sind nicht direkt zusammen.«

»Übrigens, ich hab diese Sache auf dem Lawn gesehen.« Tamara schob sich den Daumennagel zwischen die Schneidezähne. »Den Schrei? War echt beängstigend. Ich hab versucht, mit dem Mädel mitzuschreien, aber ich war nicht mal halb so laut. Carly, oder? Irre. Hat aber Spaß gemacht. Wer hat die Polizei gerufen?«

»Weiß nicht.« Hinter Ledas Schläfen pochte es. »Waren Charlotte und Ian befreundet oder so?«

»Äh, glaube schon ...« Tamara kaute wieder an ihrem Nagel. »Sind auch zusammen gewesen. Ganz kurz. Na gut!« Tamara klatschte in die Hände. »Dann werd ich mal!«

Schon trabte Tamara davon. Eine ganze Weile lang konnte Leda keinen klaren Gedanken fassen. Sollte das ein Witz sein? Vielleicht hatte sie sich verhört?

»Hey!« Tamara rief ihr hinterher. Sie hatte sich umgedreht und joggte einen halben Block entfernt auf der Stelle. »Spielst du Scrabble?«

»Was?«

»Mittwoch ist Scrabble-Abend. Echt öde. Komm doch

vorbei und mach mit!« Dann winkte sie und lief weiter, ohne Ledas Antwort abzuwarten.

Leda brauchte gar nicht lange nachzudenken, ob sie die Einladung annehmen wollte. Zwar wollte sie keinesfalls regelmäßig zum Spielen ins Cathouse, aber sie musste unbedingt rausfinden, was Tamara alles wusste. Erstens – die Information kam langsam in ihrem Kopf an – war sie zusammen mit Ian an einem Suchtrupp vorbeigefahren. Und zweitens waren sie auf dem Weg zum Stausee waren sie an einem Suchplakat vorbeigekommen. Er war mit Charlotte *zusammen gewesen* und hatte dennoch nichts gesagt. Hatte sich überhaupt nichts anmerken lassen.

Sie ging langsam weiter und versuchte, es zu begreifen, überlegte, ob das etwas änderte. Tamara schien es nicht weiter zu beschäftigen. Sollte es ihr anders gehen?

In ihrem Zimmer angekommen beugte Leda sich über die Löwenmäulchen, als könnten sie ihr sagen, was sie tun oder denken sollte. Das Neruda-Gedicht spukte ihr durch den Hinterkopf, als sie in eine der Blüten kniff. Sie hatte immer gedacht, Neruda sei einfach. Die Grammatik war nicht besonders komplex. Das Vokabular simpel. Aber das Gedicht entzog sich ihrem Verständnis vollkommen. Es hatte sie beunruhigt zu sehen, wie ihre Kommilitonen verstanden hatten und sie immer noch nicht.

Die kleine Blüte brüllte, dann schürzte sie die Lippen.

Was war so kompliziert? Was entging ihr, fragte sich Leda.

8

Dienstag, 10. November

Die Vögel schienen alle auf einmal zu erwachen. Der Dienstagmorgen war hell und kühl und voller Gesang. Leda lauschte bei offenem Fenster. Es klang wie ein sich einspielendes Orchester, das einzelne Abschnitte des heutigen Stückes probte. Ein herrliches Chaos.

Leda nahm ihre Decke vom Bett und hüllte sich darin ein. Letzte Nacht hatte es geregnet, die Fensterbänke waren nass. Sogar die Löwenmäulchen tropften. Sie nahm die Blumen aus dem Fenster und stellte sie auf den Nachttisch, wobei sie um die glänzend feuchten Bodendielen herumging. Die Karte war durchweicht, die Schrift darauf verschmiert und verlaufen.

Von ihrer Veranda aus sah Leda die Bäumchen, die auf dem Nachbargrundstück darauf warteten, eingepflanzt zu werden. Die Wurzeln waren mit Sackleinen umwickelt. Sie lehnten die Kronen aneinander. Darüber schwirrten Gänse in wilden geometrischen Formationen hinweg. Sie waren gerade dann am lautesten, wenn sie schon zu verschwinden begannen.

Aus Naadias Fenster drang öffentlich-rechtliches Radio. Leda schlang ihre Bettdecke fester um sich und hörte zu. Auf nationale Politik folgte lokale. Das Wetter wurde verkündet wie ein Gebet.

»Sonnig und klar, Höchsttemperatur dreizehn Grad …«

Das Wetter ermutigte sie. Aber dann übernahm eine andere Sprecherin und interviewte jemanden, der sagte: »Wollen Eltern ihre Kinder wirklich in eine Umgebung schicken, in der …« und »keinerlei Verantwortung. Keine Aufsicht« und »Charlotte Mask ist nun schon …«

Das war Leda also – ein Kind, das unter Aufsicht gehörte? War Charlotte das auch gewesen? Leda ging nach drinnen, fort von den Stimmen. Sie wandte sich dem Stapel Postkarten auf ihrem Schreibtisch zu, statt ihre E-Mails zu checken oder die Nachrichten zu überfliegen.

Liebe Charlotte, manchmal kommt kurz mein sogenanntes altes Ich wieder durch. Ich dachte, wenn ich meine Gewohnheiten ändere, ändert sich auch meine Persönlichkeit – »du bist, was du tust«, hat irgendwer mal irgendwo gesagt. Aber mein »Ich« ändert sich nicht, zumindest nicht richtig. Es wird nur immer trüber und sumpfiger, je älter ich werde. Deine Pia

Leda ging nach unten und machte sich Kaffee. Der Fernseher im Gemeinschaftsbereich lief ohne Ton und erfüllte den ansonsten recht dunklen Raum mit zuckenden Bewegungen. An den meisten Abenden versammelten sich hier Genie und ein paar Delta-Neulinge in diesem Dämmerlicht und schauten Realityshows, den Homeshopping-Kanal oder Sitcoms über typische Familien, die typische Sachen machten, die allerdings nur innerhalb der Hyperrealität des Fernsehbildschirms typisch wirkten. Auch eine Möglichkeit, die Besinnung zu verlieren, dachte Leda kurz.

Glock, der Kakadu, verbeugte sich vor dem Bildschirm. Wahrscheinlich war er die ganze Nacht wach gewesen und hatte sich verbeugt und geduckt.

»Super«, sagte er und imitierte stotternd die Kaffeemaschine.

Leda schaltete das Licht an. Auf dem Whiteboard hatte jemand eine anonyme Nachricht umgeben von Herzchen hinterlassen: *Hab euch lieb, Bitches!*

Am Anfang ihrer Zeit in der Verbindung hatten Ledas Schwestern ihr solche Botschaften unter der Tür durchgeschoben. Na ja, geringfügig ernsthaftere Varianten. *Schön, dass wir befreundet sind* oder *Du packst das!*. Am Freitagabend bekam sie immer Nachrichten von zwanzig verschiedenen Mädchen, die fragten, wo zum Henker sie bitte war. Es gab Massenumarmungen. Es gab diese Party und jene Party, zu der man gehen musste. Es gab unter allen Fotos, die sie ins Netz stellte, lauter Kommentare: *Du bist so süß. Ich liebs. Echt perfekt. Schönheit.* Nichts davon hatte unecht oder übertrieben gewirkt. Sie erinnerte sich, wie sie über die Memorial Road zur Uni gelaufen war – die stoischen Fraternitys von hinten von der aufgehenden Sonne beleuchtet, die aufgeblasene Rotunda, ein paar Wölkchen, wie Zuckerguss über den Morgen geschmiert. Es hatte ihr den Atem verschlagen – nicht nur, all das zu sehen, sondern ein Teil davon zu sein.

Und das war sie noch immer, rief sie sich in Erinnerung. Sie wurde noch immer geliebt. Hatte noch immer Glück. Sie tippte eine Nachricht an Ian in ihr Handy.

Guten Morgen …

Eine zerbrechliche blaue Blase tauchte in der Unterhaltung auf, darin ihre Nachricht. Sie bereute sofort, sie abgeschickt zu haben. Ihr Puls fühlte sich an wie eine Fliege auf der Haut – hibbelig und nervös. Das Gefühl aus der Kindheit, wenn man zu heftig lachen musste oder Albträume hatte oder einfach alles zu viel war – wenn man sich einfach nicht zusammenreißen konnte.

Konnte Ian wirklich Charlottes Ex sein?

Sie nahm sich ein kaltes Pop-Tart und ging damit nach oben, ließ sich aufs Bett fallen und kniff wieder in ihre

Löwenmäulchen. Ihr Handy vibrierte irgendwo unter dem Stoff, und sie suchte auf Knien danach.

Können wir uns treffen?

Sie zögerte, dann schrieb sie: *Ja,* und warf sich zurück auf die Decke. Sie quietschte – buchstäblich, war sich allerdings nicht sicher, ob vor Freude oder Nervosität. Hatte sie noch die Kontrolle? Sie wusste es nicht.

Den Rest des Vormittags gab Leda sich Mühe, sich nicht mit der Frage zu quälen, ob sie Ian noch eine Nachricht schreiben sollte. Sie gab sich Mühe, nicht zu sehr über das nachzudenken, was Tamara gesagt hatte. Sie arbeitete an ihrem Referat für Poesía Moderna und beschloss, von einem Borges- auf ein Neruda-Gedicht umzuschwenken, las die neuen Verse wieder und wieder. Sie fragte sich, ob sie ihr Handy stummgeschaltet hatte oder nicht. Sie stand auf und sah nach. Ian hatte nicht geschrieben. Sie checkte Facebook, las die neuen Posts auf Charlottes Seite und klickte dann spontan auf deren Freundesliste. In das Suchfeld gab sie »Pia« ein. Kein Ergebnis, unter allen beinahe achthundert Freunden.

Dann tippte sie »Ian Gray«, und da war er.

Als sie sich gerade wieder Neruda zuwandte, vibrierte ihr Handy. Sie warf ihren Bleistift beiseite und sah nach. Es war Clarence, der sie fragte, ob sie am Freitag babysitten könnte. Mit der Zunge zwischen den Zähnen antwortete Leda: *Klar*, und dachte: *Mist, das wars mit einem potenziellen Freitags-Date mit Ian.*

Die Kinder seien ganz pflegeleicht, schrieb Clarence. Leda brauche nur das Essen aufzuwärmen und alle Mann – inklusive Vinnie – um acht ins Bett zu schicken.

Ian hatte immer noch nicht geschrieben. Unter ihrer Unterhaltung flackerte ein ellipsenförmiges Bläschen. Eigentlich hieß das, dass er gerade tippte, aber so lange sie auch auf das Display starrte, es kam keine Nachricht. Die Ellipse pulsierte: verschwand, leuchtete auf, verschwand. Irgendwann legte sie das Handy weg.

Nach dem Aufbauseminar Spanische Grammatik und Chilenische Literatur ging sie laufen und ließ ihren Rucksack in der Sporthalle. Jeder Junge, den sie traf, sah aus wie Ian. Ian mit chlorzerzaustem Haar, Ian in Chinos, Ian in etwas kleiner oder etwas dicker. Ihr Puls beschleunigte jedes Mal, wenn sie ihn zu erkennen glaubte. Die Vorstellung war aufregend – jene seltsame Kombination aus Angst und Vergnügen.

Sie lief kreuz und quer durch die Wohnviertel der Studierenden der höheren Jahrgänge, vorbei an Backsteinhäusern mit schmalen Veranden, vorbei an Restaurants, die nach Tortilla-Chips rochen, vorbei an Ians Haus. Die Ellipse seiner nicht abgeschickten Nachricht verfolgte sie, als wäre er überall, kurz davor, etwas zu sagen. Aber was? Und was würde sie daraufhin erwidern? Würde sie »mit ihm reden«, wie sie es Mary versprochen hatte? Würde sie Tamaras Andeutung auf den Grund gehen – dass Charlotte und Ian ein Paar gewesen waren? Wie sehr hatte sie die Situation unter Kontrolle?

Fragen über Fragen, die zu nichts führten. Es fühlte sich an, wie während der Spanisch-Hausaufgaben einzuschlafen; die Buchstaben, Satzzeichen und Akzente türmten sich immer weiter auf, ohne jemals zu Worten oder Bedeutung zu gerinnen. Sie kam an den sprachlichen Fakultäten vorbei, deren Gärten aus irgendwelchen Gründen von Baggern umgegraben worden waren. Eine Magnolie stand noch – der letzte Baum vor dem Krankenhaus.

Sie hätte umkehren können, aber das tat sie nicht. *Ich komme schon klar*, dachte sie bei sich. *Müsste ich.* Die Straße verlief unter einer durchsichtigen Verbindungsbrücke zwischen den Klinikgebäuden hindurch. Durch das Glas sah

Leda eine Frau mit einem Sauerstoffgerät, eine eilig laufende Ärztin und eine verloren wirkende Familie, die einen Luftballon hinter sich herzog. All das nahm sie innerhalb eines Atemzugs wahr, bevor sie unter dem Gebäude verschwand. Es war ein kurzer Tunnel voller Verkehrslärm und Abgase. Leda hielt sich den Ärmel vor Mund und Nase.

Als sie wieder unter der Brücke hervorkam, war sie umzingelt vom Krankenhaus: acht Etagen reflektierender türkiser Fenster. Durch wie viele verschiedene Bereiche dieser Gebäude war sie mit ihrer Mom gelaufen, auf der Suche nach Ärzten, Bluttransfusionen, Bestrahlung. Einmal war ihre Mutter auf dem Gang zusammengebrochen. Einmal hatte Leda die weiße Netzmaske gesehen, die an das Gesicht ihrer Mutter angepasst worden war. Sie diente dazu, ihren Kopf während der Bestrahlung zu fixieren. Ledas Mom wollte nicht, dass sie die sah, vielleicht weil die Maske so menschlich wirkte – wie ihre Mutter. Oder vielmehr ihre Hülle.

Leda sprintete mit dem Ärmel vor dem Gesicht. Sie versuchte, nicht hinzusehen, versuchte, schnell vorbeizulaufen, aber im letzten Moment reckte sie den Kopf und starrte den Krankenhauseingang an. Dort war ihre Mom nach der Transfusion von einem Liter Blut nicht mehr in der Lage gewesen, die drei Stufen zum Parkplatz hinunterzugehen. Leda wusste nicht mehr genau, wie lange sie dort gestanden und sich am Geländer festgehalten hatten. Warum hatte sie nichts unternommen, fragte sie sich nun. Warum hatte sie einfach dort gestanden und auf Hilfe gewartet, die nicht kam?

Jetzt, drei Jahre später, stolperte Leda auf dem Bürgersteig und streckte die Hand aus, als wollte sie nach dem Geländer greifen. Aber natürlich war es nicht da. Sie wusste, dass sie fallen würde – dass sie *fiel* –, während Autos und Busse sich an ihr vorbeischoben, die Ampel umschaltete und die Menschen (einer nach dem anderen) weitergingen.

Sie hätte ihrer Mutter gern von Ian erzählt. Hätte sie gern gefragt: *Was ist das für ein Gefühl? Sollte ich mich freuen oder*

Angst haben? Sie hätte die Ratschläge gut gebrauchen können – von jemandem, der sie liebte. Der ihr nur das Beste wünschte. Leda prallte heftig auf die Handflächen, stand jedoch schnell wieder auf. Am Überweg streckte ein Mann die Hände aus, als wollte er sie auffangen.

»Alles in Ordnung?«

Leda hörte seine Stimme im Vorbeilaufen. Sie drehte sich nicht um. Die Frage ärgerte sie. Ärger war leichter zu ertragen als Verlegenheit – so viel stand fest. Aber sie ärgerte sich auch über eine Welt, die so tat, als würde sie sich kümmern, ohne es so zu meinen.

Über ihr quoll Rauch aus Schornsteinen. Ein Helikopter hob vom Krankenhausdach ab wie ein Insekt. Sie rannte unter eine schmale Brücke, die unter dem Gewicht eines Zuges quietschte und ratterte. Ihre Handflächen waren blutig. Mädchen in Cabanjacken sahen sie von der anderen Straßenseite aus an. Ihr Gesicht musste abschreckend wirken, denn sie wandten den Blick rasch wieder ab.

Auf dem Rückweg zur Universität kam sie an Studenten mit Papiertüten und Lunchdosen vorbei. Zwei graugesichtige Männer standen mit ihren Hunden vor der Drogerie – obdachlos und jung. Einer von ihnen beobachtete Leda beim Laufen. Sie zog das Tempo an. Sie wollte so schnell sein, dass niemand sie sehen konnte. Erstsemesterinnen traten achtlos aus einem Donutladen. Leda wich auf die Straße aus. Ein Typ mit Pferdeschwanz fuhr mit dem Fahrrad fluchend um sie herum. Der Asphalt war voller Kies, und die kleinen Steinchen flogen ihr gegen die Knöchel. Auf der Terrasse eines Restaurants aßen Ehemalige Burger, an ihren Fingern und Handgelenken blitzten die Absolventenringe und Manschettenknöpfe mit gekreuzten Dolchen.

Peccatoribus, hörte sie. *Ora pro nobis.*

Eine sitzende Frau schob sich eine Fritte zwischen die rosa Lippen. Ein Inder in leuchtendem Orange trat auf den Zebrastreifen, und sie wäre beinahe mit ihm zusammengestoßen, sie konnte sogar sein Mundwasser riechen. Er hatte Ohrhörer drin und bemerkte sie gar nicht. Sie lief weiter. Ihre Atmung war im Eimer. Zwei schlaksige Hippies rauchten vor der Bank, bei der Charlotte Mask anscheinend zweihundert Mäuse abgehoben hatte. In den Fenstern der Bank hingen Suchplakate. Aus der Seitenstraße, die zu einigen Fraternitys und Sororitys führte, tauchte ein Honda auf. Wie der, den Leda das Gerippe zu Halloween hatte fahren sehen. Er hielt an. Leda sah eine Hand am Steuer, die sie vorbeiwinkte, als ein Mädchen schrie: »*Perpetua!*« Zumindest verstand Leda das, als sie mit ihr zusammenrauschte.

Ein Becher Latte flog durch die Luft. Zum Glück (oder auch nicht) war es Carly.

»Mann, Leda!«

Wie durch ein Wunder hatte der Kaffee keine von ihnen getroffen. Carly inspizierte ihr Outfit – weiße Leinenschuhe, helle Jeans, lavendelfarbenes Oberteil. Alles sauber.

»Sorry«, keuchte Leda. Sie wollte ihre Freundin umarmen.

Der Honda hupte. Sie standen immer noch mitten auf der Straße. Als sie weitergingen, fuhr der Fahrer lachend an ihnen vorbei.

Carly zeigte auf sie. »Du hast echt Glück gehabt.«

Das Adrenalin durch die Überraschung oder den Schmerz in ihren Händen sorgte dafür, dass Leda zitterte. Sie presste hervor: »Ich kauf dir einen neuen.«

Sie wollte Carly erzählen, wie sie sich am Krankenhaus die Hände aufgeschrammt hatte, von Ian und wie sie sich erst geliebt und wie ein Glückspilz gefühlt und dann fast in aller Öffentlichkeit losgeheult hätte. Wenn schon nicht ihre Mutter, so hatte sie doch Freundinnen – *Schwestern* –, denen sie wichtig war, die ihr zuhören würden.

Aber Carly zeigte immer noch mit dem Finger auf sie. »Was ist mit dir los?«

»Ich glaube …« Leda atmete immer noch schwer. »Ich glaube, ich bin verwirrt. Wegen Ian.«

Carly betrachtete ihre eigenen Hände, als könnten sie schmutzig sein. Dann seufzte sie. Leda konnte ihren Gesichtsausdruck nicht deuten. »Wie süß, Lee.«

»Nein, wirklich.« Leda hielt sich die Hüften und trat auf der Stelle. Eine Gruppe Mädchen mit aufeinander abgestimmten T-Shirts ging mit Bagels in der Hand an ihnen vorbei und wich vorsichtig dem verschütteten Getränk aus. Leda redete weiter, ohne groß darüber nachzudenken: »Er hat mir gestern Blumen geschenkt, aber mein Körper, also wenn ich in seiner Nähe bin … dann reagiere ich irgendwie so komisch …«

»Lee, ernsthaft?« Carlys Blick streifte Ledas Handflächen, aber sie fragte nicht, was passiert war. »Ist wahrscheinlich bloß PMS.«

»Hör zu.« Ledas Herzschlag wollte sich einfach nicht beruhigen. Ihre Hände brannten. »Ich hab eine Nachbarin von uns getroffen, die …«

»Mal ehrlich, habt ihr es noch mal getrieben?«, unterbrach Carly sie und betrachtete ihren Nagellack. »Oder weißt du das auch nicht mehr?«

Die Kränkung musste Ledas Gesicht anzusehen sein.

»Stell dich nicht so an. War doch nur ein Witz.« Carly machte eine wegwerfende Geste. Ihr Blick huschte über Leda hinweg, als wäre sie ein Baumstamm oder ein Telefonmast oder überhaupt nichts. »Na ja, hab Vorlesung. Hab dich lieb. Danke, dass du meinen Latte verschüttet hast.«

Leda wollte sie aufhalten. »Car…«

Aber Carly hatte schon ihr Handy gezückt und entfernte sich tippend.

Im Foyer der Sporthalle verkniff Leda sich einen Tritt gegen eine hüfthohe Pyramide aus Tennisballdosen. Wieso fühlte sie sich so eigenartig? Zittrig, unruhig? Nervös, beschwingt? Als hätte sie zu viel Koffein getrunken. Hatte das Gespräch mit Tamara wirklich so viel verändert? Gut, Ian und Charlotte waren mal zusammen gewesen. Etwas verstörend, aber auch nicht gerade eine unglaubliche Wendung.

Das Krankenhaus war natürlich nicht gerade hilfreich gewesen – es erinnerte sie nur an die Verletzlichkeit des Körpers, die ohne ihre Mutter umso komplexer war. In diesem Gefühl von Alleinsein und Hilflosigkeit war sie in Carly reingerannt, woraufhin ihre Große sie wie etwas Lästiges behandelt hatte. Hätte Carly erschrocken ihr fleckiges Gesicht angestarrt wie die Mädchen in den Cabanjacken beim Krankenhaus, wäre es etwas anderes gewesen. Gleichgültigkeit war irgendwie noch schlimmer.

Sie dachte an das Poster ihrer alten Vertrauenslehrerin. DU BIST HIER.

Der Wanduhr zufolge kam Leda eine halbe Stunde zu früh zu ihrem Studentenjob. Sie zeigte der momentan am Tresen Sitzenden die Zähne und ging durch den Fitnessraum voller Maschinen und Körper in Bewegung. Auf blauem Teppichboden liefen Crosstrainer und zogen an den Armen der Mädchen, die sie benutzten. Laufbänder surrten sich warm. Die Maschinen informierten mit Piepsen über geänderte Steigungen und Geschwindigkeiten. Die Läufer hatten die Augen aufgerissen und kamen im Grunde genommen nicht vom Fleck, wie im Traum Verfolgte.

Die Laufbänder standen vor großen Innenfenstern mit Blick auf das Schwimmbecken. Darüber leuchteten die bunten Bildschirme stummgeschalteter Fernseher. Der erste zeigte ein Krokodil mit aufgerissenem Maul. Auf dem nächsten lief eine Psi-Delta-Lieblingssendung: eine Realityshow, in der Undercoverpolizisten Pädophile in ein Haus lockten, indem sie ihnen Sex mit sehr jungen Minderjährigen versprachen. Auf dem letzten Bildschirm standen ein Mann und eine Frau neben einer Flagge und einem Podium. Wieder Charlottes Eltern, die eine Pressekonferenz gaben. Unterhalb ihrer Mutter liefen die Untertitel durch.

Wir wollen, dass Charlotte wieder nach Hause kommt Charlotte ist unser kleines Mädchen sie sie bedeutet uns alles

Charlottes Vater ließ die Mundwinkel etwas hängen, während seine Frau der Polizei und der Universität dankte. Sie nannte Charlotte eine »pflichtbewusste junge Frau«, die erwachsen, zuverlässig und »sehr ordentlich« sei. Beide Eltern wirkten ein wenig wie die Jogger auf dem Laufband, als sie die Fragerunde eröffneten – die weit aufgerissenen Augen, die absolute Erschöpfung.

Leda wandte sich von den Bildschirmen ab. Auf einer Matte in der Ecke machten zwei Mädchen Crunches und starrten dabei streng auf ihre Knie. Vor dem Spiegel stemmten ein paar Typen muhend Gewichte. Heute war Schwimmtraining, das wusste Leda. Die Schwimmer mussten auf dem Weg zur Umkleide hier durch.

Ich rede mit ihm, schrieb sie Mary und fühlte sich dabei längst nicht so selbstsicher, wie sie sich anhörte. *Sag mir, dass ich nicht verrückt bin.*

Aber Mary antwortete nicht. Gerade als sie ihre Freundin brauchte, war sie beschäftigt.

Leda schaute wieder rüber zu der Pädophilen-Sendung. Der heulende Täter verbarg das Gesicht hinter einem Blumenstrauß – den hatte er wohl für das kleine Mädchen mitgebracht, dachte Leda.

Ein paar Schwimmer kamen rein und schlenderten an den Trainingsgeräten vorbei, ihre Badelatschen flappten über die Rampe zu den Umkleiden. Leda folgte ihnen unauffällig, aber sie waren bereits außer Sichtweite, bevor sie sich einen Überblick verschaffen konnte. Sie blieb allein in dem feuchten Bereich vor den Duschen und dem Schwimmbecken stehen. Auf einer Bank lagen übrig gebliebene Lunchpakete: weiße, zugetackerte Tüten neben Chips im Kleinformat.

Hinter der geschlossenen Tür rauschten die Duschen. Der

Teppich fühlte sich durchweicht an. Am kreisrunden Fenster, durch das man das funkelnde Becken sehen konnte, gingen Gestalten vorbei, das Glas war abwechselnd schwarz und mundwasserblau. Leda stellte sich neben die Chipstüten. Sie sah den leeren Flur hinauf, stemmte die Hände in die Hüften und ließ sie wieder sinken. Dann flog ohne Vorwarnung die Tür zur Umkleide auf, und zehn Männer mit silbernen Kappen kamen heraus.

»Er hat uns Freiheitsberaubung vorgeworfen«, sagte die lauteste Stimme. »Und Hazing. Der Typ ist so ein Loser, dabei benutze ich das Scheißwort eigentlich gar nicht. Aber in dem Fall stimmt es.«

Der Sprecher zog sich die Kappe von den Ohren, was ziemlich bescheuert aussah. Sein Körper war allerdings makellos, und er hatte strahlend blaue Augen, genau wie Ian. Die Männer gingen vorbei. Gar nicht so einfach, sie bei all den Brillen und Kappen und Bauchmuskeln auseinanderzuhalten. Also ließ Leda den Blick zu ihren Bäuchen wandern und hielt nach einer rosa Blinddarmnarbe Ausschau. Weil anscheinend keiner von ihnen Ian war, nahm sie als Nächstes ihre Badehosen ins Visier – sie glänzten metallisch und waren mal mehr und mal weniger ausgebeult.

Eine Beule blieb vor ihr stehen. »Kriege ich ein paar Chips?«

Sie riss sich los. Dann griff sie nach der Box mit den Chips. »Ja.«

Er nahm Fritos. Ein anderer Sun Chips. Dann stießen sie die Tür zur Schwimmhalle auf, der Lauteste redete immer noch: »… meinte, er sei gezwungen worden, Milch, Bier und Pflaumensaft zu trinken. Ich mein, sorry, Alter.«

Die Tür fiel wieder zu. Leda stand mit der Box in der Hand da. Der Typ war nicht Ian gewesen, erinnerte sie sich. *Hazing. Freiheitsberaubung.* Den Flur hinauf plärrte eine TV-Werbung: »Du musst nicht der Beste sein, um es draufzuhaben!«

Als weit und breit kein Ian in Sicht war, stellte sie die Chips wieder hin.

In der Frauenumkleide war es still – weder laufende Duschen oder Haartrockner noch dünner Gesang. Die Lüftung in der Decke summte dissonant. Leda wusch sich das Blut von den Händen und versuchte, nicht zusammenzuzucken. Sie hatte sich seit ihrer Kindheit nichts mehr aufgeschürft, und sie kam sich auch nicht tapferer vor als damals. Sie wollte die Augen zumachen. Sie wollte, dass jemand – ihre Mom – ihr die Handflächen küsste. *Wird schon wieder.*

Eigentlich hätte sie duschen müssen, aber sie trat durch den Notausgang hinaus ins Licht der halb verdeckten Sonne. Die spärlichen Sträucher schrammten ihr über die Knöchel, als sie das Gebäude umrundete. Sie trat auf die Folie einer Slipeinlage. Die Schwimmhallenfenster waren zu beschlagen, um hindurchsehen zu können. An der Ecke hob sie eine trübe Kinderschwimmbrille auf. Damit lief sie über den Parkplatz in Richtung New Dorms, fort von der Halle.

Was trieb sie hier eigentlich, schlich herum und machte sich verrückt? Wahrscheinlich hatte sie einfach Angst davor, mit Ian zu reden und sich ihm gegenüber so verletzlich zu zeigen. Aber nach dem Gespräch mit Tamara musste sie ihn einfach fragen. *Was ist zwischen dir und mir passiert?* und *Was ist zwischen dir und Charlotte passiert?*

So würde sie die zweite Frage allerdings kaum formulieren. Sie wusste noch nicht, wie. Natürlich war zwischen Charlotte und Ian nichts *passiert.* Bloß weil sie im ersten Studienjahr zusammen gewesen waren, hieß das ja noch lange nicht, dass Ian etwas über Charlottes Verschwinden wusste.

Sie hörte jemanden rufen. Ian – der echte Ian – kam über den Parkplatz auf sie zu. Das war der Höhepunkt ihrer Ian-Fantasie, aber sie fühlte sich unvorbereitet, hier am Bordstein, unterwegs in die komplett falsche Richtung mit angelaufener Schwimmbrille, die ihr von der Hand baumelte.

»Also treffe ich dich ja doch«, sagte Ian. Er trug ein hellblaues, gebügeltes Hemd und eine große schwarze Tasche auf der Schulter.

Leda gab sich Mühe, locker zu klingen. »Ich hab doch Ja gesagt, oder?«

Sie musste immer noch daran denken, was sie vorhin zu formulieren versucht hatte – *in seiner Nähe reagiert mein Körper irgendwie komisch …*

»Schon, aber nicht wo oder wann.«

»Genau hier.« Leda versuchte, die Hände still zu halten. »Genau jetzt. Schön, dass dus geschafft hast.«

Ian ließ seine Sporttasche fallen und sah sie an. Den Blick erkannte sie; er war immer gleich, egal, wer ihn aufsetzte: Furcht, die einen Moment lang Anziehung und Neugier wich. So könnte ein Magnet aussehen, wenn er ein Gesicht hätte und die Wonne und Überraschung zeigen könnte, von einem unsichtbaren Feld angesaugt zu werden und plötzlich auf die harte Quelle dieser Kraft zu prallen. Ein gutes Gefühl, diesen Blick zu sehen. Am liebsten wollte sie ihren Plan vergessen, ihm ihre Frage zu stellen.

»Ian …« Wie sehr hatte sie die Situation unter Kontrolle? Konnte sie einfach den Mund aufmachen und nach Halloween fragen? Nach Charlotte? »Die wollte ich dir geben.« Verlegen überreichte sie ihm die Kinderbrille.

»Wow …« Ian setzte sie lächelnd auf. Natürlich war sie zu klein für seinen Kopf, obendrein waren die Gläser komplett undurchsichtig. »Wie aufmerksam.« Als Ian die Brille wieder abnahm, sah er ihre Hände. Er ergriff sie und berührte die aufgeschürften roten Stellen. »Was ist passiert?«

»Bin hingefallen.« Leda schlurfte mit dem Schuh über den Bordstein. »Tut nicht weh.«

Ian bewegte den Daumen. Drückte etwas zu fest zu. »Bist du sicher?«

Leda spannte den Kiefer an und nickte. Ian hielt ihre Hände fest, magnetisiert. Merkte er, wie fest er auf die empfindliche Stelle drückte? Sie zuckte zurück – konnte einfach nicht anders. Eine mikroskopisch kleine Bewegung von ihm weg, aber er bekam es mit. Er musterte ihr Gesicht. Er wirkte aufrichtig durcheinander, und da wünschte sie, sie wäre nicht zurückgezuckt, hätte den Schmerz nicht gespürt. Das hier sollte leicht sein. Er sollte sie hochheben, küssen und forttragen. Er sollte sie davon abhalten zu sagen, was sie gleich sagen würde.

»Ich hab das von dir und Charlotte gehört.«

Sie bereute es sofort, als sie es ausgesprochen hatte. Hätte sie doch irgendetwas anderes gesagt. Hätte sie doch gesagt, *Fick mich* oder *Lass uns heiraten* oder *Bewölkt heute.* Egal, was Tamara gesagt hatte. Sie wollte nur noch fühlen, wie ihr Leben auf diesen Moment hinauslief. Sie wollte einundzwanzig Jahre Massenträgheit fühlen, die sich aufbaute, sie antrieb und genau hier, in diesem Moment ausspuckte: einer Liebeserklärung; einem Kuss mit Händen an den Wangen.

Aber sie hatte es gesagt, und nun war er es, der zurückzuckte. »Was meinst du?«

»Ich meine, na ja ...« Leda zögerte. »Dass du mal mit Charlotte Mask zusammen warst.«

»Das ist ewig her«, sagte Ian irgendwie gezwungen ruhig. »Was ist damit?«

»Hab mich einfach gefragt, warum du nichts gesagt hast ...«

Ian griff sich an die Seite, als würde ihm irgendwas wehtun. Vielleicht die Narbe. Ein Muskel in seiner Wange spannte sich an. »Was hätte ich denn sagen sollen?«

»Weiß ich nicht«, gestand Leda. *Scheiße,* dachte sie. *Scheiße.*

»Ich hab auch nicht nach deinen Ex-Freunden gefragt.«

»Nein, hast du nicht.« Leda holte Luft. »Aber Charlotte ... ist jetzt nicht irgendwer.«

»Charlotte ist *nicht mehr da*«, korrigierte Ian sie.

Eigenartige Wortwahl, fand Leda. Der Ausdruck war ihr so noch nicht in den Sinn gekommen: *nicht mehr da.* Es war jetzt zehn Tage her. Sie überlegte, was sie sagen sollte, als seine Miene seltsam wurde – gekränkt vielleicht oder sauer.

Leda fragte: »Hast du sie an dem Abend gesehen?« Und merkwürdigerweise wollte sie weiterfragen, wollte alles wissen. *Habt ihr euch unterhalten? Hast du sie vor oder nach mir gesehen?*

»Ja.« Mehr sagte Ian nicht dazu.

Echt krass geweint, hörte Leda Marys Stimme in ihrem Kopf. Sie versuchte, sich zu erinnern … und plötzlich konnte sie es. Zumindest teilweise. Vielleicht lag es daran, dass Ian vor ihr stand, so nah, dass sie die grauen Sprenkel in seinen blauen Augen sehen konnte.

Sie wollte in der Erinnerung graben, sie Stück für Stück durchgehen. Sie versuchte, die Tiki-Fackeln vor sich zu sehen, brennend und leuchtend, als Charlotte und das Gerippe von der Party wegfuhren. Sie ging zurück zwischen den Fackeln hindurch, klamm, betrunken und bereit. Unterwegs kamen immer mehr Einzelheiten dazu. Auf der Terrasse rauchten Hipster. Das Chiquita-Bananen-Mädchen zapfte ein leeres Fass an. Drinnen sah sie noch zwei Gerippe, die sich unterhielten. Genie tanzte perlenbehangen inmitten der Menge und schwenkte eine Magnumflasche. Ein Typ fasste ihrer Meerjungfrauenschwester an die Hüfte, und Leda sah zu, wie sie ihren Rhythmus an seinen anpasste. Ein Gespenst zerrte ein volles Bierfass an Leda vorbei durch den Flur, und dann sah sie ihn – Ian – das seltsame, unförmige Bonbon essen. Als er sie bemerkte, legte er ihr die Hände an die Hüften und sagte, er habe befürchtet, sie sei schon gegangen.

»Befürchtet«, neckte Leda ihn und trat zurück. Sie sah den Klamottenstapel hinter ihm, eine augenlose Maske starrte sie an.

»Ich liebe dich«, sagte Ian, und seine Toga verrutschte.

Sie lachte ihn aus. »Du kennst mich nicht mal.«

»Doch.« Er nickte. Sein Gesicht war zu nah, um es richtig zu erkennen. Er war genauso betrunken wie sie. »Ich lass dich nicht weglaufen.«

Leda lachte noch immer, zog den Kopf zurück und schob gleichzeitig das Becken gegen seins. »Aber was, wenn ich weglaufen will?«

Das ganze Haus fühlte sich verlassen und still an, obwohl es voller Menschen war und obwohl Bässe aus mannshohen Boxen dröhnten und Tanzende sich wie Schlangen bei der Paarung umeinander wanden, schlängelten und klammerten, sich küssten und bissen. Ian erschien ihr wie ein Gott, auch wenn seine Toga voller Punschflecken war. Seine Haut schimmerte. Sie strich ihm über die Schultern und die Schlüsselbeine.

Er hob sie gegen die Wand gedrückt hoch, und ihr verschlug es den Atem. »Das lasse ich nicht zu«, flüsterte er.

Um sie herum waren noch andere Körper – Zeugen (wieso fiel ihr das Wort aus heiterem Himmel ein?) –, aber ihre Gesichter waren augenlos und gummiartig, verschwammen am Rande ihrer Wahrnehmung. Er küsste sie. Zum ersten Mal erinnerte sie sich daran. Ein guter Kuss. Er war stark, das spürte sie an seinen Armen, seiner Brust. Es fühlte sich gut an, so hilflos unter ihm festzustecken.

Aus unmittelbarer Nähe fragte Leda ihn: »Was, wenn ich dich nicht liebe?«

Und er erwiderte: »Was, wenn doch?«

Was war dann passiert?, wollte sie nun fragen, aber eigentlich auch nicht, genauso wie sie wissen wollte, warum er sich nach Halloween so lange nicht gemeldet hatte, aber eigentlich auch nicht, warum er so oft gefehlt hatte und warum er Charlotte nie erwähnt und nie gesagt hatte: *Ich kannte sie. Wir waren mal zusammen. Ich habe sie gevögelt.* Das war doch wichtig, oder?

Zurück in der Gegenwart spürte Leda, wie ihr Körper sich anspannte, als Ian einen Schritt zurücktrat.

»Tut mir leid.« Die Kinderbrille baumelte blind von seinen Fingerspitzen. »Ich weiß nicht, was du von mir hören willst.«

Leda stockte. Vielleicht sollte sie sich ebenfalls entschuldigen, weil sie von Charlotte angefangen hatte und unsensibel mit einem sensiblen Thema umgegangen war. Möglicherweise war es eingebildet von ihr, das Schicksal eines anderen Mädchens auf sich selbst zu beziehen. *Das hier ist Leda,* hätte ihre Mom vielleicht gesagt und einen Finger hochgehalten, *und das ist die Welt,* während sie den zweiten Finger um den ersten hätte kreisen lassen.

Vielleicht hatte Carly auch recht gehabt. Vielleicht war es einfach PMS.

Aber unabhängig davon hatte Mary sie weinen und bluten sehen. Am Morgen danach war das Kondom verschwunden und ihr rotes Kleid an einer Naht gerissen. Jetzt kam ihre Menstruation nicht. Nein, sie konnte sich nicht erinnern, was mit Ian passiert war. Aber sie konnte nicht anders, als die Lücken mit Details aus der Nacht mit der Sonnenbrille zu füllen. Der Angstkloß im Hals, als er den nackten Schwanz in sie gesteckt hatte. Wie niemand bemerkt hatte, dass sie mit ihm nach oben gegangen war. Niemand hatte gefragt, wo sie gewesen war. Leda allein lebte nun mit diesen Erinnerungen. Und den Folgen.

Ian sah ihr ins Gesicht. »Alles in Ordnung?«

»Ja, alles gut.« Leda nickte, versuchte, sich selbst zu überzeugen. Sie sah auf ihre aufgeschürften Handflächen, erinnerte sich, wie Carly sie kaum eines Blickes gewürdigt hatte. Sie dachte an ihre Mom.

Ian hatte eigentlich nichts Falsches gesagt. Ihr Kopf fühlte sich nur plötzlich sehr weit von ihren Füßen entfernt an. Der riesige, bewölkte Himmel fühlte sich nur plötzlich so schwer und hell an, dass sie Angst hatte, nicht länger hier stehen und seinem Gewicht standhalten zu können.

»Ich muss los«, rang sie sich ab und ging schnell davon, als ihr etwas Hässliches von der Brust in die Kehle stieg. Sie verschwand zwischen den fahrenden Autos auf der Straße, um zu verbergen, was auch immer da kam. Er sollte sie nicht weinen sehen, auch wenn ihre Augen immer noch trocken waren.

Ian rief ihr hinterher, als sie den grünen Hügel erklomm und sich an Rucksäcken, Lunchpaketen und Aktentaschen vorbeischob. Sie drängte sich durch eine Traube Radfahrer in bunten Trikots. Duckte sich unter Gelächter. Sie sah eine Frau, die ihrer Mutter ähnelte, und nahm die Verfolgung auf, trat vom Bürgersteig mit den pinken Schuhen auf das saftige Gras. Sie verfiel in Trab, dann in Sprint, war aber nicht schnell genug. Charlotte betrat ihr dunkles Zuhause. Ihre Mutter schloss die Augen.

Als sie sich umdrehte, stand Ian nicht mehr auf dem Parkplatz. Wahrscheinlich war er reingegangen, hatte aufgegeben. Sie hatte sich zum Affen gemacht, das wusste sie. Sie überholte die Frau, die nicht ihre Mutter war, nicht einmal entfernt so aussah. Sie rannte schneller. Vor dem letzten Wohnheim oben auf dem Hügel wartete ein toter Garten mit leeren Pfählen und eingerollten Blättern. Verschrumpelte, ungenießbare Tomaten lagen im Mulch verstreut. Über ihr würgte der weiße Himmel. Leda blieb stehen, außer Atem, der plötzliche Schlag in die Magengrube – Reue, Trauer – zwang sie, sich auf den Knien abzustützen.

9

Mittwoch, 11. November

Tamara hielt drei Katzen mit den Füßen in Schach, während Leda sich durch die offene Haustür zwängte. Als sie drin war, machten die Tiere sich mit wackelnden Wampen aus dem Staub, und Tamara führte Leda an einem dunklen Treppenhaus vorbei, aus dem sie noch mehr klingelnde Halsbänder hörte. Die Sofagarnitur im Wohnzimmer roch nach Kleinbus – Polster, auf denen seit Jahren klebrige Sachen verschüttet wurden. Der Rest des Hauses roch nach Gras, genau wie zu Halloween.

Tamara blieb neben einem gemauerten Kamin stehen. Ihre Braids waren auf ihren Kopf getürmt, und sie trug derart knallroten Lippenstift, dass die Psi Delts ihn wahrscheinlich verboten hätten.

»Du brauchst jetzt keine komplette Führung, oder? Warst ja bei der Party.«

Leda nickte. Aber so ganz ohne College-Freaks war es schon anders. Nun konnte sie den Raum richtig sehen: die dünnen Vorhänge mit Blockdruck, den Couchtisch voller Papers, benutzten Teebeuteln und Hershey's Kisses. Auf dem Kaminsims hinter Tamara standen eine Bong und ein Gartenflamingo. Etwas Metallisches ragte aus der Feuerstelle.

Leda meinte: »Echt gemütlich.«

»Ach, na ja.« Tamara schlang die Arme um sich. Sie trug keinen BH unter ihrem Einhorn-Top. »Ist halt unser Zuhause.«

In der Küche saßen drei Mädchen unter summenden Neonröhren um ein Scrabble-Brett. Als Leda den Raum betrat, richteten sich alle Blicke auf sie. Sie versuchte zu lächeln, obwohl ihr in dem grellen Licht die Tränen in die Augen stiegen und sie sich wieder so erbärmlich und bloßgestellt fühlte wie gestern unter den hellen, dicken Wolken, als sie vor Ian und allem anderen weggelaufen war.

»Leda, ich würde dich ja vorstellen, aber ich habe den anderen schon von dir erzählt. Sorry. Willst du was trinken?« Tamara öffnete den Kühlschrank. Entweder bemerkte sie Ledas Unbehagen gar nicht, oder sie wollte die Situation auflockern. »Oder einen Joint? Eistee oder so? Ich glaube, Shanti hat welchen mit Herzgespannkraut und Gerste gemacht. Ist ganz o.k. Nicht böse gemeint, Madame.«

»Schon gut.« Shanti war blass und hatte lange, dunkle Haare. Leda erkannte sie als diejenige, die bei der Party Tai-Chi gemacht hatte. »Im Gefrierschrank ist auch noch Wodka.«

Irgendwie vergaß Leda das immer wieder – dass volljährige Frauen, die nicht in Verbindungen waren, Alkohol zu Hause haben durften. Völlig normal.

Leda gab sich Mühe, beiläufig zu klingen. »Ich nehme ein Bier, wenn ihr welches habt.«

Tamara stupste eine Katze aus dem Weg und kramte. Oben auf dem Kühlschrank herrschte Chaos, sie sah einen Wikingerhelm und verschiedene Gläser. Dann erinnerte sich Leda an Tamara unter dem Helm: Sie war die Wikingerin gewesen, die mit Charlotte Jenga gespielt hatte.

Auf dem Scrabble-Brett machte ein pummeliges Mädchen mit rosa Gesichtsfarbe und Lippenpiercing aus ANGST HEXENANGST. Niemand legte Beschwerde ein. Ein Mädchen, deren blondes Haar zur Hälfte kurz geschoren war, berechnete den Wortwert und fluchte. Tamara war an der Reihe.

»Shit.« Tamara hielt den Kühlschrank mit dem Fuß auf und betrachtete ihre Buchstaben. Sie erweiterte das existierende KLIMA zu ANTIKLIMAX.

»Ich zweifel es nicht an. Weiß zwar nicht, was das heißt, aber ich zweifel es nicht an.«

Die mit dem rasierten Kopf sah sauer aus. »Ist ein Wort«, bestätigte sie und rechnete. Shanti, die Dunkelhaarige, lehnte sich zurück und nippte an ihrem Tee. Auf dem Schrank wuchs welkendes Weizengras aus einer Schale. Dahinter stand auf einer Keksdose NIGHTMARE KATZENDROGE.

»*Haben* wir Bier?«, fragte Tamara in die Runde. »Hier hört ja jeden Tag jemand anderes mit dem Trinken auf. Heute bin ich es. Gestern war es …«

»Shanti«, antworteten alle im Chor und sahen das blasse Mädchen an, das nicht von seinem Tee aufschaute.

»Baby sollte echt wieder anfangen«, sagte das pummelige Mädchen.

»Fick dich selbst«, erwiderte Baby, die Blonde mit dem halb rasierten Kopf. Die Sensenfrau von Halloween.

Tamara sagte: »Ich halte bestimmt nicht durch, denke ich mal. Aber ich schwöre, die reine Menge Alkohol, die ich an meinem einundzwanzigsten Geburtstag gesoffen habe, hat mich vielleicht auf ewig davon weggebracht. Genau wie mit achtzehn, da hab ich mit Rauchen aufgehört. Hab eine ganze Schachtel geraucht und dann gedacht: Alles klar, das wars jetzt.«

Leda sagte zu Baby: »Ich glaube, wir haben uns auf der Halloween-Party getroffen.«

Baby zuckte die Schultern.

»Natürlich …«, erzählte Tamara weiter, »hab ich jetzt wieder angefangen. Zu rauchen.«

Baby hatte Leda das Klo gezeigt, wo der halluzinierende Junge auf dem Boden gelegen hatte. Der Junge, den niemand kannte.

Endlich grub Tamara Leda ein Bier aus. Shanti legte ein ARTIG an ANTIKLIMAX, und alle johlten.

»Meine Fresse, ey«, sagte Baby und rechnete die Punkte aus. Dann wandte sie sich an Leda. »Muss man nicht reich sein, um in einer Verbindung zu wohnen?«

»Ist etwas billiger als ein Wohnheim mit Verpflegung.« Leda zögerte. »Außerdem habe ich einen Job an der Uni.«

»Baby, sei doch nicht so 'ne Bitch.« Tamara holte Kräuterteeschachteln aus dem Schrank. PMS-Tee, Yin Yogi, Himmlisches Himbeerblatt. »Weißt du überhaupt, wie viel dein Dad für die Studiengebühren bezahlt?«

Baby grummelte, legte das Wort ORANGE und zählte ihre Punkte zusammen. Leda trank von ihrem Bier und beobachtete dabei ihr Spiegelbild im Fenster über der Spüle. Eigentlich ganz angenehm, zu trinken ohne dass es mit irgendwelchen Erwartungen verbunden war. Sie fühlte sich überraschend sicher, sogar in diesem Raum voller seltsamer, fluchender Frauen.

Das Wasser kochte, und Tamara brühte ihren Tee auf. Sie legte das Wort FREMDSCHAM aufs Brett und spielte mit dem Beutel, während ihr Tee zog. Leda warf einen Blick auf die Fotos und Zeitschriftenausschnitte am Kühlschrank. Auf einem Bild hatte Tamara einem anderen Mädchen den Arm um den Hals gelegt. Der Küchentisch – voller Aschenbecher, Plastikbecher, billigem Schnaps – sah nach Party aus. Alle wirkten betrunken – mit roten Gesichtern lagen sie sich in den Armen. Leda erkannte Shanti, ihr langes Haar war ganz zerzaust, und sie hielt eine Katze in die Luft.

Leda fragte: »Wie viele Leute wohnen hier?«

»Acht«, sagte Tamara. »Fühlt sich aber immer wie mehr an. Wir schließen zwar die Tür ab, aber irgendwie schmuggelt sich immer jemand rein, isst unseren Kram und raucht uns das Zeug weg. Du natürlich nicht, Leda. Du bist cool. Apropos, Shanti, wo ist das Gras?«

Oben kreischte jemand, aber keiner reagierte. Auf den

Schrei folgte hicksendes Gelächter. Shanti zog einen Joint hinter dem Ohr hervor und reichte ihn Tamara.

»Lieb von dir.« Tamara umarmte Shanti von hinten. »Ich habe manchmal Schwindelanfälle«, erklärte sie Leda. »Marihuana ist das Einzige, was hilft, dann *sehe* ich, dass ich in keinen bodenlosen Abgrund stürze.«

Aber Leda hörte nicht richtig zu. Sie hatte noch ein Gesicht auf dem Foto entdeckt. Sie sprach, ohne nachzudenken. »Ist das Charlotte?«

Baby sah von ihrer Punkteliste hoch.

»Das war im zweiten Jahr.« Tamara zog ihren Teebeutel aus der Tasse und ließ ihn wieder eintauchen. »Du weißt doch, dass Charlotte mal hier gewohnt hat.«

»Nein.« Ledas Stimme klang plötzlich höher. »Wusste ich nicht.«

Auf dem Bild lachte Charlotte. Ihr Haar war länger, als Leda es gesehen hatte, so lang wie auf den Fotos vom Abschlussball. Sie trug ein dunkles, unförmiges T-Shirt. Ihre Wangen waren gerötet. Sie lächelte.

Die Mädchen am Tisch konzentrierten sich auf ihre Buchstaben. Tamara wandte sich an Leda. »Willst du den oben rauchen?« Der Glitzerstein an ihrem Zahn reflektierte das Neonlicht. »Nächstes Mal mache ich euch fertig«, sagte sie zu den Scrabble-Spielerinnen.

Verglichen mit der grellen Beleuchtung in der Küche wirkte der Rest des Hauses wie eine Höhle. Im Wohnzimmer zündete Tamara den Joint an, zog daran und reichte ihn weiter. Leda inhalierte am Fuß der Treppe und hustete. Sie hatte lange kein Gras mehr geraucht. Bei Psi Delta war diese Form des Zudröhnens nicht gern gesehen. Aber die letzten Tage waren ohnehin so merkwürdig gewesen, dass Leda die Energie zum Widerstehen fehlte. Betrunken, bekifft – was machte das für einen Unterschied?

Unsichtbare Katzen strichen an Ledas Knöcheln entlang und klingelten die dunkle Treppe rauf und runter. Sie folgte

Tamara nach oben und fragte sich, ob das hier sie nun mehr oder weniger zum Lemming machte, um Marys Ausdruck zu benutzen. Einerseits zog sie sich mit einem tätowierten Mädchen, das in keiner Verbindung war, einen Joint rein. Andererseits ließ sie sich von Tamara leiten wie sonst von Carly. So stellte man sicher, dass die Leute einen mochten. Es garantierte einem einen Stamm, eine Familie. Zumindest hatte sie das immer angenommen.

Leda hielt Joint und Bier in der einen Hand und umfasste mit der anderen das Geländer, das auch Charlotte schon berührt hatte. Tamaras Zimmer roch nach Teebaumöl. Über dem Schirm der Tischlampe hing ein lila Tuch. Auf dem Boden lagen Klamotten verstreut. Durch die geschlossene Lamellenjalousie drang das orangefarbene Licht der Straßenlaternen und malte Streifen auf die schief hängenden Poster an der gegenüberliegenden Wand: die Stooges, Black Sabbath und ein Film namens *Prinzessin Mononoke* mit dem gleichen Wolfswesen, das Tamara als Tattoo auf dem Bauch trug. An der Tür hingen BHs und Perlenketten, die klickerten, als Tamara die Tür schloss.

»Ich könnte jetzt behaupten, dass ich gerade Waschtag mache, wegen der fehlenden Laken und dem ganzen Chaos … aber das wäre gelogen. Du brauchst das auch nicht zu rauchen. Ich dachte nur, du willst vielleicht in Ruhe reden.«

Leda gab ihr den Joint zurück und gestand: »Normalerweise rauche ich kein Gras.«

»Solltest du vielleicht.« Tamara nahm einen Zug und deutete mit dem Joint auf Ledas zitternde Hände. »Hilft gegen Angstzustände.«

Leda schüttelte den Kopf. »So was hab ich nicht.«

Tamara zuckte die Achseln und blies den Rauch in die Luft. »Dafür brauchst du dich nicht schämen. Ich würde auch durchdrehen. Hab dich ja kalt erwischt. Ich dachte, du wüsstest das mit Charlotte und Ian. Aber ich bin trotzdem froh, dass ich es dir erzählt habe; *ich* würde es wissen wollen, wenn mein Vielleicht-Freund mal mit einem vielleicht ermordeten Mädchen zusammen gewesen wäre.«

Vielleicht-Freund. Vielleicht ermordet. Was wollte Tamara damit andeuten?

Leda setzte sich aufs Bett und bemühte sich um einen ruhigen Tonfall. »Wie lange waren Ian und Charlotte …?«

»Weiß nicht. Ein Semester?«

Für Leda war ein Semester eine Ewigkeit. Wieso hatte Ian davon nichts gesagt? Ein ganzes Semester war nun wirklich keine kurze Affäre; das war eine richtige Beziehung. Was hatte es also zu bedeuten, dass Ian geschwiegen hatte, als seine Ex-Freundin verschwand?

»Ich weiß nicht, warum sie sich getrennt haben. Sie hat nicht darüber geredet.« Tamara lehnte sich an ihre Fensterbank und reichte das Gras weiter. »Ganz kurz vor der Trennung hatte sie noch lauter Knutschflecke.«

Leda zog und gab den Joint zurück, betrachtete den Schminktisch voller Make-up und Glasfiguren. Sie erinnerte sich an ihre eigene Halskette aus Knutschflecken, die nach Halloween erschienen war. Sie wusste noch, dass sie seltsam stolz auf die kleine Male gewesen war.

»Versteh mich nicht falsch. Das soll jetzt nicht heißen, dass Ian ›es war‹ oder so.«

Leda entließ den Rauch wieder aus ihrer Lunge. Ihre im Schoß zur Faust geballten Hände zitterten erkennbar.

»Charlotte war taff«, fuhr Tamara fort. »Aber manchmal haperte es bei ihr am Urteilsvermögen.«

»Wie meinst du das?«

»Man könnte sagen, sie hatte keine besonders gute Menschenkenntnis. Oder um es positiver auszudrücken, sie sah immer nur das Gute in jedem. War nicht misstrauisch. Natürlich *weiß* ich nicht, ob Ian ein schlechter Mensch ist … aber ich weiß, dass es Charlotte nicht gemerkt hätte, wenn es so wäre. Sie sah Potenzial, wo jemand wie ich was Böses sieht.«

Bei dem Wort blinzelte Leda. »Klingt eigentlich nach einer guten Eigenschaft.«

»Du hast recht, ist es auch. Kann aber gefährlich werden.«

Der Heizkörper tickte. Von draußen schienen blaue Scheinwerfer gegen Tamaras Jalousie. Das gleiche kreischende Lachen wie vorhin drang durch die Wand. Leda fragte: »Wann ist Charlotte ausgezogen?«

»Vor einem Jahr? Anderthalb?« Tamara hielt sich die Kippe an den Mund, inhalierte und wartete. »Ich glaube, sie kannte ein paar Leute dort. Weißt du noch, was ich über ihre Menschenkenntnis gesagt habe?« Der Joint war aufgeraucht. Tamara warf den Rest in ein altes Wasserglas.

»Was stimmt denn nicht mit dem Haus?«

»Eigentlich nichts. Ich glaube, Charlotte hat sich davon einen Tapetenwechsel versprochen. Wollte weg aus der College-Szene. Das Cathouse ist toll, aber hier gibt es dauernd Stress. Wahrscheinlich nicht viel anders als bei euch gegenüber. Überdosis Östrogen.«

Leda nickte. Sie wusste, was Tamara meinte, obwohl ihre Schwestern dem Vergleich nicht zustimmen würden.

»Außerdem gefiel Charlotte der Gedanke eines Wohnprojekts schon immer. Ein Gemeinschaftshaus. Wo jeder willkommen ist oder so. Ich habe bloß das Gefühl, dass ihre Erwartungen nicht erfüllt wurden.«

Leda dachte an Charlottes Mitbewohner. Da gab es Angel, der sich als eines der vielen Gerippe der Uni verkleidet hatte. Und Flora. Das blassrosa Haar. Der Glitter.

»Ich fand es unheimlich«, fuhr Tamara fort. »Aber ich war auch nur einmal dort. Manchen fällt so was nicht auf. Einmal habe ich einen Typen kennengelernt, dessen *Geruch* mich gewarnt hat. Der roch einfach nicht richtig. Es ist so ein animalischer Instinkt. Ich geh da nach meinem Bauchgefühl.«

Wie hatte Flora gerochen? Sie schien doch ganz nett, oder? Und Ian roch nach Holzrauch und Chlor. Das gefiel Leda, wenn sie ehrlich war.

»Ich habe gesehen, wie sie sich unterhalten haben«, sagte Leda. »Ian und Charlotte haben sich bei eurer Party unterhalten.«

Aber Tamara machte eine wegwerfende Bewegung, das komische Scheinwerferlicht von außen beleuchtete ihre Umrisse. »Ja, und du und ich unterhalten uns auch. Das heißt ja nicht, dass ich dich umlegen will.«

Leda betrachtete die Jalousie, stellte sich Charlotte vor, wie sie auf dem Bordstein balancierte und die Kamera am Riemen baumeln ließ. Charlotte beim Jenga-Spielen – wie sie einen Stein herauszog und der Turm sich verdrehte. Sie überlegte, ob sie Tamara erzählen sollte, was Mary ihr von Halloween erzählt hatte. Das Blut, das Schluchzen. Sie überlegte, ob sie sagen sollte, dass sie sich an das meiste nicht mehr erinnern konnte, was in jener Nacht mit Ian passiert war. Und seine Reaktion gestern, als Leda Charlottes Namen ausgesprochen hatte.

»Ich mag dich.« Tamara brach zuerst das Schweigen. »Aber du erinnerst mich an sie.«

Nicht unbedingt ein Kompliment, das verstand Leda. Flora hatte gesagt, dass Charlotte sehr offenherzig war, als wäre das etwas uneingeschränkt Gutes. Nun sagte Tamara das Gleiche, aber sie nannte es anders: Charlotte sei viel zu gutgläubig gewesen. Ihre Offenheit habe ihr Urteilsvermögen beeinträchtigt.

Die Scheinwerfer draußen machten kehrt. Tamara sah durch die Jalousie. »Verdammte Cops.«

»Hm?«

»Ist dir das noch nicht aufgefallen? Die leuchten jetzt immer hier in der Gegend rum.« Tamara trat vom Fenster zurück, war nur noch eine Silhouette. »Als hätten die nichts Besseres zu tun.«

Ledas Handy vibrierte unter ihrem Hintern. Als sie es herausholte, ertönte ihr Klingelton: »Dancing Queen«.

»Oh mein Gott. Echt jetzt?« Tamara lachte. Leda beneidete sie darum – dieses ungehemmte Lachen, wenn man sich eigentlich fast übergeben könnte. Leda dachte, Tamara habe gesehen, wer sie anrief. Aber stattdessen sagte sie: »Irgendwie liebe ich den Song.«

Leda stellte ihr Handy auf Lautlos und ließ das Display erlöschen, auf dem IAN stand.

Als Leda sich auf den Heimweg machte, war das Scrabble-Spiel beendet und das Haus dunkel. Tamara schrieb Leda ihre Nummer auf und brachte sie zur Tür. Die Cops waren immer noch da und saßen vor dem Psi-Delta-Haus in ihrem unbeleuchteten Streifenwagen. Auf halber Verandatreppe drehte Leda sich noch einmal um.

»Hast du mit jemandem gesprochen, der mit Charlotte zusammen in dem Haus gewohnt hat?« Sie dachte an Angel und Flora.

»Nee.« Tamara ließ den Blick zwischen Leda und dem Streifenwagen hin- und herwandern. »Ich will ja nicht abergläubisch sein – auch wenn meine Mom Haitianerin ist, also ist das ehrlich gesagt eh nicht zu vermeiden –, aber ich halte mich lieber fern von bösen Geistern.«

Tamara hörte sich an wie Ledas Mom, die ständig nach Zeichen und Omen Ausschau gehalten hatte. Selbst ganz normale Sachen – Blätter in einer Pfütze, Krähen am Himmel – waren ihr immer unheilschwanger erschienen.

Leda sagte Gute Nacht und ging über die Straße zu ihrer Verbindung. Vor dem Polizeiwagen lag eine schwarze Katze auf der Straße. Sie rannte davon, als Leda näher kam, und ihr Bauch wackelte. Hinter sich hörte sie Tamara die Katze rufen: »Nightmare! Komm her, Miez!«

Der Streifenwagen schaltete die Scheinwerfer ein, und Leda hielt sich die Hand vor die Augen. Cops hin oder her, hoffentlich hatte niemand in der Sorority sie mit Tamara reden sehen. Zu allem Überfluss würden eventuell im Gemeinschaftsraum anwesende Schwestern auch noch das Cannabis riechen, wenn sie reinkam. Das war Teil einer stillschweigenden Psi-Delta-Übereinkunft: keine fiesen Drogen, kein dubioser Alkohol. Denk dran, du repräsentierst jederzeit und überall die Psi-Delta-Verbindung.

Natürlich hatte genau dieses Denken Mary vergrault. Aber selbst nach Marys Austritt war es Leda nie eingefallen, ihre Grenzen auszuloten. Sich einer Verbindung anzuschließen kam für sie der Wahl einer Familie gleich. Als Leda das Angebot von Psi Delta angenommen hatte, war sie in ebendieses Haus geführt und mit Konfetti beworfen worden. Es hatte Initiationsriten gegeben (kein brutales Hazing), bei denen die Mädchen einander fünf Minuten lang in die Augen schauten, gemeinsam weinten oder bei Kerzenschein Knie an Knie im Kreis saßen und sich ihre »größten Geheimnisse« offenbarten. Wochen später hatte Carly (die als Ledas Große auserkoren worden war) sie anonym mit Geschenken überhäuft. Klar, das war Tradition, aber deshalb hatte es sich nicht weniger besonders angefühlt. Es hatte etwas Surreales gehabt, zu wie viel Liebe Menschen fähig sein konnten. Gleichzeitig hatte es sich echt angefühlt, oder vielmehr wie ein Wunder, so kurze Zeit nach dem Verlust ihrer Mutter.

Aber nun hatte sie im Licht der Polizeischeinwerfer ein schlechtes Gewissen, als hätte sie einen Fehltritt begangen, irgendein Vergehen, das vielleicht nicht einmal ihre Schwestern verzeihen würden.

Zum Glück war der Gemeinschaftsraum leer. Die Küche auch. Aber auf dem Weg nach oben blieb Leda vor Carlys Zimmer stehen. Was für eine Erleichterung es am Anfang gewesen war. Einander ins Ohr zu flüstern. *Verrat mir ein Geheimnis*, sagte Carly manchmal. Aber nun, als Leda darüber nachdachte, fiel ihr auf, dass sie kein einziges Mal ihre Mutter erwähnt hatte. Sie hatte nie gesagt: *Sie ist gestorben.* Hatte nie gesagt: *Sie fehlt mir.*

Warum hatte sie ihre Mom dann Charlotte gegenüber

erwähnt? Sie hatte sie (ihren Tod) angesprochen, und dann war etwas Bemerkenswertes geschehen. Charlotte hatte sie *gesehen*. Etwas in ihr erkannt. *Du kommst mir bekannt vor.*

So etwas wünschte sich wahrscheinlich jeder von seinem Gegenüber. Gesehen zu werden. Verstanden.

Hatte Charlotte auch Ian auf diese Weise *gesehen?* Oder war ihr Blick getrübt gewesen, wie Tamara gesagt hatte? Hatte sie die Gefahr nicht geahnt?

Ian – der Leda eben noch angerufen hatte. Und Charlotte, seine Ex, war vielleicht ermordet worden.

Bekifft, ängstlich und erschöpft klopfte Leda an Carlys Tür.

10

Freitag, 13. November

Freitagmittag hatte Leda schon von mehreren Psi Delts erfahren, sie hätten »das mit Ian gehört«. Charlottes Verschwinden war nun beinahe zwei Wochen her, und alle brannten auf neue Informationen und Theorien, an denen sie nuckeln konnten wie an Lollis.

Es war ein fliegender Wechsel gewesen, als hätten Planeten irgendwo im Sonnensystem ihre Umlaufbahn geändert. In wenigen Tagen wandelte sich die allseitige Ian-Begeisterung in Argwohn. Zumal jemand Leda und Ian bei ihrem kleinen Streit zwischen den New Dorms und der Sporthalle beobachtet hatte. Dass keiner ihre Unterhaltung mitgehört hatte, spielte dabei keine Rolle; sie hatten gesehen, wie sie davongelaufen war und er es zugelassen hatte. Aber erst Ledas Klopfen an Carlys Tür hatte den Aufstand richtig entfacht.

Am späten Mittwochabend hatte Leda sich vor Carlys Zimmer stehend gesagt, sie wolle die Information publik machen – sie aus der Echokammer ihres Schädels entlassen. Sie hatte sich gesagt, sie brauche eine zweite Meinung zu der ganzen Situation. Aber jetzt, im Nachhinein, vermutete sie eher, sie hatte den Latte-Vorfall wettmachen und Carly zumindest mit Geständnishäppchen besänftigen wollen.

Trotzdem hätte Leda damit rechnen müssen, was dann passieren würde. Die Sache würde sich herumsprechen. Carly konnte ja nicht mal ihren Menstruationszyklus für sich behalten. Nun stellte die gesamte Verbindung Theorien auf. Was die Mädchen nicht wussten, dichteten sie einfach dazu. Manchmal fragten sie Leda nach ihrer Meinung, als wollten sie herausfinden, ob ihre Ideen Hand und Fuß hatten. Aber im Grunde schien es ihnen einfach Spaß zu machen, sich Geschichten auszudenken.

Wen wunderte es? Genauso funktionierte die Gerüchteküche nun einmal. Erst war Ian der Heilige, der in Mittelamerika Häuser baute; dann war er plötzlich gefährlich. Erst verdrehte Leda dem gottgleichen Ian den Kopf; nun war sie sein jüngstes Opfer.

Bis zum Mittagessen hatte Leda alles über Ians schon immer aggressives Verhalten gehört. Die Mädchen erzählten, er habe während der ganzen College-Zeit immer wieder Auseinandersetzungen gehabt – einmal mit der Wohnheimaufsicht im ersten Jahr, einmal mit seinem Schwimm-Coach und dann (so sah es zumindest aus) am Mittwochabend. Sie erzählten, eine Ex-Freundin habe gesagt, er habe ihr mal beim Sex die Hand um den Hals gelegt. Sie erzählten, er habe hasserfüllt über Frauen gesprochen. Sie erzählten, er habe Charlotte emotional misshandelt. Sie erzählten, er sei eifersüchtig und habe Charlotte das ganze halbe Jahr ihrer Beziehung über isoliert. Dann erzählten sie, dass Ian und Charlotte gar nicht wirklich *zusammen* gewesen seien, vielmehr habe er sie gestalkt und belästigt. Bedroht. Nur eine von ihnen benutzte das Wort *Vergewaltigung* – sie sagte, selbst wenn er Charlotte nicht vergewaltigt habe, sei er auf jeden Fall dazu *fähig*.

Das Wort blieb Leda im Gedächtnis. Vergewaltigung. War er tatsächlich dazu fähig? War das das richtige Wort für das, was ihr passiert war? War es das die ganze Zeit schon gewesen? Und war Charlotte das Gleiche passiert?

Leda kannte Ian erst seit ein paar Wochen, und sie hatten sich nie ausführlich unterhalten. Wenn die Mädchen sie also nach ihren Erfahrungen mit ihm fragten, wusste sie nicht recht, was sie sagen sollte. Sie konnte nicht beurteilen, ob die Geschichten stimmten. Er hatte ihr Löwenmäulchen geschenkt. Sie hatte ihn näher an ihr altes Zuhause herangeführt als jeden anderen, den sie kannte. Aber das wollten sie nicht hören. Ihnen ging es um Halloween, als so gut wie jeder gesehen hatte, dass sie sich geküsst hatten und zusammen verschwunden waren.

Die meisten von Ledas Schwestern klangen ehrlich besorgt, als sie sie ausfragten. Auch wenn ihre Gesichter etwas ganz anderes sagten. Sie sahen gespannt aus, aufgeregt.

»Lee, wenn was passiert ist, kannst du es mir sagen.« Carly saß aufrecht am anderen Ende der Couch, während Leda sich über ihr Astronomiebuch beugte.

Leda verkniff sich den Kommentar, das habe sie schon versucht. Sie hatte vor einer Woche versucht, es Carly und Genie zu erzählen, nach dem Yoga, und sie hatten sie nicht ernst genommen.

Sei froh, hatte Genie geflötet. *Wenigstens bist du nicht geendet wie Du-weißt-schon-wer.*

Jetzt wusste sie nicht mehr, was sie glauben sollte. Möglicherweise hätte sie tatsächlich enden können wie Charlotte. Gestalkt. Belästigt. Bedroht. Vergewaltigt. Und die Gefahr, fürchtete sie, war noch nicht vorüber. Wenn es stimmte, was ihre Freundinnen sagten, dann sollte sie sich nicht zu früh freuen, so viel war klar.

Bei Faye und Clarence babysitten zu können war eine Erleichterung. Plötzlich kam ihr deren Haus vor wie ein Zufluchtsort. Sie packte ihren Rucksack, schaltete ihr Handy stumm und machte sich auf den Weg quer durch die Stadt zu ihrer großen, blauen Haustür. Nach dem Spaziergang ging es ihr schon besser, und während Clarence das neue Alarmsystem deaktivierte, setzte sie ihren Rucksack ab. Er entschuldigte sich durch die Tür (die Anlage war wohl Fayes Idee gewesen), bis er sie endlich aufbekam.

»Leda ist da!«, rief Clarence überlaut und umarmte sie. Im Haus roch es verbrannt.

Von drinnen hörte sie Faye. »Es ist unser *Zuhause.*«

»*Leda ist da*«, wiederholte Clarence, ohne Leda aus seiner Umarmung freizulassen, die sich eher anfühlte, als wolle er sie aufhalten und nicht liebevoll begrüßen.

Faye war noch nicht fertig. »Das ist kein öffentlicher Ort, wo einfach jeder reinkommen und *unser* Essen essen und mit *unseren* Kindern interagieren kann.«

Clarence verzog das Gesicht, und Leda wurde klar, dass das hier nicht für ihre Ohren bestimmt war. Schon glaubte sie – genau wie als Kind, wenn sie zufällig einen Streit mitbekam –, dass sie über sie geredet hatten. *(Das hier ist Leda; und das ist die Welt …)* Sie zog sich in sich zurück und bereute langsam, dass sie diesen Ort als Zuflucht betrachtet hatte. Sie wusste, dass sie nicht tatsächlich mit Clarence verwandt war, dass sie kein Recht hatte, herzukommen und sich bei einer fremden Familie durchzuschnorren. Sie entfernte sich noch einen Schritt von Clarence, ihr Rucksack wurde auf einmal ganz schwer. Clarence formte mit den Lippen *Tut mir leid.*

»Es kommt mir vor, als hätte ich gar keine Privatsphäre. Als könnte ich mir nichts Schönes kaufen, ohne es zu verstecken. Das ist doch verrückt, oder?« In der Küche klappte die Ofentür zu. »Du hast meine Salzpflaumen doch gesehen. *Ich habe sie gerade erst gekauft,* und jetzt ist nur noch eine übrig.«

Leda sah Clarence verwirrt an.

»Du hast ja recht, Liebling, aber Leda ist da. Zum Babysitten.«

»Oh!« Faye kam aus der Küche in den Flur. Sie versuchte, mit einer Hand ihre Halskette zu verschließen, an der anderen trug sie einen Ofenhandschuh. »Tut mir so leid, Leda. Ich meine ja nur.« Sie hielt den Verschluss fest und umarmte

Leda mit einem Arm. »Verantwortung. Verpflichtungen. Ist ja schön, ein Teil von etwas zu sein und etwas für andere zu tun, für die Gemeinschaft. Aber gleichzeitig fühlt es sich so an, als könnte man jeden Moment in Flammen aufgehen.«

»Selbstverbrennung?«, neckte Clarence sie.

»Nein. In Flammen aufgehen. Spontane Selbstentzündung. Leda, weißt du, was ich meine? Wenn man eigentlich nur ein langes Bad nehmen will und dann sieht, dass jemand das ganze Lavendelsalz aufgebraucht und ein tropfnasses Handtuch im Wäschekorb hinterlassen hat.« Faye ließ die Hand mit dem Ofenhandschuh sinken. »Und dann noch das Mädchen in den Nachrichten …«

Hatte die neue Alarmanlage etwas mit Charlotte zu tun?

Leda versuchte, das Thema zu wechseln. »Hast du gebacken?«

»Ich habe No-Bake-Cookies gemacht.« Faye hob den Handschuh. »Kannst du es fassen, dass sie mir angebrannt sind? Wollte sie nur ein bisschen aufwärmen.« Sie drehte Clarence den Rücken zu, und er schloss ihre goldene Kette. »Egal, die Jungs sind oben und spielen ihr Spiel. Soweit ich das beurteilen kann, ist es eins ohne Waffen oder blutige Gewalt. Spritzendes Blut, weißt du?«

»Süße.« Clarence berührte Faye am Ellbogen. »Wollen wir kurz die Beine an die Wand legen, bevor wir gehen?«

Faye betrachtete sich im Flurspiegel, sie hatte die Lippen unnatürlich aufeinandergepresst. »Mit *wir* meinst du natürlich *mich*, dabei sind wir jetzt schon spät dran.«

Clarence zog Faye den Ofenhandschuh ab. »Das stimmt doch gar nicht.«

Faye seufzte entnervt. Leda legte ihren Rucksack im Flur ab und zog die Schuhe aus, während Clarence Faye in Rückenlage mit dem Hintern an der Wand half, sodass ihre Beine senkrecht nach oben zeigten. Clarence bat Leda, ein Augenkissen aus einer Schublade zu holen.

Es war lieb, genau wie Ian, der Ledas verletzte Hände

berührt hatte. Wobei er etwas zu fest zugepackt hatte – der Druck seines Daumens hatte den Schmerz verstärkt.

Nachdem Faye versorgt war, folgte Leda Clarence in die Küche, wo ein Blech mit verkohlten Keksen auf der Arbeitsplatte stand. Clarence öffnete eine Schublade. »Was dagegen, wenn ich rauche?«

»Du rauchst noch?«

»Tabak. Faye ist dagegen, aber was soll man machen.«

»Früher hast du auch gekifft, oder?«

»Klar.« Clarence pulte eine Zigarette aus einer zerdrückten Schachtel. »Aber jetzt befinde ich mich voll auf dem Pfad der Tugend, Kleine.«

»Ihr habt euch was reingezogen, während ich Hausaufgaben gemacht habe.«

»Hey.« Clarence deutete mit der Zigarette auf sie und öffnete die Hintertür. »Ich hab dir dabei geholfen.«

»Hast du nicht.« Leda schob die Hände in ihr College-Sweatshirt.

Clarence zuckte die breiten Schultern. »Ich hab deiner Mom sogar geholfen, einen Bruchrechnen-Kuchen zu backen. Hast du bloß vergessen.«

Sie gingen an den Rand der Terrasse, wo ein dekorativer Wasserfall einen kleinen Koi-Teich speiste.

»Mathe ist dir schwergefallen.« Clarence umschloss die Zigarette mit der Hand und zündete sie an. »Hast immer wieder deshalb geweint.«

Leda schnaubte. Sie war unnötig gereizt, aber es war nicht einfach, Clarence zu verärgern. Sie konnte eigentlich sagen, was sie wollte. Diese Theorie hatte sie als Teenagerin auf die Probe gestellt und gesagt: *Ich glaube, ich probiere mal Heroin* oder *Vielleicht habe ich eine Geschlechtskrankheit.* Aber seit ihre Mom tot war, war ihr nicht mehr nach Scherzen zumute. Seit ihre Mom tot war, war es schwer, über irgendwas zu reden.

»Was ist mit dem Drachen?«, fragte Clarence. »Den haben wir manchmal befragt.«

Leda zuckte die Schultern. Die Kois schwammen auf der Stelle, ihre glasigen Kiemen gingen auf und zu.

Clarence meinte: »Ich weiß, an solche Sachen erinnerst du dich nicht gerne.«

»Was für Sachen?«

»Deine Mutter. Für mich ist es auch schmerzhaft. Ich weiß, das glaubst du nicht, aber es ist wahr.«

So viel zu Ledas Zufluchtsort. Wieder war sie bloßgestellt.

»Eine Weile konnte ich auch nicht drüber reden. Wenn mich jemand drauf angesprochen hat oder mir seine Geschichte erzählen wollte, wurde ich böse. So wie du böse auf mich bist.«

»Ich bin nicht böse auf dich.«

Aber er hatte recht, und das wusste er. Sie wollte nicht an früher erinnert werden. Es war zu schmerzhaft, in ein Loch zu starren, das sie mit nichts füllen konnte. Dennoch war es irgendwie o. k. gewesen, mit Ian an ihrem alten Zuhause vorbeizufahren. Mit ihm hatte sie irgendwie geglaubt, dass sie den Schmerz aushalten könnte.

»Was ich damit sagen will – jeder kämpft mit seinem eigenen Scheiß. Nicht bloß du. Deshalb können andere dir manchmal helfen, auch wenn du das auf keinen Fall willst.«

Unter Wasser wirkten die Fische verzerrt.

Leda wollte nicht darüber reden. »Du meinst also, da draußen gibt es Leute, deren Leben auch beschissen ist, und die wollen mir helfen.«

»Das mit dem Scheiß hat nichts damit zu tun, dass das ganze Leben beschissen ist. Dein Leben ist nicht beschissen.«

»Clarence, du solltest dich um deine eigene Familie kümmern.« Das klang harscher als beabsichtigt. Aber was fiel Clarence auch ein, ihr Vorträge über ihr Leben zu halten? Für Faye und Clarence war Charlotte nichts als eine Nachrichtenmeldung. Er hatte keine Ahnung, was ihre Freunde über Charlotte erzählten, über Ian und auch über sie, Leda.

Die Wolkendecke riss auf, und die Sonnenstrahlen fielen

auf das Trampolin von Fayes Jungs. Daneben leuchteten ab und zu verwelkte Hortensienblüten auf.

»Nur weil deine Mutter weg ist, heißt das nicht, dass du nicht mein Kind bist.«

Weg. Leda sah ihn aus den Augenwinkeln an. Was für ein harter Ausdruck. Erbarmungslos. Aber vielleicht am treffendsten.

»Man sagt doch immer, das Leben muss weitergehen.« Ledas Stimme klang etwas gepresst. »Ist deins ja auch.«

»Klar. Aber ich kann auch nicht so tun, als würden du und deine Mom … als würde ich euch nicht lieben. Über die Jahre habe ich einiges verdrängt, aber das ist keine Lösung. Dann gärt es nur unter der Oberfläche, und eines Tages wird man krank.«

Leda streckte die Finger aus. Sie nickte, obwohl sie es immer noch nicht verstand. Verstehen *wollte.* »Bist du krank geworden?«

»Ja.« Clarence aschte auf den Rasen. »Für Faye ist es auch nicht einfach, so unglaublich das klingen mag.«

Leda schnaubte. Nicht verächtlich, zumindest wollte sie das nicht.

»Was soll das denn heißen?«

»Von außen betrachtet scheint sie es ziemlich leicht zu haben.«

»Von außen täuscht man sich meistens.«

Das Wasser plätscherte gegen die Steine in den Teich und floss strudelnd durch die Pumpe. Die Fische zu ihren Füßen wirkten kalt.

»Weißt du, der Drache war erstaunlich gut in Mathe«, kehrte Clarence zu dem Thema zurück. »Wir haben ihn auch zu anderen Sachen befragt, weißt du noch? Drache, was sollen wir heute essen? Wie lange soll Leda sich die Zähne putzen? Da gab es keine Widerrede. Er hatte immer das letzte Wort.«

»Sie«, korrigierte Leda leise. Sie war schon wieder genervt, auch wenn es unangebracht war. Es gefiel ihr einfach nicht, wenn man ihr die Erinnerungen streitig machen wollte. Sie stehlen. Dabei gehörten sie *ihr*, ihre Wirklichkeit.

Oder vielleicht ging es um etwas anderes. Vielleicht tat es einfach weh, sich an etwas zu erinnern, das nicht mehr da war.

Clarence drückte die Zigarette an einem der Steine am Wasserfall aus. Asche fiel auf die Teichoberfläche, und die Fische versuchten, sie zu fressen. Er wollte wieder reingehen und Faye hochhelfen, aber nun wollte Leda weiterreden. Sie wollte ihm von Charlotte und Ian erzählen. Sie wollte über die Wirklichkeit sprechen – darüber, wie schwierig es war zu entscheiden, was die Wahrheit war.

Stattdessen sagte Leda: »Ich hatte immer Angst vor dem Drachen.«

»Echt?«

»Hab ich immer noch.« Sie ließ den Kopf hängen. »Ein bisschen.«

Die Terrassentür ging auf, und die Wärme des Hauses strömte nach draußen. »Es hat nichts mit Schwäche zu tun, Gefühle zu haben.«

Der Wind schlug die Tür wieder zu. Über dem Knauf leuchtete ein Tastenfeld rot auf. Clarence steckte den Zigarettenstummel in die Tasche und tippte den Code ein. Drinnen roch es immer noch verbrannt. Leda blieb vor den kohlschwarzen Cookies stehen, während Clarence zu Faye ging. Auf dem Küchentisch strahlte ein eingeschalteter Laptop, auf dem ein Nachrichtenbeitrag angehalten worden war. Ein rotes Band unter dem Video verkündete: CHARLOTTE MASK GESICHTET?

Im Video sprach eine Reporterin in die Kamera: »Die Polizei hat inzwischen ein nahezu vollständiges Bild von Charlotte Masks Aktivitäten am 31. Oktober bis zu ihrem Verschwinden.«

Leda hielt das Video wieder an. Wie unsinnig. Dann war

Charlotte also gar nicht gesichtet worden, oder? Natürlich hatte man sie gesehen, *bevor* sie verschwunden war. Sie sollten sie, Leda, und alle anderen befragen, die auf der Gamma-Kappa-Schaumparty waren, wenn sie an so was interessiert waren. Sie sollten Ian befragen.

Der letzte Gedanke ließ sie innehalten. Glaubte sie wirklich, dass die Polizei mit Ian reden sollte? Glaubte sie, dass Ian Charlotte etwas angetan haben könnte?

Neben dem Cookie-Blech stand das Abendessen, das Leda aufwärmen sollte. Tofuwürstchen gefüllt mit veganem Käse. Sie deckte eine Schüssel mit Broccolini ab und starrte hinein, trommelte mit den Fingern. Im Hintergrund leuchtete der Bildschirm.

Als Faye aus dem Yogaraum kam, sah sie aus wie bekifft. Clarence notierte mit dem Schlüssel in der Hand ein paar Sachen – das Internet-Passwort, die Codes für die Haustür und die Hintertür, Anweisungen, wie Leda die Alarmanlage scharfschalten und deaktivieren konnte. Bevor sie gingen, reichte Faye Leda noch ein Buch – zum Vorlesen, falls die Jungs nicht einschlafen konnten.

»Mach auf keinen Fall die Tür auf, und wenn du *irgendwas* brauchst …«, sagte Faye noch, als Clarence schon die Tür zumachte. Leda blieb mit *Gedichte inspiriert von Hafiz* in der Hand stehen. Diese Yogatanten immer mit ihrem Hafiz, dachte sie und schlug das Buch auf der markierten Seite auf.

Oh, schau noch einmal in dich,
Denn ich weiß, du warst einst der galante Gastwirt
Aller Wunder der Schöpfung.

Wahrscheinlich die Übersetzung, die Naadia als totalen Schrott bezeichnet hatte. Aber die Worte ergaben wenigstens Sinn. Von oben hörte sie Jonah und Gino ihr Videospiel spielen: ein *Wusch!* und unheimliche, minimalistische Musik. Sie sah wieder auf das Buch und ihre Hände. *Schau noch einmal in dich.* Sie versuchte es. Ihre Hände. Ihre Füße. Ihr Bauch. Schon jetzt, wurde ihr bewusst, hatte sie sich an den verbrannten Geruch gewöhnt.

Leda schaute sich den Rest des Nachrichtenclips an, bevor sie nach den Jungs sah. Nach nur einer Minute erschien Flora vor ihrem Haus. Wie merkwürdig, sie zu sehen – ihr verblasstes rosa Haar, die tränenglänzenden Augen. Zwei Mikrofone schwebten vor ihr.

»Das letzte Mal gesehen habe ich sie wahrscheinlich vierzehn oder fünfzehn Uhr an Halloween.« Floras Stimme bebte. »Charlotte ist nach Hause gekommen. Vorher hat sie in der Gegend Fotos gemacht.«

Eine unsichtbare Reporterin fragte: »Haben Sie ihr irgendwas angemerkt?«

Flora schüttelte den Kopf.

»Ist ihr Verhalten Ihnen irgendwie ungewöhnlich vorgekommen?«

»Nein, also ... sie hatte keine Schuhe an, aber so war Charlotte eben. Sie lief oft barfuß durch die Gegend.«

Leda dachte an die Scherben und Steinchen in der Nalle Street. An den bärtigen Mann, den sie in Charlottes Garten beim Pissen in die Feuerstelle beobachtet hatte.

Die Reporterin fuhr fort: »Und die Schuhe, in denen Charlotte zuletzt gesehen wurde – weiße, kniehohe Stiefel –, wurden in ihrem Kofferraum gefunden. Ist das auch Ihr Kenntnisstand?«

»Ja.« Floras Gesicht blieb seltsam starr. »Sieht so aus.«

Natürlich hatte Leda dieses verstörende Detail schon einmal gehört, aber jetzt erinnerte es sie aus irgendeinem Grund an etwas, das sie vergessen hatte – den Dreck an ihren eigenen Füßen am Montagmorgen. Den Sonntag nach Halloween hatte sie praktisch komplett verschlafen, deshalb waren ihr die ganzen Einzelheiten erst am Montag aufgefallen: das fehlende Kondom, die kaputte Naht ihres Kleides und eben ihre Füße. Die waren saudreckig gewesen.

In der Ecke wurde das Suchplakat eingeblendet.

Die Reporterin sprach mit nasaler, gebieterischer Stimme weiter. »Die Ermittler sagen, die Gegend hier ist möglicherweise nicht sicher, besonders für junge Frauen. Haben Sie schon Sicherheitsvorkehrungen getroffen oder andere Maßnahmen ergriffen?«

»Unser Haus ist ein Gemeinschaftshaus.« Flora zeigte hinter sich auf das blaue, viktorianische Gebäude. »Ein Dach über dem Kopf für jeden, der es braucht. Von daher, nein. Unsere Tür steht immer noch offen. Egal, was passiert ist... wir müssen die Vision am Leben erhalten. Wir müssen weiterleben.«

Das Video brach ab, und das nächste in der Seitenleiste startete automatisch. Am unteren Bildschirmrand stand: MELDEN SIE IHRE HINWEISE ONLINE ...

Was würde Leda sagen, wenn sie sich melden würde? *Charlotte war barfuß, und ich auch, glaube ich?* Man würde sie auslachen – die Polizei oder wer auch immer. Leda schloss den Laptop, hörte im Kopf immer noch die Reporterin. *Sicherheitsvorkehrungen. Andere Maßnahmen.* Sie schielte zu dem Bücherregal, auf dem Fayes und Clarence' Musikanlage stand. Die Reihe Minibuddhas starrte und lachte sie an und vollführte unverständliche Gesten. Leda drehte den Lautsprecher um, sodass sie ihr den Rücken zukehrten.

Clarence hatte ihr beigebracht, wie man mit Waffen umging. Er hatte ihr beigebracht, eine Waffe immer so zu behandeln, als wäre sie geladen, und sie nur in die Hand zu nehmen, wenn sie auch bereit war, die Verantwortung für eventuelle irreparable Schäden zu übernehmen. Zwar wusste sie, dass das hier leichtsinnig war. Sie *brauchte* diese Waffe nicht. Und doch hatte sie etwas; ihre Form. Wie sie in ihre Hand passte. So stabil. Außerdem, wenn ihre Freundinnen recht hatten mit ihren geflüsterten Gerüchten über Stalking und Missbrauch, vielleicht konnte sie dann ja etwas zusätzlichen Schutz gut gebrauchen.

Die dunklen Fenster spiegelten sie und die Pistole, als sie sich ihnen zuwandte. Oben ging eine Tür auf. Leda drehte sich eilig um, legte die Waffe wieder auf ihr Etui und horchte, ob die Treppe knarzte. Stattdessen rauschte eine Toilettenspülung. Lief ein Wasserhahn. Niemand kam die Treppe runter. Sie schlich in den Flur. Oben erklang ein blecherner Soundeffekt.

Leda ging ohne die Waffe nach oben. Dort war es sauber, und überall lag Teppich. Auf einer Tür verkündeten hölzerne Clownschilder die Namen der Jungs. Leda klopfte und trat ein. Das Zimmer war ein eigenes Universum. Es roch nach heißem Plastik und Goldfisch-Crackern. Das Licht aus dem Flur schien hinein, und sie sah Jonah und Gino gebannt vor dem Fernseher sitzen. Jonah, der Ältere, hielt den Controller. Gino saß im Schneidersitz und umklammerte seine Knie. Zwischen ihnen saß Vinnie im Lotussitz und starrte ebenfalls auf den dunklen Bildschirm.

»Hey, Leute.« Leda war überrascht von ihrer eigenen Stimme. Vinnie schaute hoch und lächelte breit. Leda erwiderte das Lächeln und hatte ein schlechtes Gewissen, als hätte sie gerade unverhohlen gelogen.

Die Jungs erwiderten, ohne den Blick von dem Spiel zu lösen: »Hi« und »Hi«.

Das Spiel sah für Leda nach einem schwarzen Bildschirm aus. »Was macht ihr?« Sie hörte Wind und eine entfernte Glocke.

Jonah sagte: »Wir spielen das hier.«

Er drückte einen Knopf, und der Bildschirm wurde hell. Leda rechnete damit, eine Waffe oder ein Schwert in der Hand der Figur zu sehen, aber da war nur ein Tunnel. Gino wand sich, schien etwas Schlimmes zu befürchten, aber der Bildschirm wurde einfach wieder dunkel.

Leda fragte: »Was ist das denn?«

»Lucks«, antworteten Jonah und Gino wie aus einem Mund.

Sie sah von der Tür aus zu, wie die Spielfigur sich durch die Dunkelheit tastete.

Jonah fragte: »Kannst du bitte die Tür zumachen? Ich sehe gar nichts mehr.«

Leda gehorchte und setzte sich neben Vinnie auf den Boden. Sie schob sich die Hände unter die Oberschenkel. »Ich seh immer noch nichts.«

Langsam klang Jonah genervt. »Weil du nicht richtig hinguckst.«

Leda schaute hin. Nach und nach erkannte sie die unklaren Umrisse einer Mauer. Weit entfernt läutete eine Glocke. Charlotte stand im Dunkeln auf dem Bordstein. Jemand schleuderte eine Discokugel auf den Rasen.

»Wo willst du denn hin?«

»Weiß nicht«, sagte Jonah.

Und dann? Charlotte ging nach Hause. Charlotte fuhr zur Reservoir Road oder wurde dorthin gefahren? Und wo war sie dann hin?

»Aber irgendwas musst du doch wissen.«

»Das ist ein Schwellenzustand.« Jonah benutzte seine Besserwisserstimme. Offensichtlich hatte er die Beschreibung gelesen. Oder das Intro des Spiels so oft gesehen, dass er langsam das Vokabular draufhatte.

»*Schwellenzustand.*« Leda tat, als würde sie darüber nachdenken. »Und was heißt das?«

»Das heißt, du musst gar nicht wissen, wo du hinwillst.«

Na gut.

Unvermittelt fuhr Gino hoch und kreischte.

»Was?« Jonah drehte seine Spielfigur argwöhnisch um.

Gino erklärte aufgeregt: »Der Boden war anders.«

Jonah ging zurück, lief hin und her. Gino hatte recht: Der Boden klang mehr nach Kies als nach Erde. Das Läuten war auch lauter. Dann sah Leda etwas am oberen Rand des Bildes. Einen Spalt im Tunnel, und plötzlich sah man Sterne – winzige, metallische Pünktchen.

»Oh«, sagte Leda, »… schau.«

Es war die Stimme ihrer Mutter. *Schau.* Sie hatte es zu

Ian gesagt, als sie Halloween an der efeubedeckten Mauer gelehnt hatte. Sie erinnerte sich kaum daran ... aber er hatte hingeschaut, glaubte sie. Je mehr sie hingeschaut hatten, desto mehr Sterne waren wie Zucker aus der Dunkelheit gerieselt.

Jonah wandte seine Figur ab. »Sind doch nur Sterne.«

Der Boden wurde wieder zu Erde. Die Glocke verklang. Der Tunnel blieb der gleiche. Je länger nichts geschah, umso befremdlicher wurde das Spiel. Leda verstand, warum Gino sich gewunden hatte. Es war unangenehm, sich blind durch die Dunkelheit zu bewegen.

Die Figur hob einen Gegenstand auf, was durch das Geräusch eines raschelnden Rucksacks angezeigt wurde. Am unteren Bildrand stand: INVENTAR – NABELSCHNUR.

»Iss sie doch«, sagte Gino.

»Nein.«

Leda fragte: »Was hast du denn sonst noch im Inventar?«

Gino zappelte auf seinem Platz und ratterte die Liste der Gegenstände im Ton eines verrückten Wissenschaftlers runter: »Er hat einen Rosenkranz, drei Zähne und Juwelen unbekannter Herkunft.«

»*Edelsteine*«, berichtigte Jonah. »Und ich habe einen Dolch, aber den habe ich noch nicht benutzt.«

»Und eine leere Schriftrolle«, fügte Gino hinzu.

»Ach was.« Wieder Jonahs Besserwisserton. »Die gehört ja auch zur Grundausstattung.«

»Wieso isst du sie nicht?«, quengelte Gino.

»Nabelschnüre kann man nicht essen.«

»Aber die goldene Lünette hast du auch gegessen!«

Leda wagte einen Blick auf Vinnie, dem das alles zu gefallen schien. *Es ist unser Zuhause.* Das hatte Leda gehört, als sie vorhin reingekommen war. Faye wollte nicht teilen. Ging es darum? Oder um Vinnies Schweigen, Vinnies Ziellosigkeit, die Faye unheimlich fand? Oder vielleicht sollte man es nicht Ziellosigkeit nennen, sondern *Ruhe.* Ohne Streben.

Ohne Strampeln um … was? Was wollte Faye? Sicherheit. Kontrolle.

Danach hatte es sich angefühlt, die Waffe in der Hand zu halten, wurde Leda klar.

Der Fernseher erstrahlte in Weiß und erleuchtete Vinnie. Er fing an zu lachen.

»So eine Scheiße!«, rief Jonah.

»Jonah. Das sagt man nicht.«

Jonah warf den Controller auf den Teppich. »Bin gestorben.«

»Wieso?«

»Manchmal stirbt man einfach.«

Alle vier starrten den weißen Bildschirm an. Charlotte schwenkte ihre weiße Federboa über den Tanzenden. Jonah reichte Vinnie den Controller.

Leda fragte: »Vinnie weiß, wie das geht?«

»Ja. Aber er spielt echt langweilig. Er bleibt dauernd stehen und guckt sich *alles* an. Das dauert *Ewigkeiten.*« Jonah dehnte die Silben des Wortes, um die Langsamkeit zu betonen.

Vinnie wartete, bis der weiße Todesbildschirm verschwand. Faye, dachte Leda, würde Vinnies Ruhe wahrscheinlich als Faulheit bezeichnen. Was wusste sie selbst schon? Vielleicht hätte Faye damit auch recht. Vielleicht war es ein unverdientes Privileg, so sorglos zu leben, ein Privileg, nichts hinter seinen Buddhafiguren zu verstecken. Sie stellte sich Charlotte vor, wie sie ohne Schuhe durch die Nalle Street schlenderte.

Drei fluoreszierende Buchstaben erschienen auf dem ohnehin schon weißen Bildschirm: LUX.

»Ach so. *Lux.* Das reimt sich auf … Fuchs.«

Gino kicherte, aber Jonah schien skeptisch. »Luchs?«

»Das heißt Licht.«

Jonah runzelte die Stirn. »Wie bescheuert.«

Leda zuckte die Schultern und summte: *Lux aeterna luceat eis* … Das Lied war so dissonant und schief, wenn Ledas Chor es sang. Die Akkorde divergierten, die Harmonien verzerrten sich und verschwommen. Aber solo gesungen klang es nach einer schlichten Melodie.

Leda fragte: »Was hat Licht denn mit dem Spiel zu tun?«

»Ähm.« Jonah überlegte, sah dabei beunruhigend erwachsen aus. »Das ist zu kompliziert zu erklären.«

Leda wollte ihm zustimmen. *Alles ist zu kompliziert.* Wie Ian sie an der Mauer geküsst hatte und ihr Kopf Karussell gefahren war. Und Charlotte ... wo war sie gewesen? Hatte sie dieselben Sterne gesehen? Oder war sie da schon verschleppt worden? Vielleicht war sie zu Hause gewesen und hatte ihr unbekanntes Schicksal erwartet. Und als das Schicksal eingetreten war, wo war Ian da gewesen?

Als Leda aufstand, löste sich der Teppich von ihren Füßen. Einen Augenblick schwebte sie in der Dunkelheit: die Körperwärme, der mehlige Kindergeruch, das weiße Rauschen des Fernsehers. Als sie die Tür fand, strömte Licht herein.

»Können wir Pizza bestellen?«, fragte Gino mutig.

Leda hielt sich am Türrahmen fest und sah ihn streng an. »Salami oder Käse?«

Die Jungs antworteten lautstark im Chor: »Hawaii!«

Unten war einer der Buddhas vom Lautsprecher gefallen. Mit der grünlichen Figur zu ihren Füßen rief Leda den Pizzaservice an. Die Haut an ihren Handflächen brannte, aber der Schmerz war beinahe tröstlich. Sie hatte sich vorher schon lädiert gefühlt, aber unsichtbarer Schmerz war irgendwie albern. Wie ausgedacht. Wenn es keine Beweise gab, sagte man: *Das bildest du dir nur ein.* Und vielleicht stimmte das auch. Vielleicht hatte sie sich in Fantasiegebilde reingesteigert. *Liebe. Verlust. Erinnerungen.* Es wäre viel einfacher, wenn man die Symptome sehen könnte – Blutungen, Ausschlag, Läsionen, Schwellungen ...

Leda legte auf und stellte den Buddha zurück an seinen Platz. Wenn sie ihn leicht zur Seite neigte, kam Clarence' Waffe zum Vorschein. Zumindest nahm sie an, dass sie Clarence gehörte. Aber als Leda sie zum zweiten Mal an diesem

Abend in die Hand nahm, spürte sie wieder, wie klein sie war. Sie passte perfekt in ihre Hand. Eine Frauenwaffe.

Faye war wirklich ziemlich paranoid, dachte Leda. Sie hatte von Selbstverbrennung gesprochen, als wäre das eine realistische Gefahr. Sie hatte ihre Alarmanlage aufgerüstet, als würde derjenige, der für Charlottes Verschwinden verantwortlich war, als Nächstes ihr Zuhause aufs Korn nehmen. Eine tödliche Waffe im Bücherregal trieb den Wahn jedoch auf die Spitze. Aber womöglich war das unfair. Der Gedanke, dass Clarence eine Waffe besaß, hatte Leda nicht verwundert. Wieso sollte die Vorstellung von Faye mit Pistole in der Hand dann leichtsinnig oder hysterisch sein?

Von außen kann man sich gut täuschen, hatte Clarence gesagt. Selbst Faye hatte es seiner Ansicht nach nicht leicht gehabt. Also war sie wohl auf der Suche nach einem Gefühl von Kontrolle.

Leda musste eine Weile fummeln, bis sie das Magazin herausbekam (es war Jahre her, dass sie so was gemacht hatte). Dann fiel es ihr in die Hand. Es war voll. Sie zog den Schlitten zurück und sah nach, ob eine Patrone in der Kammer war. Sie flog heraus und landete auf dem Teppich. Eine winzige Kugel.

In der Küche legte Leda die Waffe und das geladene Magazin auf den Schrank. Selbstverständlich würde sie nichts mit der Waffe anstellen. Ihr lag nichts daran, Faye in Sachen Paranoia nachzueifern. Aber vielleicht konnte man auch zu gutgläubig sein.

Sie sah erneut in die Kammer: leer. Oben quietschte eine Tür. Leda schob sich die Waffe und das Magazin ins Sweatshirt. Leer, erinnerte sie sich. Immer noch leer.

Du erinnerst mich an sie, hatte Tamara gesagt. Hatte sie Leda damit offen oder naiv genannt?

Niemand kam nach unten, aber Leda ließ die Waffe, wo sie war.

Auf der anderen Seite der Kücheninsel warteten aus Buntpapier ausgeschnittene Kinderhände darauf, einen Truthahnschwanz zu bilden. Bis zu diesem Moment hatte Leda Thanksgiving komplett vergessen. Vielleicht verließ sie sich zu sehr darauf, sich nicht an Sachen zu erinnern. All die kleinen schwarzen Löcher in ihrer Erinnerung, wo ihre Mutter hätte sein sollen, wo Charlotte hätte sein sollen. Ian. *Vielleicht sollten wir alle einfach aufmerksamer sein.* Sie selbst hatte das gesagt. In einer perfekten Welt wären alle (inklusive Leda) zu hundert Prozent bei Bewusstsein.

Halloween wäre vielleicht auch alles anders abgelaufen, wenn Leda sich selbst und ihrer Umgebung gegenüber aufmerksamer gewesen wäre. Aber sie wusste ja nicht einmal, wann ihr Filmriss eingesetzt hatte. Es war, als wollte man sich an den genauen Augenblick erinnern, in dem man eingeschlafen war, und den Übergang zwischen den Realitäten unter die Lupe nehmen. Nachdem sie die Besinnung verloren hatte, musste sie sich auf das verlassen, was andere ihr erzählten. Mary zufolge war sie weinend und blutend aufgetaucht, als wäre sie auf der Flucht. Auf der Flucht vor Ian. Nachdem sie bei Ian gewesen war, hätte er wer weiß wo hingehen, wer weiß wen treffen und wer weiß was tun können.

Das soll jetzt nicht heißen, dass Ian »es war«, hatte Tamara gesagt, obwohl allein die Tatsache, dass sie den Gedanken aussprach, das Gegenteil zu bedeuten schien.

Wäre Halloween anders ausgegangen, wenn sie, wenn *Charlotte* eine Waffe dabeigehabt hätte?

Leda schüttelte sich. Sie brauchte frische Luft. Sie beschloss, draußen auf die Pizza zu warten. Clarence' Anweisungen folgend deaktivierte sie die Alarmanlage und ging auf Socken vor die Tür. Wie fühlte es sich überhaupt an, aufmerksam zu sein? So wie jetzt – sich mit versteckter Waffe auf die Treppe zu setzen? War sie wahnhaft … oder wachsam?

Sie setzte die Kapuze ihres College-Sweatshirts auf und schob die Hände zu der Pistole und dem Magazin in die Tasche. Trotz der Kälte streifte Leda die Socken ab und untersuchte ihre nackten Füße, sah dem Spiel der zarten Sehnen zu. Von drinnen hörte sie ihr Handy brummen. Es lag seit mindestens einer Stunde lautlos geschaltet im Flur. Sie tappte nach drinnen und holte es. Ihre gesamte Sorority war am Ausflippen.

Wo bist du, Lee? Machen uns Sorgen!
Melde dich bitte! Ian war da und hat nach dir gefragt, wir drehen alle durch!!
Alles ok?
Wo bist du?
Wo bist du, LEEE? Ian war da und SAH NICHT GUT AUS.
Alles i. O.?

Die Stimmen verfolgten sie – eine Kakofonie der Panik. *War* alles o. k.? Sie wusste es nicht. *Konnte* es nicht wissen. Niemand konnte wissen, was passieren würde.

Als Kind beschlich Leda manchmal ein unheimliches Gefühl. Dann stellten sich ihr die Nackenhärchen auf. Ihr Herz raste. Wann immer das passierte, rannte sie zu ihrer Mom und spürte, wie das Ding sie verfolgte. Ein Monster. Damals dachte sie noch, das Monster werde sie nie erwischen, weil sie schneller sei. Oder weil es Angst vor ihrer Mutter habe. Natürlich kam ihr nie der Gedanke, dass es gar kein Monster gab. Denn das gab es, sie spürte es einfach. Das war ihr immer Beweis genug gewesen.

Nun schloss sie einen Moment die Augen. Versuchte, das alte Monster zu wittern. Und da war es – direkt hinter ihr.

Ihr Handy vibrierte in ihrer Hand. Sie schlug die Augen auf: Ian.

Tut mir leid, dass ich gestern so krass komisch war. Und tut mir leid, wenn ich dich verstört hab. Du machst mich nervös, Leda. Du weißt, wie schön du bist, oder?

Statt ihr zu schmeicheln, machte ihr Ians Nachricht Angst. Aber wo sollte sie sich ohne ihre Mutter in Sicherheit bringen?

Scheinwerfer näherten sich, und Leda steckte das Handy weg. *Mach auf keinen Fall die Tür auf*, hatte Faye gesagt. Jetzt stand sie sperrangelweit offen. Sie schob die Hand in ihr Sweatshirt und ertastete das kalte Metall. Dank der Pistole musste sie nicht reinrennen, wurde ihr klar. Musste sich nicht verstecken. Sie konnte einfach stehen bleiben und sich dem Monster stellen. Ein neues Gefühl von Macht.

Das Auto wurde langsamer und hielt kurz vor Fayes Haus. Der Kofferraum ging auf. Ein Mann stieg bedächtig aus. Leda ließ die Hand an der Waffe in ihrer Tasche.

Der Mann holte einen Zwölferpack Toilettenpapier und zwei Tüten mit Einkäufen aus dem Kofferraum. Leda atmete auf. Bloß ein Nachbar. Er warf ihr einen schiefen Blick zu. Wahrscheinlich fand er sie ebenso suspekt – eine Fremde, barfuß und mit Kapuze.

Als er durch seinen Vorgarten lief, ging das Licht an. Es war so hell, dass Leda ihn erkannte.

»Professor?« Sie nahm die Hände aus dem Sweatshirt und stand auf. »Entschuldigung. So ein Zufall. Ich bin in Ihrem Astronomiekurs. Ich heiße Leda.«

»Oh …« Ihr Professor blieb mit seinen Einkäufen stehen, ohne zu lächeln. »Na, dann hallo. Hoffe, Sie kommen gut mit.«

»Ja, echt toll.« Sie nahm die Kapuze ab, um weniger bedrohlich zu wirken. »Ich meine, notenmäßig bin ich wohl nicht besonders gut, aber es gefällt mir.«

»Äh, schön … glaube ich?«

»Hab es nicht so mit Mathe.« Sie ging die Treppe hinunter in den Vorgarten. »Die Tests machen mich ganz schön fertig.«

Ihr Professor drückte seine Tüten an sich. »Ist nicht jedermanns Sache.«

»Wirklich nicht.« Kaum das, was sie hören wollte. »Ich mache immer die Hausaufgaben«, fügte sie hinzu, und das stimmte auch fast.

»Sie können gern nach der Vorlesung Fragen stellen. Es ist wichtig, die Herkunft einiger Gleichungen zu verstehen, damit man nicht nur mit Zahlen rumwirft.«

»O. k.« Ledas Hand wanderte wieder in die Tasche und befühlte das Magazin.

»Eine sehr schöne Nacht jedenfalls. Das kann neue Perspektiven eröffnen, glaube ich.« Der Professor deutete an den trüben Straßenlaternen vorbei. Das mit den neuen Perspektiven liebte er. »Man sieht gerade so unsere Milchstraße.«

Er hatte recht. Dort war der nebelige Rand der Galaxis, Heimat von mehr als einhundert Milliarden Sternen. In Darstellungen sah die Galaxis (*unsere* Galaxis, dachte sie und musste beinahe lächeln) aus wie eine weiche Frisbee-Scheibe. Von innen konnte man die eigene Gestalt schwer erkennen. Obwohl es natürlich andere Arten des »Sehens« gab. Mithilfe von Gleichungen ließen sich Masse, Entfernung und Geschwindigkeit berechnen. Das sichtbare Lichtspektrum offenbarte Schwefel, Neon, Wasserstoff …

Er trat einen Schritt zurück. »Also, schön, Sie getroffen zu haben.«

»Herr Professor?«

Er blieb stehen und wartete.

Sie wollte ihm sagen, dass sie es gut fand – das mit der Perspektive, auch wenn es abgedroschen war. Sie fand es gut, dass er sie in dem Kurs hin und wieder dazu brachte, über sich hinauszublicken. Aber dann ging seine Haustür auf. Eine Frau stand auf der Schwelle. Die Messingziffern an der Holztür glänzten.

»Schon gut. Wollte Sie nicht stören. Schön, Sie zu sehen. Äh … zu treffen.«

Er entfernte sich bereits. Begrüßte bereits die Frau an der Tür. Drinnen schrie ein Baby. Die Tür ging zu. Das Licht erlosch wieder. Am Himmel blinkte ein Flugzeug. Der Mond war nicht da, noch nicht aufgegangen oder verborgen.

Die Pizza kam, und Leda nahm sie entgegen. Sie reaktivierte das Alarmsystem, und der verbrannte Geruch stieg ihr wieder in die Nase, jetzt vermischt mit heißer Ananas. Sie schrieb ihren Freundinnen, dass alles in Ordnung war. Ians Nachricht ließ sie unbeantwortet.

Du weißt, wie schön du bist, oder?

Wie beliebig. Der Ton, das Timing – nichts passte. Aber sie musste zugeben, mit der Waffe in der Tasche war sie nicht so ängstlich.

In der Küche knabberte sie an den Broccolini und verfütterte ein paar Tofuwürstchen an den Müllzerkleinerer, auch wenn die surrenden Klingen ihr einen Schauer einjagten. Sie würde die Jungs schwören lassen: kein Sterbenswörtchen über die extragroße Hawaii. Sie wollte sie gerade nach unten rufen, als sie eine weitere Nachricht bekam. Carly.

Hoffe, du bist nicht bei Ian.

Im Kurznachrichten-Arsenal war der Punkt das wütendste Satzzeichen. Was wollte Carly damit sagen?

Leda antwortete schnell.

Car, bin beim Babysitten. Willst du Beweise oder was?

Überdosis Östrogen hatte Tamara es genannt. Leda fragte sich, ob es Charlotte auch passiert war, dass ihre Freundinnen von Liebe zu Abneigung und dann (noch schlimmer) Desinteresse gewechselt waren. Wie man mit Tratsch-Häppchen ihre Aufmerksamkeit zurückgewinnen konnte. Und dann diese letzte Nachricht von Carly, die anzudeuten schien, dass Leda irgendwie schuld war. Als hätte sie sich das ausgesucht.

War das wirklich Freundschaft?

Aber Carly schien Ledas Ärger nicht zu stören. Sie schrieb:

Ich weiß nicht, was die anderen dir erzählt haben, aber ich glaube, er ist gefährlich. Genie ist in der Stadt und sagt, sie hat ihn gerade aus dem Polizeirevier kommen sehen. Hab dein Handy dabei und antworte, wenn ich dir schreibe. Bin nicht sauer auf dich, bin sauer auf die Welt und will, dass dir nichts passiert. ♥

So eine ernste Nachricht hatte Leda noch nie von Carly oder irgendwem aus der Verbindung bekommen. Sie las sie noch einmal. Vielleicht hatte sie sich getäuscht. Vielleicht wollten ihre Freundinnen doch nicht nur tratschen. Vielleicht würden sie sich gemeinsam mit ihr dem Monster stellen.

Leda schrieb: *Danke. Car. Echt. Bin bald wieder da.* Dabei überkam sie ein warmes Gefühl.

Und sie fühlte noch mehr Wärme, als Carly antwortete:

Hab dich lieb. Yoga morgen früh?

Nur weil ich dich auch lieb hab.

Leda atmete tief in Brust und Bauch. Erneut tippte sie auf Ians Nachricht. Wenn Carly recht hatte, hatte er sie wahrscheinlich vom Polizeirevier aus geschickt.

Aber sie hatte dennoch keinen Grund, paranoid zu sein – sie hatte Freundinnen. Sie hatte Unterstützung. Sie wollte nicht den gleichen Weg einschlagen wie Faye – Alarmanlagen installieren, Waffen deponieren. Sie wollte nicht an den Punkt gelangen, an dem sie selbst einem buddhistischen Mönch misstraute.

Vielleicht sollte sie die ganze Sache einfach beenden. Das schien ihr eine vernünftige Lösung. Sie würde ihm sagen, dass sie nicht interessiert war, und sich von ihm fernhalten.

Sie legte die Waffe zurück an ihren Platz hinter dem Lautsprecher. Bruchstücke von Liedern schossen ihr durch den Kopf: *Peccatoribus. Lux. Ora pro nobis.*

Sünder. Licht. Bitte für uns.

»Pizza!«, rief sie nach oben.

11

Samstag, 14. November

Am Samstagmorgen war Carly nicht aufzufinden. Weder fütterte sie Glock mit Cheerios, noch machte sie die Tür auf, als Leda bei ihr klopfte. Sie versuchte, sich keine Sorgen zu machen. Carly war Verfechterin von Ohrenstöpseln und Schlafmasken; wahrscheinlich verschlief sie die Yoga-Verabredung einfach.

Yoga war ja eigentlich nicht Ledas Ding. Aber heute hätte sie die Ablenkung gebrauchen können. Sie hatte mitten in der Nacht noch eine Nachricht von Ian bekommen.

Können wir reden?

Danach hatte sie nicht mehr einschlafen können. Sie hatte bis zum Morgen auf ihrer Veranda gehockt und Charlottes Postkarten nach einem einzigen Wort durchforstet: Ian. Er hatte so eine beträchtliche Rolle in ihrem Leben gespielt, da hatte Pia doch wahrscheinlich über ihn Bescheid gewusst.

Als Carly Stunden später die Tür nicht aufmachte, kehrte Leda auf die Veranda zurück und starrte die unsichere Handschrift auf den Karten an, während die Sonne aufging, die Beine nackt und kalt unter dem schmuddeligen Psi-Delta-Morgenmantel. Inzwischen hatte sie alle überflogen … aber nicht jede einzelne *gelesen.* Nicht richtig. Sie wollte es einerseits, aber andererseits auch wieder nicht. Genauso ging es ihr mit dem Drachen. Faszinierend und beängstigend zugleich.

Liebe Charlotte, mir ist aufgefallen, dass du oft die Tür offen lässt. Weil du es vergisst, oder mit Absicht? Zu viel Holz im Ofen vielleicht? Natürlich ist hier draußen niemand außer den Ziegen, aber man weiß ja nie.
Deine Pia

Kein Ian. Keine Anspielung auf Ian. Offen gestanden verwirrten die Postkarten Leda mehr als alles andere. Wo *war* Charlotte? Und wer war diese Pia, die Charlotte so seltsam beobachtete und ihr davon erzählte?

Liebe Charlotte, ich habe zugesehen, wie der Schnee in deine Hütte wehte, während du morgens Holz holen warst. Die Tür stand (schon wieder!) offen. Warst du bis an der Kante? Es war so neblig, ich konnte nicht weit sehen, aber ich habe an die krummen Pechkiefern gedacht und an den Lorbeer. Dann zog so viel Dunst auf, dass ich deine Hütte gar nicht mehr sehen konnte. Deine Pia

Eine nach der anderen drehte sie die dunstigen Bäche, Herbstfarben und Sonnenaufgänge über dem Gebirge um.

Liebe Charlotte, wieso mag ich die Stillen, Empfindsamen so? Sie sind letzten Endes auch nicht anders. Deine Pia

»Hey.«

Leda fuhr zusammen und versteckte die Karten unter ihrem Mantel. Es war Naadia, die sich mit zerzaustem Haar die Augen rieb wie ein Kind.

»Ganz ruhig. Ich bins nur.«

»Tschuldige.« Leda überspielte bemüht, dass sie sich gerade einen Stapel Postkarten in den Morgenmantel gesteckt hatte.

Naadia schien nichts bemerkt zu haben. Sie war immer noch im Halbschlaf, nahm den Vape Pen aus der Tasche und rieb sich erneut die Augen. »Hat dir eigentlich schon jemand gesagt, dass du dich in letzter Zeit ein kleines bisschen merkwürdig aufführst?«

»Nein.« Leda dachte an die Waffe, die sie bei Clarence gelassen hatte. Sie betrachtete ihre bleichen, aderigen Füße. »Was meinst du?«

»Na ja, du bist *schreckhaft.*«

»Oh. Nein.« Leda verschränkte die Finger über dem Knie, genau wie Charlotte als Ballkönigin. »Hat noch niemand erwähnt.«

Naadia gähnte. »Willst du vielleicht drüber reden?«

Irgendwo klirrte eine Glasflasche in einen Container mit noch mehr Flaschen, und Leda spürte den Schreck bis ins Mark. Vögel flogen aus dem Bambus im Garten in die benachbarte Baugrube. Die Bäumchen dort waren immer noch nicht eingepflanzt.

»Glaube nicht«, sagte Leda, als Naadia zum zweiten Mal gähnte. »Aber danke.«

Ihre Schwester zuckte bloß die Schultern und ging zurück in Richtung ihres Zimmers. Sie bohrte nicht weiter nach, und Leda war eigenartigerweise enttäuscht.

»Naadia? Hast du Carly heute Morgen schon gesehen?«

»Hm … Ich glaube, die hat bei Benjamin übernachtet.«

Naadia ging wieder rein und ließ Leda die an den Wurzeln zusammengebundenen Bäume der Nachbarn anstarren. Carly hatte sie versetzt. Erst ihr so eine mütterliche Nachricht schicken – als würde sie sich wirklich Sorgen machen, als würde ihr wirklich was an ihr liegen – und dann verschwinden und es mit ihrem britischen Gentleman treiben.

Ich muss hier raus, dachte Leda. Sie brauchte Abstand, eine neue Perspektive. Was auch immer das hieß.

Sie schrieb Mary:

Hast du Zeit?

Mary antwortete nach ein paar Minuten.

Zwischenprüfung von zu Hause in 1 Std. Melde mich danach.

Dann eben nicht. Leda schaltete ihr Handy stumm und kramte die Postkarten wieder hervor. Sie setzte sich bei geschlossener Tür an ihren Schreibtisch.

Liebe Charlotte, gerade ist ein Neuer auf der Farm angekommen. Er reist seit Monaten durchs Land und schläft in Autos, im Park, auf Parkplätzen. Er »findet sich selbst« (seine Worte), indem er Vertrauen in die Welt und die Menschen setzt. Er fährt per Anhalter. Er klopft an Türen und bittet um Wasser. »Freiheit« – noch so ein Wort von ihm. Ich habe versucht, die Welt um etwas zu bitten. Ich habe versucht, Menschen zu vertrauen. Versuche es immer noch. Aber ich frage mich langsam, ob es möglich ist, das (als Frau) zu tun und zu überleben. Deine Pia

Leda las die Karte zum zweiten Mal. Dann stand sie auf, suchte ihre Laufschuhe und schnürte sie zu. Was sollte das ganze Barfuß-Ding, fragte sie sich. Hatte es mit Vertrauen zu tun (um Pias Wort zu verwenden) – Vertrauen in die Menschheit, Vertrauen, dass die Welt sich um einen kümmern werde – oder mit Dummheit?

Sie fand den Zettel, auf dem Tamara ihre Nummer notiert hatte. *Weißt du, ob Charlotte im Sommer irgendwo hingefahren ist?*, schrieb sie mit Blick auf die Postkarte, die sie gerade gelesen hatte. *Auf eine Farm … oder irgendwo aufs Land?*

Sie hätte auch Flora fragen können, Charlottes Mitbewohnerin, die bereits erwähnt hatte, das Charlotte nicht da gewesen war, aber sie hatte ihre Nummer nicht.

Direkt unter ihren Unterhaltungen mit Tamara und Mary prangte Ians Nachricht von 4.30 morgens.

Können wir reden?

Sie starrte die grauen Buchstaben an, bis das Display schwarz wurde.

Draußen war es kalt, aber ihr wurde schnell warm. Sie lief zum Lawn. Tatsächlich sprintete sie auf der Fahrradspur, damit sie nicht auf Fußgänger achten musste. Ihr Handy hüpfte in der Reißverschlusstasche ihrer Leggings. An ihrem Ellbogen rauschten Autos vorbei. Sie kam am Verbindungshaus der Sonnenbrille vorbei, aus dem Dub Reggae schallte. Sie kam an ein paar Theta-Mädchen vorbei, die ein übergroßes Füllhorn schleppten. Dann Ginkgos und Platanen über ihr. Am Rande ihres Sichtfeldes blitzten weiße Säulen auf. Auf dem Gras des Lawn lag Reif. Leda konnte ihren Atem sehen – weiß und warm –, als sie vor Ians Tür stehen blieb. Sie versuchte, sich in den Geisteszustand zurückzuversetzen, den sie gestern mit der Waffe in der Hand erreicht hatte. Kontrolle. Gelassenheit. Sie hob die Hand und klopfte.

Niemand öffnete. Sie wartete und hielt die Luft an, wie ihr auffiel, als sie ein zweites Mal klopfte. Sie atmete aus. Was erwartete sie? Einen Schrei? Einen Schuss?

Als sie sich gerade umgedreht hatte – erleichtert, ganz ehrlich –, ging die Tür auf.

»Oh …« Ian hatte offensichtlich nicht mit ihr gerechnet. Er blinzelte, die Augen trübe und blutunterlaufen. »Ich meine, tut mir leid. Hi. Geht es dir gut?«

»Hm?«

Ian kratzte sich am Kopf. »Du bist ganz außer Atem.«

War sie wirklich, nicht wahr? »Ich war laufen.«

»Als ich dich zuletzt gesehen habe, bist du vor mir weggelaufen. Und jetzt …« Womöglich versuchte Ian zu lächeln, aber es wirkte gequält. »Willst du reinkommen?«

»Schon gut«, sagte Leda, obwohl ihr kalt war. Sie erhaschte einen Blick auf das ungemachte Hochbett hinter ihm. Das Zimmer roch vertraut – die Laken, der Kamin –, obwohl sie sich eigentlich nicht erinnern konnte, darin gewesen zu sein. »Hab deine Nachricht heute Morgen gesehen.«

Natürlich nicht der eigentliche Grund für ihren Besuch. Sie war hier, um es zu beenden – was auch immer *es* war.

»Cool.« Ians Begeisterung klang gekünstelt. »*Ja.* Gut, lass mich schnell meine Jacke anziehen.«

Er schloss die Tür, und Leda wartete, betrachtete ihren Atemdampf. Der Lawn war ungewöhnlich ruhig. Ein dick eingepacktes Mädchen – vielleicht drei Jahre alt – fuhr mit dem Dreirad über den silbrigen Rasen, ihre Mutter joggte neben ihr her. Die Kleine trug Knieschoner, Ellbogenschoner und einen Helm. Sicherheit geht vor? War das das Motto? Andererseits konnte das Mädchen so weder den Wind in ihrem Haar noch auf der Haut spüren.

Leda sah auf ihr Handy, vielleicht, um sich weniger allein zu fühlen.

Ich glaube, Chars Tante hat eine Farm, hatte Tamara geschrieben. *Ist aber weit weg …*

Leda musste an die Schaffelle in der Gemeinschaftsküche denken. Die Ziegenfigur aus Wolle. Oder war es ein Schaf gewesen? Sie schrieb:

Wie weit?

Tamara: *2 oder 3 Std? Der Name war irgendwas mit Dog.*

Danke, schrieb sie, als Ians Tür sich geräuschvoll öffnete.

Tamara fragte:

»Bist du sicher, dass du nicht reinkommen willst? Hab grad Feuer gemacht.«

»Ganz sicher.« Leda steckte ihr Handy wieder ein. Sie sahen einander schweigend an. »Du siehst …«

»Müde aus«, beendete Ian den Satz und schloss die Tür. »Ich sehe müde aus, nehme ich an.«

»Stimmt.« Ja. Er sah aus, als hätte er gar nicht geschlafen. Als wäre er (wie Carly behauptet hatte) von der Polizei befragt worden. Verhört. Gab es da einen Unterschied? »Du hast mir ganz schön spät geschrieben.«

»Tut mir leid. Mir war nicht bewusst, wie spät es schon ist.« Ian zog den Reißverschluss seiner Jacke hoch, sah Leda ins Gesicht und direkt wieder weg. »Ich entschuldige mich permanent, aber es tut mir wirklich leid, wenn ich neulich blöd zu dir war. Ist anscheinend ein heikles Thema.«

»Was?«

»Charlotte.« Ian schluckte, als hätte das Wort seine Kehle ausgetrocknet. »Du bist nicht die Einzige, die mich danach – nach *ihr* – gefragt hat. Und ich will nicht, dass ausgerechnet du denkst …« Er verstummte.

»Dass ich was denke?«

Ian räusperte sich und fing noch einmal von vorn an. »Ich verstehe, wieso es vielleicht unangenehm für dich war, von meiner Beziehung mit Charlotte zu erfahren.« Seine Stimme klang jetzt weich und monoton, als hätte er seine Worte und den Tonfall einstudiert. »Also, wenn du zurückdenkst … dann fällt dir vielleicht wieder ein, was in der Nacht passiert ist.«

Ich kann mich an nichts erinnern, sagte Leda nicht. Sie zog sich die langen Ärmel über die Finger und sah über den menschenleeren Lawn. »Wieso hast du mir gestern diese Nachricht geschickt?«

»Welche?«

»Die mit dem Schönsein.« Die Schürfwunden an ihren

Händen juckten, als würde Ians Daumen immer noch gegen die empfindliche Haut drücken.

»Ich weiß nicht.« Er wirkte verlegen … und noch etwas anderes. Aufgeschreckt. Nervös. »Weil es wahr ist.«

Sie wollte etwas sagen, aber ihr Handy unterbrach sie. Carly rief an, als hätte sie Ians Gegenwart gespürt. Leda ließ es klingeln.

Ooh, see that girl …

Als »Dancing Queen« verklungen war, schrieb Carly eine Nachricht.

WO BIST DU? Notfall!

Leda antwortete nicht. Carly war bestimmt bloß melodramatisch.

»Also.« Leda trat einen Schritt von Ian zurück. Herzukommen war keine gute Idee gewesen. »Ich muss los.«

»Ich kann mitkommen.«

Das war keine Frage, und sie hielt ihn nicht davon ab. Natürlich musste sie nirgendwohin. Sie war hier, um mit ihm zu reden, um Schluss zu machen. Die ganze Sache wurde zu merkwürdig, zu nervenaufreibend. Aber es stellte sich als deutlich schwieriger heraus, tatsächlich den Mund aufzumachen und es auszusprechen, als sie gedacht hätte. Wenn sie es ihm doch nur auf Spanisch sagen könnte, dann könnte sie sich auf die Grammatik konzentrieren statt auf die Bedeutung.

Er folgte ihr über den gepflasterten Weg an den knochenweißen Säulen entlang. Keine Spur mehr von Halloween – keine Ballons, keine Girlanden, keine Süßigkeiten.

Ian fragte: »Versuchst du, dich zu erinnern?«

Sie dachte an die aufgerissene Naht ihres Kleides, an das fehlende Kondom. Sie dachte an das eingetrocknete Blut an ihrer Lippe und die Periode, die immer noch ausblieb. Wie sollte sie irgendwas davon auch nur ansprechen?

»Es ist zwei Wochen her«, sagte sie.

Ian ging nicht darauf ein. »Ich weiß, dass alle dir was einreden wollen.« Seine blauen Augen suchten ihren Blick. »Ich weiß, was sie sagen, und ich will einfach … ich weiß es nicht. Ich mag dich, und ich will, dass du mir vertraust. Ich will nicht, dass du irgendwas Schreckliches von mir denkst.«

Ich mag dich. Dabei zog sich ihr Herz immer noch ein wenig zusammen. Aber sie konnte sich nicht einfach auf Kommando erinnern. Ihr fielen nur Bruchstücke ein, Fetzen. Sie wusste, dass das Pflaster sich kalt an den nackten Füßen angefühlt hatte. Ihre Stiefel hatte sie in der Hand gehalten. Eine zerrissene schwarze Girlande hatte auf die dunkle Mitte des Rasens gedeutet, und sie war erschrocken, als hätte sich ein Streifen aus der Nacht gelöst. Sie war ein Stück gelaufen und in Luftschlangenspray getreten. Wie hatte sie das vergessen können? Gegen eine Säule gelehnt hatte sie versucht, die klebrigen Füße in die Stiefel zu stecken. Sie hatte einen wurmartigen pinken Streifen am Stein hinterlassen.

Ian fragte: »Weißt du noch, um welche Zeit du von mir losgegangen bist?«

»Nein.« Leda schüttelte den Kopf. »Ich bin einfach … weg.«

Sie schwieg erneut. Ein heftiger Wind fegte über den rechteckigen Platz hinweg.

»Hey, für mich ist das auch nicht leicht.«

»Meinst du, für mich?«

Wenn etwas Furchtbares passiert war, würde sie sich dann erinnern?

»So habe ich das nicht gemeint.« Er wurde langsam ungeduldig. »Aber … vielleicht drücke ich mich unklar aus. Als ich aufgewacht bin, warst du nicht mehr da. Ich frage mich, warum du gegangen bist. Ich bitte dich, dich zu erinnern, ob es an mir lag.«

»Mary …«, setzte Leda an. »Mary sagt, dass sie mich gesehen hat.«

»Wann?«

»Weiß ich nicht.«

»Mehr nicht? Sie hat dich einfach gesehen?«

Der Wind pfiff durch eine Gasse und ließ die Kälte in den geschützten Hof dringen. Als sie am Ende der Kolonnade endlich in die Sonne traten, war es dort auch nicht wärmer als im Schatten. Vor Bell Hall war niemand. Es war noch früh. Und Samstag. Leda ging auf irgendein Gebäude zu und hoffte, dass die Türen nicht verschlossen waren.

»Betrachte es doch mal so.« Ians Ton klang angespannter als zuvor. »Wenn dich jemand nach der Nacht mit mir fragt …« Trotz der Kälte schien er zu schwitzen. »Was würdest du sagen?«

Plötzlich war Leda schlecht. »Darum geht es dir also?« Sie ging schneller, ohne aus dem Tritt zu geraten. Sie betrat ein Gebäude, die trockene Wärme umschloss sie fest. »Du willst wissen, was ich über dich, über diese Nacht sage, *falls jemand danach fragt.*«

Sie standen in einem offenen, leeren Treppenhaus. Im leeren Flur dahinter waren leere Seminarräume.

»Ich meine doch nur, wenn ich irgendwas klarstellen kann …« Ian sprach leiser, um ein Echo zu vermeiden. »Wenn ich dich davon überzeugen kann, dass nichts passiert ist …«

»Mary hat gesagt …« Ledas Stimme wechselte die Oktave. »Sie sagte, ich habe in der Nacht weinend vor ihrer Tür gestanden.«

»O. k. Was noch?«

Leda versuchte ernsthaft, sich zu erinnern. Aber es war, als hätte sie acht Stunden lang in einem Loch gesteckt. »Ian, ich weiß es nicht«, gestand sie kraftlos und kleinmütig. »Ich hatte einen Filmriss.«

»Aber …« Ian stockte. Leda hatte erwartet, dieses Eingeständnis werde alles verändern. Nun wäre eine echte Entschuldigung von Ian das Allermindeste. Aber offensichtlich war es für ihn gar keine Überraschung. Er sah nicht erstaunt aus. Er hatte von ihrem Zustand gewusst. Seine Stimme klang dünn und gepresst. »Weißt du noch, ob dich irgendwas aus der Fassung gebracht hat? Irgendwas Bestimmtes?«

»Sag du es mir doch.« Leda sprach schnell. »Hast du irgendwas *getan,* das mich hätte aus der Fassung bringen können?«

Ian schwieg. Leda drehte sich um und ging die breite Treppe hinunter, hielt sich am Geländer fest und hatte dennoch das Gefühl zu fallen. In ein bodenloses Loch. Wie in *Alice im Wunderland* zum Beispiel, wo unten nicht bloß Dunkelheit war, sondern eine ganz neue Wirklichkeit. Deren Regeln man lernen musste, sonst hatte es Konsequenzen. Nicht alles, was freundlich wirkte, war es auch. Aber das galt auch für Dinge, die böse wirkten.

Ian folgte ihr, zu nahe.

Leda sagte: »Ich muss nach Hause.« Aber was sie mit »nach Hause« meinte, wusste sie nicht. Sie ging noch einen Treppenabsatz weiter nach unten. »Ich glaube, wir sollten das sein lassen.«

»Was sein lassen? Hier geht es nicht nur um dich.« Ian zischte: »*Irgendwas* ist in der Nacht passiert, und ich will es einfach nur verstehen.«

»Ach ja.« Leda blieb am Fuß der Treppe stehen und drehte sich zu ihm um. Sie dachte daran, was die Sonnenbrille in den zehn Minuten gesagt hatte, die sie sich vor dem Sex gekannt hatten. *Du bist mir auch egal.* »Du hast Angst. Weil du, nachdem ich weg war, überall gewesen sein kannst.«

Ian wollte etwas sagen, aber sie hob den Finger.

»Nach allem, was die Polizei weiß, hättest du auch bei Charlotte sein können.«

Wie schön du bist, hatte er geschrieben. Was für ein Schwachsinn.

Ians Mund stand immer noch offen, aber er sagte nichts. Eigentlich erwartete sie eine Reaktion. Warum stritt er es nicht ab? Sie wandte sich ab – dieses neue Schweigen, die Leere verstörten sie –, und er streckte die Hand aus, als wolle er sie aufhalten. Seine Finger berührten sie am Handgelenk.

»Ian.« Sie sah ihn direkt an. Aus irgendeinem Grund hatte sie keine Angst, sie war stinksauer. »Fass mich nicht an.«

Er ließ sie sofort los.

Sie entfernte sich mit schnellen, gleichmäßig hallenden Schritten. Sie war sein Alibi. Das verstand sie jetzt. Er hatte darauf gesetzt, dass sie nüchtern genug gewesen war, um zu bestätigen, dass sie zusammen gewesen waren, aber betrunken genug, um sich nicht an Einzelheiten zu erinnern.

Der Korridor im Untergeschoss war dunkel und verlassen. Heute waren weder Studierende noch Professoren hier. Sie schaute nur einmal zurück; niemand da. Nur Stille. Sie ging an Schwarzen Brettern voller Suchplakate und DU HAST EINE STIMME vorbei, darunter auch ein ihr bisher unbekanntes – VERMISST: LINETTE JOHNSON. Sie blieb stehen, betrachtete das Mädchen, das sie noch nie gesehen und von dem sie noch nie gehört hatte. Unter ihrem Foto die gleichen stichpunktartigen Merkmale: Augenfarbe, Alter, Hautfarbe … Vor drei Jahren war sie (braune Augen, achtzehn, schwarz) zuletzt gesehen worden. Damals war sie fünfzehn Jahre alt gewesen.

Eine Tür schwang auf, und ihre Gedanken schossen sofort zurück zu Ian. Eine Gestalt kam aus einem der Räume am Ende des Ganges und eilte auf sie zu. Leda schaute zurück in die Richtung, wo Ian gewesen war, aber das Treppenhaus war leer. Sie wartete angespannt, bis sie die Person besser erkennen konnte.

»Flora?«

Flora blieb stehen. Anscheinend hatte sie Leda auch nicht erkannt. Ihr rosa Haar stand in alle Richtungen ab. Sie sah erschrocken aus. Schuldbewusst. Aber was hatte sie gemacht?

»Hey!« Flora fuhr sich mit der Hand durchs Haar, was

ihre Frisur nur noch wilder wirken ließ. »Hab dich gar nicht gesehen. War weit weg. Alles klar, Leda?«

Leda runzelte die Stirn, weil Flora selbst nicht aussah, als sei »alles klar«. Ihre Glitterwangen wirkten verquollen, als hätte sie geweint.

»Mir gehts gut«, sagte Leda, obwohl ihr Körper immer noch voller Adrenalin war.

»Toll!« Floras Stimme klang angestrengt. »Dann bis bald!«

Leda wollte eigentlich noch etwas sagen, aber Flora machte sich hastig aus dem Staub.

Am anderen Ende des langen Korridors blieb Leda vor dem Raum stehen, aus dem Flora gekommen war. An der Tür hing ein Papierschild: EINFÜHRUNG FOTO.

Es war nicht abgeschlossen, und es brannte immer noch Licht. Bis auf die schwarze Drehtür am anderen Ende war an dem Raum nichts Ungewöhnliches. So eine Tür kannte sie von der Dunkelkammer ihrer Highschool, wo sich gern Pärchen zum Knutschen getroffen hatten, auch solche, die nicht im Fotokurs waren. Vor einer Woche hätte Leda dabei noch an Ian denken müssen, aber seitdem hatte sich so viel verändert.

Sie trat durch die Lichtschleuse. Das Ganze fühlte sich an wie ein Zaubertrick – man ging in einem bestimmten Zustand hinein, drehte die Tür und kam in einem ganz anderen wieder heraus.

In der rot erleuchteten Dunkelkammer war es wie in einem warmen Wandschrank. Leda sah sich leise um, obwohl niemand anwesend war. Sie wusste nicht einmal, wonach sie suchte. Da standen fünf Vergrößerungsgeräte und ein Waschbecken mit chemischen Bädern. Ein paar entwickelte Abzüge hingen an einer Schnur. Darunter befand sich ein großes Regal mit schmalen Fächern. An jedem Fach stand ein Name. Es gab Flora Blackshear, ziemlich weit oben. Und in der Mitte: Charlotte Mask.

Aus Charlottes Fach ragte eine Mappe heraus. War Flora

gerade hier gewesen, fragte sich Leda, und hatte sich Charlottes Fotosammlung angesehen? Vielleicht hatte sie Panik bekommen, als sie Ian und sie im Flur gehört hatte. Die Fotos in der Mappe lagen auch kreuz und quer, als hätte sie jemand in Eile wieder zurückgesteckt.

Die ersten Bilder waren ganz ähnlich wie die, die Leda auf der Speicherkarte der Spiegelreflexkamera gesehen hatte. Ein Junge mit freiem Oberkörper hatte die Daumen durch die vorderen Gürtelschlaufen geschoben und zeigte einen dunklen Schamhaaransatz. Zwei Hände hielten den beinahe nackten Hintern eines Mädchens, die Unterwäsche war zwischen die Pobacken gerutscht. Ein Junge weinte über einem riesigen Glas Erdnussbutter.

Charlotte hatte ihren Namen auf die Rückseite der Fotos geschrieben, dazu – vermutlich – einen Titel: *Unschuld/Erfahrung*. Es waren gute Bilder, erkannte Leda, auch wenn sie nicht genau wusste, warum. Weder romantisch noch wertend. Sie erforschten, als habe Charlotte einfach versucht, etwas zu verstehen, diese Welt zu verstehen, in der die klassenbesten Jungen und Mädchen sich so gehen ließen. Oder waren es *Männer* und *Frauen*? Vielleicht etwas dazwischen? Nicht erwachsen, aber auch keine Kinder mehr.

Wieder dachte Leda an das Foto, das Charlotte von ihr gemacht hatte – wie sie im Cathouse ein Kondom von einem Gorilla überreicht bekam. Hatte sie selbst auch ihre verborgenen Seiten erforscht? Ihre Fantasien? Ihre Verletzlichkeit? In der hier festgehaltenen Welt – der Welt namens College – schien Selbsterforschung immer mit extremer Ausschweifung einherzugehen. Als sei die Konfrontation mit dem Selbst zu gefährlich, zu beängstigend, um sie nüchtern zu wagen.

Leda sah sich noch einmal den Jungen mit den Gürtelschlaufen an. Es *war* gefährlich, entschied sie. Man konnte verletzt werden, wenn man zu sehr nachforschte. Man konnte vor ein Auto laufen. Oder vom Dach fallen. Jemandem vertrauen, dem man lieber nicht vertrauen sollte. Und man konnte auch Schaden anrichten. Weil es nicht nur um einen selbst ging; andere Menschen erforschten ebenso ihre zarte Wildheit.

Konnte man auch verletzlich und trotzdem vorsichtig sein?

Nach einem Dutzend College-Fotos schien Charlotte aus dieser Welt in eine andere zu wechseln – eine aus Nebel, Bäumen und Ruhe. Erst eine scharfkantige Klippe mit nichts als Dunstschwaden darunter. Dann eine tätowierte Hand mit einem Eimer, in dessen heller Flüssigkeit sich eine menschliche Gestalt spiegelte. Dann die horizontale Pupille eines Tieres, die eine weitere menschliche Silhouette reflektierte. Leda drehte das Bild um. Darauf stand Charlottes Name und darunter der Titel: *Pia.*

Das Wort entfuhr Leda wie ein Fluch: »Pia.«

Sie drehte das Foto wieder um und starrte es an. Dieser Umriss. Sie wandte sich noch einmal der tätowierten Hand mit dem Eimer zu, in dessen Inhalt sich die gleiche undeutliche menschliche Gestalt spiegelte. Es hatte keinen Titel, aber das musste sie ebenfalls sein.

Leda überprüfte die Rückseiten anderer Bilder. Als sie das mit der Klippe ansah, musste sie die Augen zusammenkneifen, so schmal war die Schrift: *Die Kante, White Dog Farm.*

Mehr brauchte sie nicht. Leda schob die Bilder zurück in die Mappe, steckte sie wieder in das Fach mit der Aufschrift *Charlotte* und trat in die Drehtür.

Im Internet fand sie Kontaktdaten und die Adresse der White Dog Farm. Sie lag etwas mehr als zwei Stunden Fahrt in Richtung Südwesten. Also könnte sie morgen einen Tagesausflug unternehmen und rechtzeitig für ihre Vorlesungen am Montag zurück sein. Bis dahin würde sie es bei verriegelter Tür ruhig angehen lassen.

Sie schrieb der Eigentümerin der White Dog Farm – einer Frau namens Daria, wahrscheinlich Charlottes Tante. Die Farm hatte ein Programm für ehrenamtliche Arbeit; Leda überlegte, ob sie ein Interesse an Permakultur oder so ähnlich vorgeben sollte. Stattdessen versuchte sie es mit Ehrlichkeit und gestand ihre vage Verbindung zu Charlotte. Aber sie erklärte nicht, wie sie von der Farm erfahren hatte. Pia erwähnte sie ebenso wenig.

Am Schreibtisch sah sie Pias Postkarten durch, ob sie noch einmal von der *Kante* gesprochen hatte. Heute Morgen war sie auf eine Erwähnung gestoßen, aber sie hätte schwören können, dass Pia sie mehr als einmal genannt hatte. Sie überflog Karten, in denen es um Vögel ging – Einzelheiten über Schnabelformen und Gefieder. Es gab Beschreibungen von Bäumen und noch eine Bemerkung zu Charlottes offener Tür.

Liebe Charlotte, hast du den Zaunkönig wieder aus deiner Hütte bekommen? Ich weiß nicht, was du erwartest, wenn du ständig die Tür offen lässt. Wen willst du hereinlassen? Meiner Erfahrung nach wird das früher oder später jemand ausnutzen. Deine Pia

Leda warf einen Blick auf ihre eigene verriegelte Tür und dachte an das Mädchen, das sie mit Ian auf dem Weg zum Stausee gesehen hatte, als es in sein rosa Zelt gerannt war und den Reißverschluss von innen zugezogen hatte. Schon komisch, wie eine dünne Zeltplane, eine abgeschlossene Tür oder das blinkende Licht einer eingeschalteten Alarmanlage für eine Illusion von Sicherheit sorgen konnten.

Dann fand sie die Kante – kurze, knappe Erwähnungen. Eine Art Abhang, dachte Leda. Eine Felswand. Ein Berggipfel. Diese Postkarten endeten genau wie alle anderen: *Deine Pia.* Wenn sie Pia fand, schwor sich Leda, würde sie ihr die Karten zeigen. Dann würde sie Pia irgendwie dazu bringen, ihr Charlottes Teil der Korrespondenz zu zeigen. Auch wenn es wahrscheinlich unklug wäre, dem Mädchen zu schnell zu vertrauen. Wer weiß, ob Pia nicht irgendeine Schuld traf.

Die nächste Postkarte im Stapel war länger, die Schrift kleiner, weil kaum genug Platz war.

Liebe Charlotte, der Typ mit der Mundharmonika spielt immer den gleichen Rhythmus. Ich habe ihn gefragt, ob er den Klang in seinen Träumen hört, und er wollte wissen, warum ich das frage. Ich wusste es nicht. Ich glaube, ich habe ihn verärgert. Hier auf der Farm stelle ich immer noch Fragen, aber niemand kann mir antworten. Man sollte meinen, so wäre ich gezwungen, selbst zu antworten.
Deine Pia

Als Leda wieder aufschaute, war eine Stunde vergangen, und sie hatte Hunger. Sie hatte den ganzen Tag noch nichts gegessen, also schleppte sie sich runter in die menschenleere Küche. In der Kühlschranktür stand ein eingetrockneter Block Frischkäse, und sie nahm ihn heraus und untersuchte ihn nach Schimmel, als sie ein Wimmern hörte. Leda sah auf – und starrte auf Carlys Emotionstafel, die heute leer war. Es schien niemand da zu sein, also wandte sie sich dem Käse wieder zu. Aber da ertönte erneut das Wimmern, gefolgt von einem Schniefen, das vom Sofa im Gemeinschaftsraum kam. Genauer gesagt aus einem bebenden Deckenhaufen.

Leda zog die Decken zurück und entdeckte Carly, die sich die Augen aus dem Kopf heulte. Bis zu diesem Moment hatte sie Carlys Notfallnachricht vergessen, aber so ein schlechtes Gewissen hatte sie deswegen auch nicht. Sie war ehrlich gesagt immer noch sauer auf ihre Große.

Dennoch sprach sie sie sanft an. »Was ist denn los, Car?«

Carly nuschelte etwas in ihr Kissen.

Ledas Handy klingelte. Auf dem Display stand UNBEKANNT. Sie drückte den Anruf weg. »Ich verstehe dich nicht, Carly.«

Carlys Gesicht kam zum Vorschein, die Wangen sahen aus wie rohes Hähnchenfleisch, dann vergrub sie es wieder, ohne etwas zu sagen. Typisch Carly. Musste immer im Mittelpunkt stehen. Egal, was jemand anderem passierte, sie musste immer dafür sorgen, dass es um sie ging.

Leda tat das natürlich nicht. Oder doch?

Zwischen Schluchzern flüsterte Carly schließlich: »Er ist gar kein Brite.«

Leda verstand kein Wort. »Wer?«

Carly kramte ein Taschentuch aus den Sofakissen hervor. »Benjamin.« Ihre Lippe zitterte. »Wenn er überhaupt so heißt.«

Leda streichelte Carly halbherzig über den Rücken. »Carly, das musst du mir erklären.«

Aber Carly hatte wieder angefangen zu weinen, ihr ganzer Körper bebte. Leda gab sich Mühe, mitfühlend zu sein, aber sie musste die ganze Zeit an die aufgesetzte Mütterlichkeit und die unaufrichtigen Nachrichten denken, wie Carlys Augen nach dem Latte-Unfall durch sie hindurchgeblickt hatten, als würden sie sich kaum kennen, als wären sie gar keine Freundinnen.

Glock pfiff in der Ecke und spreizte die Haube. »Superman.« Er hielt sich mit den Füßen an den Metallstangen fest. »Bitches.«

Vielleicht sollte ich auch weinen, dachte Leda. *Vielleicht ist das eine normale Reaktion.* Sie strich Carly über den Rücken. »Car, warum ist deine Emotionstafel leer?«

»Hab sie ausradiert«, sagte Carly entschieden.

»*Bitches.*«

»Klappe, Glock!«, kreischte Carly. »Benjamin hat mich komplett belogen. Er ist gar kein Engländer.«

Leda bemühte sich um einen sanften Tonfall. »Na ja, ist er vielleicht Australier?«

»Er ist ein Lügner«, sagte Carly mit dem Gesicht im Sofa. »Ich hab ihn gehört.«

»Was hat er denn gesagt?«

»So meine ich das nicht.« Carly setzte sich auf und hielt sich die Faust voll Kleenex vors Gesicht. »Ich hab ihn gehört. *Reden gehört.*« Sie putzte sich die Nase und lehnte sich mit ihrem ganzen Gewicht an Leda. »Am Telefon mit seiner *Mummy.* Er dachte, ich schlafe.«

»Also ist er kein …« Leda sah ihre Freundin an und kapierte es endlich. »Er kommt nicht aus England?«

»Nein, aus Kentucky. Wollte es erst nicht zugeben. Aber ich hab ihn doch gehört. Der klingt wie ein totales Landei.«

»Dann ist er gar kein Student? Studiert er nicht Philosophie?«

»Weiß ich nicht.« Carly umklammerte das Taschentuch und schnäuzte sich noch einmal. »Ich weiß nicht, wer er ist. Ich weiß überhaupt nichts!«

Von außen betrachtet war das jetzt keine weltbewegende Entdeckung. Aber Carly ging es nicht um neue Perspektiven. »Car, was für ein scheiß Creep.«

»Ich kam mir so bescheuert vor«, sagte Carly ermutigt. »Wie ich da vor seinen *mates* ausgerastet bin.« Zwischen Carlys Augen hatte sich eine Furche gebildet. Aber ihre Atmung verlangsamte sich nach und nach. »Ich habe versucht, meine Emotionstafel auszufüllen, aber die passenden Smileys gibt es gar nicht.«

Die beiden saßen eine Weile Schulter an Schulter da, dann fing Carly an zu lachen. Leda sah ihre Freundin an. Sie war auf einmal verstört, wenn auch zu Unrecht. Sie sollte froh sein, dass Carly darüber hinwegkam und sich wieder einkriegte. Stattdessen kam sie sich manipuliert vor.

»Wir hatten Sex«, hickste Carly, »und er hat es ›pimpern‹ genannt. Wie soll man jemandem da noch trauen können?«

Glock murmelte: »Super.«

»Wir sind hier doch nicht bei Austin Powers.« Carly stand auf und zupfte sich Taschentuchkrümel vom Oberteil. »Oh Mann. Ich hab so einen Hunger, Lee. Willst du auch was essen?«

Leda folgte Carly in die Küche, obwohl sie keinen Appetit mehr hatte. Carly hatte mit Benjamin *gepimpert*, während sie sich angeblich so um Ledas Sicherheit gesorgt hatte. Gerade als es aussah, als könne Leda sich auf ihre Große verlassen, auf ihren Schutz, heulte die wegen Benjamin.

Carly holte etwas aus dem Schrank, das wie Waschmittel aussah: eine Backmischung. Fertig-Pancakes gehörten zu ihren Leibspeisen. Das wusste Leda aus ihren Große-Kleine-Fragerunden zum Kennenlernen. Sie kannte auch Carlys Lieblingsfarbe: Gelb. Und ihr Lieblingstier, zugleich die Antwort auf die Frage, was sie als Kind hatte werden wollen: ein Affe. Wieso? *Weil die laut sind*, hatte sie gebrüllt.

Hatte Leda ihre Freundin mithilfe dieser Quizrunden richtig kennengelernt? Hatten diese Details, dieses unnütze Wissen, ihr wirklich etwas über Carly verraten? Damals hatte Leda daran geglaubt. Aber nun schien ihr all das albern und belanglos verglichen mit einer anderen Art von Fragenkatalog: *Gewicht*, *Haarfarbe*, *Augenfarbe*, *Alter*, *Hautfarbe*. Charlotte Mask. Linette Johnson. Und wie viele andere wurden gar nicht gemeldet? Leda war im ersten Semester gewesen, als Johnson verschwunden war. Damals gab es keine Mahnwachen. Keine Suchaktionen. Keine Medienberichte. Keine Belohnung.

Im Psi-Delta-Haus würde die Benjamin-Geschichte höhere Wellen schlagen als Linette Johnsons Verschwinden. Sie würde auch die wachsende Zahl an Indizien dafür überlagern, dass Ian *gewusst* hatte, dass Leda nicht richtig bei Bewusstsein gewesen war. Er hatte es vermutlich sogar *geplant*. Es konnte gut sein, dass die ganze Doch-kein-Engländer-Krise zumindest einen Tag lang selbst Charlotte überschattete.

Carly dehnte sich mit der Teigmischung in der Hand nach vorn, um die Sofaverspannung aus dem Rücken zu bekommen. Beim Aufrichten sang sie Amy Winehouse und stieß mit dem Hintern gegen Ledas, als wäre zwischen ihnen alles Friede, Freude, Eierkuchen. Die Große und die Kleine. Schwestern.

Carly rührte Klümpchen aus dem Teig und sang unmelodisch. *(And I wake up alone …)* Es roch nach Butter und Plastik.

»Ich muss duschen«, sagte Leda.

Nur eine Ausrede, um hier rauszukommen. Nach und nach tauchten weitere Psi Delts auf, als hätten sie das Drama gewittert wie Haie Blut. Carly wiederholte bereits den Benjamin-Bericht.

»Er hat es echt durchgezogen. Hat es wohl fast selbst geglaubt. Er hatte richtige *Erinnerungen* parat. Ferien an der Nordsee, Pudding essen mit Gran, oder wie auch immer die ihre Großeltern nennen …«

Oben in ihrem Zimmer (Riegel wieder vorgeschoben) sah Leda, dass sie zwei »unbekannte« Anrufe verpasst hatte. Außerdem hatte sie eine Nachricht von einer fremden Nummer.

Hi Lee! Wollen um 6 Pizza essen – normalerweise machen wir das ja nicht, aber die Jungs treiben mich in den WAHNSINN. Rebellieren total, wollen NICHTS mehr essen. Komm doch gerne mit, wenn du Zeit hast. XOXO Faye

O. k. – Faye. Doch nicht so gruselig. Leda warf einen Blick auf die Uhr. Sie hatte noch reichlich Zeit, aber im Moment konnte sie Clarence und Faye einfach nicht gegenübertreten. Oder Carly. Selbst Mary war mit eigenen Angelegenheiten beschäftigt, führte ihr eigenes Leben.

Aber konnte sie ihren Freundinnen einen Vorwurf machen? Was konnten sie schon tun wegen Linette? Oder Charlotte?

Sie checkte ihre E-Mails und stellte erstaunt fest, dass die Eigentümerin der White Dog Farm ihr bereits geantwortet hatte. Daria meinte, wenn sie Allradantrieb habe, könne Leda vorbeikommen, wann immer sie wolle. Spontan leerte sie ihren Rucksack, kippte Stifte, Neruda und ihr Astronomiebuch aus. Aus den Tiefen ihres Schranks, unter dem Drachen, holte sie die Wanderstiefel ihrer Mutter hervor. Sie umwickelte die Postkarten wieder mit einem Gummiband. Packte ein paar praktische Sachen ein.

Bevor sie ging, zerrte Leda den Drachen ihrer Mutter aus dem Schrank und hängte ihn an die Decke. Sie hämmerte Nägel behelfsmäßig zu Haken und wand den Körper unter der Decke entlang. Als sie fertig war, zeigte das Drachenmaul zur Tür. Sie schulterte ihren Rucksack und sagte sich, sie werde rechtzeitig zurück sein, um ihre Hausaufgaben nachzuholen.

Unten im Psi-Delta-Haus veranstalteten all die Mädchen einen Heidenlärm. Sie aßen Marshmallows und Schoko-Chips. Sie hielten die Gesichter Zentimeter vor den Badezimmerspiegel, trugen Mascara auf und tupften sich mit keilförmigen Schwämmchen Make-up auf. Haartrockner stöhnten. Es war nur eine Stunde vergangen, und schon roch es nach Samstagabend: nach Fertig-Pancakes, Haargel und Glätteisen.

Zuerst bemerkte niemand, wie Leda sich ein paar Flaschen Wasser aus der Küche holte. Carly machte im Flur vor dem Gemeinschaftsraum Handstand, erzählte ihre Geschichte und sah aus wie die Venus von Willendorf nach einem Sommer Pilates.

»... ich will lieber glauben, dass er krank im Kopf ist und nicht einfach ein totaler Schleimscheißer, der mir nur an die Wäsche wollte.« Carly drehte die Zehen Richtung Wand und ließ die kräftige Wadenmuskulatur spielen. »Was er auch geschafft hat.«

Das Badezimmer fragte: »War er wenigstens gut?«

»Geht so.« Carly streckte ein Bein aus und berührte mit dem Zeh die gegenüberliegende Wand. Ihr T-Shirt rutschte herunter und offenbarte ihren blassen Bauch. »Ein großer Ihr-wisst-schon-was allein vollbringt auch keine Wunder.«

Die Mikrowelle machte *bing!* Darin wankte eine Tüte Popcorn, aber niemand holte sie heraus. Ein Mädchen wollte Glock hochheben, wurde aber von seinen scharfen Krallen überrascht. Leda stibitzte sich ein bisschen Proviant aus der Küche. Sie nahm eine Handvoll aus der offenen Schoko-Chips-Tüte und betrachtete die zahlreichen neuen Smileys, die Carly eingekreist hatte: Tapfer, Hoffnungsvoll, Optimistisch, Entschlossen, Stur, Sauer …

»Lee!« Carly hatte ihren Handstand beendet und Leda in der Küche erspäht. Sie stolzierte um die Kücheninsel herum, nahm das Popcorn aus der Mikrowelle und umarmte Leda zu fest. »Lass uns heute Abend Partner sein, Kleine. Ja?«

»Lee!«, quietschten die anderen. Es war wie früher, als alle, selbst die Mädchen, die sie gar nicht kannte, ihren Namen gerufen hatten. Dabei waren sie noch nicht mal angetrunken. Sie waren einfach aufgedreht und in Partylaune. Es brauchte ein gewisses Maß an Zen, um sich in diesen mentalen Zustand zu versetzen, in dem man bereit war, die Vergangenheit zu vergessen, die Zukunft zu missachten und ein Geschöpf des Augenblicks zu werden. Zen oder vielleicht eher Amnesie.

Carly riss die Popcorntüte auf, es dampfte. Die Mädchen schaufelten sich das heiße Zeug mit vollen Händen in den Mund.

Eine deutete auf Ledas Füße. »Was sollen die denn?« Sie hatte den Mund voll. Leda schaute hinab auf die Stiefel ihrer Mutter.

Aber sie musste keine Antwort geben, den irgendwer hatte Eminem eingeschaltet und laut aufgedreht. Es war »Superman«, Carlys Song. Die Mädchen riefen Carlys Namen, tanzten miteinander und sahen über die Schulter auf ihre eigenen Hintern. Carly wiegte sich in Richtung der Musik, und Leda schlüpfte unbemerkt aus dem Zimmer.

Der Pick-up stand zwischen dem Psi-Delta-Haus und dem Cathouse an der Straße. Der Motor brauchte eine Weile, um warm zu laufen. Leda betrachtete den Schuh ihrer Mutter auf der Kupplung. Sie sah auf die Uhr. Kurz nach fünf. Sie dachte an Fayes Einladung – Pizza um sechs. Der Schaltknüppel vibrierte in ihrer Hand.

Bevor sie losfuhr, warf sie noch einen Blick auf das Psi-Delta-Haus. Der Vorhang war einen Spalt geöffnet, und ein blasses, engelsgleiches Gesicht schaute heraus. Unschwer war Carlys weißblondes Haar zu erkennen. Eminem schallte raus in den Abend. Dann verstummte die Musik langsam, als Leda davonfuhr.

12

Samstag, 14. November

Während der letzten Stunde der Fahrt war Leda froh, keinen Empfang mehr zu haben. Jetzt konnte sie niemand erreichen, selbst wenn sie es versuchten. Sie folgte Darias Wegbeschreibung und hielt nach Orientierungspunkten und Meilenschildern Ausschau. Ziemlich beruhigend. Genauso hatten ihre Mutter und sie ihre Wochenenden verbracht und Haushaltsauflösungen und Flohmärkte anhand von Zeitungsannoncen aufgestöbert. Sie hatten sich nach handgeschriebenen Schildern und Reihen seltsam geparkter Autos gerichtet. Sie hielten die Augen nach Anhaltspunkten aus der Anzeige offen: *Zu Ihrer Linken werden Sie Pferde sehen* oder *Folgen Sie den gelben Ballons.* Diese Hinweise entzifferten sie dann wie eine Schatzkarte. Manchmal fanden sie Schätze, manchmal nicht.

Aber mittlerweile war sie aus der Übung. *Die Augen offen halten.* Den Ausdruck hatte sie seit Jahren nicht gehört. Hieß das, dass die Leute weniger aufmerksam waren?

Die Dunkelheit war auch keine Hilfe. Mehr als einmal musste sie zurücksetzen und bog schließlich neben einem verlassenen Schulbus in eine unebene Schotterstraße. Dann fuhr sie zwischen starren Heckenkirschen und prähistorischen Fahrzeugen entlang. Der Schulbus war nur einer von vielen gewesen, wie sich herausstellte. Einige schienen schon bewohnt gewesen zu sein, hatten Schornsteine und mottenzerfressene Vorhänge. Andere waren es vielleicht noch immer. Einmal roch sie Zigarettenrauch. In einem Wagen leuchtete eine nackte Glühlampe.

Je weiter der Weg bergauf führte, desto weniger Anzeichen menschlichen Lebens gab es. Sie war nervös, mit nichts als ihren Scheinwerfern durch Privatgelände zu fahren, auf Geheiß einer Fremden aus dem Internet. Aber sie schob ihren Rucksack ein Stück beiseite und sah sie – Fayes Pistole auf dem Beifahrersitz beruhigte sie ein wenig. Leicht wie ein Spielzeug – und geladen.

Es war nicht schwierig gewesen, in Clarence' und Fayes Haus zu gelangen. Leda hatte einfach in ihrem Truck gewartet, bis sie die ganze Familie zum Pizzaessen wegfahren sah (inklusive Vinnie). Zum Glück hatte sie Clarence' Zettel noch in der Jeanstasche gehabt – mit den Anweisungen für das Sicherheitssystem und den Türcodes. So tippte sie einfach die richtigen Ziffern ein und betrat das Haus. Die Waffe war noch genau da, wo sie sie zuletzt gesehen hatte. *Wenn du irgendwas brauchst,* hatte Faye immer wieder gesagt.

Schon ein bisschen gestört, gestand sie sich ein, die Pistole zu stehlen. Aber sie wollte jetzt nicht wie Charlotte sein. Sie wollte nicht barfuß aus dem Haus gehen.

Eine ganze Weile ruckelte der Truck durch ein steiles Waldstück. Ihr Rucksack hüpfte auf dem Beifahrersitz. Die wenigen Male, die Leda als Kind weggelaufen war, hatte sie immer ein paar Sachen gepackt. Einen Pullover, ein Sandwich mit etwas mehr Marmelade als Erdnussbutter und ein Spielzeug – einen Plastikdinosaurier, einen Flummi. Dann hatte sie alles in ein Tuch geschnürt und das Tuch an einen Stock gebunden, auch wenn das nie so einfach ging, wie es in Zeichentrickfilmen aussah. Wenn sie dann weggelaufen war – und kaum fünf Minuten unterwegs –, aß sie im Wald ihr Sandwich. Danach ging unweigerlich langsam die Sonne unter. Oder eine Wolke zog auf. Der Wind wurde immer kälter. Dann fühlte sie sich auf einmal so winzig wie ein Blatt, horchte auf den Ruf ihrer Mutter, wollte unbedingt erwischt werden. Sie wollte gar nicht fort. Nur wissen, ob ihr Verschwinden jemandem auffiel.

Diesmal hatte Leda eine Waffe in ihr Weglaufbündel gepackt. Wieso fühlte sie sich dann so ängstlich und klein?

Leda ließ das Fenster einen Spalt herunter. Sie dachte, sie habe etwas gehört – vielleicht Glocken, aber sie wusste es nicht genau. Als sie es wieder schloss, trat eine Gestalt aus der Dunkelheit.

Auf die Entfernung schien die Person riesige Hände zu haben. Aber als Leda näher heranfuhr und sich die Pistole in die Jackentasche steckte, kam sie deutlicher zum Vorschein: eine Frau mit Gemüse in der Hand, die sich die Augen gegen Ledas Scheinwerfer abschirmte. Ihr graues, wirres Haar war beinahe hüftlang. Ihr Jeanshemd abgetragen und schmutzig. Irgendwie sah sie aus wie Charlotte – das gleiche offene Gesicht.

Daria stellte sich vor, indem sie die Beifahrertür öffnete, in den Truck stieg und geradeaus auf die dunkle Wildnis zeigte. »Hab nicht so schnell mit dir gerechnet. Aber ich habe deine Scheinwerfer unten an der Straße gesehen und mir gedacht, dass du das sein musst.«

In der Ferne läuteten immer noch die Glocken. Leda fuhr weiter und schielte zur Seite auf die Frau mit dem Grünzeug auf dem Schoß. Sie wollte so viele Fragen stellen, aber sie waren sich gerade erst begegnet. Fürs Erste schien ihr der Name Pia zu riskant, zu heikel.

Schließlich wich der Wald frostigen Weiden und Wiesen. Daria zeigte Leda den Weg. Auf dem Grundstück gab es mehrere Hütten, erklärte sie, für Praktikanten und Freiwillige. Momentan war nur eine davon frei. Sie habe es noch nicht über sich gebracht, sie auszuräumen, sagte sie. Seit Charlotte habe niemand mehr dort geschlafen.

»Ich hoffe, das macht dir nichts aus«, fügte Daria hinzu.

Leda schüttelte den Kopf, auch wenn sie nicht sicher war. Aber sie schien ohnehin keine Wahl zu haben.

»Wahrscheinlich wirst du die Streunerkatze treffen, die Charlotte adoptiert hat«, sagte Daria, als sie auf die Hütte zufuhren. »Die kommt immer wieder rein. Zwar macht ihr niemand mehr die Tür auf, aber irgendwie schafft sie es trotzdem.«

»Ich hab nichts gegen Katzen«, antwortete Leda abgelenkt von der dunklen Behausung im Licht ihrer Scheinwerfer. Ganz und gar nicht das malerische Häuschen, das sie sich vorgestellt hatte. »Wie lange war sie hier?«, fragte Leda schließlich.

»Drei Wochen.«

Leda nickte, obwohl ihr das wie eine unvorstellbare Ewigkeit vorkam. Nachdem sie die Hütte gesehen hatte – winzig und heruntergekommen –, hatte sie schon ein mulmiges Gefühl, auch nur eine Nacht dortzubleiben.

Daria stieg mit ihrem Gemüse aus. Leda schaltete den Motor aus, nahm ihren Rucksack und folgte ihr stolpernd durch die Dunkelheit. Viel später als acht konnte es nicht sein, aber der Himmel war bereits schwarz. Die Sterne schienen zu taumeln und zu pulsieren. Zudem war Leda nach den zwei Stunden auf unbefestigten Straßen etwas wacklig auf den Beinen. Und sie konnte ihre Umgebung kaum sehen, konnte sich nicht an Bäumen, Bergen oder Gebäuden orientieren. Felder voller Sterne schienen sich unter ihren Füßen ebenso auszubreiten wie über ihrem Kopf.

Gerade noch rechtzeitig gewöhnten sich ihre Augen an die Finsternis, und sie erkannte die kleine, spiegelnde Fläche. Ein Teich. Sie eilte am Rand daran vorbei und schüttelte die Last all der Sterne von sich ab.

»Kein Strom«, erklärte Daria und leuchtete mit einer schwachen Taschenlampe durch den kleinen Raum. »Kein Klo. Aber heizen kannst du, wenn du Feuer machst. Im

Haupthaus haben wir Solarenergie und rein theoretisch auch WLAN.«

Ledas Blick folgte dem schwachen Lichtschein, der einen verstaubten Holzofen und einen kleinen Stapel Brennholz beleuchtete. Es gab auch einen Tisch, einen Stuhl und ein Bett. Das Plumpsklo sei nur ein paar Schritte durch den Wald, sagte Daria. Sie versuchte, mit der Taschenlampe in die Richtung zu leuchten, aber gegen die Nacht kam sie nicht an.

Schließlich standen sie schweigend am Eingang der Hütte und schauten hinein. »Mein Bruder, Charlottes Vater, ist auch hier rausgekommen. Manchmal hilft es, an diese Orte zurückzukehren.« Daria entfernte sich von der Tür. »Manchmal nicht.«

Diese Orte. Orte, an denen es spukte vielleicht. Orte voller Erinnerungen eines anderen Menschen. Gedanken. Sorgen.

»Ruh dich doch aus«, sagte Daria.

Leda war zwar eigentlich nicht müde, aber als sie das hörte, packte sie die Erschöpfung. Ihre Verbindungsschwestern erzählten oft, dass ihnen das passierte, wenn sie in den Ferien nach Hause fuhren. Dann machten sie gar nichts und schliefen tagelang, während ihre Eltern sie bekochten, ihre Wäsche wuschen und sich um alles kümmerten.

Nun fühlte Leda sich auf ganz ähnliche Weise befreit. Sie erkannte gefaltete Steppdecken im Schein der Taschenlampe. Von der Decke hing ein Bund Kräuter. Daria sagte Gute Nacht und ließ Leda in der Dunkelheit zurück. Die Tür der Hütte, stellte Leda fest, ließ sich nicht abschließen.

Beim Aufwachen hatte Leda keine Ahnung, wo sie war. Sie hörte Dubstep – das Ruckeln und Quietschen, das sie so oft frühmorgens weckte, wenn es aus dem Zimmer einer anderen Psi Delt oder von einer Party in der Nähe schallte. Die Musik hallte und grub sich in ihr Hirn wie ein Albtraum oder eine Erinnerung. Über ihrem Kopf hing eine Geweihstange wie ein ausgestreckter Finger. Sie blinzelte. Eine helle Katze saß am Fuß ihres Bettes.

Sie hatte von Ian geträumt. Aber sie erinnerte sich überhaupt nicht mehr, was passiert war, wusste nicht einmal, ob es ein guter oder ein böser Traum gewesen war.

Der Dubstep verklang und wich den geisterhaften Geräuschen, die sie gestern Abend schon gehört hatte – Glocken. Leda setzte sich verwirrt auf. Um diese Zeit am Sonntagmorgen ging sie normalerweise laufen. Der Campus war dann voller Mädchen wie ihr, die dem Rhythmus ihrer Turnschuhe lauschten. Warum war sie nicht dort?

Die Katze vor dem Bett sah sie an. Aber sie schien blind zu sein, die Augen waren weiß eingetrübt.

Als würde ich neben jemandem stehen, der mir noch nicht vorgestellt wurde, hatte Pia geschrieben. *Ich weiß nicht, was ich sagen soll, um mich selbst vorzustellen. »Hi, ich bin …« Wer? Was?*

Pia hatte allerdings nicht erwähnt, dass das Aufwachen an einem neuen Ort sich auch ein wenig anfühlte, wie einen Fremden zu küssen: der neue Geschmack im Mund, das Gefühl neuer Hände – einer neuen Gestalt –, die sich an den Körper schmiegten. Im ersten Moment machte das meistens Spaß; es machte Spaß, das eigene Spiegelbild nicht zu erkennen. *Wer ist das? Was tut sie da? Warum tut sie das?*

Auf dem Campus ließ Leda diese Fragen für gewöhnlich ganz außer Acht. Aber nun verlangte es sie nach Antworten. Wer *ist* das? Das Verb hatte ihr im Spanischkurs immer Schwierigkeiten bereitet. *Sein.* Im Spanischen gab es drei Möglichkeiten, es auszudrücken. Bevor sie Spanisch gelernt hatte, hatte sie »bin« oder »ist« überhaupt nicht als Verben angesehen, hatte »sein« nie als Handlung betrachtet.

Die Katze sprang auf, als Ledas Füße den staubigen Hüttenboden berührten. Charlottes Hütte. Ihr Ofen. Ihr Fenster.

Charlotte hatte in diesem Bett geschlafen, hatte an diesem Tisch gesessen. Und wo war Pia gewesen?

Leda suchte nach ihren Klamotten, einer Jacke und – genau – der Pistole. Hier wirkte sie seltsam. Fehl am Platz. Sie steckte sie in ihren Rucksack. Sicher.

Draußen war es neblig. Leda schaute zur Tür hinaus, konnte allerdings nicht viel erkennen. Sie konnte nicht weiter sehen als bis zu dem kleinen Teich, den sie gestern Abend für den Himmel gehalten hatte. Nun schwammen weiße Enten auf dem Wasser. Leda schloss die Tür wieder, auch wenn sie nicht ganz zuging. In einem Korb neben dem Ofen lagen Anzündhölzer und eine Zeitung von Mitte Oktober. Demzufolge war Charlotte mitten im Semester hier gewesen. Konnte es sein, dass Ledas Schwestern recht hatten? Charlotte sei gestalkt und belästigt worden, hatten sie gesagt. Bedroht. Vielleicht war es so schlimm gewesen, dass sie die Uni verlassen musste. Aber *wohin du auch gehst, du bleibst dennoch du*. Woanders musste es nicht zwangsläufig besser sein. Was, wenn es ihr gefolgt war? Pia, dachte Leda unwillkürlich, war schließlich auch eine Art Stalkerin.

Leda öffnete den Ofen und errichtete ein kleines Tipi aus Papier und Zweigen. Wann hatte sie zum letzten Mal Feuer gemacht? Als Kind wahrscheinlich, mit der Hilfe ihrer Mutter. Oder mit Clarence. Sie fand Streichhölzer, fachte die Flammen an und legte schließlich Holz hinein, das wahrscheinlich Charlotte gehackt und hinter der Hütte gestapelt hatte.

Das Feuer brannte. Sie hockte davor und betrachtete es, und als sie wieder aufstand, wurde ihr schwindelig. Sie hielt sich am Tisch fest und wartete, bis sie die Welt wieder scharf sah. Vielleicht hatte Charlotte an diesem Schreibtisch an Pia geschrieben. Aber das ergab keinen Sinn. Wieso sollten Charlotte und Pia einander schreiben, wenn sie beide hier waren? Und selbst wenn, warum sollte Pia ihren Teil der Kommunikation an Charlottes Adresse in der Stadt schicken?

Das Zimmer hörte auf, sich zu drehen. Drei blaue Flaschen standen auf einem Brett über dem weißen Waschbecken. Leda drehte den Wasserhahn auf und hielt die Hände darunter. Nichts. Natürlich. Das Waschbecken war an keine Leitung angeschlossen.

Leda holte die Postkarten aus ihrem Rucksack und legte sie auf den Schreibtisch. In der Hütte wurde es wärmer. Die Geweihstange drehte sich unter der Sperrholzdecke, als würde sie auf die Hitze reagieren. Daneben waren rotbraune Federn sorgfältig auf einen Faden aufgezogen worden. Truthahnfedern vielleicht. Hatte Charlotte das gebastelt, fragte sich Leda und dachte an die weißen Federn in Charlottes Zimmer, die sich wahrscheinlich aus ihrem Schwanenkostüm gelöst hatten.

Die dürre Katze rollte sich vor dem Ofen zusammen. Irgendwo läuteten Glocken. Möglicherweise bildete sie sich das auch nur ein – genau wie sie vorhin Dubstep im Ohr gehabt hatte, als wäre sie wieder auf dem Campus. Aber die Glocken wurden immer lauter. Dann hörte sie auch Schritte, direkt auf ihrer Veranda. Es klopfte und schabte an der Tür. Leda spannte sich an, sah zu ihrem Rucksack, wo sie die Pistole versteckt hatte. Als die Füße sich entfernten, kamen neue dazu. Leda schlich ans Fenster.

Braune, beigefarbene und schwarze Ziegen klapperten mit Glocken um den Hals den Weg entlang. Hin und wieder tauchten große weiße Köpfe aus der Herde auf – Rücken und Schwänze von Hunden wurden sichtbar, bevor sie wieder in der Menge verschwanden. Pyrenäenberghunde, hatte auf der Website der White Dog Farm gestanden. Sie lebten bei den Ziegen und begleiteten sie beim Grasen auf der hundertzwanzig Hektar großen Farm, schützten sie vor Kojoten, Bären und was es auch immer sonst noch da draußen gab.

Eine Ziege mit zusammengeschrumpeltem rosa Euter klapperte auf die Veranda. Wahrscheinlich war sie gerade erst gemolken worden. Sie rieb ihre Hörner an der Tür, und dieser geringe Krafteinsatz genügte schon, um sie aufzustoßen. Die Ziege schaute verhalten überrascht hoch. Bevor das Tier weiterging, sah es Leda direkt in die Augen.

Leda blieb trotz der Kälte in der offenen Tür stehen und beobachtete die vorbeiziehenden Ziegen mit ihren Alienaugen und den baumelnden Eutern, die wie Grapefruits, Eiszapfen oder Weinschläuche geformt waren. Die Tiere waren gleichermaßen stolz und anmutig, ernsthaft und lächerlich. Einige sprangen auf Ledas Veranda und hüpften wieder hinunter, andere trampelten verbissen daran vorbei. Manche schubsten die anderen wie mobbende Kinder. Jene wiederum wichen ihnen aus oder ließen es über sich ergehen.

Der Nebel hatte sich immer noch nicht verzogen, obwohl die Sonne höher stieg. Leda konnte weder die Kompostiertoilette noch andere Gebäude ausmachen, also hockte sie sich in den Raureif und verrichtete ihr Geschäft, während die Ziegen vorbeiliefen. Sie wusste nicht, ob die anderen Hütten in der Nähe waren. Seit Daria hatte sie keine menschlichen Stimmen mehr gehört. Friedlich und einsam zugleich. Gegen die Einsamkeit hatte Leda gestern Abend Mary schreiben wollen, aber ihr Handy war leer, und sie konnte es nicht aufladen.

Irgendein Häher stieß einen spitzen Schrei aus, und Leda zog ihre Jeans hoch. Sie fühlte ein Kribbeln im Nacken, als würde sie beobachtet. Konnte Pia sie sehen? Oder der Mann, der auf Parkplätzen schlief und Menschen um Wasser bat? Selbst der mit der Mundharmonika – den Pia unabsichtlich verärgert hatte – konnte hier irgendwo sein, oder?

Sie versuchte, den Gedanken abzuschütteln. Unwahrscheinlich, dass sie jemand beim Pinkeln beobachtete. Wer würde das schon wollen? Sie war hier allein inmitten einer Horde Ziegen, die sich auf den allmorgendlichen Weg in ein niedriges Waldstück machte. Im Moment lag ihre Hütte versteckt in Nebelschwaden gehüllt am Waldrand. Aber oben über dem Hang war ein Streifen Himmel zu erkennen.

Konnte es sein, dass die Kante – so hatten es sowohl Pia als auch Charlotte genannt – direkt oberhalb von Charlottes Hütte lag?

Leda zog ihre Jacke an und machte sich auf den Weg durch den Nebel. Schon bald war alles rings um sie herum gefroren – Ahornbäume mit schwarzem Stamm, Silberpappeln, Steine und undefinierbare Knochen. Beinahe lief sie gegen eine Pechkiefer, die sich nach vorn neigte wie eine tanzende Frau. Sie duckte sich und war einen Moment froh – froh, hier draußen an der kalten, frischen Luft zu sein. Und dann war sie froh, dass sie mit der Kante gerechnet hatte, denn sie erreichte sie, als gerade eine neue Nebelschwade heraufzog. Zum Glück hatte sie die sich auftuende Lücke gespürt, den wirbelnden Wind, direkt bevor sie über den Abbruch getreten wäre.

Als sie stehen blieb, gerieten ein paar Steinchen ins Rutschen und stürzten in die Tiefe. Jenseits des Abgrunds war nichts. Selbst Ledas Körper schien sich bereits aufzulösen, als sie hinuntersah. Noch mehr Nebel stieg auf und hüllte ihre Beine und ihren Oberkörper ein. Leda schlang die Arme um sich, hielt sich an ihren eigenen Armen fest. Feines Schneegestöber streifte ihr Gesicht, wenngleich sie die Flocken gar nicht sehen konnte – nichts als Weiß, das aus noch mehr Weiß hervorschoss. Unter ihren Füßen raste die Erde vorwärts, rotierte mit über 1600 Stundenkilometern.

Auf allen vieren tastete Leda sich bis zum Rand des Abbruchs. Sie hatte keine Ahnung, wie tief er war, so dicht war der Nebel. Sie hatte keine Ahnung, ob sie in Gefahr war oder übertrieben ängstlich war. Also blieb sie einfach Zentimeter von dem entfernt sitzen, was sich wie die Kante anfühlte, und spürte den Wind. Sie sah, wie die Wolken über ihr aufrissen – ein blaues Oberlicht, das Leda in seinen Schein tauchte, bevor der Nebel sie erneut verschlang.

Die in der Ferne singenden Häher klangen wie ein klingelndes Telefon. Sie lauschte eine ganze Weile. Einmal hatte sie das Handy ihrer toten Mutter angerufen und zugehört, wie es klingelte. Mit wie verrückt hämmerndem Herzen hatte sie ins Nichts gelauscht. Nun lauschte sie mit dem Ohr an der Luft, als könnte jemand rangehen. Und dann erschien wie als Antwort jemand hinter ihr im Nebel.

Sie spürte es, lange bevor sie etwas sah. Sie spürte es und dachte daran, dass sie die Hüttentür offen gelassen hatte. Pia hatte sich ausführlich über Charlottes entsprechende Angewohnheit ausgelassen, eine Angewohnheit, die Flora vielleicht unbekümmert genannt hätte. Tamara dagegen würde unvorsichtig sagen. Und nun hatte Leda dieselbe Tür offen gelassen. Nun näherte sich ihr jemand – oder etwas.

Die Luft tanzte wie weißes Rauschen auf einem Fernsehbildschirm, während sie wartete. Sie hätte ebenso die Augen schließen und dem Pfeifen lauschen können wie der Leere zwischen dem Klingeln eines Telefons, dem Brummen eines Bestrahlungsgeräts. Sie hatte die Maschine immer nur gehört, nie gesehen. Sie hatte nie gesehen, wie der Kopf ihrer Mutter fixiert worden war. Sie hatte nur die bleiernen Sachen im Krankenhausflur in die Hand genommen, während sie wartete – Bleidecke, Bleihaube, Bleihandschuhe.

Eine Stimme. »Leda!«

Die Gestalt hatte sie erreicht, bevor sie sie richtig sah: Ein weißer Hund preschte aus dem Nebel hervor, die schwarze Nase an ihrem Gesicht, die Augen braun-goldene Galaxien. Das Tier berührte ihren Körper, dann wich es zurück. Leda kroch von der Kante weg. Warum war sie so nah herangegangen? Sie stand erst auf, als sie mit Sicherheit weit genug vom Abgrund entfernt war, und folgte dem großen Tier den Berg hinab.

Unterwegs lichtete sich der Schleier. Weiter unten sah sie im flachen Tal die Farm – die alten Wagen, Wassertanks und Windmühlenflügel. Das Haupthaus war ein Flickenteppich aus Holzresten, Wellblech und Solarpanels. Neben dem Haus stand eine Scheune, umgeben von ein paar eingezäunten Flächen und Beeten. Weitere Hütten sah sie nicht. Irgendwo rauschte ein Fluss – oder war das der Wind? Sie roch Feuer und stellte mit Blick auf ihre Hütte fest, dass es ihr Ofen war.

Leda blieb stehen und betrachtete die Hütte eine Weile. Aus dem Schornstein stieg kontinuierlich Rauch auf. Wenn sie den Rauchschwaden so zusah, konnte sie sich vormachen, dass jemand – *Charlotte* – dort drin war. Sie konnte sich vorstellen, dass sie, indem sie diesen Ausflug unternommen hatte, tatsächlich Charlotte gefunden hatte. Wiedergefunden und nach Hause gebracht. Wieder zum Leben erweckt. Bis jetzt war ihr diese Idee noch gar nicht gekommen, aber nun schien es beinahe möglich. Was, wenn sie auf der Suche nach Pia stattdessen Charlotte fand? Sie sah Charlotte schon vor sich, wie sie die Tür der Hütte aufstieß, wie sie auf der Schwelle stand …

Aber natürlich geschah das nicht.

Als Leda sich schließlich wieder der Farm zuwandte, sah sie jemanden: ein Mädchen, das Eimer über den Weg schleppte. Leda warf einen letzten Blick zurück in Richtung Hütte – den aufsteigenden Rauch – und eilte auf sie zu.

Sie schien in Ledas Alter, vielleicht ein wenig älter, und trug Jeansshorts über zerrissenen Leggings und ein geflicktes schwarzes Sweatshirt. Leda näherte sich und verkniff sich das eine Wort, das ihr auf der Zunge lag: *Pia?*

Das Mädchen sprach zuerst. »Leda.«

Sie stellte die Eimer ab, zog einen Handschuh aus und streckte die Hand aus. Sie hatte Tunnel in den Ohrläppchen und ein leicht pausbäckiges Gesicht. Auf ihre Finger waren Buchstaben tätowiert, genau wie auf der Hand auf Charlottes Foto.

»Daria hat uns erzählt, dass du kommst.«

Leda gab dem Mädchen die Hand und wusste nicht, was sie sagen, womit sie anfangen sollte. Sie zögerte, hielt die Hand zu lange fest und fragte sich, was die Buchstaben für ein Wort ergaben. »Uns?«

»Mir und den anderen Praktikanten.«

»Ah.« Leda versuchte zu lächeln. »Klar.« Sie war immer noch ein bisschen benommen von der Kante und der schwindelerregenden Hoffnung, mit der sie Charlottes Hütte beobachtet hatte – die gleiche, mit der sie das Handy ihrer toten Mutter angerufen hatte.

»Na gut.« Das Mädchen zog den Handschuh wieder an, griff nach einem Eimer und nickte in Richtung des zweiten. »Hilf mir mal.«

Und damit war die Gelegenheit vorüber, bei der sie ihren Namen hätte nennen sollen.

Der Eimer war schwer, darin schwappte literweise gelbliche Flüssigkeit hin und her. Angestrengt folgte Leda dem Mädchen – *Pia.* Das musste sie einfach sein, diejenige, die Charlotte geschrieben hatte.

»Was ist das?«, fragte Leda, als sie an einem Pferch angekommen waren.

»Molke.« Das Mädchen stieg auf einen klapprigen Hocker, stemmte den Eimer hoch und kippte das Zeug über den Zaun in einen eingelassenen Trog. »Überbleibsel vom Käsemachen. Die Schweine lieben das. Aber Schweine lieben eigentlich alles.«

Ein Dutzend gefleckter Ferkel sauste aus einer dunklen Behausung hervor, keines größer als ein Laib Brot. Hinter ihnen tauchte eine gigantische Sau auf – ihre Mutter, nahm Leda an. Sie wog bestimmt an die hundertfünfzig Kilo. Als Leda auf den Hocker stieg, genau wie das Mädchen vor ihr, stellte die Sau die Vorderpfoten in den Trog. Leda schaffte es, den Eimer bis an den Rand des Zaunes zu heben, aber dann hielt sie inne.

»Kipp es einfach drüber.«

»Auf sie drauf?«

»Klar.«

Die Molke klatschte auf die Sau. Das Tier hob den Kopf in den Schwall und öffnete das Maul, während ihre Kleinen drum herumturnten. Ein scharfer Geruch mischte sich mit dem säuerlichen der Schweine. Als der Eimer leer war, kletterte Leda vom Hocker. Aus irgendeinem Grund zitterten ihr die Arme. Sie konnte nicht anders, als an Carly bei der Schaumparty zu denken, wie sie den Mund aufgehalten hatte, als ein anderes Mädchen ihr das bernsteinfarbene Bier übers Gesicht und in den Mund geschüttet hatte.

»Ich glaube, ich war gerade an der Kante«, sagte Leda, um das Bild aus dem Kopf zu bekommen, erprobte das Wort und fragte sich, ob das Mädchen es kannte.

»Wundert mich, dass du sie bei dem Nebel gefunden hast.«

»War ziemlich unheimlich da oben.«

»Schon krass.« Das Mädchen nahm die leeren Eimer und ging auf die flache Scheune zu. »Haben da fast eine Ziege verloren.«

»Hey«, rief Leda ihr hinterher, als könnte sie ebenfalls verschwinden. »Ich glaube, ich hab deinen Namen nicht mitbekommen.«

»Oh, mein Fehler.« Sie blieb in der Scheunentür stehen, kurz bevor die Dunkelheit sie verschluckte. »Zoe.«

Dann ging sie hinein. Leda stand einen Augenblick allein da. *Zoe.* Sie hatte sich auf keinen Fall verhört. Leda holte tief Luft, dann noch einmal ebenso tief. *Was mache ich hier?*, fragte sie sich. *Was soll das werden?*

Der Himmel über ihr sah fettig und bleich aus, wie das Weiß eines Augapfels. Niemand schaute zu – weder Gott noch sonst wer. Niemand wusste, dass sie hier war. Für ihre Freunde, für Clarence konnte sie ganz einfach verschwinden. Hier draußen war sie eine ferne Galaxis: so fern, dass sie mit bloßem Auge nur ein unscharfer Fleck war. Selbst wenn man ganz genau hinsah, konnte man sie für nichts halten, nirgends, niemanden.

Hatte sich gestern Abend irgendwer gefragt, wo sie war? Heute Morgen? Es war ihr zuwider, darüber nachzugrübeln, dass es sie überhaupt interessierte, aber natürlich tat es das. Sie konnte nicht anders.

Jemand legte Leda von hinten die Hände auf die Schultern, und sie erschauderte. Es war Zoe, die wieder aus der Scheune getreten war, diesmal ohne Eimer.

»Noch da?« Zoe lächelte. Sie hatte kleine Zähne. »Sollen wir ein paar Ziegen züchten?«

So einen Tonfall benutzte man eigentlich bei einem Kind, aber seltsamerweise störte es Leda nicht. Sie nickte und folgte ihr. Für den Moment hatte sie nichts dagegen, an ihre eigene Sichtbarkeit erinnert zu werden, hier im sich lichtenden Nebel. Sie dachte an den Hund, der sie an der Kante gefunden und ihren festen Körper unter all dem Nichts ausgemacht hatte. Sie dachte an ihre Mom.

»Zoe?« Leda übte, den Namen laut auszusprechen. »Hast du vorhin jemanden rufen gehört? Ich dachte, ich hätte meinen Namen gehört.«

»Hmm … nö.« Zoe drehte sich zu Leda um und grinste mit ihren kleinen Zähnen. »Manchmal spricht der Wind hier mit einem.«

Wie konnte das nicht Pia sein?

Und wenn ich einfach frage? Wenn ich einfach was sage?

Stattdessen schob Leda die Hände in die Taschen und spürte eine einzelne kalte, schwere Kugel. Dagegen fühlte sich ihre Hand schmutzig an, molkeklebrig. Sie lief hinter Zoe her an Scheunen und Ställen vorbei und spielte mit der Kugel. Hühner streiften durch das welke Wintergras, auf das die orangefarbene Morgensonne schien. Zoe blieb an einem Zaun mit dem Schild BÖCKE stehen.

Die Tiere dahinter sahen überhaupt nicht wie die weiblichen Ziegen aus, die Leda am Morgen gesehen hatte. *Zicken* nannte Zoe sie. Die Böcke waren doppelt so groß wie die Zicken, mit steifen Rücken und hervortretenden Augen. Ihr Fell war glatt. Sie rochen gleichermaßen parfümiert und faulig.

Leda meinte: »›Bock‹ heißt dann wohl …«

»Kerl.« Unter BÖCKE waren zwei weitere handbeschriebene Schilder befestigt: *Dionysus* und *DiCaprio*. Einer der Böcke rammte das Tor, während Zoe sich abmühte, es aufzubekommen. Sie warnte: »Mach dich auf eine Pheromondusche gefasst.«

Aber Leda hielt sich jetzt schon die Nase zu. Sie wusste nicht, wie genau der Plan aussah. Diese Tiere waren zu groß und wild, um sie im Zaum zu halten. Der eine, der das Tor gerammt hatte, hatte sich ein Horn abgebrochen. Er blutete am Kopf. Leda machte Zoe zaghaft darauf aufmerksam, aber die winkte ab.

»Der rammt schon den ganzen Tag gegen das Tor.«

»Wieso?«

»Er weiß, was er will.« Zoe schmunzelte. »Nicht viel anders als manche Typen, die ich kenne.«

Mit einem letzten Ruck löste sich der Riegel, der das Tor verschlossen hielt, und die Böcke preschten aus dem Gehege.

»Komm.« Zoe folgte den losgelassenen Tieren. »Den Teil hat Charlotte gehasst.«

Es war das erste Mal, dass der Name zwischen ihnen fiel, auch wenn er längst in der Luft geschwebt hatte. Merkwürdig, ihn so beiläufig erwähnt zu hören, merkwürdig, die instinktive Vergangenheitsform zu hören, als wäre Charlotte nicht mehr da.

Nicht mehr da. Genau so hatte Ian es auch genannt, oder?

Neben dem Farmhaus versuchten die Böcke mit aller Macht, in ein anderes Gatter zu gelangen. Dahinter hatte ein zweiter Praktikant ein paar Zicken zusammengetrieben. Zoe stellte sie einander vor. Lewis. Lewis hatte einen Schnurrbart und trug ein *Der-unglaubliche-Hulk*-T-Shirt, das ihm nicht ganz passte, als wäre es eine große Kindergröße. Er hielt ein Notizbuch in der Hand – ein Herdbuch mit Stammbäumen, um Inzucht zu vermeiden, erklärte Zoe. Aber Leda hörte nur halb zu. Die Laute der Böcke waren ohrenbetäubend. Sie brüllten und ruckten und zogen die glänzenden Lippen hoch. Einer fuhr den rosafarbenen, fingerlangen Penis aus, verdrehte den Hals und pisste sich selbst ins Maul. Leda schlug sich die Hand vor den Mund, aber die anderen schien das nicht zu schockieren.

Lewis packte einen Bock und zerrte ihn in ein kleines Extragehege, während Zoe eine Zicke zu dem freien Bock ließ. Der Bock tänzelte neben die Zicke, zuckte mit heraushängender Zunge. Er keuchte. Die Paarung dauerte weniger als eine Minute. Danach trennte Zoe die Tiere. Lewis vermerkte den Akt im Herdbuch.

»Die Weibchen sind viel kleiner«, sagte Leda. »Tun die sich da nicht weh?«

»Manchmal.« Lewis ließ eine weitere Zicke zu demselben Bock. »Das gehört leider dazu.«

Wieder wurde sich ins Maul gepisst. Wieder wurde die Lippe hochgezogen.

»Was hab ich gesagt?« Zoe hockte sich hin und band sich den Schuh zu. »Typisch Kerl.«

Natürlich machte sie nur Witze, aber der Vergleich war beunruhigend. »Wie hast du das vorhin gemeint? Dass Charlotte den Teil gehasst hat?«

»Na ja, *gefallen* tut mir das auch nicht gerade.« Zoe kratzte sich die Wange. »Aber Charlotte mochte wohl, ähm, die Brutalität der Natur nicht.«

Eine der Zicken, die noch etwas kleiner war als die anderen, brach unter dem Gewicht des Bocks beinahe zusammen. Hinterher humpelte sie zurück in ihr Gehege.

»Sie ist noch ziemlich klein.« Zoe runzelte die Stirn. »Aber sie ist brünstig. Die kann das ab.«

Zoe erläuterte, an welchen Anzeichen man erkannte, dass eine Ziege brünstig war. Sie wedelt mit dem Schwanz. Sie wird laut und rauflustig. Leda sah zu, wie die Ziegen einander vom Tor wegschubsten und -drängelten. Sie waren eindeutig interessiert. Dennoch konnte Leda nicht anders, als den so gut wie verheilten Sprung in ihrer Lippe zu betasten, als sie die kleine Zicke davonhinken sah. *Die kann das ab.*

Die Zicken schienen nach der Paarung kaum befriedigt. Die Böcke bekamen nie genug. Aber, dachte Leda, wenn Tiere nach dem Sex vollkommen befriedigt wären, gäbe es wohl viel weniger davon. Dann würden sie nicht so viel Energie in das Streben danach stecken. Vielleicht war das beim Menschen nicht anders: ein brutaler Kreislauf aus Leidenschaft und Enttäuschung.

Nach einer Stunde hatten Zoe und Lewis an die zwanzig Zicken begatten lassen. Obwohl Leda kaum dabei half, hatte einer der Böcke sie leicht gestreift, und jetzt roch ihr ganzer Arm nach ihm. Hin und wieder musste sie an ihrem pheromongeschwängerten Ärmel schnuppern, fasziniert und angewidert zugleich. Die beiden Böcke drängten immer noch in Richtung der Zicken. Viele, die sich bereits gepaart hatten, wedelten schon wieder mit dem Schwanz. Gemeinsam zerrten Zoe und Lewis die Böcke zurück in ihr Gehege.

»Hast du Hunger?«, fragte Zoe, als sie nach Bock stinkend zurückkehrte.

»Eigentlich nicht.«

Trotzdem gingen sie ins Haus. In der Küche lagen Streifen für ein Teiggitter auf dem bemehlten Tisch. Daria schnitt Äpfel in Scheiben, ihre Schürze war voller Mehl und ihr Haar zu zwei langen Zöpfen geflochten. In der Ecke knackte und zischte ein Holzofen, auf dem sich zwei große Wasserbehälter aufheizten. Ein junger Mann mit Bart – noch ein Praktikant, nahm Leda an – kümmerte sich um das Feuer. Leda musterte ihn. Sie war einfach misstrauisch. Aber als er ihren Blick bemerkte, lächelte er.

Zoe und Lewis wuschen sich in einer Wanne mit grauem Wasser die Hände. Zoes braunes Haar sah völlig verdreckt aus. Ihre Klamotten würden noch wochenlang nach Bock riechen, meinte sie. Aber sie und Daria lachten rasch und heftig über etwas, das Lewis gesagt hatte. Was für eine eigenartige Familie sie waren; Leda fiel es schwer, sie mit der Welt in Einklang zu bringen, die Pia auf ihren Postkarten heraufbeschworen hatte. Der Reisende. Der Mundharmonikaspieler. Der Stille, Empfindsame, der am Ende »auch nicht anders« war als die anderen.

Während Leda sie alle beobachtete, fing Daria an, eine Geschichte über Charlotte zu erzählen, vielleicht um Ledas willen. Einmal hatte Charlotte versehentlich die Schweine freigelassen und den ganzen Tag lang fluchend damit zugebracht, die Ferkel wieder einzufangen. Die anderen lachten bei der Erinnerung, und Leda fühlte sich auf einmal ganz verloren, als würde sie den Menschen aus der Geschichte kaum kennen.

13

Montag, 16. November

Die ganze Nacht über wachte Leda immer wieder auf und dachte, dass ihr etwas ins Gesicht leuchtete. Scheinwerfer auf dem Weg zur Schaumparty. Das Funkeln einer zerbrechenden Discokugel. Ein Suchtrupp. Aber wenn sie die Augen aufschlug, war da kein Licht – nur die schwebenden Sterne vorm Fenster. Irgendwann stand sie auf. Draußen war sie von Sternen umgeben, wüst verteilt in der schwarzen Nachtluft und am Boden im Teich.

Nun wunderte es sie nicht mehr, dass die Sterne sie geweckt hatten. Zunächst einmal sah der Himmel gar nicht mehr aus wie der Himmel. Er war nicht glatt und hoch oben. Er hing durch, krümmte sich unter der Last all dieser fernen Sonnen. Leda stand eine ganze Weile mit dem Kopf im Nacken da. In diesen Himmel zu blicken war, als würde man in tiefes, sauberes Wasser schauen – sie sah Ebenen und Schichten, die die üblichen Konstellationen waren, wie marmoriert. Keine Plejaden mehr. Kein Orion. Nur das aufgeblähte Universum ringsum: alles hell erleuchtet und dröhnend laut.

Gestern Abend hatte sie genau dieser Himmel noch überwältigt. *Verängstigt.* Was hatte sich verändert? Nun konnte sie sich ihm nicht mehr entziehen. Sie sah hoch und höher, ihre

Augen entdeckten immer neue Furchen und Tiefen, und ihr Kopf war leer.

* * *

Dann ging Ledas ganz eigener Stern auf. Sie war wie alle anderen bei Sonnenuntergang ins Bett gegangen. Nun wachte sie trotz der unruhigen Nacht mit der Sonne wieder auf. Sie hatte nicht von Ian geträumt, aber nun dachte sie an ihn, während sie ihren Rucksack öffnete und nach der Waffe sah.

Es war Montag. Irgendwie waren zwei Tage vergangen. Aus Gewohnheit tippte sie auf ihr Handy, um auf die Uhr zu sehen, aber natürlich war der Akku leer. Ganz vergessen. Eigentlich hatte sie heute Morgen ihre Sachen packen und abreisen wollen, zurück zum Campus. Aber nun öffnete sie einfach die Tür ihrer Hütte und schaute hinaus in den Morgen. Auf der Oberfläche des Teichs trieben ein paar weiße Federn. Aber keine Enten. Irgendwo schrien die Ziegen, beinahe menschlich.

Heute Morgen war es nicht neblig, deshalb beschloss Leda, noch einmal zur Kante zu gehen und an ihr entlang bis zum Haupthaus. Die Aussicht war wirklich wunderschön. Jenseits des Abbruchs zeichneten sich winterliche Berge am Horizont ab. Aus der Ferne gesehen gingen die grauen Äste irgendwie ins Blaue über. Wenn Leda über die Schulter blickte, konnte sie durch die kahlen Bäume hindurch ein Stück der Farm sehen. Die ausgedehnte Wiese hinter dem Haupthaus und einen schmalen Weg, der durch die steifen, silbrigen Halme führte.

Die Kante machte ihr immer noch Angst – gab ihr das Gefühl, einfach über den Rand rutschen und verschwinden zu können.

Vor dem Haupthaus empfing sie einer der Hunde und schob ihr den eckigen Kopf unter die Hand. Hühner badeten im staubigen Schatten des Gebäudes. In der Küche machte der bärtige Praktikant Frühstück. Kartoffeln und Eier brutzelten auf dem Herd, und er gab große Batzen Butter in die beiden gusseisernen Pfannen. Die Ziegen waren anscheinend schon gemolken worden. Auf dem Tisch stand ein Krug frische Milch, aber Leda war nicht sicher, ob sie von der warmen, rohen Flüssigkeit trinken wollte.

Zoe mahlte Kaffeebohnen in einer handbetriebenen Mühle. »Kannst du es fassen, dass Daria jahrelang alleine hier draußen gelebt hat? Ohne fließendes Wasser. Ohne Strom. Nur Hunde und Ziegen.«

Leda hörte nicht richtig zu. Sie achtete mehr auf das Plätschern der Hennen und das Prasseln des Feuers. Der Bärtige wendete die Eier. Zoe schraubte ein Honigglas auf und steckte immer noch redend den Finger hinein. Sie goss sich ein Glas Milch ein. Als sie Leda den Krug reichte, fühlte sich die Wärme gut an den Händen an.

Wenn Leda die Augen zumachte, war sie wieder zu Hause. Dann stand sie auf der Veranda und hörte Geräusche aus der Küche. Vom Kochen. Aber wie die meisten ihrer Erinnerungen an zu Hause – an ihre Mutter – endete das Bild damit. Sie hing auf der Veranda fest, konnte nicht hineingehen. Wie wenn man gegen die unsichtbare Grenze in einem Videospiel stößt – die Welt scheint noch weiterzugehen, aber man kann sie nicht betreten. In letzter Zeit kam sich Leda häufiger so vor, als würde sie an Schwellen aufgehalten und vor unsichtbaren Mauern stehen.

Hier jedoch hatte sie ganz einfach eintreten können. Sie war willkommen geheißen und an einen langen Gemeinschaftstisch gesetzt worden. Sie wurde freundlich aufgenommen, als wäre es ganz richtig, dass sie hier war und Fragen über ein Mädchen stellte, das sie alle gekannt hatten – ein Mädchen, das verschwunden war.

Leda stellte die Milch hin, ohne sich etwas davon einzuschenken, und stand auf. Trotz allem konnte sie sich nicht entspannen und einfach sitzen bleiben. Vielleicht hatte sie erwartet, dass hier alle Antworten zu finden seien und sich einfach offen vor ihr ausbreiten würden. Tatsächlich war sie nun noch unsicherer als je zuvor.

Daria kam von draußen rein und nahm Ziegenkäse und Butter aus dem vollgestopften Kühlschrank. Sie hatten jede Menge abgelaufene Schlagsahne umsonst bekommen, erzählte sie, und daraus hatten sie mehr Butter gemacht, als sie je brauchen konnten. Dann waren die Eier fertig. Die Kartoffeln auch.

Leda kam sich blöd vor, hier beim Frühstück zu sitzen. Was hatte sie sich von ihrem impulsiven Besuch versprochen? Langsam dachte sie, der ganze Farmtrip sei nichts als eine Fantasie gewesen, Realitätsflucht. Sie hatte sich selbst weisgemacht, dass sie vielleicht verstehen könnte, wieso Charlotte verschwunden war. Als stünde es nur in ihrer Macht, sie zu finden. Als wäre Charlotte das Einzige, wonach sie suchte.

In Wirklichkeit würde sich nichts ändern. Charlotte war immer noch verschwunden, ob sie nun herausfand, warum sie mitten im Semester auf diese Farm gekommen war oder nicht. Ob sie nun herausfand, wer Pia war oder nicht. In der Stadt befand sich Ian immer noch auf dem Campus und schrieb ihr vermutlich Nachrichten. Ihre Schwestern schliefen garantiert noch, waren verkatert und hatten keinen Schimmer, dass sie nicht in ihrem Bett lag.

Aber sie war natürlich nicht verschwunden. Sie war hier. Sie sah runter auf ihre Hände, die das Besteck hielten. Oder etwa nicht?

»Ich hab da noch eine Frage …«, begann Leda und dachte: *Scheiß drauf.* Sie legte Messer und Gabel hin. Es war ohnehin zu spät, um noch rechtzeitig zu ihrer ersten Vorlesung zu kommen. Dann konnte sie auch die Frage stellen, die ihr auf den Nägeln brannte. »Kennt jemand von euch eine Pia?«

Obwohl sich in Ledas Kopf so viel Spannung aufgebaut hatte, schienen Daria und Lewis gar nicht zuzuhören; sie sahen sich Lewis' Zuchtaufzeichnungen an. Der bärtige Typ zuckte mit den Schultern und sagte, er sei erst eine Woche hier. Zoe jedoch sah sie an.

»Eine Pia …« Zoe rieb sich den Nacken. »Na ja, gewissermaßen schon. Könnte man sagen.«

»Oh.« Leda versuchte, ganz ruhig zu klingen. »Und wer ist sie? Oder besser gesagt, wo ist sie?«

Zoes Gesichtsausdruck war schwer zu deuten. Sie wirkte beinahe amüsiert, als würde Leda einen Witz erzählen. »Willst du sie kennenlernen?«

Leda schaute zu Daria, die immer noch nichts mitbekam. »Klar.«

»Na gut.« Zoe stand auf. »Dann los.«

Leda ließ ihren Teller stehen und folgte Zoe nach draußen, warf nur kurz einen Blick zurück, als könnte sie jemand aufhalten wollen, als wäre sie nicht mehr sicher, ob sie es wissen wollte.

Die Ziegen jammerten in der Scheune, wollten wohl irgendwas. Futter? Freiheit? Vielleicht wussten sie es selbst nicht. Leda und Zoe gingen am Zaun entlang. Es roch bitter, harzig. Ein weißer Hund lag auf einem Tisch, sein Fell feucht vom jüngsten leichten Schneefall, obwohl der Himmel heute Morgen fast klar war. Er hob den Kopf, als sie vorbeikamen. Leda drehte sich um und sah ihm in die Augen. War das der Hund, der sie zurückgeholt hatte?

Am Ende des Hofs bogen sie vor einer Reihe von Nebengebäuden ab. Der widerliche Jauchegeruch hing hier stärker in der Luft, Dung bedeckte die Erde. Zoe blieb vor einer niedrigen Scheunentür stehen, drehte ein Holzstück, das als behelfsmäßiger Riegel diente, und öffnete sie.

»Nach dir.« Zoe sah immer noch belustigt aus.

Es war zu dunkel, um etwas zu sehen, aber Leda trat gebückt ein. Der Boden fühlte sich wegen des Strohs und Dungs schwammartig an. Es dauerte eine ganze Weile, bis ihre Augen sich an die Dunkelheit gewöhnten.

Zoe fragte: »Soll ich leuchten?«

Die Tür war zu hell, als Leda sich wieder umdrehte. Sie kniff die Augen zusammen. An Zoe vorbei blickte man direkt auf Charlottes Hütte. Zoe schaltete ihre Handylampe an und leuchtete hinein. Es war ein kleiner, quadratischer Stall. In der Ecke leuchteten zwei Augen grün auf.

»Da ist sie.« Zoe trat mit dem Stiefel gegen den kleinen Bau, und das ganze Ding wackelte. Als Leda sie verwirrt ansah, fügte sie hinzu: »Das ist Pia.«

Leda zeigte auf das Tier. Die Ziege. »*Das* ist Pia?«

»Beantwortet das deine Frage?«

»Ähm … nein.«

Zoe zuckte die Schultern. »Sonst kenne ich keine Pia.«

Leda machte den Mund auf, fand aber keine Worte. Was sollte sie auch sagen? Wenn sie Zoe von den Postkarten erzählte, müsste sie auch erklären, wo sie die eigentlich herhatte und dass sie etwas zurückhielt (nahm sie zumindest an), was wichtige Beweisstücke sein konnten. Und selbst *wenn* sie all das erklärt hätte, wie sollte sich Zoe – oder irgendjemand sonst – dann zwanzig Postkarten geschrieben im Namen einer Ziege erklären?

Also gab sich Leda Mühe, nicht überrascht zu wirken, als hätte sie damit gerechnet, dass Pia Hufe und einen Bart hatte. »Warum ist sie hier drin?«

»Herdendrama.« Zoe kratzte sich die Fingerknöchel. »Ab und zu beschließen die Mädels, eine von ihnen fertigzumachen, und hören nicht mehr auf. Hat was mit der Hackordnung zu tun. So üben sie Dominanz aus. Normalerweise klären sie das unter sich. Aber in diesem Fall mussten wir eingreifen.«

Das Tier sah eigentlich ganz gesund aus. Sie war auch nicht so klein wie die, die der Bock verletzt hatte. Abgesehen davon, dass sie sich etwas scheu verhielt, schien sie zufrieden.

»Wie schlimm war es?«

»Sie hätten sie vielleicht getötet, wenn wir sie gelassen

hätten. Wir enthornen unsere Ziegen nicht, also können sie mit ein paar gezielten Kopfstößen großen Schaden anrichten. Und bei Pia waren es auch nicht nur ein paar, das ging ständig so. Weißt du noch, dass ich sagte, wir hätten an der Kante fast eine Ziege verloren? Pia wurde runtergestoßen. Hat sich ein Bein gebrochen. Ich weiß nicht, wie sie das überlebt hat. Wir haben sie isoliert, während das Bein verheilt ist, und alleine ist sie richtig aufgeblüht. Also haben wir sie hiergelassen.«

»Aber …« Leda zögerte. »Das sind doch, na ja, *Herdentiere*?«

»Pia anscheinend nicht.« Zoe schaltete ihre Handylampe aus, und Pia verschwand wieder in der Dunkelheit. »Hat Charlotte sie mal erwähnt?«

»Sozusagen.« Leda wusste nicht, ob sie nicken oder den Kopf schütteln sollte, als sie an das mit *Pia* betitelte Foto dachte. Also war das Pias Auge. Und die sich darin spiegelnde Gestalt war weder Pia noch Zoe gewesen, sondern Charlotte, die die Kamera hielt. »Ehrlich gesagt dachte ich, *du* wärst Pia.«

»Nein.« Zoe lachte. »Zum Glück nicht.«

»Also war Charlotte oft hier?«

»Was? Bei Pia?« Zoe steckte die Hände in die Taschen. »Ich glaube nicht. Hab sie nie hier gesehen.«

Leda sah sie an. »Nie?«

Zoe zuckte die Achseln, verstand anscheinend nicht ganz. »Nö.«

Woher sollte Zoe auch wissen, wie unbefriedigend diese Information war? Unwillkürlich ging Ledas Verwirrung nach und nach in Frustration über. Sie trat aus dem Stall. Zuerst einmal war Pia kein Mensch. Obendrein hatte Zoe auch keine Ahnung davon, dass Charlotte sich überhaupt für diese Ziege interessiert hatte, von daher war es kaum vorstellbar, dass Zoe oder jemand anderes als eine Art Insiderwitz dieses Pseudonym benutzt hatte. Gab es *noch jemanden* namens Pia, hätte Leda am liebsten gefragt. Aber sie wusste, wie unwahrscheinlich es war, auf dieser Farm mitten im Nirgendwo gleich zwei Pias aufzutreiben.

Was verstand Leda nicht? Sie versuchte, sich vorzustellen, wie Pia rüber zu Charlottes Hütte sah … nein, es war *Charlotte,* die von ihrer Hütte aus auf Pias Stall blickte. Vielleicht war es also Charlotte, die Charlotte beobachtete, und die Postkarten waren eine Art Tagebuch – ein Versuch, sich selbst zu finden in diesem Mädchen, in dem so viele andere so viele Sachen sahen. Vielleicht hatte sie Schwierigkeiten damit gehabt, sich selbst zu sehen. Zu hören.

»Ich denke echt oft an Charlotte.« Zoe schloss die Stalltür und unterbrach Ledas Gedanken. »Es war schwer, sie besser kennenzulernen, aber wir haben uns gut verstanden. Ich glaube, wir beide mochten Tiere aus den gleichen Gründen.«

»Und zwar?«

»Sie sind berechenbar …« Zoe lächelte und zeigte dabei ihre Grübchen. »Und sie reden nicht.«

Zoe ging zurück in Richtung Küche, und Leda folgte ihr.

»Also war Charlotte eher eine Einzelgängerin?«

Zoe zuckte die Schultern. Nickte.

»War sie schon immer so?«

Zoe überlegte kurz. »Charlotte war der einzige Mensch, den ich kenne, den ich als gutgläubig bezeichnen würde«, sagte sie langsam. »Sie war nicht dumm oder naiv. Aber sie sah das Potenzial in anderen. Gab ihnen eine Chance. Viele Menschen *brauchen* das. Aber manche nutzen es auch aus.«

Sie kamen an den Ziegen vorbei. Diesmal sah der Hund nicht von seinem Tisch auf.

Leda fragte: »Was glaubst du, was passiert ist?«

»Ich würde sagen …« Zoe unterbrach sich, ihre Zähne klapperten ein bisschen, obwohl es kaum noch schneite. »Ich würde sagen, sie hat jemandem vertraut, der ihr Vertrauen kein bisschen verdient hatte.«

Zoes Blick war jetzt hart und streng. Hinter ihr, am anderen Ende der Farm, stieg kein Rauch mehr aus Charlottes Schornstein auf. Die Hütte war hinter den tanzenden Flocken beinahe durchscheinend. Leda konnte nicht anders, als vor dem Haupthaus stehen zu bleiben und in die Richtung zu starren. Sie hob den Fuß, am Stiefel klebte Dung, aber sie war zu erschöpft, zu überwältigt, um sich zu bewegen. Sie hoffte, Zoe werde ohne sie reingehen, aber die blieb ebenfalls stehen.

»Leda. Wie gut kanntest du Charlotte?«

Das hatte sie noch nie jemand gefragt, und sie erschrak. In Wahrheit hatte sie sie natürlich nicht gekannt. Sie hatte Charlotte überhaupt nicht gekannt.

»Ich hab sie ein paar Stunden vor ihrem Verschwinden getroffen«, gestand Leda schließlich. »Das ist alles. Ich weiß, es ist irgendwie übertrieben, dass ich hierhergekommen bin. Dass ich immer noch an sie denke. Aber sie … sie hat mich erkannt, keine Ahnung, warum. Sie sagte, ich komme ihr bekannt vor.«

»Sie hat andere Menschen immer gesehen.« Zoe nickte und schob die Hände in die Jeanstaschen. Mehr sagte sie nicht dazu.

Statt sich drinnen bei Essen und Gelächter aufzuwärmen, ging Leda zurück an der Kante entlang zu Charlottes kalter Hütte. Die wenigen Wolken am Himmel hatten sich verzogen, sodass nur noch die metallische Sonne übrig blieb. Erneut versuchte sie, sich Charlotte hier draußen vorzustellen. Kam man an so einen Ort, um sich zerbrechlich oder kraftvoll zu fühlen? Groß oder klein?

Die weißen Enten hatten sich ein Stück weiter die Kante entlang versammelt und putzten ihr Gefieder nah am Abbruch. Den Abgrund nahmen sie anscheinend gar nicht wahr. Leda dagegen spürte bereits, wie ihr Körper darauf reagierte – ein leichtes, schwankendes Unwohlsein. So hatte sie sich auch auf dem Staudamm gefühlt, mit Ian, als sie die dreißig Meter nach unten geschaut hatte. Ihre Magengrube hatte die Gefahr gespürt, auch wenn sie nicht in ihrem Hirn ankam.

Damals hatte Leda sich nicht großartig um ihre Nervosität gekümmert. Sie war zu sehr mit der Frage beschäftigt gewesen, ob Ian sie küssen würde. Zu sehr damit beschäftigt, Gänse mit Schwänen zu verwechseln. Ian hatte seinerseits den Entnahmeturm angestarrt und über die Maschinen unter der Oberfläche nachgedacht. Er hatte sich angehört, als habe er sich darüber bereits informiert.

Die Strömungen würden dich nach unten ziehen, hatte er gesagt. *Da tauchst du erst nach Wochen wieder auf.* Im Nachhinein klang das wie eine Drohung.

Leda trat vom Abhang zurück und berührte ihren Hals an der empfindlichen Stelle, auf die Ian seinen Daumen gedrückt hatte.

Wieder in der Hütte breitete Leda Charlottes Postkarten auf dem Schreibtisch aus. Es war Charlottes Handschrift, das wusste sie jetzt. Charlottes Stimme. Änderte dieses Wissen irgendwas, fragte sie sich. Brachte dieses Wissen auf irgendeine Art Licht ins Dunkel, das ihr vorher verschlossen gewesen war? Sie drehte alle Karten mit der Bildseite nach unten und überflog dabei ihren Inhalt. Eine der Karten fiel beim Umdrehen auseinander – es waren zwei, die zusammengeklebt hatten. Eine davon landete auf dem Boden. Leda bückte sich und hob sie auf – ein langer, eng geschriebener Text, den sie noch nicht kannte.

Liebe Charlotte, wenn du mir doch nur glauben würdest, dass es nicht deine Schuld ist. Dass du nichts dafür konntest, dass dir das passiert ist. Dass du es nicht hättest verhindern können. Hör mir zu: Du bist erstarrt, das lag am Schock. Weil du nicht glauben wolltest, dass jemand so grausam sein kann. Du willst es immer noch nicht glauben. Also hast du eben beschlossen, lieber zu glauben, dass es dein

Fehler war. Charlotte, tu doch einfach mal so, als wärst du deine eigene beste Freundin. Würdest du ihr sagen, dass es ihr recht geschah?

Darunter kein *Deine Pia*. Es war einfach kein Platz mehr.

14

Montag, 16. November

An Ledas Türknauf klebte ein Flyer, als sie am Montagmittag nach Hause kam – ein schreiender Mund auf pinkem Papier:

DU HAST EINE STIMME
SCHREI FÜR CHARLOTTE MASK
AM BEARGRASS MOUNTAIN
TREFFPUNKT PSI-DELTA-HAUS
ABFAHRT: MONTAG, 16. NOVEMBER, 16 UHR

Ein Jubiläumsschrei, zwei Wochen nachdem Charlotte vermisst gemeldet worden war. Oben rechts in der Ecke stand handschriftlich: *Komm mit.* Es war doppelt unterstrichen. Ein Befehl, keine Bitte.

Leda wollte auf die Uhr sehen, aber ihr Handy war immer noch leer. Sie ließ den Flyer hängen, betrat ihr Zimmer und stand vor dem Maul des Drachens ihrer Mutter. Die Luft war abgestanden. Trotzdem schloss sie die Tür hinter sich ab.

Sie wollte nicht zu dem Schrei gehen. Erstens glaubte sie nicht mehr, dass man Charlotte so einfach finden konnte. Charlotte hatte sich nicht *verlaufen.* Sie hinterließ keine Spur aus Brotkrumen in irgendeinem Wald. Ihr war etwas *passiert.*

Das hatte selbst Ian gesagt. Und was auch immer es war, es war lange vor Halloween passiert. Was auch immer es war, es bereitete Ian Sorgen. Deswegen war er so hinter Leda her, redete regelrecht auf sie ein, damit sie sich an ihre gemeinsame Nacht erinnerte, und zwar genug, um zu beweisen, dass er keinesfalls in Charlottes Nähe gewesen war. Aber in Leda keimte der Verdacht, dass er sich diese Nacht ausgesucht hatte – die Nacht, in der er Leda hatte, sein Alibi –, um zu Ende zu bringen, was er angefangen hatte.

Sie hat jemandem vertraut, der ihr Vertrauen kein bisschen verdient hatte.

Der zweite Grund, aus dem sie nicht zu dem Schrei gehen wollte: Sie wollte nicht nach unten kommen und alle Herzen mit den Fingern formen sehen. Alles in Butter. Wobei, würden ihre Schwestern sie jetzt überhaupt noch mit dieser Geste empfangen? Am Samstag hatte sie sie alle einfach geghostet und Carly nach der ganzen Benjamin-Sache ohne Partnerin zurückgelassen. Carly erzählte wahrscheinlich schon herum, wie Leda sie im Stich gelassen hatte und sich ohne ein Wort davongeschlichen hatte und nicht *für sie da gewesen* war. Oder noch schlimmer: Vielleicht sagte sie auch, dass Leda, genau wie Mary, komisch geworden war.

Aber der Flyer an Ledas Tür sagte etwas anderes. *Komm mit.* Anscheinend bekam sie noch eine Chance. Eine letzte Chance, dabei zu sein, eine Freundin zu sein. Eine Schwester.

Also würde sie hingehen. Dann hätte sie auch Zeit, sich über ihr weiteres Vorgehen klar zu werden. Sie wollte nichts übereilen, wollte ihre eigene Sicherheit nicht aufs Spiel setzen. Zudem könnte sie so Ian aus dem Weg gehen. Er wäre niemals so dreist, bei einem Event zu Ehren Charlottes aufzukreuzen.

Dennoch nahm Leda Fayes Waffe aus dem Rucksack und steckte sie in eine kleine Tasche. Zwar würde Ian nicht dort sein. Zwar wäre sie umgeben von ihren Schwestern und

Kommilitoninnen. Aber auf Nummer sicher zu gehen konnte ja nicht schaden.

Leda schloss ihr Handy ans Ladegerät an und packte fertig aus. Sie legte die Postkarten in ihre Unterwäscheschublade, wobei ihr Blick an der gedrängt purzelnden Handschrift hängen blieb. Wie merkwürdig. Manche Karten, die sie zuvor lediglich überflogen hatte, schienen ihr nun äußerst bedeutungsschwanger.

Liebe Charlotte, die Ziegen sind gestern nicht nach Hause gekommen, und ich konnte nicht schlafen. Es sah aus, als seist du auch noch wach gewesen. Deine Tür ging die ganze Nacht lang auf und zu. Hilft es dir, hier draußen zu sein, nach dem, was dir passiert ist? Wenigstens sind die Ziegen irgendwann wieder zurückgekehrt. Der Vollmond schien so hell, wahrscheinlich haben sie gar nicht bemerkt, dass es Nacht war. Deine Pia

Wann hatte Charlotte damit angefangen, sich diese Botschaften an die eigene Adresse zu schicken? Direkt nach ihrer Ankunft auf der White Dog Farm? Und war das vor oder nach … was? Dem Übergriff? Der Vergewaltigung? Nirgends stand etwas Genaueres. Sich selbst gegenüber musste Charlotte es ja auch nicht erklären.

Danach, dachte Leda. Sie spürte, dass diese Karten eine Reaktion auf etwas waren. Eine Bewältigungsstrategie. Ein Versuch, Erlebtes zu verarbeiten. Vielleicht hatte sie in sich hineinhorchen wollen, auf ihre Gefühle, ihre Bedürfnisse. Wie eine Freundin. Vielleicht war es nicht so einfach wie gedacht, sich selbst zu kennen.

Hilft es dir, hier draußen zu sein, nach dem, was dir passiert ist?

Womöglich war der Besuch der Ziegenfarm ein Versuch gewesen, sich zu erden. Vielleicht war Charlotte aus ganz ähnlichen Gründen dort gewesen wie Leda – weil sie geglaubt hatte, ihre Ängste hinter sich lassen zu können. Weil sie geglaubt hatte, diese andere Welt – eine Welt aus Solarpanels, Ziegenmilch und Pappeln – könnte sie beschützen. Oder weil sie geglaubt hatte, sich selbst in der Stille besser hören zu können.

Als Ledas Handy wieder anging, fand sie eine knappe Mail der Vorgesetzten ihres Studentenjobs und eine weitere einer Spanischprofessorin wegen nicht erbrachter Leistungen. Außerdem hatte sie SMS bekommen – von Mary und Carly – und einen Anruf von Ian verpasst. Sie fuhr zusammen, klickte ihn weg und checkte die Nachrichten. Ein paar Überwachungsvideos waren veröffentlicht worden, auf denen Charlotte jedoch kaum zu erkennen war. Sie erschien als gelber Lichtschein, als Fleck oder verwischte Pixel. Die Welt um sie herum sah weitläufig und deformiert aus. Auf manchen Aufnahmen zuckten menschliche Gestalten durch die Umgebung. Vielleicht zog auch Leda als Ruckeln inmitten einer der dunklen Menschengruppen vorbei, mittendrin in den Vorgängen jener Nacht.

Im letzten Video, das eine Campus-Überwachungskamera vor Gamma Kap aufgenommen hatte, tanzten weiße Punkte wie Geister vor der Linse herum. Als zerfiele die Nacht zu Flocken. *Motten,* erinnerte sich Leda, waren dort draußen herumgeflattert.

Leda schrieb Mary und fragte, ob sie auch zu Carlys Schrei komme.

Vorlesung. Bin ich die Einzige an dieser Uni, die zu ihren Vorlesungen geht?

Und dann, als Leda nicht sofort antwortete, schrieb Mary:

Ian war heute Morgen bei mir. Dachte, das solltest du wissen.

Leda textete schnell zurück:

Wieso? Was hat er gesagt?

Mary schien eine Ewigkeit zu tippen, aber ihre nächste Nachricht war kurz.

Lee, das gefällt mir nicht.

Unten in der Küche herrschte Hochbetrieb. Mädchen in neonfarbenen Schrei-Shirts mixten Studentenfutter, indem sie Erdnüsse und mit Joghurt überzogene Rosinen in riesige Ziplock-Tüten kippten. Eine malte mit dem Finger einen Penis auf die beschlagene Fensterscheibe. Carly stand im Elasthan-Outfit und mit Frottee-Stirnband im Gemeinschaftsraum und fütterte Glock mit M&Ms. Leda schlich sich in die Küche, stibitzte einen Bagel aus einer weißen Tüte und toastete ihn.

Carly sagte, ohne hochzuschauen: »In zehn Minuten gehts los, Lee.«

Ansonsten sprach sie niemand an. Niemand fragte: *Wo bist du gewesen?* Niemand sagte: *Wir haben uns Sorgen gemacht.* Ein paar Psi Delts plauderten um Leda herum, als wäre sie gar nicht da, wischten sich Salz von den lackierten Fingernägeln, während Leda zusah, wie die Heizdrähte des Toasters glühten.

Leda fuhr allein zum Beargrass Mountain. *Solus, solo.* Jedes Wort für »allein« fühlte sich an wie ein Loch. Natürlich war sie nicht komplett allein. Im Grunde war sie umgeben von Psi Delts, die einander aus ihren Sportwagen und SUVs zuhupten. Sie dachte darüber nach, was Zoe über Pia gesagt hatte, dass die Herde sich gegen sie gewandt hatte. *Sie hätten sie vielleicht getötet.* Aber warum? Leda hätte sie fragen sollen.

Was machte ein Tier zur Zielscheibe? Spüren die anderen einfach, dass es anders ist?

Sie parkten kurz vor der Plantage an der Reservoir Road. Carly stieg aus und dirigierte die anderen Autos, auch Leda bekam einen Parkplatz zugewiesen. Der Picknickbereich, wo Leda mit Ian geparkt hatte, um zum Stausee zu gehen, wo sie das kleine Mädchen in ihr Zelt hatte rennen sehen, als wäre es ein Schutzschild, ein Kraftfeld, war noch ein paar Kilometer weiter. Genau das fehlte Leda – ein sicherer Rückzugsort wie in der Kindheit. Ein Fels, den man berühren konnte. Ein Baumstamm, bei dem sich alle einig waren, dass er Sicherheit bedeutete.

Ein Pick-up fuhr vorbei und wirbelte Steinchen auf. Danach folgten zwei weitere. Leda wartete in ihrem eigenen Truck, legte sich ihre Tasche um und sah nach der Waffe. Als sie ausstieg, fuhren die drei Pick-ups immer noch langsam an Carlys Truppe vorbei. Alle hatten das gleiche Holzgerüst hinten drauf – eine Hundebox, die genau an die Ladefläche angepasst war und acht Bullaugen für acht zappelnde Jagdhunde hatte. Die Hunde jaulten lautstark. Spürhunde, begriff Leda plötzlich. Sonst schien das jedoch niemandem aufzufallen.

Ein eigenartiger Anblick: Um die achtzig Studentinnen und Studenten machten sich schwatzend und lachend auf den Weg in den Wald, trampelten Laubhaufen platt. Leda konnte nicht anders, als nach Ian Ausschau zu halten. Sie versuchte, sich zu entspannen. Versuchte, ihn zu vergessen und stattdessen an die alten Fotos vom Abschlussball-Komitee zu denken, die ihre alte Mitschülerin Monica ihr geschickt hatte – Charlottes breites Lächeln, die Streusel auf ihrem Eis. Dann dachte Leda an sich selbst, bevor all das geschehen war, vor der Halloween-Nacht. Sie dachte an das Wort, das ihr vom Dach der Verbindung aus zugerufen worden war – *Fotze.* Daraufhin hatte sie salutiert, nicht wahr? Zum Gähnen hatte sie die Jungs gefunden, so klein auf ihrem Dach. Anschließend hatte sie am Lawn einen Lolli zerbissen, bevor sie ihren Lauf fortsetzte.

Nun sah Leda beim Gehen nach unten, beobachtete, wie die Stiefel ihrer Mutter sich durch Schlamm und Steine bewegten. Beim nächsten Hochschauen stellte sie fest, dass sie schneller war als alle anderen. Sie blieb stehen und wartete auf den Rest, der voranpolterte wie die Ziegenherde, die Leda von Charlottes Hüttentür aus beobachtet hatte. Sie rempelten und schubsten einander. Sie quengelten und plapperten. Manche genossen die ständigen Kniffe und Stöße. Manche trotteten einfach mit. Und andere bildeten die Nachhut, wenige Schritte davon entfernt, zurückgelassen zu werden.

Am Aussichtspunkt angekommen streckten sich die Leute und gingen umher, traten Laub zur Seite, als könnte man ein Mädchen einfach so verlegen, als könnte man sie wiederfinden, wenn nur jeder seinen Weg noch einmal abging und gründlich nachsah. Zwischen den Felsen entsandten Goldrute und Seidenpflanzen ihre weiß geflügelten Samen. Sie schwebten und drehten sich wie Schneeflocken, wehten über die Felsen hinaus in den Himmel.

Carly verteilte weiße Kerzen, und die anderen entzündeten den Docht hinter vorgehaltener Hand. Die Flammen gingen direkt wieder aus, sobald sie die Hände wegnahmen. Manche knieten sich hin und beteten dennoch über ihren erloschenen Kerzen. Leda hatte noch nie gebetet. Ihr war das immer wie vergebliche Mühe vorgekommen, genau wie die fliegenden Samen. Eigentlich ein Wunder, dass die Menschheit, dass die Natur es immer noch versuchten.

Sie stieg höher auf die Felsen. In den Stiefeln ihrer Mom hatte sie guten Halt und konnte mühelos klettern. Hoch oben schwirrte ein Rabe vorbei und durchflog die goldenen Lücken in der Wolkendecke. Von hier sah der Stausee aus wie flüssiges Metall, das nur durch den fernen Stumpf des Wasserentnahmeturms in der Mitte unterbrochen wurde. Von hier aus konnte sie Ian nicht sehen. Natürlich nicht. Es waren fast nur Mädchen – Mädchen in neonfarbenen Schrei-Shirts, die sich am Rande des Aussichtspunktes bei den Händen hielten, während jemand ein Foto von ihren Oberkörpern machte, auf denen wieder und wieder DU HAST EINE STIMME stand.

Leda schraubte ihre Wasserflasche auf und schloss in der untergehenden Sonne die Augen. Sie spürte den Wind. Einen Augenblick fühlte sie das Drehmoment der Erde unter sich. Als würde sie auf der Platane sitzen, wo der Beargrass Creek in den Stausee mündete. Sie war zehn Jahre alt gewesen, als sie die ganze Nacht dort oben verbracht und behauptet hatte, sie werde nie wieder herunterkommen.

Und ihre Mutter? Wo war die da gewesen?

Wasser schwappte Leda auf die Finger. Sie hatte die Flasche zu fest zusammengedrückt. Sie verschloss sie wieder, setzte sich hin und rutschte den Felsen herunter. Unten angekommen wollte sie am liebsten loslaufen. Nach Hause. Zu Clarence, der Löcher für neue Zaunpfähle grub. Zu ihrer Mutter, die Teetassen und Kuchenteller für neue Mosaike zerlegte, sich Porzellansplitter von den Fingern blies, als würde das ganze Leben immer so einfach und sicher sein.

Alle versammelten sich, und Carly hielt eine Ansprache, in der die Wörter *gemeinsam* und *Trauer* mehrfach vorkamen. Dann erhoben sich andere und wiederholten im Grunde alles noch einmal. Ihnen fehlte Charlottes Freundlichkeit, ihr Lächeln, ihr ansteckendes Lachen. Fragmente aus Charlottes Postkarte flackerten in Ledas Kopf auf. *Deine Schuld … recht geschah … Schock.*

Nachdem die Reden gehalten waren, legten sich alle auf den Boden. Leda blinzelte. Sie war kurz abgeschweift. Als Carly an ihr vorbeiging, wollte Leda eigentlich fragen: *Was soll ich machen?* Aber sie hatte genug davon, sich auf ihre Große zu verlassen. Genug davon, nach Bestätigung zu heischen.

Carly gab Anweisungen, legte sich dazu eine Hand auf die Brust und eine auf den Bauch. »Yogaatmung.« Leda saß noch immer aufrecht. Sie begegnete Carlys Blick, als diese der Gruppe gerade auftrug, die Augen zu schließen, um sich von der »gewohnten Angstreaktion des Gehirns« zu entkoppeln. Leda dachte unwillkürlich, dass Carly sich dazu wohl ein YouTube-Video angeschaut hatte. Sie sprach übers Atmen: in den Bauch, in die Brust und dann wieder aus. Ein-ein-aus. So würden sie fünfzehn Minuten lang atmen, durch den Mund. Da schlug jemand einen Gong, genau, als die Sonne den Horizont erreichte – genau, als Leda ihn sah.

Ian saß am Rand und fing ihren Blick auf.

»Wenn ihr eine wachsende Taubheit spürt«, sagte Carly nun, »oder ein Kribbeln oder Druck … macht euch keine Gedanken. Das ist normal. Atmet einfach weiter.«

Als Carly anfing zu schreien, war Leda schon auf dem Weg den Berg hinunter und blickte sich um, ob Ian ihr folgte. Sie sah ihn nicht. Sie sah nichts als die weißen Samen, die über den Baumkronen schwebten. Sie horchte auf Schritte, raschelndes Laub, aber nun schwoll der Schrei bereits um weitere Stimmen an. Es klang grauenvoll. Schlimmer als die schreienden Ziegen vor der Paarung. Schlimmer als die, die es gerade hinter sich hatten, gerade im Herdbuch vermerkt wurden – Ledas eigenen Aufzeichnungen gar nicht so unähnlich. *Sonnenbrille,* hatte sie geschrieben, dazu ein Datum. Und davor ein Fragezeichen neben *Ian Gray.*

Als Leda sich wieder von dem Schrei abwandte und nach unten sah, erblickte sie den Kopf einer Hirschkuh im Lorbeer, sichtbar durch die weißen Satellitenschüsseln ihrer Ohren. Eines war aufgestellt. Leda blinzelte, und schon war das Tier wieder verschwunden. Der Wald wurde finster. Weiter oben am Berg knackte ein Zweig.

Leda kürzte die Serpentinen ab und nahm den schnellsten Weg nach unten. Zurück auf dem Parkplatz bekam sie ihren Truck nicht sofort auf. Sie konnte den Schlüssel nicht umdrehen, ihre Hände waren taub. Sie fluchte und starrte im Halbdunkeln auf das Schloss, war genervt, dass sie hergekommen war, dass sie sich hatte unter Druck setzen lassen. Das Beten, das Yogaatmen, der Schrei – all das waren nichts als schwebende Samen, die niemals irgendwo landen, niemals Wurzeln schlagen würden.

Ein Paar Scheinwerfer erfasste sie und drängte die hereinbrechende Nacht zurück. Sie hatte das Fahrzeug gar nicht kommen gehört. Hinter der dunklen Windschutzscheibe lag ein Gesicht, das sie erst an Ian erinnerte, dann an die Bestie mit den Fangzähnen am Anthropologiegebäude – menschliche Ohren, fleischige Wangen. Doch dann erkannte sie es einen Augenblick deutlicher – ein Mann in Tarnfarben mit leuchtend orangefarbener Mütze. Noch mehr Hunde hinten. *Jagdhunde,* korrigierte Leda ihren Gedanken von vorhin. Wahrscheinlich sollten sie trainieren oder Bären aufspüren, bevor die Jagdsaison losging. Charlotte wurde zwar vermisst, aber nicht alle Welt war auf der Suche nach ihr.

RETTE DICH, hatte Charlotte geschrieben. Sie hatte gewusst, dass es niemanden interessierte. Zumindest nicht richtig. Nicht genug. Sie hatte gewusst, dass man es selbst tun musste.

Aber vielleicht gab es Ausnahmen. Vielleicht gab es noch etwas, das Leda unternehmen konnte. Sie legte den Gang ein und fuhr los, warf einen Blick in den Rückspiegel. Sie raste vom Haupthighway davon, während ihr Worte und Bilder durch den Kopf schossen: Ian, wie er fragte: *Kannst du dich noch an alles von Halloween erinnern?* Ian, wie er den Wasserentnahmeturm im Stausee anstarrte und sagte: *Dann rette ich dich. Vielleicht.* Er hatte sich nicht von dem Turm losreißen können. Hatte beim Blick über das undurchsichtige Wasser den Faden verloren.

Im Rückspiegel waren keine Scheinwerfer zu erkennen. Anscheinend folgte er ihr nicht. Dennoch bog sie in den nächsten Plantagenweg und fuhr ohne Licht bergauf durch die gleichförmigen Bäume. Fallobst zerplatzte unter ihren Reifen. Irgendwann schaltete sie den Motor aus und beobachtete die Straße. Fünf Minuten vergingen. Dann zehn. Kein Ian.

Der Wohnwagen am Beargrass-Picknickplatz war dunkel. Im Scheinwerferlicht sah sie die Pitbulls in ihren Käfigen, aber selbst als sie ausstieg, bellten sie nicht. Leda nahm ihr Handy, obwohl sie hier draußen kaum Empfang hatte, und steckte sich die Waffe hinten in die Jeans. Sie trug immer noch die schweren Stiefel ihrer Mutter, an deren Sohlen Erde und Dung klebten.

Irgendetwas zog sie an diesen Ort, an dem Charlotte vermutlich ermordet worden war. Vielleicht lag es daran, dass sie Ian gesehen hatte, nun, da sie wusste, dass zwischen ihm und Charlotte etwas vorgefallen war. Oder es lag an den fadenscheinigen Reden vor Carlys Schrei, die ihr klargemacht hatten, dass Charlotte früher oder später in Vergessenheit geraten würde. Selbst diejenigen, die sich für sie einsetzten, vergaßen sie langsam. Die meisten hatten sie ohnehin kaum gekannt. Vielleicht sollte Leda sich lieber der Realität stellen, als die Augen zu verschließen und zu kreischen. Sie musste daran glauben, dass sie etwas tun konnte.

Die Feuerwehrzufahrt zum Staudamm fühlte sich länger als damals mit Ian an, als sie der knietiefen Rinne aus ausgespültem Lehm und Kies gefolgt waren. Über ihr streckten sich die Zweige der Bäume aus wie Finger. Die Rinne zu ihren Füßen sah aus wie eine Narbe.

Es dauerte ein paar Minuten, bis sie den Wald bis zur Staumauer durchquert hatte. Sie gab sich Mühe, leise zu sein, aber es war unmöglich, das Laub und die Zweige nicht zum Rascheln zu bringen. Sie kam unter ihrer Platane vorbei – noch größer, als sie sie in Erinnerung hatte. Ihre Äste hingen über dem schwarzen Wasser, die Wurzeln gekrümmt wie Spinnenbeine. Still berührte Leda den Stamm. Sah nach oben. Die niedrigsten Äste waren außer Reichweite. Wie war sie je da hochgeklettert?

Sie verharrte eine Weile am Fuß des Baumes, horchte,

schaute hinaus zum Entnahmeturm im Wasser. Sie versuchte zu erkennen, was sie damals mit Ian gesehen hatte: die kaputten Fenster in der Farbe von Insektenflügeln; die weißen Federn am Metallgitter, gelöst aus einer weißen Federboa. Je länger sie hinsah, desto deutlicher glaubte sie, ihren künstlichen Schimmer auszumachen. Über ihr ächzten die Äste der Platane, es hörte sich an wie knackende Gelenke.

War das möglich? Konnte Ian Charlotte wirklich hierhergebracht haben? Hergelockt oder verfolgt? Konnte jemand, den Leda kannte – den sie geküsst, mit dem sie geschlafen hatte –, wirklich ein Mädchen ins Wasser geworfen haben?

Die Federn bewiesen zwar nichts, aber sie waren ein Anfang.

Leda ging hinaus auf die Mauer, blieb an der Stelle stehen, an der sie mit Ian auf die Berge und die glatte Wasseroberfläche geschaut hatte, beides nun nicht mehr voneinander zu unterscheiden. Der Wasserentnahmeturm war in der wachsenden Dunkelheit gerade noch zu erkennen – seltsam und isoliert. Nur ein schmaler Steg verband den Damm mit dem Turm, etwa drei Meter oberhalb des Sees.

Der öffentliche Weg endete in der Mitte des Staudamms an einem hohen Tor. Ein paar Meter dahinter fiel eine schwarze Kaskade herunter. Das Tor war das Einzige, was Leda von dem Steg trennte. Zunächst dachte sie, sie könnte sich vielleicht daran festklammern und sich herumwinden, aber der Maschendraht ragte an beiden Seiten über den Rand der Mauer hinaus. Zu gefährlich, dort hinunterzufallen. Zu ihrer Linken stürzte der Überlauf in die Tiefe. Auf der rechten Seite lag das stille, eiskalte Wasser. Dabei war es ja gar nicht still, oder? Ian hatte die Strömungen unter der Oberfläche und die verborgenen Maschinen beschrieben. Beim Hineinfallen könnte sie auf etwas prallen, könnte unter Wasser gezogen werden. Dann würde *sie,* durch Ertrinken oder Erfrieren, ebenfalls auf der Liste vermisster Personen landen.

Die Anlage bebte unter ihren Sohlen, während sich Millionen Liter Wasser dagegendrückten und Tausende Liter hindurchschossen. Die Kaskade dröhnte. In Ledas Kopf war es trotzdem ganz ruhig. Als hätten sich all das Chaos und all die Verwirrung der letzten Wochen angesichts dieser einfachen Aufgaben in Luft aufgelöst: über das Tor klettern, die Federn finden, nicht ins Wasser fallen.

Mit den Stiefeln ihrer Mutter war der Maschendraht gar nicht leicht zu überwinden. Dennoch kletterte sie darüber. Ohne den Dreißig-Meter-Abgrund hinunterzuschauen, wo sie mit Ian in großer Entfernung Schwalben über dem Strom gesehen hatte. Oberhalb des Tors stand loser Stacheldraht ab. Genau wie über einen Weidezaun zu klettern, sagte sie sich. Als Kind hatte sie das etliche Male gemacht. Sie fand festen Halt mit dem Fuß, hielt sich am Draht fest und schwang das Bein über das Tor.

»Leda …«

Schwankend drehte Leda sich um, aber die Stimme musste sie sich eingebildet haben. Unter sich meinte sie, Facetten ihrer Mutter im Wasser schweben zu sehen: ein gemusterter Rock, ein braunes Armband, kräftige Waden. Ihre Stimme war nah, dann ganz fern. Jener Tag – vor elf Jahren, als Leda auf die Platane geklettert war und sich anschließend geweigert hatte, wieder runterzukommen – kam ihr wieder in den Sinn. Es war ein schöner Tag gewesen. Es hatte Limonade und Sandwiches gegeben. Clarence hatte einen großen Krebs gefunden. Und er hatte unperfekte Steinchen wieder und wieder springen lassen. Vielleicht war der Tag zu schön gewesen; Leda hatte nicht gewollt, dass er ein Ende hatte.

Damals war ihr noch nicht klar gewesen, dass alles irgendwann ein Ende fand. Schließlich gingen Mom und Clarence zum Truck. Sie wollten nach Hause, sagten sie. Der Himmel verfärbte sich oberhalb und unterhalb der Platane, von der aus die zehnjährige Leda irgendetwas Unwilliges rief. Der Motor des Pick-ups startete. Die Rücklichter gingen an.

Leda konnte nicht genau sagen, ob sie es gerade wirklich gesehen hatte – das aufleuchtende Rot – oder ob sie es sich nur eingebildet hatte, sich daran *erinnerte.* Sie spähte in den Wald, immer noch rittlings auf dem Stacheldraht sitzend. Sie beschloss, dass sie nichts gesehen hatte, schwang das zweite Bein über den Draht und ließ sich auf der anderen Seite am Tor herunter.

Der Steg bildete ein T mit der Staumauer. Darauf entfernte sie sich vom Überlauf des Damms, durch den sich schwarzer Schaum in die Tiefe ergoss. Ihre Stiefel schepperten auf dem Metallgang mit den rautenförmigen Löchern. Die schmale Brücke schwankte. Zumindest kam es ihr so vor. Sie hielt sich am Geländer fest und lief weiter über das ruhige Wasser hinweg, gab sich alle Mühe, nicht darüber nachzudenken, was unter der Oberfläche verborgen sein könnte.

Sie ertastete die Waffe über ihrem Steiß. Clarence hatte ihr beigebracht, niemals eine Waffe auf diese Weise zu tragen, in der Hose, wie im Film. Aber es *war* ja auch ein bisschen wie im Film. Oder einem Videospiel vielleicht. Sie kam sich vor, als hätte sie die Kontrolle über die eigene Entscheidungsgewalt verloren, als wäre sie eine Spielfigur, die ein unbekannter Spieler über diesen Steg laufen ließ. Es hatte etwas Tröstliches, sich einen Spieler vorzustellen, einen Gott, wie Vinnie – vorsichtig, bedacht auf Einzelheiten. Jonah wäre ein beängstigender Gott – so ungeduldig und unbesonnen. Aber möglicherweise wäre Jonah besser dazu geeignet, Bösewichte zu besiegen und für Gerechtigkeit zu sorgen.

Vielleicht trieb sie auch einfach das Adrenalin weiter voran. Vielleicht war es ihr Herz, das Blut in ihre Füße, ihre Hände und ihren Bauch pumpte.

Hinter ihr war immer noch kein Licht zu sehen, keine Bewegung, kein Ian.

Der Entnahmeturm war von einer niedrigen Betonmauer umgeben, und sie legte die Hände darauf, hielt sich fest. In der Dunkelheit blitzte etwas Weißes auf: die Federn, die am

Gitter des Fensters hingen. Sie näherte sich. An ihren Beinen blieben alte Spinnweben hängen. Dann verzog etwas die Luft direkt über ihr, und sie duckte sich. Ein Mann, dachte sie, der sich auf sie stürzte. Aber sie spürte nichts. Als sie den Kopf wieder hob, sah sie es: Eine Eule war aus dem Turm geflogen. Nun glitt sie geräuschlos über das Wasser davon zum Ufer. Dort, in den Bäumen, regte sich etwas.

Sie blieb stehen, erstarrte wie ein Reh. Eine ganze Weile geschah nichts weiter. Dann trat ein Mann aus dem Wald.

Leda kauerte sich hinter der flachen Mauer zusammen. Sie griff nach der Waffe, holte sie jedoch nicht heraus. Sie wartete im Verborgenen und betrachtete die Federn. Dann lugte sie über die Mauer.

Der Mann war auf den Staudamm gelaufen und vor dem Tor stehen geblieben. Er bewegte sich eine Ewigkeit lang nicht. Ledas Handy vibrierte in ihrer Tasche, ohne zu klingeln, aber sie schaute nicht darauf. Das Leuchten des Displays hätte sie verraten. Außerdem konnte sie eh kein Anruf retten.

In der Hocke brannten ihr die Beine. Sie kam auf keinen Fall an die Federn, ohne aufzustehen. Also tat sie das schließlich, mit der Waffe in der Hand. Die Kammer war leer, das Magazin geladen.

Mit einer Hand pflückte sie so viele Federn aus dem Fenster, wie sie konnte, ohne sich Zeit zu nehmen, sie zu untersuchen. Sie steckte sie sich in die Jeanstasche und hielt die Waffe nun mit beiden Händen, richtete sie nach unten und weg von ihrem Körper. Der Mann hatte sich immer noch nicht gerührt. Sie ging rückwärts, bis sie den Turm umrundet hatte. Der Mann war nicht mehr zu sehen. Sie betastete die Außenwand, nichts als Beton. Keine Tür. Kein magischer Ausweg.

Als Leda das nächste Mal hinter dem Turm hervorspähte, hatte der Mann sich bewegt. Sie sah sich hektisch um, ihre Augen mussten sich erst an das heller werdende Mondlicht gewöhnen. Der Steg zurück zur Staumauer schimmerte weiß. Irgendwo rasselte Maschendraht. Ein unverwechselbares Geräusch, das Rütteln von Metall an Metall. Mit der kalten Hand zog Leda am Schlitten der Pistole und ließ ihn wieder los. Eine Patrone glitt in den Lauf. Die Waffe fühlte sich schwerer an.

RETTE DICH, hatte Charlotte geschrieben. War das hier damit gemeint?

Ein Schatten unterbrach das Weiß des Stegs. Der Mann ging wie Ian. Hatte er das Klicken der Waffe gehört? Konnte er die Pistole sehen? Er rief etwas, aber Leda konnte wegen des rauschenden Wassers nichts verstehen. Klang da Wut aus seiner Stimme? Aufregung? Angst? Was auch immer es war, Leda würde sicher nicht abwarten und sich Gedanken darüber machen. Ihr einziger Weg zurück ans Ufer war nun versperrt. Abgeschnitten durch den Mann, der Charlotte ermordet hatte. Sie sah hinter sich auf den schwarzen Stausee. Ihr gingen die Optionen aus. Sie konnte sich ihm entgegenstellen, dachte sie. Mit ihm reden. Aber etwas tief in ihrer Magengrube flehte: *Lauf.*

Mit der Pistole fest im Griff stieg sie auf die Betonmauer. Jetzt war sie gut zu sehen – unmöglich konnte er die Waffe nicht bemerken. Zugegebenermaßen konnte sie ihn allerdings nicht ganz sehen. Er war immer noch nur ein Schatten, ein Umriss. Sie bewegte den Finger vom Gehäuse der Waffe zum Abzug. Ihr Herz schien aus ihrer Brust durch den Arm in den einen Finger zu schlagen. Sie würde nicht enden wie Charlotte.

Der Mann rief ihren Namen. Jetzt hörte sie ihn.

Hinter ihren Fersen funkelte das Wasser. Was würde passieren, wenn sie rückwärtsging? Sie würde hineinfallen. Sie würde in die Tiefe stürzen, ohne zu wissen, wann sie die Luft anhalten musste, wann sie auf der Oberfläche aufprallen würde. Und dann würde sie ganz plötzlich vom Lärm überwältigt, wenn sie die Schichten aus Schock und Taubheit durchbrach. Vielleicht würde das Wasser sie wiegen wie ein Mutterleib. Oder der Aufprall würde sie zerreißen.

Doch selbst wenn sie den Aufprall und die Kälte überleben sollte, sie konnte unmöglich schneller schwimmen als Ian. Sie musste daran denken, was er gesagt hatte: *Es ist nie zu kalt zum Schwimmen.*

Sie hielt die Waffe mit beiden Händen fest, das Wasser dort unten war vom Mondlicht erleuchtet und dennoch vollkommen undurchschaubar. Unter manchen Stauseen lagen ganze Städte, wusste Leda. Häuser. Autos. Und wie viele Leichen? Oben auf der Mauer stehend stellte sie sich vor, wie ihr Körper nach unten sank. Sie konnte jetzt und hier verschwinden, mit Sicherheit, ohne dass es jemandem auffiel. Nach ihrem Aufenthalt auf der Ziegenfarm wusste sie nun, dass es mehrere Tage dauern würde, bis ihre Freundinnen überhaupt mitbekamen, dass sie fort war.

»Halt«, wollte sie rufen, aber ihre Stimme war geschrumpft. Der Mann hielt nicht an. Sah er sie nicht? Sah er nicht die Waffe?

Du bist erstarrt, hatte Charlotte geschrieben. *Das lag am Schock.*

War Charlotte vor diesem Mann geflüchtet? Hatte sie es *versucht?* Was soll man tun, wenn man nicht entkommen kann und einen niemand beschützen kann außer man selbst, obwohl man solche Angst hat?

Der Mond verschwand hinter dichten Wolken, als Leda die Waffe in den Himmel richtete und feuerte. Sie wollte, dass er sie hörte, sie sah. Sie sogar fürchtete. Und nun tat er das endlich. Der Knall zerriss die Nacht. Sie hatte ganz vergessen, wie laut ein Schuss war. Der Mann schrie auf, duckte sich und hielt die Hände über den Kopf. Er krümmte sich zusammen, keine zehn Meter von ihr entfernt. Kurz erschrak Leda – hatte sie ihn getroffen?

Der Mond kam wieder zum Vorschein – kühl, gleichgültig – und beschien Ian. Plötzlich sah sie ihn ganz deutlich, wie er da auf dem Metallsteg kauerte.

»Ich bins«, sagte er voller Panik. »Ich bins doch.«

Aber Leda blinzelte nur, hielt die Waffe immer noch in die Luft gerichtet. In ihren Ohren pochte es. Ian entfernte sich langsam, immer noch in gebückter Haltung. Er musste etwas in ihrem Gesicht gelesen haben – etwas Kaltes, Unerreichbares, denn er sprach nicht mehr, versuchte sie nicht mehr zu überzeugen, wer er war. Das wusste sie bereits. Hatte vielmehr geglaubt, es zu wissen.

Dann richtete Ian sich auf. Natürlich hatte sie ihn nicht getroffen – sie hatte überhaupt nicht in seine Richtung gezielt, hatte lediglich einen Warnschuss abgefeuert –, aber sie war dennoch benommen. Sie sah einfach zu, wie Ian sich über den Steg zurückzog.

Er ist so süß, hörte sie Carly am Vormittag von Halloween sagen, auf dem grünen Rasen des Lawn. *Und er steht auf* dich.

Ringsum hatten verkleidete Kinder Schwerter geschwenkt und mit Zauberstäben gefuchtelt, ihre Schreie hatten so wild geklungen, dass man nicht wusste, ob sie Spaß hatten oder Angst.

Und was hatte Leda geantwortet?

Wer sagt das?

Inzwischen erkannte Leda das Mädchen kaum wieder, mit dem Carly damals gesprochen hatte.

Ian ließ sie neben dem Turm stehen, die Waffe locker in der Hand, die Fersen Zentimeter entfernt vom Sturz ins eiskalte Wasser. Jetzt rannte er. Er sprintete über die Staumauer und verschwand im Wald. Leda hatte sich immer noch nicht gerührt. Die schwarze Waffe reflektierte das Mondlicht. Langsam kehrte das Gefühl in ihre Haut und die Muskeln darunter zurück. Langsam begriff sie, dass sie sich geirrt hatte. Nicht Ian war es, vor dem sie Angst haben musste.

Sie befühlte ihre Hosentasche, zog eine Feder heraus und hielt sie hoch. Ja, es war eine Feder. Aber sie hatte nicht den Schimmer von Charlottes Boa. Nichts von ihrem künstlichen Schillern. Hatte sie sich das auch nur eingebildet?

Mit zitternden Händen leerte Leda die Waffe. Sie steckte

das Magazin in eine Jackentasche und die Waffe in die andere … obwohl sie das Ding eigentlich nur loswerden und gleich hier liegen lassen wollte. Sie ging zurück. Die Feuerwehrzufahrt war leer, als Leda dort ankam, aber sie blieb trotzdem zwischen den Bäumen stehen und versuchte, wieder normal zu atmen. Die Pitbulls am Picknickplatz waren ruhig. Keine Gefahr. Nicht hier. Sie betrat die Straße. Langsam wurde es kalt.

Sie erinnerte sich an das Vibrieren in ihrer Tasche und holte ihr Handy heraus.

Carly meinte, ich soll dich suchen, hatte Ian geschrieben. *Alles o.k.? Ich seh dein Auto, aber kp wo du bist.*

Such mich doch, dachte sie nun, als wäre das alles ein Spiel. Ein Spiel ohne sichere Zone, ohne Rückzugsort. Ein Spiel, in dem man immer weiter gejagt wird, egal, was passiert. Aber Leda war kein Kind mehr. Natürlich war es zu spät. Der Parkplatz am Fuß des Hügels war leer. Ian war weggefahren.

15

Mittwoch, 2. Dezember

Leda klopfte an Floras Tür und wartete. Sie drehte sich zur Nalle Street um, ihr Atem hing weiß in der Luft. Vielleicht würde es schneien, der Himmel schien so schwer. Sie hätte die Hände wegen der Kälte in die Taschen stecken können, aber die waren voll. Charlottes Postkarten nahmen viel Platz in Anspruch.

Charlotte war seit über vier Wochen verschwunden, und langsam sprachen die Leute über etwas anderes. Die meisten von Leda Schwestern waren über Thanksgiving nach Hause geflogen. Hatten in ihren Kinderzimmern geschlafen. Sie hatten Truthahn und Brötchen gegessen. Nun war beinahe Prüfungswoche. Nun war in jeder Bibliothek und in jedem Café die Hölle los. Selbst Carly schleppte Bücher durch die Gegend. In letzter Zeit redeten sie und Leda nicht viel miteinander.

Charlotte kam immer noch in den Nachrichten vor, wenn man darauf achtete; aber inzwischen war Leda womöglich die Einzige. Die Thanksgiving-Ferien hatte sie komplett mit Lernen und den Nachrichten verbracht. Tatsächlich hatte sie bis zum Umfallen gelernt. So konnte sie sich von der Blamage ablenken, mit einer Waffe auf (na ja, *über*) Ian geschossen zu haben. So konnte sie sich von ihrer Verwirrtheit ablenken.

Sie war sich so sicher gewesen, so bereit, ihn zu beschuldigen. Wahrscheinlich hatte es sich einfach gut angefühlt, jemanden für jene Nacht verantwortlich zu machen – für alles, das Leda passiert war, und Charlotte.

Manchmal waren alle verantwortlich. Manchmal niemand. Das hätte sie von ihrer Mom lernen sollen, von ihrer Krankheit. Daran war auch niemand schuld gewesen.

Aber manchmal wusste man es eben nicht. Konnte es nicht wissen. Während der Ferien hatte Leda sich große Mühe gegeben, sich mit dem Gedanken anzufreunden und sich zurückzuhalten. Sie hatte sich zu Clarence und Faye geflüchtet. Es war das erste Mal gewesen, dass sie sie um etwas gebeten hatte, um Hilfe, und die Erfahrung war lediglich dahin gehend bemerkenswert gewesen, wie wenig bemerkenswert sie war. Leda hatte einfach ihre Sachen gepackt und auf einer aufblasbaren Matratze im Yogaraum übernachtet. Gemeinsam hatten sie ein veganes Thanksgiving-Essen gekocht. Und obwohl Clarence und Faye ihre Energien in letzter Zeit darauf lenkten, Vinnie in ein Flugzeug nach Neu-Delhi zu setzen, lernten sie im Widerspruch dazu außerdem Hindi.

Es hatte sich gut angefühlt, dem Campus ganze sieben Tage fernzubleiben und nur auf ihr Handy zu schauen, um zu sehen, ob die Polizei sich gemeldet hatte. An manchen Tagen gelang es ihr, sich vorzumachen, dass alles war wie immer. Aber dann hörte sie, wie die Jungs dieses Videospiel spielten. Dann warf sie einen Blick auf die Reihe Buddhas auf den Lautsprechern im Wohnzimmer. Sie hatte die Waffe vor Wochen zurückgelegt, eine Kugel fehlte.

Faye hatte ihr Verschwinden nicht bemerkt. Zumindest hatte sie nichts gesagt. Sie hatte Leda nur aus heiterem Himmel erzählt, dass Jonahs und Ginos Vater umgebracht worden war, als sie noch klein waren. Weiter führte sie es nicht aus – sie sagte nicht, was passiert war oder wer es gewesen war und warum. Als spielte das keine Rolle. Und vielleicht tat es das inzwischen auch nicht mehr.

»Danach war alles anders«, hatte sie gesagt.

Für Faye war die Waffe wohl eine Bewältigungsstrategie, dachte Leda. Genau wie die Türcodes und die Alarmanlage und ihr generelles Misstrauen. *Paranoia* hatte Leda es in Gedanken manchmal genannt – der gleiche Wahn, der Ian zu etwas gemacht hatte, was er nicht war; der fehlerhafte siebte Sinn, der beinahe irreparablen Schaden angerichtet hätte.

Natürlich kannte sie eine Menge Frauen, die Pfefferspray in der Handtasche hatten. Einige ihrer Schwestern besaßen sogar eine Erlaubnis, verdeckt Waffen zu tragen. Einerseits wollte sie sie als paranoid bezeichnen, klar. Aber andererseits hatten viele, wie Faye, etwas Traumatisches durchlebt. Sie wussten, was es hieß, wehrlos zu sein. Sie bereiteten sich aufs Schlimmste vor.

Dennoch wollte Leda keine Waffe haben. In jener Nacht hätte sie sie ohne Weiteres auf Ian richten können. Und abdrücken. Aber dann hatte sie sein Gesicht gesehen. Der Mond war hervorgekommen und hatte keinen Schatten, kein Monster offenbart, sondern einen Menschen. Als sie ihn klar und deutlich sah, war sie sich nicht mehr so sicher. Mit welchem Recht wollte *sie* entscheiden, ob er schuldig oder unschuldig war? Mit welchem Recht wollte sie über Leben und Tod entscheiden?

Natürlich *wusste* sie nicht, ob Ian unschuldig war. Aber sie konnte den Ausdruck in seinem Gesicht einfach nicht vergessen. Er hatte Angst vor ihr gehabt – Angst vor ihrer plötzlichen, waghalsigen Macht.

Nun war Dezember. Zwei Wochen waren vergangen, seit Leda Fayes Waffe abgefeuert hatte, zwei Wochen, seit sie die Federn vom Wasserentnahmeturm bei der Polizei abgeliefert und alles, was sie wusste, ins Onlineformular der Justizbehörde eingegeben hatte. Bisher hatte sie keine Rückmeldung bekommen.

Ehrlich gesagt hatte sie gewusst, dass die Federn nicht ganz passten. Ja, sie waren weiß. Aber eben nicht so weich wie die in Charlottes Zimmer. Wahrscheinlich waren es bloß ausgebleichte Gänsefedern. Die Polizei hatte sie bestimmt als weitere Person abgetan, die von einem Fall besessen war, mit dem sie nichts zu tun hatte, besessen vom grausigen Spektakel eines Mordes.

Und irgendwie hätten sie auch recht. Sie hatte es maßlos übertrieben mit Ians Bedrohlichkeit. In ihrem Kopf war ein schwarz-weißes Bild von ihm entstanden, wie ein Phantombild – eine Kombination aus all ihren Ängsten. Vielleicht galt Ian bei der Polizei nicht einmal als Verdächtiger. Nur weil er beim Verlassen eines Polizeireviers gesehen wurde (laut ihrer Schwester Genie), musste ihn noch lange niemand für den Killer halten. Gut möglich, dass er aus freien Stücken dort gewesen war und mit seiner Aussage nur bei den Ermittlungen helfen wollte.

Aber das hieß nicht, dass Leda Ian nichts vorwarf. Zwischen ihm und Leda *war* etwas vorgefallen. Und zwar hatten sie Sex gehabt, ohne dass Leda richtig bei Bewusstsein gewesen war und ihr Einvernehmen zum Ausdruck bringen konnte. Aber Leda war durchaus bereit einzugestehen, dass die Situation kompliziert gewesen war. *Sex* war kompliziert. Durchaus möglich, dass sie die Initiative ergriffen hatte, dass sie Ja gesagt hatte. Möglich, dass sie beide nicht ganz zurechnungsfähig gewesen waren.

Langsam versuchte sie, auf andere Gedanken zu kommen und Abstand zu halten. Seit dem Abend am Stausee hatte sie eine neue Nummer. Sie kam immer spät zu ihren Vorlesungen und ging früher, falls Ian versuchen sollte, sie abzufangen. Astronomie war besonders heikel, aber bislang hatte auch er sich von ihr ferngehalten.

Einmal war sie auf dem Lawn der Sonnenbrille begegnet. Er hatte sie kurz angesehen – sie erkannt –, und sie hatte angestrengt durch ihn hindurchgeschaut. Ein paar Tage danach bekam sie ihre Periode – der zähe Klumpen aus Furcht hatte sich gelöst, als wäre selbst ihr Körper bereit, alles hinter sich zu lassen.

Leda stampfte mit den tauben Füßen auf Floras Veranda. Es hatte immer noch niemand aufgemacht. Sie wollte noch einmal klopfen, hielt aber mit der Faust in der Luft inne. Etwas am Briefkasten neben der Tür hatte sich verändert. *Flora Blackshear* stand da. *Angel Carter.* Der dritte Name, *Charlotte Mask,* war überkritzelt.

Der Briefkasten war leer. Natürlich. Was hatte Leda erwartet? Sie klappte den Deckel wieder zu. Sosehr sie sich auch ums Loslassen bemühte, immer wieder kehrte sie zu jener ersten – vielmehr Charlottes *letzter* – Karte zurück. Als Leda noch davon ausgegangen war, Pia sei ein Mädchen, ein Mensch, hatte sie sich über deren Bedeutung nicht groß den Kopf zerbrochen. Aber seitdem sie es besser wusste, las sie sie wieder und wieder.

Liebe Charlotte, bald steige ich aus. Vielleicht kann ich dann klarer denken. Vielleicht finde ich da draußen – da unten – ja etwas und kann dir eines Tages davon erzählen. Pass auf dich auf, Freundin. RETTE DICH.
Deine Pia

Charlottes letzte Worte, soweit Leda wusste. Im Gegensatz zum ersten Mal, als sie die Karte gelesen hatte – auf den Tag vor einem Monat –, spürte sie nun, dass *aussteigen* mehr bedeutete, als von der Uni abzugehen oder so ähnlich. Vielleicht bedeutete sich zu schützen, sich zu *retten* auch fortzugehen. Sich zurückzuziehen. Es hieß, in einer Hütte ohne Strom zu leben, ohne Handy, ohne fließendes Wasser.

Aber Charlotte war offensichtlich nicht zur Ziegenfarm zurückgekehrt. Leda war dort gewesen – keine Spur von ihr. Dort gab es nur Pia in ihrem dunklen Stall – ein Herdentier, das glücklicher ohne die Herde war, die es verstoßen hatte.

Aber da war noch der seltsame Einschub – *da unten.* Leda konnte sich keinen Reim darauf machen. *Vielleicht finde ich da draußen – da unten – ja etwas …*

Wo unten?

Sie klopfte erneut. Sie hoffte, Flora könnte ihr helfen. Selbstverständlich glaubte sie nicht, dass sie den Code knacken, alles aufklären und das Rätsel lösen würden. Da machte sie sich keine falschen Illusionen mehr. Aber vielleicht konnte Flora ihr dabei helfen, diese letzte Botschaft zu verstehen. Sie wollte ihr alles erklären – vom Diebstahl der Postkarten bis zum Abfeuern der Waffe – und dann endlich zugeben, dass sie nicht wusste, nicht wissen *konnte,* was mit Charlotte passiert war. Sie wollte ihnen beiden helfen, damit abschließen zu können.

Aber niemand machte die Tür auf. Sie berührte die Stelle, wo Charlottes Name am Briefkasten gestanden hatte. Sie holte die Postkarten aus der Jacke. Vielleicht sollte sie sie einfach in den Briefkasten legen. Das wäre am einfachsten – alles loslassen.

Dann ging die Tür doch noch auf, und Flora sah die Karten. Leda hatte damit gerechnet, dass sie anfangen würde zu weinen, aber Floras Miene war versteinert, unmöglich zu deuten. Sie trat zurück und hielt die Tür auf.

Die wenigen Male, die Leda im Haus gewesen war, hatte es sich immer düster und zugig angefühlt. Aber heute war es warm. Es roch nach frisch gebackenem Brot. *Wir waren wie Schwestern,* hatte Flora einmal gesagt. Damals hatte Leda das für eine Übertreibung gehalten. In der ersten Woche nach Charlottes Verschwinden hatten es alle übertrieben. Aber nun konnte sie die Wahrheit der Aussage in Floras Gesicht lesen. In den paar Wochen, seit Leda sie zuletzt gesehen hatte, war sie gealtert.

Die Küche war unordentlich – Gemüsereste auf Schneidebrettern, Geschirr in der Spüle. Dennoch wirkte es gemütlich. Das Radio lief. Ein großer Mann mit Schürze holte zwei braune Laibe aus dem Ofen. Das Gerippe, begriff Leda. Der Erste, den sie verdächtigt hatte. Flora stellte sie einander vor, obwohl das eigentlich nicht nötig war.

»Ich hab dich gesehen.« Angel ließ die Brote auf den Tisch rutschen. »Du hast mit Charlotte zusammengestanden.«

Zuerst verstand Leda nicht.

»Ich schwöre.« Angel lächelte und schüttelte den Kopf. »Im Kopf bin ich den Abend zigmal durchgegangen. An dich kann ich mich *ganz bestimmt* erinnern.«

Da fiel der Groschen. Er hatte ebenso oft über sie nachgedacht wie umgekehrt. Vielleicht hatte er gehofft, dass sie eine Aussage machen würde. Oder er hatte sie gefürchtet – oder vielmehr das, was sie dann sagen könnte.

»Dann bin ich also nicht die Einzige, die darüber nachgedacht hat.«

Das war natürlich eine Untertreibung. Aber sie wollte sich nicht noch einmal hineinziehen lassen. Nicht von ihm. Seit ein paar Wochen konzentrierte sie sich wieder mehr auf ihr Studium und versuchte, die Beziehung zu ihren Schwestern wiederzubeleben – ihren Freundinnen. Natürlich hatte sie es nicht vergessen. Selbst wenn sie gewollt hätte, sie könnte Charlotte nicht vergessen. Aber sie hatte versucht, sich vor ihren eigenen Gedanken zu schützen, hatte versucht, ihr Leben zu leben. Das hier war hoffentlich der letzte Schritt. Flora Charlottes Postkarten zurückgeben. Es gut sein lassen.

Aber die Erinnerung an den Abend rief in Leda auch nach all der Zeit noch Reaktionen wach, die sich unwillkürlich an ihrem Mund, an ihren Augen ablesen ließen. Flora sah das eindeutig. Angel nicht. Er erzählte von der kurzen Fahrt nach Hause. Charlotte sei ganz normal gewesen.

Flora unterbrach ihn. »Angel?« Ihr Gesicht, bemerkte Leda, war heute naturbelassen, kein Glitter, kein Make-up. »Würde es dir was ausmachen, uns ein bisschen, na ja, Mädelszeit zu geben? Ich hasse es, so was zu gendern, das weißt du, aber trotzdem.«

Angel zuckte die Schultern. Es schien ihn nicht zu stören. Er ließ die Brote liegen.

Flora entschuldigte sich bei Leda. Sie fummelte an einer

Regenbogenspange in ihrem rosa Haar herum. Sie schielte immer wieder nach den Postkarten in Ledas Hand.

»Tee?«, fragte Flora schließlich und setzte Wasser auf, ohne auf eine Antwort zu warten. Sie spielte mit einem Geschirrtuch, während der Kessel zischte und gluckerte.

»Tut mir leid«, sagte Leda nach einer Weile. »Geht es dir gut?«

»Es ist nur … schon so lange her.« Flora holte tief Luft. »Sie ist schon so lange weg.«

Der Kessel heizte sich auf. Flora ging zum Kühlschrank. Obendrauf wackelten Heiligenkerzen, als sie die Tür aufriss – Frida Kahlo, LeBron James, William Faulkner.

»Ich hab wirklich gedacht, sie kommt zurück.« Flora sah in den Kühlschrank, trommelte mit den Fingern und schloss ihn wieder, ohne etwas rauszuholen. »Wie blöd von mir.«

Leda wusste nicht, was sie sagen sollte. Der Kessel fing an zu pfeifen. Flora schaltete den Herd aus und ließ sich Zeit.

»Die da hab ich gefunden, weißt du.« Flora deutete auf die Postkarten in Ledas Händen. »Ich hab sie in ihrem Zimmer gefunden, als sie nicht nach Hause gekommen ist. Eigentlich habe ich die Namen und Telefonnummern ihrer Eltern gesucht … irgendwas, womit ich sie erreichen konnte.«

Leda nickte. Sie bekam den Mund nicht auf. Das hatte sie nicht erwartet – die Scham. Eigentlich hatte sie vorgehabt, sich hinzusetzen und das Reden zu übernehmen, aber nun brachte sie keinen Ton heraus.

»Dann waren sie ein paar Tage später auf einmal nicht mehr da. Die Postkarten. Ich dachte, die Ermittler seien noch mal hier gewesen … oder dass Charlottes Eltern sie vielleicht gefunden hätten. Ich wollte nicht fragen, weil sie dann gewusst hätten, dass *ich* von den Karten wusste. Dann hätten sie wiederum gewusst, dass ich niemandem davon erzählt habe.« Flora holte Tassen vom Regal und schüttelte den Kopf. »Ich hätte nie gedacht, dass *du* …«

»Tut mir leid«, wiederholte Leda.

»Ehrlich gesagt habe ich sie nie verstanden.« Flora goss Tee ein, stellte die Tassen auf den Tisch und bedeutete Leda, sich zu setzen. »Du?«

Mit einiger Anstrengung legte Leda die Karten auf den Tisch und holte Luft. Dann fand sie ihre Stimme wieder. Sie erzählte Flora, wie sie die Karten mitgenommen hatte. Und gelesen. Sie erzählte ihr von Ian – auch davon, was Tamara über ihn gesagt hatte, aber genauso von ihren eigenen Erfahrungen mit ihm. Dann erzählte sie von Pia, erklärte aber nicht den ganzen Trip auf die Ziegenfarm. Sie sagte nicht, dass Pia eine Ziege war. Zum einen wollte sie die Sache nicht noch komplizierter machen. Aber ebenso wollte sie abwarten, ob Flora ihr das sagen würde. Sie war neugierig, wie viel Flora gewusst hatte.

»Das war ein Pseudonym«, erklärte Leda. »Ist eine ziemlich lange Geschichte, aber ich bin mir *sicher*, dass Charlotte die Karten geschrieben hat.«

»An sich selbst?«

»Sieht so aus.«

»Das passt irgendwie«, sagte Flora nach einer Weile. »Es klang auch nach ihr, der ganze Ton. Es klang nach Charlotte. Hab nie daran gedacht, die Handschrift zu vergleichen. Aber jetzt, wo ich sie noch mal sehe … das ist sie. Es ist ihre.«

»Hast du sie alle gelesen?«

Flora nickte.

»Also … weißt du, was passiert ist?«, frage Leda. »Nicht, als sie verschwunden ist, meine ich. Vorher. Sie sagt, dass sie sich selbst die Schuld gibt. Das klingt, als wäre irgendwas … als hätte jemand …«

»An die Karte kann ich mich erinnern.« Floras Gesicht war jetzt beinahe grau. »Was es auch war … Charlotte hat es mir nie erzählt. Sie hat nie was gesagt.«

»Dir ist keine … Veränderung an ihr aufgefallen?«

Flora schüttelte den Kopf. »Sie konnte sehr verschlossen sein. Hat nicht viel von sich erzählt, eher viele Fragen gestellt. Sie hat … zugehört.« Flora nahm ihre Tasse, ohne etwas zu trinken. Ihre Finger hoben sich weiß von der Keramik ab. »Aber schon merkwürdig, oder? Geheimnisse ohne Umschlag zu verschicken. Sie muss gewollt haben, dass es jemand weiß.«

»Was weiß?«

»Das etwas passiert war.« Floras Stimme brach. Sie schloss die Augen, weinte jedoch nicht. Sie sah vielmehr wütend aus. »Ich war so … dumm.«

»Sag das nicht«, widersprach Leda, obwohl sie nicht genau wusste, was Flora meinte. »Das stimmt nicht.«

Flora sprach langsam weiter, wie zu sich selbst. »Und ob das stimmt.«

Etwas am anderen Ende des Zimmers gab einen Ton von sich. Flora stand auf. Ihr Handy lag auf dem Schrank neben dem Herd. Sie starrte einen Moment aufs Display. Dann kehrte sie damit an den Tisch zurück. Sie zeigte es Leda.

Das Bild war verschwommen. Ein Parkplatz. Ein schwarzhaariges Mädchen im weißen Oversize-Shirt. Leda konnte das Gesicht nicht erkennen. Sie war zu weit entfernt. Wer auch immer das Foto geschickt hatte, hatte dazu geschrieben: *C Mask? Hab das Plakat gesehen.*

Ledas Eingeweide zogen sich zusammen. »Hast du das gerade bekommen? Ist das …?«

»Nein«, fiel Flora ihr ins Wort. »Das ist sie nicht.«

»Aber wer … was ist das?«

»In der ersten Woche nach ihrem Verschwinden habe ich Flyer gemacht.« Flora nahm ihre Tasse in die Hand, trank aber wieder nichts. »Immer wenn hier Leute waren, zum Couchsurfing oder so, habe ich sie gebeten, ein paar mitzunehmen. Mittlerweile hängen wahrscheinlich im ganzen Land welche, und da steht meine Nummer drauf. Also kriege ich ständig Nachrichten und Anrufe, wenn jemand meint, sie gesehen zu haben.«

Leda starrte das körnige Bild an. »Wo denn?«

»So meine ich das nicht. Viele haben wohl mein Interview im Fernsehen gesehen. Ich weiß nicht, warum, aber sie hängen sich total an der Barfuß-Sache auf. Hast du es auch gesehen?«

Leda nickte. Unter dem Tisch bewegte sie die Füße in den Wanderschuhen ihrer Mom.

»Jetzt kriege ich andauernd Nachrichten, wenn sie irgendein Mädchen sehen, das barfuß läuft. Ist schon weniger geworden, aber alle paar Tage kommt so ein Bild. Manchmal schickt mir um zwei Uhr morgens jemand ein unscharfes Foto von einem Mädchen vor einem Walmart in Idaho oder so. Ich kann dir Dutzende solche Bilder auf meinem Handy zeigen.«

Das Mädchen auf dem Foto, das sah Leda jetzt, hatte keine Schuhe an. Am Bein hatte sie irgendein Tattoo. Es war nicht Charlotte. Natürlich nicht.

»Ich hätte nie gedacht, dass so viele Mädchen barfuß rumlaufen. Ich meine, Charlotte ist *garantiert* nicht die Einzige. Aber ... es war blöd von mir. Ich hätte, ich hätte *wirklich* ...«

»Flora, du kannst doch nichts dafür.«

»Nein, genau das ist es, was mich so aufregt.« Flora sah Leda direkt an. Ihre Augen waren weit aufgerissen. »Vielleicht ja doch.«

Merkwürdigerweise erkannte Leda diesen Gesichtsausdruck. So hatte Flora auch im Bioladen ausgesehen, als Leda ihr nach dem Yoga begegnet war. Damals hatte sie sich nichts dabei gedacht. Flora schien einfach emotional, nah am Wasser gebaut. Aber jetzt weinte sie nicht.

»Ich hab in dem Interview gelogen.« Flora schluckte. »Ich hab gesagt, das letzte Mal gesehen hätte ich Charlotte um vierzehn Uhr. Aber das ist nicht wahr.«

»Aber ...« Leda war verwirrt.

»Charlotte ...« Floras Stimme überschlug sich. »Charlotte war sehr großzügig, weißt du? Mit ihrer Zeit. Sie hätte alles gemacht. Wenn du sie gebeten hättest, mit in eine Schwitzhütte zu kommen, zu einem Rave auf irgendeinem Feld oder zum Hundertsten deiner Oma, dann wäre sie einfach mitgekommen. Das klingt jetzt kitschig, aber ihr lag echt was an anderen Menschen, so sehr, dass, ich weiß nicht…«

Leda dachte an die Fotos vom Abschlussball. Das Lachen – mit weit geöffnetem Mund. Von ihr gab es vermutlich auch haufenweise solche Bilder aus den ersten beiden Jahren an der Uni – als sie sich ganz ihren Freundinnen und ihrer Verbindung gewidmet hatte. Die Jahre, in denen sie sämtliche zweiten Vornamen und Geburtstage ihrer Schwestern auswendig gelernt hatte. Die Jahre, in denen sie bei Spendensammlungen vorn dabei gewesen war, sich ständig als Freiwillige gemeldet hatte und mit hohen Absätzen und Parfüm zu Dates gegangen war.

Doch dann hatte ihr Weg kurz den Charlottes gekreuzt.

Leda vervollständigte Floras Satz: »Dass kein Platz mehr für sie selbst war.«

Flora nickte. »Sie hat andauernd was für andere gemacht. Auch für mich. Und als sie dann mich um was gebeten hat, wollte ich ihr natürlich helfen.«

Leda nahm ihre Tasse, trank etwas Tee. Er schmeckte nach nichts.

»Das habe ich sonst niemandem erzählt.« Flora sprach ganz leise. Sie stand auf, stellte sich neben die Spüle und schaute aus dem Fenster, als würde sie etwas – oder jemanden – sehen. »Ich war zu Hause.«

»Wie meinst du das?«

»Ich meine damit, als Angel Charlotte von der Party abgeholt hat. Na ja, danach kam sie in die Küche. Sie hat sich auf die Bank gesetzt, auf der du jetzt sitzt, mir gegenüber. Angel wusste nicht, dass ich zu Hause war. Anscheinend ist ihm nicht mal aufgefallen, wie bedrückt Charlotte war. Sie hat sich hingesetzt und mir gesagt, dass sie eine Auszeit braucht. Einen Neuanfang. Sie sagte, sie will noch mal neu anfangen, ganz von vorn. Sie wollte mir nicht erzählen, was passiert war, aber was auch immer es war, es hat sie zerrissen.«

Leda wartete.

»Dann hat sie mich gefragt, was ich habe.« Flora verschränkte die Hände. »Ich wusste, was sie meint. Ich nehme kein hartes Zeug. Aber manchmal microdose ich, na ja, natürliche Drogen. Ich habe immer Psilocybin da. Ich hab ihr was gegeben. Vielleicht mehr, als sie brauchte. Sie wollte es bezahlen, aber ich hab sie nicht gelassen. Sie hatte mich noch nie um was gebeten, und ich war mir so sicher, dass die Pilze ihr helfen. *Ich* wollte ihr helfen. Und dann hat sie ihren Schlüssel genommen …«

Leda unterbrach sie. »Wann war das?«

»Spät. Vielleicht zwei Uhr morgens. Sie sagte, sie meldet sich. Ich hab nicht gefragt, wo sie hinwollte. Hab mir nichts dabei gedacht. Dachte, ich bin eine gute Freundin, indem ich mich zurückhalte und ihr gebe, was sie braucht … aber dann bekam ich ein ungutes Gefühl. Ich hab mir Sorgen gemacht, als sie sich nicht gemeldet hat. Ich hab ihre Eltern angerufen, nachdem ich deren Nummer rausgekriegt hatte, aber die hatten sie auch nicht gesehen. Ich hab ihnen nicht gesagt, wer ich bin; irgendwie hatte ich Panik. Wollte wohl nicht, dass sie mir die Schuld geben. Wahrscheinlich hatte ich Angst. Ihre Eltern müssen die Vermisstenanzeige aufgegeben haben. Als dann jemand Charlottes Auto gefunden hat, bin ich raus in den Wald gefahren und hab nach ihr gesucht …« Flora drehte sich wieder zu Leda um, ihr Gesicht war eigenartig reglos. Dann verzerrten sich ihre Mundwinkel zu einer Grimasse, als müsse sie etwas Furchtbares zurückhalten.

Leda ging zu ihr, hielt aber inne. Sie berührte sie nicht. Anscheinend war die Geschichte, von der sie ausgegangen war – von der alle Welt ausgegangen war –, überhaupt nicht wahr. Niemand hatte Charlotte aus ihrem Zuhause verschleppt. Niemand hatte sie genötigt, irgendwas zu tun oder irgendwohin zu gehen. Charlotte war selbst fortgegangen.

»Ich hätte sie begleiten sollen.« Flora hielt sich beide Hände vors Gesicht. »Ich hätte sie nicht allein gehen lassen sollen.«

Leda konnte kaum etwas tun, kaum etwas sagen, das etwas ändern würde. Sie ging zurück zum Postkartenstapel. Die neueste lag obenauf. Sie reichte sie Flora.

»Da ist was, was du noch nicht gesehen hast.«

Liebe Charlotte, bald steige ich aus. Vielleicht kann ich dann klarer denken. Vielleicht finde ich da draußen – da unten – ja etwas und kann dir eines Tages davon erzählen. Pass auf dich auf, Freundin. RETTE DICH.
Deine Pia

Flora schaute hoch, ihre Tränen tropften auf den Boden.

»Die war in eurem Briefkasten. An dem Tag, an dem ich die Blumen vorbeigebracht habe.«

Leda wollte sich schon wieder entschuldigen, wollte zugeben, dass es ihr überhaupt nicht zugestanden hatte, sie zu nehmen, aber seltsamerweise lächelte Flora.

Leda stutzte. »Was?«

»Das hat Charlotte ständig gesagt.« Flora zuckte die Schultern, das eigenartige Lächeln immer noch im Gesicht. »Aussteigen.«

»Sie wollte als Aussteigerin leben?«

»Nein.« Flora wischte sich über die Augen. »Einmal hat sie mir von diesem Ort erzählt, da ist sie immer hin, wenn sie allein sein wollte. So eine Felswand, wo sie von oben nach unten klettert. Sie meinte, das Beste daran sei, dass sie auf dem Weg irgendwann den Handyempfang verliert. Sie hat immer zugesehen, wie ein Balken nach dem anderen verschwunden ist, bis ganz unten nicht mal mehr das GPS wusste, wo sie ist. Das fand sie befreiend. Sie meinte, das Netz verschwinden zu sehen sei, wie sich selbst als Punkt auf der Landkarte … verschwinden zu sehen. So hat sie das jedenfalls genannt. Aussteigen.«

»Weiß sonst noch jemand von diesem Ort?«

»Weiß nicht. Glaube ich nicht.«

»Hör zu. Die Karte war Mittwochmorgen in eurem Briefkasten. Sie muss sie abgeschickt haben, nachdem ihr euch Halloween gesehen habt. Wahrscheinlich war das eine Botschaft …«

»Für mich.«

Ledas Waden zuckten. Sie wollte im Zimmer auf und ab gehen, wollte sich bewegen. Konnte es sein, dass Charlotte *versucht* hatte, sich bei Flora zu melden, wie sie es versprochen hatte? Sie hatte es versucht, aber sie, Leda hatte die Nachricht abgefangen. Diese letzte Postkarte hätte Flora in gewisser Weise mitgeteilt, wo Charlotte hin war.

»Aber ich weiß ja gar nicht, wo das ist«, sagte Flora, als hätte Leda ihre Gedanken laut ausgesprochen. Sie gab ihr die Postkarte zurück, das Lächeln verblasste langsam. »Diese Felswand.«

Aber Leda wusste es. Sie starrte auf die Karte, las die Worte *Deine Pia.* Pia war im Grunde genommen auch ausgestiegen. Die Ziege war den Abhang hinabgestoßen wurden. Aber sie hatte es *überlebt.* Danach war sie aus der Herde ausgestiegen. War glücklicher alleine, abseits der Brutalität der Natur.

Charlotte muss über die Kante hinabgestiegen sein, dachte Leda. Sie war von der Landkarte verschwunden. Hatte sich in Luft aufgelöst.

Aber eines verstand Leda immer noch nicht. Charlotte hatte die letzte Postkarte hierhergeschickt, wohl wissend, dass Flora sie lesen würde. Aber wenn Flora nichts von der Kante auf der White Dog Farm oder von Pia wusste, wie sollte sie die Botschaft dann verstehen? Hatte Charlotte darauf gehofft, dass ihre Freundin sich alles zusammenreimen würde? Oder gerade nicht?

»Tut mir leid.« Ledas Herz raste. »Entschuldigst du mich mal kurz?«

Leda ging nach draußen und tigerte durch den Vorgarten. Konnte Charlotte noch immer da draußen sein – *da unten* –

am Fuß der Felswand? Sie dachte an das Gefühl, das sie oben an der Kante gehabt hatte. Was, wenn Charlotte die ganze Zeit über dort gewesen war und versuchte, sich über alles klar zu werden? Was, wenn das ganze Fiasko – die Medienberichte, die Demos, die Schreie – völlig aus dem Ruder gelaufen war? Charlotte war nur ein Mensch, der etwas zu verarbeiten versuchte, der einfach weiterleben wollte, egal, wie schmerzhaft es war, egal, wie langsam es ging. Vielleicht war es in Ordnung, eine Weile auszusteigen, dachte Leda, solange man wusste, wie man wieder zurückfand.

Aber inzwischen war es einen Monat her. Wollte Charlotte gefunden werden?

Über das Gras zu Ledas Füßen zog der Schatten eines Vogelschwarms. Unten auf der Straße hörte sie das elektrische Surren des Barbie-Autos. Nach einer Weile sah sie das kleine Mädchen mit den lila Perlen im Haar. Sie trug eine dicke rosa Jacke. Die Räder ratterten über Scherben und Steinchen. Leda beschirmte sich die Augen. Die Vögel schwirrten mühelos über den Kopf des Mädchens hinweg.

Leda drehte sich wieder zu Charlottes Haus um – die dunklen Fenster, der leere Briefkasten, auf dem ihr Name durchgestrichen war. *Inzwischen ist es einen Monat her,* dachte Leda. Sie sah runter auf ihre Hand, in der sie immer noch Charlottes letzte Postkarte hielt.

Hinter ihr sauste das Barbie-Auto vorbei, die Plastikräder klapperten über den endlosen Schotter.

RETTE DICH, las Leda. Eine Herausforderung. Aber wozu?

Nach ihrem Besuch bei Flora rief Leda bei der Polizei an. Sie erzählte ihnen von der White Dog Farm, dass sie Grund zu der Annahme hatte, Charlotte Mask könnte dort sein, am Fuß des Steilhangs. Nein, sie glaube nicht, dass Charlotte gesprungen sei, sagte sie ins Telefon. Zumindest wusste sie es nicht. Hatte nicht darüber nachgedacht. Nicht darüber nachdenken wollen.

Als sie fragten, wer sie sei, sagte sie, eine Freundin Charlottes. Sie nannte ihren Namen. Versuchte, keine Furcht zu zeigen.

Sie sagte nicht, dass Charlotte wahrscheinlich high gewesen war, berauscht. Drogen, Alkohol – ein und dasselbe. Beides Möglichkeiten, loszulassen, das Bewusstsein zu trüben, zu vergessen. *Eines Tages wird dich das Licht aufbrechen.* Das Zitat fiel ihr wieder ein. Ein schönes Bild … wenn man es überlebte.

Nachdem sie aufgelegt hatte, tippte sie eine Adresse in ihr Handy-GPS. Um die hatte sie Flora noch gebeten, bevor sie gegangen war. Flora hatte die Information ohne Zögern rausgerückt. Charlottes Eltern lebten kaum fünfzehn Minuten außerhalb der Stadt. Flora war vor Kurzem dort gewesen, als sie ihnen geholfen hatte, Charlottes Sachen aus dem Gemeinschaftshaus zu räumen.

Nun steuerte Leda ihren Truck über den glatten Asphalt. Langsam wurde es dunkel, und in jedem Haus brannte Licht.

Der Vorort glich jenem an Ledas alter Busstrecke. (Die flauschigen Handtücher. Das sonderbare Fehlen von Staub.) Die Grundstücke waren nicht besonders groß, aber die Vorgärten makellos. Einzig durch die Farbe ihrer Verkleidung unterschieden sich die einzelnen Häuser: weiß, grau oder creme. Die Straßen trugen friedliche Namen wie Old Pond oder Raintree.

Leda hatte in Floras Vorgarten beschlossen, heute Abend hierherzukommen. Es war zu viel Zeit vergangen; irgendwas musste passiert sein. Schwer zu sagen, woher sie das wusste. Vielleicht weil sie wusste, wie es sich anfühlte, seinen Verstand ausschalten zu wollen. Vergessen zu wollen, dass etwas überhaupt passiert war. Vergessen zu wollen, welche Menschen es einmal gegeben hat, was sie einem bedeutet haben …

Eine Weile aussteigen zu wollen – fort von Freunden, Familie und Leben.

Flora schien es auch zu wissen. Sie hatte nur genickt, als sie hörte, was Leda vorhatte.

Leda parkte vor dem Haus von Charlottes Eltern und ging zur Haustür. Sie stand auf dem sauberen Fußabtreter und hielt Charlottes Karten vor sich. *RETTE DICH* lag obenauf. Vielleicht eine Herausforderung auszusteigen. Aber nein, das konnte Leda nicht glauben. Denn ihrer Erfahrung zufolge beinhaltete jede Herausforderung auch den unterschwelligen Aufruf, sich ihr zu widersetzen.

Weitermachen, sagte Leda sich. *Nicht aufgeben. Nicht loslassen.*

Im Innern des Hauses hörte sie Stimmen. Besteckklappern. Den Fernseher. Leda blieb lange so vor der Tür stehen, ohne zu klopfen.

Als Kind hatte Leda sich manchmal genauso vor ihrem eigenen Zuhause herumgedrückt und ihre Mom und Clarence beobachtet. Sie wollte wissen, wie schnell die beiden ihre Abwesenheit bemerken würden. Dabei galt folgende Regel: So sehr sie sie zu vermissen schienen, so sehr liebten sie sie auch. Aber leider war sie ungeduldig und gab ihr Versteck immer schon auf, bevor sich deren Kummer zeigen konnte. Solch einen Verlust würde man doch sehen, oder? Wenn sie so vor der Tür kauerte und hineinschaute, stellte sie sich jedenfalls vor, dass sie es sehen könnte.

Aber hier, in diesem Haus, gab es weder Transparente noch vergrößerte Fotos. Auch kein Weinen, Schluchzen oder Schreien. Von außen konnte man die klaffende Lücke, das fehlende Stück nicht sehen.

Leda wartete im Schatten der Haustür. Aber natürlich kam niemand, weil niemand wusste, dass sie dort draußen stand. Schließlich ging sie in die Knie und legte die Postkarten ab.

16

Montag, 7. Dezember

Die Bibliothek war voller Studierender, die – aus verschiedenen Gründen – das ganze Semester auf einem anderen Planeten verbracht hatten. Auch wenn Leda keinen dreimonatigen Filmriss gehabt hatte, wie man es manchmal nannte, fühlte sie sich diesen panischen, orientierungslosen Menschen doch irgendwie verbunden, die (welche Überraschung!) mitten in ihrem Leben aufgewacht waren. Leda hatte Charlottes Postkarten letzte Woche vor der Tür ihrer Eltern abgelegt, und schon schrieb sie heute Morgen ihre erste Prüfung und musste sich zwischen einem mittleren und einem großen Kaffee entscheiden. Schon fragte sie sich selbst über Blau- und Rotverschiebung, Magnetismus und Sonnenwinde ab. Schon hatte sie das Gefühl, als würde sie langsam das Bewusstsein zurückerlangen.

Das Merkwürdige war: Obwohl Leda jetzt wach war – bereit für die Prüfung und bald mit Koffein intus –, schien mit der Welt etwas nicht zu stimmen. Die Fernsehbildschirme zeigten College-Football-Ergebnisse und Überschwemmungen an der Golfküste, während Charlotte zugleich immer noch verschwunden war. Charlotte war verschwunden, während ein Frat-Typ einen anderen mit einem Göffel pikte. Charlotte war verschwunden, während ein Mädchen in einer

Lernkabine mit offenem Mund schlief. Charlotte war verschwunden, während Leda an die Reihe kam, bestellte, einen Deckel auf ihren Kaffee drückte und für den Nächsten Platz machte. Die Welt sollte anders aussehen, dachte Leda, wo Charlotte doch immer noch fort war.

Im Vorlesungssaal war es laut und chaotisch. Alle saßen irgendwie woanders als sonst, also tat Leda das Gleiche und sah sich betont nicht nach Ian um, obwohl sie seine Anwesenheit bereits spürte. Er hatte nur zwei Reihen vor ihr Platz genommen. Sie fixierte ihre Hände und hielt den Blick gesenkt, bis ihr jemand die Prüfungsunterlagen reichte. Sie schrieb ihren Namen auf die blaue Mappe, öffnete sie und legte los.

Anderthalb Stunden lang herrschte Stille im Raum, abgesehen vom Papierrascheln. Als jedoch die Ersten ihre Sachen zusammenpackten und ihre Klausuren abgaben, ertönte ein Raunen aus dem Flur vor dem Vorlesungssaal. Diejenigen, die noch schrieben, hoben hin und wieder den Kopf. Leda hielt den Kopf gesenkt, selbst als der Geräuschpegel vor der Flügeltür immer weiter anstieg. Sie notierte Gleichungen, beschrieb den Prozess der Kernfusion und identifizierte Sternbilder. Gleichzeitig musste sie unentwegt an den Tag denken, an dem Charlotte verschwunden war – wie alle in genau diesem Raum hier immer wieder die Nachrichten geöffnet, wie selbst der Professor abwesend gewirkt hatte und sich nach der Vorlesung alle (inklusive Prof) vor den TV-Bildschirmen versammelt hatten. Nun spürte Leda, dass etwas passiert war. Etwas hatte sich geändert. Eine Nachricht war verkündet worden.

Eine Studentin holte das Handy heraus, nachdem sie abgegeben hatte, und ihr gedämpftes Einatmen – kein erschrockenes, so bewusst war es nicht – schien im Raum zu schweben, nachdem sie schon draußen war. Alle würden es wissen, wurde Leda klar, wenn sie den Saal verließ.

Sie ging die Klausur in aller Ruhe ein zweites Mal durch,

überprüfte alles. Irgendwie wollte sie gar nicht weg hier, wollte diesen warmen Ort nicht verlassen und ins kalte, laute Foyer treten. Aber diese Wunschvorstellung würde heißen, dass die anderen ebenfalls nicht gingen. Die Zeit musste stehen bleiben, damit Leda hierbleiben konnte – eine Studentin unter vielen, gebeugt über Stift, Papier und Taschenrechner. In Wirklichkeit hatte sie nur noch wenige Minuten. Für wenige Minuten wusste sie die Antwort auf alle Fragen – jedes Diagramm, jede Gleichung. Für wenige Minuten war sie in Sicherheit.

Einer nach dem anderen wurden ihre Kommilitonen fertig. Leda ging als eine der Letzten. Ian, stellte sie unwillkürlich fest, erhob sich kurz nachdem sie aufgestanden war. Sie gab ihre Prüfungsunterlagen vorn ab, dankte ihrem Professor und ging zurück durch den Mittelgang auf die Flügeltür zu, ging mit gesenktem Blick an Ian vorbei.

Die Türen öffneten sich mit einem Zischen, als würde aufgestauter Druck entweichen. Studierende standen in Grüppchen unter dem Atrium und mussten beinahe brüllen, um sich im hallenden Vorraum verständigen zu können. Die meisten hatten ihre Handys in der Hand. Viele Rucksäcke waren auf dem Boden gelandet. Ein Pullover lag auf der Erde zwischen drei Mädchen, die sich Stirn an Stirn im Arm hielten. Das Sonnensystem über ihnen war erstarrt. Aber natürlich stimmte das nicht. Nichts bleibt jemals stehen. Nichts hört jemals auf, sich zu bewegen.

Der Morgen, als ihre Mom gestorben war, hatte sich fast genauso angefühlt – ein Stolpern. Aber damals hatte sie sich nicht gefragt, wie lange sie fallen oder wie hart sie aufschlagen würde.

Außerdem war sie damals allein gewesen; noch ein Unterschied. Nun war Leda von Gleichgesinnten umgeben, für die die Welt ebenso bebte und kurz aus den Fugen geriet. Jetzt winkten sie ein paar Kommilitonen heran, obwohl sie einander kaum kannten. Sie hielten die Handys mit dem Display nach oben – und obwohl Ledas Augen verschwommen waren, als wollten sie sie vor dem Anblick bewahren, vor dem Wissen, sah sie die Schlagzeile. Sie sah das Wort *Leiche.*

Auch wenn sie das Wort umgeben von anderen Menschen las, fühlte sie sich nicht weniger allein.

Hinter ihr schwang die Tür zum Vorlesungssaal auf. Sie drehte sich um. Ihr gelang kein spezieller Gesichtsausdruck für Ian. Sie sahen sich an wie völlig Fremde.

Am Abend wurde verkündet, dass Psi-Delt-Schwester Melanie im Frühling ins Verbindungshaus ziehen würde. Naadia machte ihren Abschluss früher und hatte bereits ein bezahltes Praktikum in Bahrain in Aussicht, sodass Mel ihr Zimmer bekommen könnte. Leda wusste zweierlei über Melanie. Erstens hatte sie sich beim Sturz vom Dach eines Frat-Hauses das Bein gebrochen, und das nicht einmal eine Woche nach Beginn des Herbstsemesters. Als Leda die ersten Gerüchte über den Vorfall gehört hatte, wusste sie noch gar nicht, dass die Betreffende eine ihrer Schwestern war. Jetzt, Monate später, trug Melanie immer noch eine schwarze Plastikschiene am Fuß. Zweitens hatte Mel Leda Halloween als Schlampe bezeichnet.

Ungeachtet dessen jubelte Leda mit den anderen, und Mel suchte sich aus, wo sie feiern wollte. In dieser oder jener Fraternity? Schon jetzt – am ersten Tag der Prüfungswoche – stiegen genügend Semester-Abschlusspartys, aus denen man wählen konnte. Niemand erwähnte *Charlotte.* Niemand sagte: *Habt ihr die Nachrichten gesehen?* Mel entschied sich für die Party mit dem beheizten Pool, und eine Stunde später hatten Leda und ihre Schwestern sich in Schale geschmissen: ultrakurze Röcke und Kleider, kniehohe Stiefel. Leda erkannte, dass das ebenso sehr ein Kostüm war wie alles, was sie und die anderen Halloween getragen hatten. Katze oder Nofretete. Schwan oder Zeus. Gerippe.

Skelettierte Überreste. So nannten es die Zeitungen. Verstörend, dass von einem Menschen so schnell nichts mehr übrig war als Knochen. Fünf Wochen im Freien, der brutalen Effizienz der Natur ausgesetzt. Eine Autopsie war noch nicht vorgenommen worden. Auch noch keine abschließende Identifikation. Aber allen war es klar. Obwohl die Todesursache noch nicht feststand, war weder von Verdächtigen noch von polizeilichen Ermittlungen die Rede. Charlotte war *unterhalb eines Steilhangs* aufgefunden worden.

Leda strengte sich an, sie sich auf diese Weise vorzustellen. Nicht als Leiche oder DNA. Nicht als menschliche Überreste, sondern als Charlotte. Zierlich und wundersam. Genau wie Leda. Genau wie jede andere.

An jenem Abend blieb Mary zu Hause und lernte (selbst nachdem Leda sie angebettelt und *bitte!* geschrieben hatte). Wusste Mary überhaupt von der Entdeckung? *Hast du gehört…*, begann Leda zu tippen, löschte es jedoch wieder. Sie wusste nicht, wie sie es ausdrücken sollte. Als müsste man eine Lawine oder ein Erdbeben in Worte fassen.

Aber auf dem Weg zur Verbindung schrieb sie Tamara. *Tut mir leid.* Dann:

Ich bin da, wenn du mich brauchst. Wirklich.

Carly fing schon an, Eminem zu skandieren, da waren sie noch nicht einmal auf der Party angekommen. Sie brüllte durch das Schneegestöber im Licht der Scheinwerfer auf der Memorial Road. Leda hatte ihre Winterjacke an, aber Carly sang und stolzierte ärmellos umher. Sie breitete die Arme aus und forderte einen nahenden SUV heraus, der mitten auf der Straße anhielt. Das Beifahrerfenster wurde runtergelassen, und die Hintertür ging auf. Drinnen saßen Typen. Sie machten Platz. Sie gestikulierten betrunken und zuvorkommend. Die Luft im SUV dampfte.

»Steigt ein.«

Ein paar Mädchen gehorchten kichernd. Leda versuchte, den Rest zum Weitergehen zu animieren. Ein paar Jungs stiegen aus und folgten ihnen.

Leda fragte Carly: »Kennst du die?«

»Die sind von Tri Pi«, erwiderte Carly leichthin, als wäre das ein vertrauenswürdiges Attribut.

Seit dem Abend am Stausee war es mit Carly nicht mehr wie früher. Nicht nur, dass Leda sie bei ihrem Schrei hatte stehen lassen. Es war Carly gewesen, die Ian gebeten hatte, Leda zu folgen, ihm gesagt hatte, sie mache sich Sorgen um ihre Kleine. Natürlich kannte Leda Carly besser; die hatte sich gemeinsam mit der gesamten Psi-Delta-Verbindung ununterbrochen das Maul über Ian zerrissen – über sein angebliches Fehlverhalten gegenüber Frauen, seine gewalttätigen Neigungen. Bestimmt war Carly nicht davon ausgegangen, dass Ian ihr wirklich etwas tun würde. Wahrscheinlich glaubte sie ihr eigenes Gerede nicht, zumindest nicht ernsthaft. Aber Carly hatte ihrer Schwester auf jeden Fall einen gehörigen Schrecken einjagen wollen.

Nun hakte Carly sich bei einem der SUV-Typen unter. Dank der Jungs mussten sie sich nicht anstellen, um auf die Party gelassen zu werden. Sie stiegen einfach über ein platt getretenes Stück orangen Bauzaun, und die SUV-Typen begrüßten die Typen am Eingang per Fistbump, als würden sie eine Währung austauschen.

Die Verbindung trug den Spitznamen LOVE, was den vier frei stehenden Buchstaben neben dem Haus geschuldet war, die im Schnee rot leuchteten. Abgesehen davon fügte sich die Architektur des Hauses in die der restlichen Universitätsgebäude ein – die Giebel, der Portikus und die Minikolonnade, die sich von dem bemerkenswert saftigen Rasen abhob. Es hätte überzeugend ausgesehen, wenn nicht alles abblättern würde. Die Farbe an den Fensterrahmen platzte ab. Die Eingangsveranda war übersät mit Ziegelstaub. Im Eingangsbereich rauchten hochgewachsene Jungs Zigarren, über ihren Köpfen baumelte eine nackte Glühlampe, wo vielleicht einmal ein Kronleuchter gehangen hatte. Dort am Eingang wurde Leda das verklebte Ende einer Zigarre dargeboten wie ein Willkommensgeschenk. Ein Handy blitzte auf, als sie sie entgegennahm. Leda stockte und hielt nach demjenigen Ausschau, der das Foto gemacht hatte.

Ein Junge trat heran und zeigte Leda, wie sie die Zigarre richtig halten musste, aber sie wollte sie nicht mehr, hatte sie nie gewollt. Sie gab sie zurück. Hinter ihr verschwanden die anderen Psi Delts durch die Tür in unsichtbare Räume.

Im Pool war längst kein Wasser mehr. Aber es gab eine große überdachte Terrasse mit frei stehender Feuerschale. Es gab Riesenmarshmallows und (seltsamerweise) Flusskrebse, die offenbar lebendig geliefert worden waren. Am anderen Ende der Terrasse war ein Bier-Pong-Turnier im Gange. Zwischen den Plastikbechern lag eine teuer wirkende Kamera. Leda schien das Spiel zu beobachten, aber in Wirklichkeit starrte sie ins Objektiv der Kamera. Sie stützte ihr Getränk auf dem Kopf einer steinernen Engelsfigur ab, mit Stummelpenis, Bäuchlein, Flügeln und allem Drum und Dran.

Warum machst du das mit?, hatte Mary vor Ewigkeiten gefragt. Damals war Leda glitschig vom Spülmittelschaum und unwiderruflich betrunken gewesen. Damals hatte sie nicht einmal vorgegeben, darauf zu antworten.

Nun war es wieder so weit. Körper wuselten um sie herum. Ihr Rock war ihr unangenehm, und sie zupfte daran. Wieso hatte sie ihn angezogen? Jemand tanzte sie von hinten an, und sie schaute nach unten auf ein Paar roter Schuhe. Sie erstarrte, genau wie sie auf allen vieren unter der Sonnenbrille erstarrt war, genau wie sie erstarrt war, als Ian sie im Keller der Musikalischen Fakultät geküsst hatte. Sie blieb regungslos, wie ein Reh oder ein Kaninchen, und hoffte, die roten Schuhe würden die Botschaft verstehen. Fehlanzeige, also ging Leda weg. Sie trat in den Schnee und blieb mit den Zehenspitzen am Rand des Pools stehen. Ein Strandball war in das leere Becken gerollt. Hier im Schnee war es ruhiger. Aber mit der Stille kamen auch die Gedanken, die Erinnerungen.

Zuletzt gesehen am 31. Oktober. Vermisst gemeldet am 2. November …

Wann, fragte Leda sich, war Charlotte wirklich verschwunden? Selbst nachdem Charlotte sich Halloween von Flora verabschiedet hatte, hatte sie die Welt auf die Probe gestellt. So schien es Leda jedenfalls. Charlotte war zur Reservoir Road gefahren, hatte ihre Stiefel im Kofferraum gelassen und war zu Fuß weitergegangen. Sie hatte sich in Gefahr gebracht. Vielleicht war sie zum Land ihrer Tante getrampt – dem Land, das sie kannte und dem sie vertraute. Vielleicht hatte sie auch den Appalachian Trail angesteuert und war gelaufen. In der Nähe des Stausees war ein Zugang zum Wanderweg, und es war durchaus möglich, dass genau dieser Weg – der immer derselben Gebirgskette entlang der Ostküste folgte – am Grundstück von Charlottes Tante entlangführte.

Wie auch immer Charlotte dort hingekommen war, möglich, dass sie versucht hatte, dort draußen unterhalb der Kante zu leben, allein und unentdeckt. Genauso möglich, dass sie irgendwann versucht hatte, wieder hochzuklettern.

Vielleicht verschwand man nicht immer mit einem Mal. Vielleicht konnte so ein Verschwinden auch schrittweise vor sich gehen, langsam. Hatte Charlotte es gespürt? Hatte Charlotte es gewusst?

Sie ist von uns gegangen. Mehr als einmal hatte Leda diesen schrecklichen Satz heute schon gehört. Den Ausdruck hatte sie schon immer gehasst, weil er die Brutalität und den Schmerz des Todes beschönigte. Aber nun, hier im blendend weißen Schnee, konnte sie sich langsam vorstellen, dass der Tod manchmal auch schrittweise eintrat – als wäre die Seele ein dichter Nebel, der sich nach und nach auflöste.

Der Schnee verbarg die Party einen Augenblick lang.

Leda ging zurück. Die frisch gekochten Flusskrebse waren dampfend auf Zeitungspapier gekippt worden. Ein Junge im Poloshirt, den Leda aus ihrem Shakespeare-Seminar kannte, verteilte geschmolzene Butter, und alle tunkten Stücke Krebsfleisch auf das fettige Papier. Hin und wieder schnappte Leda Gesprächsfetzen auf – umgedichtete Dramatisierungen von Charlottes Tod, dann Berichte darüber, wo jeder und jede von ihnen in der Nacht ihres Verschwindens gewesen war. Währenddessen warfen sie Krebsschalen und -beine in den leeren Pool, auf dass der Schnee sie bedeckte.

»Ich glaube, ich habe an Halloween mit diesem grässlichen Typen geschlafen«, sagte Genie. »Der mit der blauen Null auf der Brust.«

»Moonie?« Carly kicherte. »Mit dem hab *ich* geschlafen! Also, einen Tag *nach* der Party.«

»Nicht dein Ernst. Der war so eklig«, meinte Genie. »Der hat irgendwie … geblökt.«

»Das war, bevor ich den *Armleuchter* Benjamin kennengelernt habe …«

Eine fette Katze ließ sich vor Ledas Füßen nieder, und sie kraulte sie, lenkte sich damit ab. LOVE leuchtete neben dem Haus und der frei stehenden Kolonnade, die (anscheinend) ins Nichts führte. Krebsteile flogen in das Loch im Garten, umgeben von steinernen Engeln, die steinerne Flöten spielten.

Carly rief: »Wieso habt ihr mir nicht *gesagt,* dass der ein Creep ist?«

Nicht schon wieder, dachte Leda. Benjamin war beim Händchenhalten mit einer anderen Studentin gesichtet worden, und Carly redete pausenlos darüber. Nun stellte Carly eine Frage: Ist es gruselig, als Dreißigjähriger mit jemandem zusammen zu sein, der quasi zwanzig ist? Darauf wusste niemand so recht eine Antwort.

Die Katze warf sich auf die Seite und präsentierte Leda ihren dicken Bauch. Vielleicht ein Vertrauenstest, dachte sie – den weichsten Teil des Körpers zu offenbaren, als wollte sie fragen: *Wirst du mich töten oder streicheln?* Leda dachte daran, wie ihr in Ians Gegenwart immer die Hitze in die Wangen gestiegen war, wie um auf ihr schlagendes Herz hinzuweisen – ihre verletzlichste Stelle. Aber heute, nach der Astronomieprüfung, war das nicht passiert. Ihr Gesicht war ebenso blass geblieben wie seins. Charlotte war tot. Und noch etwas war gestorben, zwischen Leda und Ian.

Am Krebstisch sprach jemand über Charlottes Eltern, übers Abschließen, und sagte: »Wenigstens wissen wir es jetzt ...«

Aber für Leda war das der verstörendste Teil. Die ganze Zeit hatte sie geglaubt, das Auftauchen von Charlottes Leiche wäre vielleicht eine kleine Erleichterung. Aber nun, da es passiert war, fühlte sie sich durch das Wegfallen aller Hoffnung noch schlechter. Sie fühlte sich noch schlechter, weil ihr nun klar wurde, dass der Fundort von Charlottes Leiche nicht das war, was sie hatte wissen wollen. Sie hatte vielmehr wissen wollen, wer Charlotte gewesen war oder was Charlotte gesehen hatte, als sie Leda Halloween fotografiert hatte. Sie hatte wissen wollen, was letztendlich so an Charlotte genagt hatte und ob das Gleiche ihr, Leda, auch drohen könnte.

Immerhin war das Ganze Ledas Verdienst, nicht wahr? Sie hatte für die Entdeckung gesorgt. *Sie* hatte die unförmigen Puzzleteile zusammengefügt; *sie* hatte die Polizei hundertfünfzig Kilometer südwestlich von Charlottes verlassenem Wagen geführt. Natürlich konnte die Polizei bereits von der Kante an der White Dog Farm gewusst haben. Und wenn nicht, konnte jemand von dort endlich darauf gekommen sein. Die Hunde wussten es wahrscheinlich schon lange – sie wussten, wann Charlotte angekommen und wann sie gestorben war, hatten es an der Luft gerochen. Trotzdem fühlte Leda sich verantwortlich, als hätte *sie* Charlotte getötet, ein für alle Mal.

Der Typ mit den roten Schuhen kam zurück und tanzte Leda erneut an. Diesmal schob sie ihn weg. Irgendwo dröhnte aus einem blechernen Lautsprecher etwas, das wie »Girl Talk« klang. Ein Beatles-Sample – ein repetitives *I love you* – verflochten mit dem beständigen Schlachtruf: *Hey! We want some pussy!*

»I love you«, sang Carly ausgerechnet mit, *»I love you …«*

Vor dem Flusskrebshaufen sagte Genie: »Ich hab gehört, dass sie Selbstmord begangen haben soll.«

Der Typ aus Shakespeare fragte: »Von wem?«

»Weiß nicht.« Genie trank ihr Bier durch einen Spiraltrinkhalm. »Kannte sie nicht. Sie meinte nur, das hätte ihr jemand erzählt.«

»Nee.« Shakespeare schüttelte den Kopf und tunkte einen Krebs in Butter. »Das war eindeutig Mord.«

Leda entfernte sich, lief wieder durch den Schnee, vorbei am leeren Pool. Von dort aus sah sie, wie sich Leute vor dem Wort LOVE fotografieren ließen, umgeben von reifbedeckten roten Bechern. Neben den Buchstaben sah das Frat-Haus aus wie ein ödes Schloss. Es krümmte sich und funkelte. Ein bisschen hasste Leda es, hasste all die Leute um sich herum.

Ein Mädchen kletterte auf das beleuchtete O und drehte sich um, als wollte sie sich rückwärts in die zu wenigen Arme der anderen fallen lassen. Vielleicht tat man das jeden Tag, dachte Leda. Jeden Tag ging man raus in die Welt, begab sich in Gefahr und legte es darauf an, aufgefangen oder fallen gelassen zu werden.

Beim Gehen sickerte Feuchtigkeit durch Ledas Stiefel, während sie knirschend über die dünne Schneeschicht zum Vorgarten lief. Die Schlange auf dem Gehweg hatte sich aufgelöst. Leda ging zum Bordstein und schaute die leere Straße entlang. Leer bis auf eine sich nähernde Gestalt.

Sie war am Leben, dachte Leda in dem Moment. Sie musste weiterleben.

»Leda.« Die Gestalt löste sich aus der Dunkelheit. »Alles gut?«

Er roch nach Holzrauch und Chlor.

»Alles gut.« Leda holte Luft. »Bei dir auch?«

»Bei mir?« Ian klang überrascht. »Alles o.k. Mir gehts gut.«

So standen sie eine Weile da und betrachteten das hell erleuchtete, baufällige Verbindungshaus. Es gab zu viel zu sagen – Charlotte, der Stausee, Halloween –, also sagten sie eine ganze Zeit lang gar nichts. In Ledas Gedanken presste Ian sie auf der Schaumparty gegen die Wand und küsste sie. Alles hatte sich gedreht wie ein Karussell. Sie hatte gedacht: *Dieses Gefühl. Endlich.* Als würde sie jemand hochheben. Davontragen.

»Kannst du mir sagen, woran du dich von Halloween erinnerst?«, fragte Leda schließlich.

»Halloween.« Ian wiederholte das Wort, als verstünde er seine Bedeutung nicht.

Nach dem Kuss hatte Leda blutend vor Ians Zimmer gestanden. Nach dem Kuss hatte sie sich rosa Luftschlangenspray von den Füßen gepult. Sie hatte gespürt, wie sich in ihrem Innern etwas Gefährliches löste.

»Hast du nicht darüber nachgedacht?«

»Doch.« Ian stockte. »Habe ich.«

Wie unsinnig, dachte Leda. Es war unsinnig, dass es so leicht war, es zu *tun* – Sex und alles, was dazu führte –, und so schwer, darüber zu sprechen.

»Ich weiß nicht mehr, ob wir Sex hatten«, sagte Leda. »Ehrlich gesagt weiß ich gar nichts mehr.«

»Ach so«, sagte Ian, obwohl sein Tonfall nicht besonders selbstsicher klang. »Na ja, hatten wir. Sex, meine ich.«

Als sie ihn jetzt ansah – mit dem Wissen, dass er nichts mit dem zu tun gehabt hatte, was Charlotte widerfahren war –, wurde Leda klar, dass Ian genau wie sie nervös war.

»Du bist mit zu mir gekommen. Danach sind wir eingeschlafen. Also, *ich* zumindest. Dann bin ich mitten in der Nacht aufgewacht, und du hast irgendwie dagesessen und mich angestarrt.«

Leda konnte sich beinahe erinnern, Ian beim Schlafen beobachtet zu haben. Als Kind hatte sie ihre Mutter jede Nacht aufgeweckt und sie gebeten, sie wieder zuzudecken, als wäre ihre Decke verrutscht und als wüsste sie nicht, wie sie sie alleine wieder richten sollte. In Wirklichkeit hatte ihr das Gefühl einfach Angst gemacht, dass ihre Mutter schlief – plötzlich nicht mehr auf der Welt war –, und ihr einziger Trost hatte darin bestanden, den Bann zu brechen, damit sich die Augen ihrer Mutter wieder öffneten.

»Vielleicht hast du auch halb geschlafen, du hast mich nämlich ewig lange angeguckt. Dann bist du irgendwie hochgezuckt, als wolltest du aufstehen. Du hast dir den Kopf an der Decke gestoßen, weil es halt ein Hochbett ist. Ich glaube, ich habe dich gefragt, was los ist; ich war nicht ganz da. Du musst dir dabei auf die Lippe gebissen haben, da war nämlich … Blut.«

Als sie darüber nachdachte, erinnerte sie sich, dass sie sich eine Weile über Ian gebeugt hatte. Sie hatte sich hingesetzt und ihn betrachtet. In dem Moment hatte sie genauso viel Angst wie damals am Bett ihrer Mutter – die plötzliche Trennung, die tiefe Einsamkeit. Wie er so schlafend dalag, sah er aus wie tot. *Wach auf,* hätte sie sagen können. *Wach auf.* Vielleicht wäre dann alles anders gekommen.

Aber jetzt war es zu spät, oder?

»Dann bin ich weg.« Leda wollte nicht sagen: *Ich musste an meine Mom denken.* Das war ihr zu peinlich, aber sie fühlte, dass es die Wahrheit war.

»Ja. Du bist quasi geflüchtet. Und als dann das alles mit Charlotte rausgekommen ist, war ich wohl irgendwie nervös. Ich wusste nicht, warum du so weggerannt bist; ich wusste nicht, was du denken würdest … Und dann hast du mir manchmal echt eine Scheißangst eingejagt.«

»Ja …« Leda zögerte. Der Schneefall um sie herum hatte beinahe aufgehört.

»Scheiße, du hast auf mich geschossen«, sagte Ian plötzlich. Er klang nicht direkt böse, eher erstaunt, als hätte er nie damit gerechnet, das mal zu jemandem sagen zu müssen.

»Nur in die Luft«, berichtigte Leda, aber ihr war bewusst, wie absurd sich das anhörte. »Ich habe nicht auf dich … gezielt.«

»Das wusste *ich* aber nicht. Ich konnte dich ja kaum sehen.«

»Ich hatte Panik. Ich dachte, du verfolgst mich.«

»Hab ich ja auch. Carly hat mich praktisch angefleht. Sie dachte, irgendwas stimmt nicht, und so war es offensichtlich auch.«

Ja, das glaubte Leda ihm. Sie hatte es seit dem Moment geglaubt, als sie den Abzug gedrückt hatte. Das Geräusch des Schusses hatte schon gereicht, und er hatte sich zusammengekauert, sein Gesicht bleich vor Schreck. Aber – natürlich würde sie das Ian nicht sagen – trotzdem fragte sie sich, ob es auch der Rollentausch war, der ihm so sehr Angst gemacht hatte. Er war es gewohnt, Herr der Lage zu sein. Vielleicht war es auch für ihn ein Weckruf gewesen, sich auf einmal so verletzlich zu fühlen.

»Es tut mir leid«, sagte Ian, und Leda war überrascht, wie gut es sich anfühlte, das zu hören. Hatte sie es verdient? Wer weiß; sie hatte ihn in Lebensgefahr gebracht. Aber sie war erleichtert, dass er ihren Schmerz anerkannte, ihre Angst; all das war an einem Abend so eskaliert, hätte aber ihr ganzes Leben verändern können.

»Es tut mir leid, dass du dachtest, ich wollte dir irgendwas tun«, fuhr Ian fort. »Ich hatte keine Ahnung, dass du wirklich geglaubt hast … dass du dachtest, ich …« Er verstummte. Das Wort *Charlotte* schwebte in der Luft, aber er fing es nicht ein. Er ließ es weiterfliegen. »Ich hatte dich gern. Vielleicht habe ich dadurch nicht richtig mitbekommen, was mit dir los war.«

Ich hatte dich gern, dachte Leda. Vergangenheitsform, nicht Präsens. Einen Augenblick hatte sie sich gefragt, ob dies eine der Geschichten sein könnte, die im Nachhinein lustig waren. Die man Leuten erzählte, wenn sie fragten, wie man sich kennengelernt hatte.

War es nicht.

»Danke«, sagte Leda abschließend. »Danke fürs … Reden.«

Natürlich gab es immer noch eine Lücke. Leda würde niemals wissen, wie der Sex mit Ian gewesen war. Sie würde niemals wissen, wer die Initiative ergriffen hatte. (War er in sie eingedrungen, oder hatte sie ihn geführt?) Sie würde niemals wissen, wie es sich *angefühlt* hatte. Sie würde nicht wissen, ob sie gelitten hatte – vielleicht war es schmerzhaft oder langweilig oder unangenehm gewesen – oder ob sie es mittendrin bereut hatte. Oder möglicherweise … hatte es sich gut angefühlt. Vielleicht hatte sie nicht gewollt, dass es aufhörte.

Sie konnte niemanden fragen, also würde sie es niemals erfahren.

Leda und Ian gingen gemeinsam ins Haus, trennten sich aber kurz darauf. Im Foyer gab es nur ein Thema: Charlottes Leiche und ob sie gesprungen oder abgestürzt war.

Draußen schwammen trockene Köpfe im leeren Pool. Ein paar Leute waren in das Becken geklettert. Shakespeare deklamierte nun von der Poolleiter aus, dass Charlotte mit Sicherheit ermordet worden war. Viele stimmten ihm zu, aber es herrschte Uneinigkeit darüber, ob der Mörder aus der Gegend kam oder ein Fremder war. Wahrscheinlich zogen sie aus beiden Szenarien ihren Trost, dachte Leda. Ein Mord war eine klare Sache. Ohne Graubereich. Man konnte den Bösen schnappen, verurteilen und einsperren.

Wenn es doch bloß so einfach wäre, dachte Leda. Wenn wir nur einen Übeltäter identifizieren könnten wie ein fauliges Stück Obst. Wenn wir nur sicher sein könnten, dass dann nie wieder etwas faulig würde.

Am Tisch mit den Flusskrebsen sagte ein Mädchen, Charlotte sei unter Drogen gesetzt worden. Eine andere sprach von einer Regierungsverschwörung. Eine Dritte von Dissoziation, Fugue-Zuständen und Identitätswechsel.

»Kann ich voll nachempfinden«, sagte ein Mädchen mit Trucker-Cap. Auf der Vorderseite stand BLESSED. »Manchmal hab ich die ganze Woche so viel zu tun, dann ist auf einmal Sonntag, und ich frag mich: *Wer bin ich?*«

»Glaube nicht, dass das das Gleiche ist.« Shakespeare kletterte wieder aus dem leeren Pool, schob sich einen Krebs in den Mund und wischte sich die Finger an einer Serviette ab. »Außerdem erklärt das noch nicht, wieso sie von einer Klippe gefallen ist.«

Darauf hielt sich Genie zwei fettige Finger an die Schläfe und drückte ab. Unter ihrer Daunenjacke blitzte ein Pailletten-Bikini hervor.

Die BLESSED-Cap sagte: »Glaube nicht, dass eine Waffe im Spiel war.«

»Tja, dann hat sie sich wohl runtergestürzt.« Genie sah auf einmal hässlich aus. Sie grinste gespenstisch.

»Ich glaube, sie wollte weglaufen.« Das war die betrunkene Carly. Sie saß am Rand des Pools und ließ die Füße ins Nichts baumeln. Der Typ mit den roten Schuhen saß hinter ihr und massierte ihr die Schultern. »Wahrscheinlich hatte sie einfach genug – von der Uni, den Partys. Mädchen. Kerlen.« Carly lallte leicht. »Ich glaube, sie hatte einfach die Schnauze voll von allem.«

»Oder …« Melanie spielte mit dem Klettverschluss an ihrer Plastikschiene. »Vielleicht war es auch ein Unfall.«

Kurz herrschte Schweigen, dann schenkte Shakespeare allen Kurze ein. Leda wurde übel von den ganzen Spekulationen über Charlotte. Wo war Charlotte vom Weg abgekommen, fragten sie. Wo hatte sie einen Fehler gemacht? Als träfe sie alle keine Schuld, als hätten sie keinen Beitrag zu dem geleistet, was passiert war – wenn auch einen winzig kleinen. Aber Leda musste auch zugeben, dass sie teilweise recht hatten. Charlotte hatte wirklich die Schnauze voll gehabt. Sie war wirklich weggelaufen. Und vielleicht hatte sie, wie Mel vorschlug, tatsächlich eine Art Unfall gehabt. Vielleicht hatte sie nur eine Pause gewollt. Vielleicht hatte sie nicht auf diese Weise sterben wollen.

Ich habe Halloween mit Charlotte gesprochen, sagte Leda nicht. *Aber manchmal frage ich mich: Wenn sie nicht verschwunden wäre, würde ich mich überhaupt an sie erinnern?*

Das sagte sie nicht, weil niemand hinhörte. Sie sagte es nicht, weil sie es beunruhigend fand. Außerdem führte der Gedanke sie zu der Frage, ob es bei ihrer Mutter ähnlich war, ob man Menschen nur durch Tragödien wirklich sah. Sie überlegte, wie sie das ausdrücken könnte. *Si mi mamá hubiera vivido* … Wenn sie noch leben würde … Aber was nutzte es, sich unmögliche Situationen vorzustellen?

Bin ich so wie du? Noch eine Frage, die Leda stellen wollte. War Leda nur irgendeine Betrunkene, die Charlotte fotografiert hatte? Ein Mensch, den Charlotte zu sehen versucht hatte, ohne dass er sich die Mühe machte, sie ebenfalls zu sehen? Aber vielleicht hatte Leda bei ihrem Versuch, Charlotte zu finden, ein wenig sich selbst gefunden. Vielleicht war sie ein wenig wach geworden.

Shakespeare reichte Leda ein Bier, als hätte er sie gerade erst bemerkt. »Wenn du wissen willst, was ich denke …«

Nein, dachte Leda. *Will ich nicht.* Sie stellte das Bier ungeöffnet ab. Sie wollte sich gerade entfernen, wollte gehen, aber der Schneefall hatte wieder zugenommen. Und wo wollte sie überhaupt hin? Eine Wand aus Dunst kam auf Leda zu, legte sich um sie, zog an ihr vorüber, als beträte sie den Videospiel-Nebel oder durchschritte die virtuelle Mauer ihrer Erinnerung. *Das ist ein Schwellenzustand*, hörte sie Jonah besserwisserisch sagen. *Das heißt, du musst gar nicht wissen, wo du hinwillst.*

Aber wie sollte man einer Welt vertrauen, fragte sie sich nun, in der es kein klares Ziel gab? Einer Welt, deren Regeln sich ständig änderten? Und wie sollte man die Welt erfahren, wenn man ihr nicht vertraute? Die Herausforderung bestand also darin, der Welt zu vertrauen und es zu überleben. Gleichermaßen offen wie vorsichtig zu sein.

Zurück im Verbindungshaus klopfte sie sich gerade den Schnee aus dem Haar und von der Jacke, als sie ein Geräusch hörte. Eine Stimmpfeife, irgendwo in einem anderen Raum. Sie folgte dem Geräusch tiefer ins Haus, einen leeren Flur entlang auf ein großes, unordentliches Zimmer zu. Dort stand eine mit Klopapier umwickelte Leiter. Dort standen Dosen, Becher und Flaschen herum. Dort spielte ein Mädchen eine Stimmpfeifen-App auf dem Handy ab. Die anwesenden Männer und Frauen standen eng beieinander im Kreis und summten die Töne mit. Leda erkannte ein paar von ihnen aus dem Chor oder verschiedenen A-cappella-Gruppen. Einige erkannten sie ebenfalls. Sie machten ihr Platz.

Einer sagte ihr, was sie singen wollten. Für das Stück brauchte man normalerweise keine Stimmpfeife – ein Trinklied, das quasi die inoffizielle Hymne der Universität war. Jeder kannte Melodie und Text. Im ersten und zweiten Jahr war es nicht selten vorgekommen, dass betrunkene Studierende (hauptsächlich Typen) zum Abschluss eines Samstagabends die Strophen brüllten und die Fäuste reckten.

Irgendwo im Haus schrie jemand. Wahrscheinlich ein Fehlschlag oder Triumph beim Bier-Pong. Das Mädchen spielte die Stimmpfeife erneut ab. Alle summten ihren Ton, inklusive Leda. Sie mochte das Lied nicht sonderlich, aber sie war nun einmal hier. Sie gehörte dazu. Warum nicht mitsingen?

Das Mädchen gab mit einem Plastikbecher den Takt vor – viel langsamer, als Leda erwartet hatte. Trinklieder waren normalerweise ziemlich schnell und wurden dann immer schneller. Am Schluss geriet das Ganze dann so außer Kontrolle, dass man kaum noch hinterherkam. Aber heute beschwerte sich niemand über das langsame Tempo.

Die anderen im Raum sahen gar nicht hin. Sie waren damit beschäftigt, zu posen, zu necken, zu flirten und einander ins Gesicht zu brüllen, als wüssten sie nicht, wo ihr

Gegenüber die Ohren hatte. Inmitten von alldem standen sich Leda und die ein Dutzend anderen gegenüber. Ein Mädchen trug ein ausgebleichtes Pantera-Shirt. Ein anderer eine teure Fliege. Jemand hatte eine Latzhose an, jemand anderes war ganz in Schwarz gekleidet, und noch jemand anderes trug eine Perlenkette. Und die rothaarige Leda im kurzen Rock. Sie holten gemeinsam Luft.

Normalerweise sang Leda keine Trinklieder. Die meisten waren von Männern für Männer geschrieben worden. Aber die Art, wie sie nun sangen, hob die Tradition auf eine andere Stufe. Die Musik wurde nachdenklich, schwermütig und vor allem bizarr. In diesem Tempo ergab der Text keinen Sinn mehr. Je mehr sie sich Zeit ließen – und alles aus Harmonien und Pausen rausholten –, desto abstrakter wurde es. Als Leda irgendwann darüber hinwegsehen konnte, wie *falsch* das Ganze sich anhörte, schloss sie die Augen. Irgendwie hatte sie das hier gebraucht. Zu hören, wie sich ihre Stimme mit anderen Stimmen vereinte. Ihren Part zu singen und zu hören, wie die anderen Parts sich ausdehnten, vermischten und auseinanderzogen.

Und merkwürdigerweise hatte sie dieses Lied gebraucht, diesen Text. Sie hatte etwas gebraucht, das diese Welt gleichermaßen würdigte wie auf den Kopf stellte, die Charlotte zum Verschwinden gebracht hatte.

Drink her down …

Sie wiederholten die letzte Zeile, wieder und wieder, während alle um sie herum plauderten und lachten. Normalerweise war das der Refrain, aber nun klang es wie das Läuten einer Totenglocke.

Down, down, down …

An Ledas erstem Tag als Psi Delt war sie auf einen Tisch gestiegen, hatte die Fersen an die Kante gestellt und die Arme verschränkt. Mit dem Rücken zu ihren Schwestern hatte sie die Augen geschlossen und sich fallen lassen.

Drink her down …

Es hatte sich angefühlt, als hätte sie in der Luft gehangen, als wäre sie viel zu lange gefallen.

In Astronomie hatte sie gelernt, dass das Universum gekrümmt ist, wie das Innere eines Schneckenhauses. Die Planeten, hatte ihr Professor gesagt, rollten darin umher wie Murmeln und fielen immerzu auf einen riesigen, magmatischen Stern zu, der der Anfang von allem war und einmal das Ende sein würde. Das Ende hieß: ein kollabierter Stern. Ein kollabierter Stern hieß: ein schwarzes Loch. Und was auch immer in so ein Loch fiel … nun ja. Leda wusste es nicht. Es war nur eine Einführungsvorlesung, so weit waren sie noch nicht.

Vielleicht, dachte Leda, befindet sich alles unentwegt im freien Fall. Schwebte eher, als zu stürzen. Sank eher nach unten, als plötzlich abzusacken.

Hinterher verweilte der letzte Akkord noch lange im Raum, nachdem sie den Mund wieder geschlossen hatten. Niemand klatschte. Die meisten Leute hatten von dem Lied kaum etwas mitbekommen. Aber die Sängerinnen und Sänger grinsten einander reihum an. Sie strahlten, Schultern an Schulter, der letzte Ton summte noch in ihrer Brust. Irgendwie hatte Leda Momente wie diesen ganz vergessen.

Und dann sah Leda, dass doch jemand zugehört hatte: Sie stand mit verschränkten Armen in der Tür. Mary trug kein Partyoutfit – nur normale Mary-Klamotten in Form von Jeans und unförmiger, olivgrüner Jacke. Ungeschminkt. Mit Brille.

»Ich hab es gerade erst erfahren«, sagte sie, als Leda zu ihr kam. »Hab den ganzen Tag Aufsätze geschrieben – ich war überhaupt nicht richtig da –, und dann hab ich es gehört …«

Leda öffnete den Mund, wollte etwas sagen, aber Mary nahm einfach ihre Hände. Es brauchte gar keine Worte.

Das hatte Mary zum ersten Mal gemacht – da kannten sie sich noch nicht lange –, als sie das mit Ledas Mutter erfuhr. Damals war sie noch nicht mal ein ganzes Jahr tot gewesen. Danach hatten sie sich oft an den Händen gehalten, wie

Kinder, die sich nicht trennen lassen wollten. Wahrscheinlich hatten sie Hand in Hand Latte mit Schlagsahne bestellt, »Fellatio Tipps« gegoogelt oder waren zu ihrer ersten Frat-Party gegangen. Und jetzt, fand Leda, sahen sie kaum älter aus. Aber manches hatte sich verändert. Ein Mädchen – ihre Kommilitonin – war heute tot aufgefunden worden. Zum ersten Mal seit Langem kamen Leda echte Tränen. Und zum ersten Mal seit Langem blinzelte sie sie nicht fort.

Mary umarmte sie, hielt sie fest und drückte sie noch fester an sich. Der Chor verteilte sich, um Krebsfleisch und Getränke zu holen. Von irgendwoher strömte ein kalter Luftzug ins Haus. Leda atmete an Marys Schulter durch und dachte, dass diese Welt möglicherweise real war – eine Welt aus Liebe und Sicherheit –, dachte: *Vielleicht erschaffen wir diese Welt füreinander.*

Um sie herum ging die Party selbstverständlich weiter. Sie spielte sich auf und rülpste und schillerte genau wie immer. Die Zeit schien draußen in der Luft zu stehen, zwischen den Schneeflocken. Niemand wurde müde. Niemand wollte nach Hause. Ein Typ johlte. Carly fing irgendwo wieder an zu rappen und imitierte erstaunlich gut Eminems verschiedene Stimmen. Der Song schien vier oder fünf verschiedene Figuren zu beinhalten, die alle von einer Person gespielt wurden.

Im Flur fragte jemand: »Wie können sie sie überhaupt identifizieren ohne, na ja, richtige Leiche? Müsste die nicht verwest sein oder so?«

»Oder von Geiern gefressen«, stimmte jemand zu.

»Lee«, flüsterte Mary. »Können wir nicht irgendwie …« Sie deutete hinter Leda.

Ein paar Typen warfen sich in Kriegerpose und schwangen Lacrosse-Schläger. Andere guillotinierten die Köpfe frischer Zigarren neben einem Rudel Mädchen, die blaues und rosa Brausepulver in Wodka streuten. Eine kletterte auf die Klopapierleiter. Von der Wand starrte eine Reihe Böcke und Hirschkühe mit blinden Plastikaugen herab.

»Gehen?«, fragte Leda und lachte. »Unbedingt.«

Beim Verlassen der Party wurde deutlich, dass die Zeit nicht eingefroren war. Es war beinahe Morgen. Beständig und unaufhaltsam war das Leben weitergegangen.

Leda und Mary gingen durch die langsam schwebenden Schneeflocken und trennten sich an der Memorial Road, wussten, dass sie wohlbehalten nach Hause kommen würden. Sie waren beide nüchtern, und es waren immer noch genügend Menschen auf der Straße – einige noch wach, andere bereits aufgestanden. Leda summte im Gehen tonlos und betrachtete den Morgen. Der Schnee fing an, auf der Straße liegen zu bleiben, während ein Farbstreifen – kein richtiges Licht – die dichte Wolkendecke durchbrach. Leda lief weiter, dick eingepackt und langsam, wollte noch nicht recht nach Hause. Also kehrte sie um in Richtung Universität. Sie konnte gehen, wohin sie wollte. Sie war auf dem Weg zu ihren Prüfungen, ihrem Chorkonzert, ihren Ferien bei Clarence und Faye. Sie war auf dem Weg zu Freundschaft und vielleicht Liebe, eines Tages. Eisklümpchen, Glasscherben und loser Asphalt knirschten unter ihren Füßen. Normalerweise drang das alles nicht in ihr Bewusstsein vor. Aber hatte sie wirklich erwartet, so lange weitermachen zu können, ohne etwas zu fühlen?

Sie roch braune Butter. Sie roch billigen Kaffee. Ein paar Schritte lang bedeckten seidig gelbe Ginkgoblätter den vereisten Bürgersteig. Eine schwarze Eispfütze zwinkerte ihr zu. Leda wusste, dass es keinen Weg ohne Scherben und Schotter gab; so etwas existierte nicht.

Auf der anderen Straßenseite leuchteten die Verbindungshäuser. Darüber glommen noch immer ein paar Sterne. Altes Licht, das wusste sie. Es hatte einen so weiten Weg zurückgelegt, dass sie unter Umständen Sterne leuchten sah, die längst verloschen waren. Vielleicht seit einem Jahr oder seit Hunderten. Dennoch breitete ihr Licht sich aus und konnte sie berühren – als Geist. Nein, vielleicht war es einfach *Licht*. Vielleicht sollte man es sich am besten so vorstellen. Selbst wenn etwas stirbt, scheint sein Licht weiter.

Da dachte sie an ihre Mom. Ließ die Gedanken zu. Meistens versuchte sie, solche Anflüge sofort zu ersticken. Aber an diesem Morgen nahm sie ihre Gesellschaft an – *Mom* – und dachte darüber nach, ob Menschen Licht abgaben und ob etwas von diesem Licht nach dem Tod zurückblieb. Als eine Art Nachglühen.

Vor ihr warf eine sich schälende Platane ihre braunen, kugelförmigen Fruchtstände ab. Leda wich ihnen aus und berührte den Stamm. Sie sah das Weiß ihres Atems mit dem Weiß des Baums verschmelzen.

Als sie zum ersten Mal auf die Platane am Stausee geklettert war, hatte ihre Mom es zunächst gar nicht mitbekommen. Sie war zehn gewesen und hatte sich in den Kopf gesetzt, nie wieder runterzukommen. Als sie das aus der Baumkrone heraus verkündet hatte, ließ ihre Mom sich davon nicht aus der Ruhe bringen. Dann wurde es langsam dunkel, und ihre Mom rief nach oben, sie und Clarence würden jetzt nach Hause gehen. Aber Leda blieb stur auf dem Baum.

Gegenüber von den beleuchteten Verbindungshäusern stehend fühlte Leda sich nun wieder wie auf der Platane, als sie den Rücklichtern ihrer Mutter nachgeschaut hatte. Für gewöhnlich endete ihre Erinnerung an dieser Stelle. Aber heute ging sie weiter.

Irgendwann hörte die zehnjährige Leda oben auf dem Baum auf zu weinen. War auch irgendwie sinnlos, wenn es niemand hörte. Die Nacht raschelte mit den Zweigen. Die Sterne am Himmel zeigten auf sie wie Finger. Die Zeit stand still. Ihre Mutter hatte sie verlassen, das verstand sie nun, und zwar für alle Ewigkeit. Nun lebte Leda auf einem Baum und hatte Arme aus Käse, wie die toten Arme einer Barbie, die sich um nichts legen konnten. Leda saß auf dem Baum und fühlte sich klein. Sie war sich sicher, dass sie runterfallen würde. Sie war sich sicher, dass sie bald voller Tau, Spinnen und Borke sein würde. Sie war sich sicher, dass sie für immer allein sein würde.

Im Dunkeln hatte sie einen erstickten Laut gehört. Leda schloss die Augen, erinnerte sich, legte beide Hände auf die Platane in der Memorial Road. Aber ein Geräusch schreckte sie auf. Ein langes Stöhnen. Dann eine Stimme. Ein Junge.

»*Scheiße.*«

Leda blinzelte, erspähte die Rotunda, weiß und gleichgültig wie der Mond. Sie schaute auf die andere Seite des Stamms. Der Junge lag mit dem Gesicht nach unten über den Wurzeln. Er trug ein gutes Hemd und orange Shorts mit Palmenmuster. Neben seinen Füßen lag eine kaputte Ray-Ban. Leda tippte mit ihrem Stiefel gegen seinen Fuß.

Selbst als Kind war Leda klar gewesen, dass sie sich das Ganze selbst eingebrockt hatte. Sie hätte runterkommen sollen, als ihre Mutter sie darum bat. Das wusste sie und war trotzdem stinksauer. Durcheinander. Einmal rutschte sie fast vom Ast und schrie mit der gleichen Stimme wie das Tier, das sie gehört hatte. Irgendwann fand sie den Stamm und lehnte sich schwer atmend dagegen. Unsichtbare Insekten krabbelten ihr über die Hände. Sie musste mal. Sie versuchte, so zu tun, als wäre sie eine Eule oder eine Krähe. Im Dunkeln war sie nicht einmal sicher, ob ihre Augen offen oder geschlossen waren.

Nachdem sie ihn mehrmals mit dem Fuß angestupst hatte, drehte der Junge sich auf den Rücken. Er stöhnte. Auf seinen Wangen klebten Erde und das erste Licht des Sonnenaufgangs. Seine Haut war glatt. Er riss die Augen auf, weit wie ein Baby. Blau. Die Augen ihrer Mutter waren auch blau gewesen.

Er sagte: »Ich liebe dich.«

Leda musste laut lachen. »Ich liebe dich auch«, sagte sie – er lächelte – und ließ ihn am Fuß der weißen Wurzeln liegen.

Vor ihr öffnete sich der Morgen wie ein Fenster.

Irgendwie war die kleine Leda auf ihrem Ast eingedöst. Der weiße Baum hatte sie anscheinend die ganze Nacht festgehalten. Sie kletterte runter und spürte, wie die geisterhaften Spinnweben rissen, als hätten auch sie sie am Fallen gehindert. Unter dem Baum fand sie ihre Mutter, die an den Stamm gelehnt schlief. Der Anblick weckte ein Gefühl in ihr. Der Sonnenaufgang erblühte rosa. Der Boden war ganz wackelig, nachdem sie so viele Stunden auf dem Baum gesessen hatte. In ihrer Magengrube glühte es. Leda hatte ihre Mutter treten wollen. Hatte schreien wollen. Stattdessen sank sie neben ihr zu Boden und spürte den genauen Druckpunkt, wo die schlafende Hand ihrer Mutter sie berührte.

Nun ging Leda allein die Memorial Road entlang, während die dicken Wolken sich rosa färbten. Obwohl die Sonne noch immer nicht aufgegangen war, erstrahlte der Morgen. Sie schloss die Augen, machte vorsichtige Schritte und spürte das Licht auf den Wangen.

»Ach, Liebling«, hörte Leda ihre Mutter von oben sagen. »Mein Liebling.«

Leda schreckte auf und schaute hoch. Aber ihre Mutter hatte gar nichts gesagt, sie schlief noch immer. Der Morgen schwoll an und sang. Wie konnte ihre Mom das verschlafen? Wie konnte sie nur? Leda konnte jetzt unmöglich schlafen, während alles – das Leben! – rief. Die Erde hatte sich der Sonne zugewandt. Die Vögel tobten. Der Stausee unter der Platane funkelte wie weißes Rauschen, wie eine Erinnerung. All das zerrte beharrlich an Leda. Ein unmögliches Gefühl für jemand so Kleines – das Verlangen, zu lieben, zu leben, weiterzumachen. Aber ihre Mutter schlief noch immer. Natürlich schlief sie. Und natürlich blieben Ledas Augen offen. Unzählbare Krähen stoben gen Himmel, und sie stand da und sah ihnen zu. Die Welt erwachte. Ausnahmsweise ließ sie ihre Mutter schlafen.

Danksagung

Bei der Arbeit an diesem Buch haben mir eine Menge überaus großzügige Menschen sehr geholfen.

Mein Dank gilt allen an der Hollins University, die frühe Fassungen dieses Romans gelesen haben. Carrie Brown, danke für den ehrlichen Zuspruch. Danke an Richard Dillard, den ich als Autor und Lehrer unglaublich schätze. Ohne ihn wäre dieses Buch vielleicht in Fincastle geblieben.

Ewigen Dank schulde ich meinem Agenten Madison Smartt Bell, der sich bei jeder Gelegenheit für meine Arbeit eingesetzt hat, sowie dem Team bei Riverhead und Penguin Random House, darunter Alison Fairbrother, Delia Taylor und besonders Sarah McGrath – die Zusammenarbeit mit dir war eine Freude, und deine untrügliche Kenntnis und Intuition haben dazu beigetragen, diesem Buch zu seiner endgültigen und besten Fassung zu verhelfen.

Ich bedanke mich aufrichtig bei meiner Familie. Danke an Liz Denton und Mark Edmundson für ihre Weisheit und grenzenlose Großzügigkeit. Ich danke meinem Vater William und meinem Bruder Paul, dass ihr an mich glaubt und mich unterstützt, seit ich denken kann. Danke an meine verstorbene Mutter Elizabeth, die mir beigebracht hat, meinen Stift niemals schweigen zu lassen.

Ich danke meiner Heimatstadt und meiner Alma Mater, wo ich zum ersten Mal mit dem Schriftstellerleben in Berührung kam. Danke an Mark Whittle, der mir die Sterne und Galaxien nähergebracht hat; an Gustavo Pellón, der mich herausgefordert hat, mündlich und schriftlich präziser zu sein; und an John Parker, der mir gezeigt hat, wie aufregend und seltsam Literatur sein kann (und, sollte ich wohl hinzufügen, mich und meinen jetzigen Ehemann in denselben Kurs geführt hat).

Vor allen Dingen danke ich dir, Matthew, der du so viele frühe Fassungen dieses Romans gelesen hast. Du bist mein zuverlässigster Leser, mein Geliebter, mein Zuhause.

»Leda und der Schwan« wird zitiert nach: William Butler Yeats. *Die Gedichte.* Hg.: Norbert Hummelt. München: Luchterhand, 2005. S. 242.

»Manchmal möchte die Liebe« wird zitiert nach Daniel Ladinsky. »Sanfter Worte überdrüssig«. In: *Hafiz. Die leuchtenden Worte meines Geliebten.* Aus dem Englischen von Chandravali D. Schang. Bielefeld: Theseus Verlag, 2013. S. 18 f.

Daniel Ladinsky. »Das Licht wird dich aufbrechen«. In: *Ich hörte Gott lachen. Gedichte inspiriert von Hafiz.* Aus dem Amerikanischen von Chandravali Divya Schang. Freiburg im Breisgau: Arbor Verlag, 2011. S. 91.